リチャードに

謝辞

わたしの夫バーニー、かわいい子どもたち、いたずらな犬パイパー、そしてわたしを絶えず励ましてくれるすべての親族と親友たちにありがとう。セーラ・ファイン、いつもそばにいてくれることに力いっぱいのハグを。そして、ネイト・ピーダーセンとエイプリル・トゥホーク、メールでどんなに奇妙な話題が飛び出しても決してひるんだりしないふたりに。エマリー・ネイピア、いつもわたしを落ち着かせ、効率を高めてくれる人――あなたは命の恩人よ。

わたしの同業者かつ友人となってくれたすばらしいレイク・ユニオンの作家たち、ありがとう！　そして子どもを持つ女性医師のフェイスブックグループに、大声で感謝を伝えたい。何万人もの聡明な女性たちが、わたしの小説を支持してくれるのは、本当にすごいことだ。

ケイト・ブラウニング、思慮深い言葉と励ましと洞察を与えてくれる人――あなたはわたしの礎《いしずえ》だ。そしてわたしのすばらしいエージェント、エリック・マイヤーズ――わたしの小説を、あまりにも突飛すぎるとは決して思わないでいてくれてありがとう！　最後に、ケイトリン・アレグザンダーとジョディ・ウォーショー、レイク・ユニオンのわたしのチーム――あなたたちは最高だ、この本を実現させてくれてありがとう！

広漠たる地で
運命が我らを引き離そうとも、汝の心臓は我の内にとどまり
ふたつの鼓動を打ち続ける。

――「ソネットⅥ」一八五〇年、エリザベス・バレット・ブラウニング

ふたつの心臓を持つ少女

主な登場人物

コーラ・リー……死体盗掘人。
セオドア（セオ）・フリント……医学生。
エリザベス・カッター……コーラの母。
シャーロット・カッター……コーラの育ての親。エリザベスの従姉。
アレグザンダー・トライス……彫刻家。
リア・オトゥール……メイド。
スゼット・カッター……コーラの又従妹。
グリア……医師。
フレデリック・ダンカン……大解剖学博物館館長。
〝公爵〟……コーラの部下。
トム……コーラの部下。〝托鉢〟。
オットー……コーラの部下。〝どら猫〟。
パック……コーラの部下。
エリザベス・ブラックウェル……医師。

プロローグ

一八三〇年一月十二日
ニューヨーク州ロングアイランド

赤ん坊は小さかった。シャーロットを心配させるほど小さくはなかったが、かけがえのない命だとわかるくらいには小さかった。

「おやまあ、なんてちっちゃな子！」リアが言って、赤ん坊を薄い毛布でくるんだ。いつものとおり、メイドはわかりきったことを言っていたが、シャーロットは気にしなかった。世界のこまごまとした部分が形と温かみを持ち、語るに値することを思い出すのは悪くない。従妹のエリザベス――赤ん坊の母親――は決して小柄なほうではなかったが、期待されたことを裏切るのが赤ん坊というものだ。

切ってひもで結んだへその緒の端は縮み始めていたが、まだピンク色をしていた――その光景に、シャーロットの胸がちくりと痛んだ。一度だけ出産したことがあるが、赤ん坊は冷たく土気色をしていた。死産だった。アレグザンダーはその子を見て泣いたあと、二度と子どものことは口にしなかった。子どもの死で、シャーロットの気持ちが結婚に傾くこともなかった。アレグザンダーは相変わらず芸術家で、相変わらずその日暮らしだったし――シャーロットが実家での地位を取り戻すのに役立つわけでもない。娘のお腹が膨らみ始めたことに気づいたとたん、カッター家の人々は、チェンバーズ通り《ストリート》の大邸宅から、ブルックリンのゴーワヌス湾の縁にあるこの小さな家にシャーロットを追いやった。週末には、裕福な人々が近くの丘や谷ののどかな美しさに惹かれて馬車で出かけてくることもあったが、誰もシャーロットやリアを訪ねてはこなかった。メイドは女主人のあとについて、大理石の広間からこの土間へ移ってきたのだった。

それは従妹のエリザベスがたどる運命でもあった——お産を生き延びれば、だが。エリザベスはベッドに横たわり、膝のあいだには血と羊水が大きな染みをつくっていた。青ざめた顔は、以前夢に見た幽霊を思わせた。

「よくありませんね。三週間も早いんだもの！　それに後産がびくともしないのに、血はどんどん出てくる」リアが不安そうに言った。三人はカッター家の人々に、産婆も薬剤師も呼んではならないときびしく命じられていた。財布のひもを握っているのはあの一家なので、シャーロットとリアは言われたとおりにした。

シャーロットは、シーツに広がっていく血だまりを見つめた。医者に支払いをしたら、今週は食べていけないだろう。

よごれたシーツをエリザベスの脚に掛け、きちんと体を覆ってやった。「リア、グリア先生を呼びに行って。自宅にいるかもしれない」

「でも、ミス・シャーロット、あの人たちがいけないと——」

「いいから行って。お金はどうにかするし、実家には言わない。ずっと取っておいた紫水晶のアクセサリーがあるの。必要なら、あのセットを売るわ。先生を呼んできて」

リアがこめかみから脂じみた巻毛を払いのけて、赤ん坊をシャーロットの手に預けた。そして灰色のショールをまとうと、家を出て、身を刺すように冷たい一月の夜のなかへ消えた。一瞬、谷から吹きつける激しい風が、扉をあけ放ってその場に押さえつけた。雲の隙間から月光が射し、またすぐに消えた。

シャーロットは、生まれたての体から粘つく蠟様の白いものをふき取り、ぎこちない手つきで赤ん坊を毛布にくるんだ。この子が普通と違うのは、体の小ささだけではなかった。不思議な顔立ちをしている。髪は焦げた糖蜜のようで、同じ色のまつげが縁取る目は、人の子というより子兎《こうさぎ》の目のような形をしていた。父親は、エリザベスが東の波止場近くにあるオイスター・バーで出会ったハンサムな男たちのひとりだった。良家の令嬢なら、絶対に足を踏み入れてはいけない場所だ。襲われなかっただけでも奇跡といえる。エリザベスは、年上の付添い人のもとから四度脱け出した。そのうちのたった一度だけでも、身を滅ぼすにはじゅうぶんだった。

家族がどんな夜会や観劇会への出席も禁じるまでには、エリザベスはすでに妊娠していた。膨らんでいくお腹に合わせてドレスを直す必要が生じた瞬間、従妹は追い払われ、シャーロットの手にゆだねられた。

赤ん坊がまた泣き声をあげたので、シャーロットは腕に抱えて軽く揺すった。今朝買った新しい牛乳に布切れを浸し、その端を幼子に差し出す。赤ん坊は空気と牛乳を半々ずつ吸ったあと、すぐに疲れてげっぷをし、うとうとし始めた。シャーロットは慣れない手つきで、床に置かれた箱に子どもを寝かせた。エリザベスはぐっすりと眠り、汗まみれでべたつくブロンドの髪を枕に広げている。シャーロットは従妹の両脚にもう一枚毛布を掛けた。とにかく、寝具に染み出す血は止まっていた。

一時間たって、ようやく医者が扉を押しあけた。本人より先に、むっとするビールの臭気が入ってきた。つまり自宅ではなく酒場にいたわけで、寒い冬の晩に引っぱり出されて不機嫌そうだった。続いて、リアが赤い顔で息を切らしながら駆け込んできた。

シャーロットは両手をきつく握り合わせた。「エリザベスは眠ってますけど、後産が――出てないんです、先生。できるだけのことはしました。リアは昔、半ダースの赤ん坊を取り上げたことがあるし、もちろん――」

「静かに」医者がさえぎった。

医者は年老いていた――前回街で会ったときよりさらに老けて見えた――が、灰色の目は飲酒で充血していたものの、鋭い光を放っていた。黴《か》びた干し草と焦げた煙草の臭気もあとからついてきて、部屋に漂う血の金属的なにおいと混じり合った。医者はマントを脱いだあと、眠っているエリザベスの顔のほうにかがみ込み、その頬と首に指の背で触れた。それから、手首を片方ずつ手に取った。

「後産を――」シャーロットは言いかけたが、医者がさっと身を起こした。

「必要ない。どこから見ても死んでおる。おそらく、あんたの使用人がわたしを呼びに来る前にな。まったく、生きてる人間と死んだ人間の区別もつかんのか？　酒と夕食がむだになってしまった。なかなかうまい骨つき豚だったのに」

シャーロットは悲鳴をあげた。エリザベスのそばに駆け寄る。嘘よ、眠ってるだけよ。嘘よ、先生の見間違いだわ。従妹の冷たい手を持ち上げて頬に当て、寒い部屋のなかでその手がほんの少しこわばっていることに気づいた。エリザベスの目はうっすらとあいていたが、どこにも焦点は合っていなかった。シャーロットはその手を下ろし、突きつけられた現実に呆然とした。エリザベスは――明るく好奇心の旺盛なエリザベスは――もうここにいない。

「それじゃ、子どもを診といてやろう。せっかくわざわざ来たんだからな」医者が言った。「ここに連れてきなさい」

リアがびくりとした。後日、メイドが家の裏で鍋を洗いながら、死んだエリザベスを思って泣いていたことをシャーロットは知っている。エリザベスはお産の床についているあいだも快活で才気にあふれ、リアは従妹のそういうところを慈しんでいた。

リアが身をかがめて眠っている子どもを抱き上げ、おずおずと医者の手に預けた。医者が窓際の粗削りのテーブルに子どもを下ろした。気まぐれな月光と、そばに置かれた灯油ランプの薄黄色の明かりが、その周囲を照らしていた。毛布を開いたとたん赤ん坊が甲高い泣き声をあげ、医者はよろしいとばかりにうなずいた。すでに布地をよごしていた黒くゆるい便を無視して赤ん坊を持ち上げ、さっとひっくり返す。

「尻のここに大きな母斑がある。じつに奇妙だ」医者がつぶやいた。赤ん坊を横向きにさせ、綿のひもでしっかり結ばれたへその緒の端を調べる。次に、一歳の雌鶏の胸郭《きょうかく》よりも小さい胸郭に、大きな手をかぶせた。突然、はっと息をのむ。「ふむ。これはどういうことだ。なんと異様な！」赤ん坊が身をよじり、空腹なのか、毛布をはがされて寒いのか、その両方なのか、不平の泣き声を漏らした。

「どういう意味です？」シャーロットは、灯油ランプの明かりのそばに歩み寄った。安い灯油なので、咳き込まないように煙を手で払わなくてはならなかった。

「鼓動だ」医者が赤ん坊を持ち上げて、その胸に耳を当てた。「ここだよ。胸郭のすぐ下の、右側」また子どもを下ろし、太い指先で指し示す。

シャーロットは、幼子の小さな胸のみぞおちあたりが規則的に上下しているのを見た。まるで、皮膚の下に隠れた鳥が飛び立とうとしているかのようだ。温かくなめらかな肌に触れてみた。指の下でトク、トク、トク、と脈打っている。なじみのあるリズムだった。

「よくわかりません」シャーロットは言った。

「普通は心臓があるところに鼓動を感じるものだが、ここにもまったく同じものがあるのだ。右側に」シャーロットが理解できずに首を振ると、医者が言い足した。「つまり、この子には心臓がふたつある。明白な事実だ」

「ありえない」シャーロットは言った。

「まさか、母親から心臓を盗んだの？」リアが亡骸《なきがら》をちらりと見て言った。迷信深いうえに、想像力が豊かすぎるのだ。

「やめてちょうだい、リア」シャーロットはきびしい口調で言った。ドクター・グリアを振り返る。「心臓がふたつ？　ありえない」もう一度言った。

「多くのことがありうるのだよ。人体の謎は有限ではあるが、まだ解明されてはおらん。女の頭では、とうてい理解はできんだろうがな」ここでシャーロットは、言いたいことをぐっと我慢した。そもそも実家と揉めることになったのは、そういう絶叫を抑えられなかったからだ。ドクター・グリアが続けた。「しかし、確かめておかねばならん――父親は誰だ？　何か病気を持ってたかね？」酔いはすっかり覚めたようだった。磨き上げた鉄のような真顔で、目はかつてないほど輝いている。ランプの明かりのもとで、その顔つきは奇怪に見えた。

「わ……わからない」シャーロットは、医者の言葉にたじろぎながら答えた。「波止場の風来坊か、船乗りかもしれません」

「中国人の水夫か！　なるほど、それでわかった。この子は、まるで広東《カントン》からまっすぐ運ばれてきたみたいな容貌だからな。港には毎日、中国からの茶運搬船で、ありとあらゆる珍妙なものが到着するのだ。うわさには聞いておった。なんとも興味深い！」

シャーロットは、込み上げる不安に肌が粟立《あわだ》つのを感じた。すでに泣きやんでいた幼い女の子をすばやく毛布でくるみ、ぎゅっと抱きしめる。「珍妙なもの？　この子はただの赤ん坊よ。どんなもののことを言ってるんです？」

「体がつながったあの双子、チャンとエンのことを考えてみたまえ！　すばらしい！」

「でも、あの人たちはシャム人で、中国人じゃないでしょう」シャーロットは言った。「それに、混血じゃなかったと思うけど……」

「その子は生き延びたとしても」シャーロットの言葉を無視して、医者が続けた。「まず、子どもは産めんだろう。どっちにしろ、ほぼ間違いなく死ぬだろうな。そうしたら、なんの病気なのかわかるはずだ。内部を調べれば答えが出る」

「内部」シャーロットはつぶやいた。赤ん坊を連れてできるだけ早くこの男から逃げなければと、いてても立ってもいられなくなる。医者は、シャーロットが黙り込んだことには気づかず、さっとマントを身に着けた。

「望まれぬ父なし子も、なんらかの役には立つものだ。子どもが死んだら、遺体をわたしに寄こしなさい。あんたには無用だろうからな。五十ドルの高値で売れるかもしれんぞ」

「なんのために？」シャーロットは鼻にしわを寄せて嫌悪を示しながら尋ねた。

「もちろん解剖のためだよ。貴重な標本だ。研究の役に立つ。ニューヨークでなら、大講堂いっぱいの学生や学者がその子を見に集まるだろう。想像してみたまえ。五百人が一枚五十セントの入場券を手に、その子の秘密を探りにやってくるのだ。医学に対するすばらしい贈り物となるだろう」

リアがハンカチで口を覆い、首を振った。

「いやです」シャーロットは冷ややかに応じた。「絶対に」

「あんたが寄こさなくても、別の誰かが奪っていくさ。心臓がふたつある女の子のうわさが広まればな。やつらは墓場から直接かっさらって、あんたに金は入らん。一セントもな」医者が荒れ果てた家を見回した。「だが、あんたにはぜひとも金が必要だろう。そのくらいはわたしの目にも見て取れる」

「リア、壺を持ってきて」シャーロットは命じた。リアは言われたとおり小走りで炉端へ行き、炉棚に置かれた小さな白い陶器の壺を持って戻ってきた。シャーロットは片手を赤ん坊から離し、乏しい五セント銀貨二、三枚と、二十五セント銀貨一枚、一セント銅貨数枚をすくい取った――来週のパンや何かに使うはずだった全財産だ。「どうぞ。診察代です。あなたに借りはありません。もう来ないでください。この子は売り物じゃありません。生きていようと、死んでいようと」

医者は顔をしかめたが、帽子を上げて挨拶し、酒のにおいをぷんぷんさせながら出ていった。扉がバタンと閉まると、ランプの炎が揺らめいた。医者は去ったが、女たちの不安は消えなかった。

「あの医者が戻ってきたらどうしましょう？」リアが手を揉み合わせながら訊いた。

「引っ越すわ。ブルックリンを出てマンハッタンに戻る。家賃が高いだろうけど」

「でも、ご実家が――島に足を踏み入れたら金はやらないって！」

シャーロットはエリザベスを見やった。うっすらとあいたその目は、やはり何も見つめてはいなかった。従妹の死が残していった虚無感に、胸が痛んだ。あの明るい笑い声は失われてしまった。それから、とても奇妙で、とても愛らしい子どもを見た。幼い女の子がまた泣き声をあげ、ぱっと目をあけた。焦点の定まらないその目は美しく、濡れた石のように輝いていた。シャーロットの孤独な心が、それに答えて高鳴った。

「嘘をつきましょう。まわりの人たちには、元気いっぱいな男の子が生まれたと言うの。この子は男の子として育てる。グリア先生が空気を吸うよりお酒を飲んでいたい人だってことは、誰でも知ってる。丈夫そうな男の子を見れば、先生が病気の女の子を診たと言い張っても、誰も信じないわ。診察のあいだじゅう、どうしようもなく酔っ払ってたと言いましょう。うわさはそのうち消える。必要なだけ貯金ができたら、引っ越すの。たぶん街に戻るか、南のどこかへ。それから、きちんとした淑女として育てましょう」

「名前はどうします？　まあ、ちっちゃいこと」リアが訊いた。赤ん坊のつま先をくすぐる。

「男の子の名前が必要ね。ヘンリー？　サミュエル？」

「ジェイコブはどうですか」リアが提案した。シャーロットは顎先を震わせた。自分の死産した息子につけるはずだった名前だ。リアは、坊やの世話ができることをとても楽しみにしていた。

「ジェイコブ」シャーロットはその名前を口にしてみて、苦痛を覚えないことに気づいた。それは心にしっくりとなじんだ。「いいわ。ジェイコブね。この子には別の姓をつけましょう。確か、エリザベスはこの子の父親をリーと呼んでた。もしカッター家の子として生まれていたら、一族の伝統に従ってアリーンと名づけられてたはずだけど、この子はわたしたちの子で、あの人たちの子じゃない。本当の名前は――コーラよ」

「コーラ?」リアが納得しかねるかのように訊き返した。

「ええ。Cor《コール》は、ラテン語で心臓という意味。授業で習ったから、そのくらいは思い出せるわ。それがこの子の本名よ。でも、グリア先生が死んでしまうか、わたしたちがこのひどい家を出ていくまでは、その名前は口にしない。計画どおりやるには、急いでお金を稼がなくちゃ」行く手には仕事があり、苦悩があるだろう。シャーロットにとっては目新しいことではなかったが、コーラは強くなるすべを知らない。今はまだ。

「コーラ」メイドは、女主人が眉をひそめるのを気にもせず、優しく呼びかけた。「ふたつの心臓を持つ、ありえない女の子」

二十年後

1

一八五〇年九月
ニューヨーク市

コーラ・リーには、自分の仕事が大嫌いになる日もあったが、今回はそうではなかった。冷たい雨の降る、九月半ばとしては寒すぎる日だった。コーラは、一番街《アヴェニュー》に近いマーブル墓地の緑の芝生に降り立った。前もって自分の墓地を買う余裕のある人々に最近人気のタカホー大理石の記念碑や墓石が、緑地に点在している。

コーラのようなきちんとした淑女なら、美しく着飾って絹の傘を差し、ブロードウェイに出かけて、〈スチュアーツ・デパートメントストア〉が入っている通称〈マーブルパレス〉の前をそぞろ歩いているべきだろう。しかしコーラはそうするかわりに、老いも若きも等しく死んでいる者たちを神が迎えるこの場所にいた。ここは死者たちの地区で、通り四本分の範囲には墓地が八カ所もあった。しかしほとんどは、もう埋葬を受け入れていなかった。墓は掘り起こされ、田舎の墓地に移されつつあった。簡単に言えば、島が生きている者であふれ返りそうになっているからだ。死者たちは、ランドールズ島とワーズ島へ、ロングアイランドのグリーンウッド墓地へ、あるいは街の北端にある第二トリニティー墓地へと送られた。ニューヨークはどんな船で到着する飢えた貧しい人間も受け入れてくれたが、死んでしまえばここにはとどまれない。裕福な人たちだけは、とどまることができた――たとえば、ここにいる幸運なミスター・ヒッチコックのような。

いや、不運な、と言うべきかもしれない。

コーラはベールで覆われた顔をうつむけ、蜜蠟で磨かれたばかりの棺を取り囲んでいる会葬者たちの輪に加わった。誰かにまじまじと見られないよう、会葬者のなかに溶け込む影になる――しかるべき影に。中背、しっかりした体格、鯨《くじら》ひげのコルセットに締めつけられた細いウエスト、そしてアイルランド人でないことは確かだが、それなら何人なのか特定しにくい顔。目は黒く、編んで頭のてっぺんでまとめた髪は出すぎたお茶の色だった――とはいえ、本物の髪は短く切ってあり、かなり高価な同じ色のかつらに隠されていた。墓地には葬儀を執り行うための施設がなかったので、痩せた司祭は、まるで最近流行したコレラから回復しきっていないかのような様子で、咳払いをして話し始めた。地面はまだ掘り返されていなかった。ヒッチコック家は、数十センチの土と重い大理石の厚板の下に隠された地下納体堂を所有している。

「万人に慕われたランドルフ・ヒッチコック三世を休ましめたまえ」

それほど慕われてはいなかったみたい、とコーラは胸のなかでつぶやいた。成人した子どもふたりは、家長の死に消沈しているというより退屈しているようだった。

「神の子であり――」

その神の子は、エルム通りにある〈マダム・エムロードの店〉でひいきの娼婦と寝ているときに死んだ。

「――家族の忠実なるしもべだったランドルフ・ヒッチコックは、あまりにも早く我らのもとを去った。彼はその寛大さによって記憶されるであろう」

寛大さ、もしかして貪欲ということ？　少なくともひとつ、司祭は本当のことを言った。ランドルフ・ヒッチコック三世は確かに、早すぎる死を迎えた。コーラは彼がいつ死ぬかは知らなかったものの、近いうちであることは知っていた。ヒッチコックの主治医が、二・五ドル金貨一枚でそう教えてくれた。ヒッチコックは巨大な腹部に動脈瘤を抱えていて、大動脈は大きな林檎ほどに膨らみ、いつ壊滅的な破裂が起こってもおかしくなかった。医者は指の下でそれが脈打ち、月日とともに大きさを増していくのを感じていた。

〈マダム・エムロードの店〉でヒッチコックがひいきにしていた女に（やはり硬貨の力で）聞いた話によれば、彼は安静に過ごすようにという医者の警告を笑い飛ばしていた。酒をやめ、ウォール街への毎日の通勤をやめ、〈マダム・エムロードの店〉への訪問を控えること。そしてとにかく、バーで大皿に盛られた牡蠣《かき》のローストを何皿もがつがつ食べないように、という警告。けれども、ヒッチコックが倒れて意識を失ったのは、その〈マダム・エムロードの店〉でのことだった――上階で、ベルという女の上に乗っていたとき。どうやらベルは十分間ほど叫んだり手足をばたつかせたりしたようで、その後ようやく百四十キロの男の下から助け出された。ベルは得意客と過ごすときにはいつもわめいていたから、本当に緊急事態なのかどうか判断がつきにくかったのだ。

生きているあいだのヒッチコックは、貴重な人物ではなかったかもしれない。しかし、死んだ今では間違いなく貴重だった。破裂した動脈瘤のある肥満体は、解剖用としてかなりの金額で売れるだろう。ヒッチコックが持っていたような体は、コーラの専門だった――物珍しさのある遺体。解剖学教授や解剖学博物館は、異例なものに喜んで金を払う。正常から外れた体の働きをより詳しく学べるほど、社会にとって利益になる。そしてコーラの懐も潤う。

コーラは埋葬場所をじっと見た。ほとんどの死体盗掘人は、私有墓地にはつきもののライフル銃を携えた番人や、大理石の棺、まれに見る鉄製の死体金庫《モートセーフ》に対処できるほど辛抱強くなかった。共同墓地のほうが盗掘しやすかったが、その中身も少しばかりおもしろみに欠けた。肺病、死産、卒中、猩紅熱《しょうこうねつ》。貧しい者たちは、そういうひどくありふれた原因で死んだ。しかし平凡な遺体でも、一体五ドルから八ドルにはなった。波止場で蒸気ボイラーの荷降ろしの仕事を一週間やって稼げるのと同じ金額だ。

マーブル墓地は、普通の墓地とは違った――墓石はなく、いくつかの記念碑と、壁にはめ込まれた大理石の銘板だけが、家族の納体堂の場所を示している。ヒッチコック家の納体堂を守る大理石の厚板は、準備の足りない未熟な死体泥棒の手には負えない。墓地の柵はとがっていて、よじのぼると痛いし、百四十キロの体を担いでいればなおさらだった。しかし、それは問題にならない。コーラは昨年、かなりの大金を払って門の鍵を手に入れていた。

墓地は、コーラが最高の仕事をやってのける場所だった。墓地のことなら、鏡に映った自分の姿と同じくらいよく知っていた——入口、番人の当番時間と悪癖、地下納体堂と棺の配置。棺を見れば、頭側の端に鉄製のつまみがあるかどうかもわかった。その場合、遺体は引き出されないように首輪をつけられていると考えられる。遺体が埋葬されずに長いあいだ遺体安置所に置かれていたかどうかにも注意した。そのせいで、土に埋められる前にすっかり腐敗しているかもしれない。コーラは遺体安置所が大嫌いだった——新鮮な遺体をだいなしにし、自分の儲けをだいなしにするからだ。

司祭が話すのをやめ、祈りが始まっていた。コーラは頭を垂れた。雨が小降りになり、ひだ飾りのついた傘をぱらぱらと打つ音もやんだ。会葬者たちが散っていき、コーラは故人の息子のひとりに視線を向けた。次男のウォーレンは、目を赤くしているたったひとりの会葬者だった(とはいえ、彼の目も涙を流しそうなほど悲しげではないことがわかった)。ウォーレンは司祭と話していて、ほかの家族たちとの距離が広がりつつあった。上々だ。

ウォーレンが振り返って会葬者たちのあとに続いたので、コーラは傘をたたみ、急いで歩を進めた。足早に追い越したところでつまずいたふりをして、喉の奥から声を漏らす。

「あっ。いたたっ」コーラは言って、草地で足首をひねったかのようによろめいた。

ヒッチコック家の次男が手を伸ばして、コーラの肘を支えた。「だいじょうぶですか?」

「ああ、いえ、あまりよくないみたい」コーラはウォーレンの腕に寄りかかり、まつげを涙できらめかせながら、じっと相手の顔を見た。髪は茶色で、口ひげを生やし、高価な葉巻の香りをまとっている。ウォーレンがコーラと目を合わせてから、視線を下げ、身頃の黒いレースの縁飾りからのぞく胸の膨らみをちらりと見た。

ふたたび目を上げ、はっと息をのむ。コーラを前にすると、男たちはたいていこういう反応をした。出会った瞬間、目が離せなくなる。頭のなかで、この美しさをどう名づけて整理すればいいのかと考えてしまうのだ。外国生まれだろうか？　スペイン人か？　こんな目と髪をした女が、どのようにして生まれたのだろう？　しかし、分類を拒むこの境界線上が、コーラの生きる場所だ。

「ありがとう」コーラは言った。「もう少しすれば治ります」

「そうですか」ウォーレンがためらいがちに言った。「どこかでお会いしましたっけ？　父のお知り合いですか？」

「ええ。確か、昨年十二月のシャーマホーン家の舞踏会でお会いしましたわ」嘘だったが、ウォーレンは礼儀として憶えていないとは言わなかった。「母も参列したがっていたのですが、加減が悪くて」

「そうですか」ウォーレンが繰り返した。

コーラは腰のあたりを支えてもらい、ウォーレンと並んで門へ向かった。「母は知りたがっていました――とても心配していましたの――あなたのお父さまがここで安心して眠れるように、きちんと手段を講じていらっしゃるのかどうか。だって……ああ、とても口にはできません！」コーラはハンカチを鼻に当てた。

「えっ？　墓泥棒のことですか？　ええ、もちろんです。日暮れ前に番人が来て、これから二週間見張りをします。どちらにしても、父は大理石の納体堂に収められますからね」

「それなら安心ですわ。手助けしてくださって、心から感謝いたします」コーラは身を引いた。「もうすっかりよくなりました。あちらに貸し馬車を待たせているから、行かないと。このたびはお悔やみ申し上げます」しかつめらしく言ってから、歩み去る。

「そうですか、ミス……ミス……」

しかし、コーラはすでに遠ざかっていた。手袋をはめた手を御者に預け、二輪馬車に乗り込む。「アーヴィング・プレイスに戻って」コーラは命じた。ピシッと手綱が鳴ると馬が走り出し、馬車は揺れながら二番街を北へ戻り、大理石とありふれた茶色い砂岩の家々が並ぶ街区をいくつも抜けていった。

コーラは満足のため息をついた。街の一流の貴婦人にふさわしい、リボンで完璧に飾られた服を身に着けて、一流の施設にもぐり込み、上流社会に属するひいきの医師とちょっとした言葉を交わしたり、珍しい病気の兆候を探して群衆を眺めたりする方法ならわかっている。それから、おまえは何者だと誰かに尋ねられる前に、そっと立ち去ることもできる。人生最初の十四年間を男の子として生きてきたことを考えれば、なかなかみごとなものだ。

コーラは目を閉じた。馬車は濡れた通りを蛇行しながら進み、曲がり角に立つ新聞売りの少年たちがニュースを叫んで宣伝する声と、馬のひづめが敷石を打つ音が大きく響いた。すがすがしい雨のにおいがすべてを新鮮に感じさせたが、コーラは気を抜かなかった。今夜わたしを取り囲むのは掘り返したばかりの島の古い土、親愛なるミスター・ヒッチコックがわたしの獲物。

指を右の胸郭へ持っていく。触れてわかるものは何もなかったが、重ねた服の生地と鯨ひげの下に何がひそんでいるかは知っていた。指先の下のかすかな震え。あるはずのない場所にある鼓動。

もちろん、賄賂を受け取った医者も、死体を買った医者も誰ひとりとして、真実は知らない――コーラ自身が飛びきり貴重な獲物であり、伝説になる存在であることを。現実に生まれるなどありえない、ふたつの心臓を持つ女であることを。

炉棚の時計がチャイムを鳴らした。五時。ひと稼ぎしに行く時間だ。まったく仕事のない何週間もの閑散期のあと、ようやく。

自室の扉を軽くたたく音がしたあと、リアが入ってきた。コーラより小柄だが、肩と腰は太くがっしりしているメイドは、両腕いっぱいに清潔なリネンを抱えていた。黄色い髪をきつく編んで頭のてっぺんでまとめ、ぱりっと清潔なエプロンを着けている。コーラは優しく口もとをゆるめた。リアはずっと昔からコーラのそばにいて、三年前にシャーロット伯母が亡くなってからは母親も同然になった。

「おや、ミス・コーラ。今夜はあなたがお出かけになるんですか、それともジェイコブが？もうだらだらしてられませんね？」リアが尋ねた。これは褒め言葉だ。リアは怠惰な人間を嫌っているが、仕事がないのはコーラのせいではない。だって、わたしは死神ではないのだから。

「ジェイコブは、もう少しあとまで登場しなくていいの。今のところ、兄さんには休んでてもらう」コーラは言った。「それに、この仕事には繊細な手さばきが必要だし」

「だったら、そのふたつの手を使いなさいな」リアが淡い青色の目を細めた。「たんと食べてお腹を満たしときましたか？」アイルランド訛りは長年のあいだに目立たなくなったが、無遠慮な物言いは健在だった。

「ええ、リア」リアはいつも、コーラがしっかり食欲を満たすよう気を配っていた。

「気をつけてくださいよ、お嬢さま。あなたたちのどっちかひとりしか行けないんだし、もし何かあったら伯母さまがお墓から戻ってきて、あたしを鞭で打つでしょうよ。あたしに金玉があったら、切り取られちまうかも」

「下品なこと言わないでよ、リア。どっちにしても、きっとアレグザンダーが伯母さまのかわりに喜んでわたしにお説教するでしょ」

「ああ、アレグザンダーね」リアがさっと手を振った。「そうでしょうとも。日曜のお説教が楽しみじゃありませんか、ねえ？」じつのところリアは、シャーロットのつかず離れずの元恋人が気に入っていた。彼の職業は彫刻家で、ダウンタウンの博物館のために人体解剖蠟人《ろうにん》形《ぎょう》をつくって生計を立てていて、かなりの売れっ子だった。コーラが赤ん坊だったころから、毎週日曜日に菓子パンのかごを持ってきてくれる。リアは甘いものに目がないから、日曜日のアレグザンダーがいちばん好きなのだ。

「貸し馬車を呼んでちょうだい、リア。すぐに下りていくから」

リアが部屋を出ていき、コーラは化粧台の前に座って、頬にほんの少しだけ紅をつけた。立ち上がって、片手を右の胸郭へ持っていく。悪い癖だ。

〝誰にも知られてはだめ。絶対に。この秘密が漏れれば、いつかあなたは墓から奪い去られる。そして、もし間違った人間に知られれば、あなたは墓に送り込まれる〟

伯母は何度も繰り返しそう言っていた。黄熱病にかかって死の床にあるときでさえ、かすれた声で最後の警告をした。シャーロットが何よりも恐れていたのは、生きているコーラより死んだコーラのほうが価値があると誰かに知られることだった。

階段を下りていくと、壁の向こう側に住む家族が、小麦の値段について言い争う声が聞こえた。コーラは建物全体を所有したり借りたりするほど裕福ではなかったが、一カ所に数人もしくは二十人の他人とひしめき合って暮らすほど貧しくもなかった。商売が繁盛すれば小売業の貴族になれるかもしれない石鹸製造人や靴屋のように、コーラも労働者階級の多くが身を置く不確かな世界を生きていた。貧民街ファイヴ・ポインツに住むには金持ちすぎて、パーク劇場の特等席に迎えられるには貧乏すぎる。しかし、コーラにはリアがいるし、いくつかの秘密もある。それでじゅうぶんだった。

外で貸し馬車を待たせるあいだ、リアが扉を押さえていてくれた。「気をつけてくださいよ。あなたはコーラとして出かけすぎです。グリア先生が死んでまだ二年だし、ミス・シャーロットが亡くなってまだ三年なんですからね」

「わかってる。気をつけるわ」コーラはにっこり笑った。「いつもの夜の仕事。それだけ」

リアが頬にキスをすると、焼きたてのパンの香りがコーラを包み、貸し馬車に乗り込むまでついてきた。リアがまたお酒を飲みすぎないといいのだけれど……。最近、どこかへ消えては空の酒瓶を手に戻ってきて、ベッドでいびきをかくことが多くなった。

コーラはあらかじめ部下たちに、今夜遅く墓地に集まるよう連絡しておいた。その前にやるべき仕事があった。この時点では、コーラの出番はないことも多い――ジェイコブでも対応できる。しかし、ときには女の手が何よりも効く。コーラは御者に命じて、スタイヴェサント・スクエアとその大きなふたつの噴水を通り過ぎ、セント・マークス教会のさらに先へと二番街を進ませた。マーブル墓地の門の上に太陽が沈みかけ、鉄の柵を覆い隠す木の枝から金色の光が漏れていた。

コーラは貸し馬車から降り立った。奇妙な場所で降りたことに対する御者の意見を無視して、十五分待つように念を押す。門の前に立った。門は閉じていたが、まだ錠は下りていない。隙間から、大柄で凶暴そうな男がいるのが見えた。バワリー・ボーイズ――放埒な行動と派手すぎる服装で有名な独身男性の集団――の一員だ。この団員は、幅広い胸に黄色い格子縞のベストをこれみよがしに着て、整っていない口ひげを生やし、髪を石鹸で耳の後ろに撫でつけていた（コーラは石鹸で固めた髪が大嫌いだった。きたない樹液にとらわれた昆虫を連想させるからだ。ジェイコブは自然な髪型にしている）。バワリー・ボーイは、掘り返されたばかりの土をかぶったヒッチコック家の地下納体堂から三メートルほど離れた場所で、オークの木陰の石壁に寄りかかっていた。ライフル銃を持っている。実際問題として、弾丸はひとりに怪我をさせるだけで、すぐに他の仲間たちが男を押さえ込めるが、一発の銃声でも不要な注意を引くことになる。

コーラは一歩横に寄って少しのあいだ門から離れ、スカートのポケットに忍ばせた財布をそっと握りしめてから、両頰をつねって血色をよくし、深呼吸した。準備完了だ。

何も見ずにくるりと門に向き直ったとたん、顔から壁にぶつかった。

いや、壁に思えただけだ。それはひとりの男だった。衝撃で鼻がずきずきと痛み、両手を顔に当てた。びっくりしたが、叫び声はあげなかった。何年も前に、何に対しても驚きの声を押し殺す方法を学んでいた——注意を引きすぎるからだ。

その紳士が、さっと腕を伸ばしてコーラを支えた。「うわっ！　申し訳ない！　お詫びします——そこにいたなんて気づかなかった」

コーラは体勢を立て直した。視線を落とし、上等な革靴と、擦り切れているが清潔な灰色の羊毛のズボン、清潔な両手を見て取る。まだどんな労働にも遭遇したことのない若々しい手だ。コーラは、手で鼻を覆ったまま視線をさりげなく上に向けた。

男はかなり背が高く、少し赤みがかった髪には栗色と真鍮色の筋が交じり、榛色《はしばみいろ》の目は、明るい緑でも茶色でもなく、くすんだ中間の色をしていた。口は心配そうに引き結ばれていたが、目はこちらを見て笑っているようだった。

そして、初めての出会いを振り返るとき、コーラはいつもそんなふうにセオドアを思い出すことになった——どんなときでも、決してひとつには収まらないように見える姿を。しかし、第一に頭に浮かんだのは、なんてハンサムなんだろう、だった。第二は、立ち去ってもらいたい、今すぐに、だ。

コーラは顔から手を離し、血がついていないのを見てうなずいた。「まったくだいじょうぶです」鼻が詰まったような声になった。「ありがとう。ご機嫌よう」わきを抜けて墓地に入ろうとしたが、男がついてきた。

「怪我がないことを確かめるまでは放っておけないよ」その声は柔らかで、からかっているようにも聞こえた。コーラは、どちらかと言えばこの男が嫌いになりかけていた。

「見てのとおり、どこにも怪我はありません。ご機嫌よう」

「きみが二度言ったからには、きょうはご機嫌な日に違いない。なのにぼくは、きみのきれいな顔にうっかりぶつかってしまった。せめて正式に謝罪させてください」

「必要ありません」男はいまだにすぐ近くにいた。コーラの腰に触れられるくらい近くに。もっとはっきり言ってやったほうがいいかもしれない。「わたしはまったくだいじょうぶです。さようなら」

「というより、こんにちは。ぼくはいるべき場所にいるわけだから、しばらくはどこにも行かない」男が片手を広げ、雇われの番人以外誰もいない墓地を示した。番人はふたりを疑わしげにじっと見ていた。

「いいでしょう」いや、よくはなかった。コーラは男を無視することにしたが、一歩進むごとに、男が歩調を合わせてくるようだった。もしかすると、ヒッチコック家の人間だろうか。そうでなければ、影のようについてくる理由がわからない。とにかく、無視することにしよう。そのうちいなくなるはずだ。

「ねえ、どこかで会ったかな？　確かに見覚えがある気がするんだけど」男に笑顔でそう言われ、逃げ出したいという強い衝動を覚えた。コーラはあらゆる社会階級にもぐり込んでいる――ジェイコブとしてオイスター・バーで港湾労働者たちとつき合い、コーラとして博物館の有料のオープンイベントにも出席する。以前にどこかで顔を合わせた可能性はじゅうぶんにあったが、この仕事をするには匿名を保ち続けなくてはならなかった。街の医者で、コーラの仕事を知っているのはほんの数人だった。上流階級の人々に知られたら、目新しい体の異常を抱える人をこっそり探り出すことができなくなってしまう。

格子縞のベストを着たバワリー・ボーイは、ふたりのやりとりをむしろ楽しんでいるようだった。それが苛立たしさを二倍にした。コーラは、本格的な交渉が始まる前から、プロらしく冷静に交渉の主導権を握っていたかったからだ。

いらいらしながら、見知らぬ男に向き直った。「放っておいて。でないと助けを呼ぶわよ」

「本気だとはとても思えないな。このあたりには警察官《コッパー・スター》も夜警も歩いてないよ。出ていかなきゃならないのはきみのほうかもな」

コーラは男の目をまっすぐ見つめた。男は視線をとらえたが、そのあとすぐに番人のほうを見やった。

なるほど。

気を引こうとしているわけでも、死者を悼みに来たわけでもない。商売敵だったのだ。

どうもおかしい。街の死体盗掘人ならほとんどが顔見知りだった。この男は見たことがないし、同業者にしては少し身なりが立派すぎる（もちろん、コーラの身なりは墓掘りには最悪だが、ここには力仕事をしに来たのではない）。それに、八十六番通りの南で新たな埋葬があるのはごくまれなので、ほとんどの死体盗掘人は死体を求めて北へ行く。

コーラは、わざわざ答えを返してやりはしなかった。商売に情けは無用。こんな新参者は無視する頃合いだ。番人にまっすぐ歩み寄った。

「コーラ・リーと申します。わたしは――」

「その女性のことは気にするな。今夜きみが一時間、目をそらしていてくれるなら、十ドル払おう」

番人が男をまじまじと見た。コーラも男をまじまじと見た。途方もない高値だ。興味深い死体は二十ドルにはなるかもしれないが、半分を番人に渡すなどばかげている。どちらにしても、墓を見張ることで家族に賃金をもらっているのだ。番人は警戒心をいだいたようだが、それも当然だった。罠のように聞こえる。明らかに、この若造はコーラが携わっている業種について何も知らないし、話の進めかたも知らない。

番人がライフル銃をもう一方の手に持ち替えて、男の顔をまともに狙えるようにした。「この気取り屋は、どこのどいつだ？」

コーラは蠅を追い払うかのように、さっと手を振った。「ええ、どこかのひょうきん者《アーチデューク》には黙って《ドライアップ》てもらわないとね」急に困惑顔になった商売敵の前に進み出る。「聞いて。その骸《クワルーン》のかわりに、略《ドープ》の五ドル《ビーン》金貨を用意した。一派が真夜中に、この土風呂に入りにやってくる。互いに他言は無用」

番人がうなずいて考えたが、淑女が隠語《フラッシュ》を話すのを聞いてぎょっとしたようだった。特にキャナル通りの北では、めったにないことだ。

「なんのことだい？」若者が訊いた。「ぼくが先に十ドルを提示したんだぞ！」

コーラが首を傾けてちらりと視線を投げると、商売敵の自信は消え失せたようだった。「この男は騙り《ナッパー》よ！　架空の国の架空の時代《レイン・オブ・クイーン・ディック》なら、あなたに二十ドルくれたかもね」これを聞いて番人は大笑いし、コーラは得意げににやりとした。「かばん《モルサック》に半分入ってるから、残りの半分は後払いで」

「ぼくのことをなんと呼んだ？」

若者は会話にまったくついてこられず、どちらも彼の不平など聞いていなかった。コーラは番人と握手をしたあと、手さげ袋《レティキュール》からひとつかみの硬貨を取り出して渡した。番人が帽子を軽く上げて挨拶した。

コーラは口もとをゆるめた。「兄のジェイコブを待ってて。ほかの者たちを連れてくるから」

「ジェイコブ・リーか？」バワリー・ボーイが訊いた。コーラはうなずいた。「ああ、あんたたちふたりのうわさは聞いてる」感心し、安堵したようだった。リー兄妹は、慎重さと公平な支払いで定評があった。

コーラはくるりときびすを返し、門のほうへ戻った。夕闇が墓地全体を包んでいた。ひとつまたひとつと通りのガス灯がともり、パチパチ、シューシューと音を立てて夜を歓迎している。背後で、商売敵が番人に何か無礼な言葉を浴びせられたあと、鞭で打たれた犬のように、駆け足でコーラを追いかけてきた。

コーラはにんまりして、待っていた貸し馬車に乗り込んだ。馬が歩を進める前に、若者が手綱をつかんだ。御者が抗議の叫び声をあげ、コーラは横から頭をのぞかせた。

「なんなの？」

「あそこで何を言ったんだ？」

「わからないなら、この仕事からは手を引いたほうがいい」

「教えてくれよ」

「その手綱を放してくれるならね」

「わかった」

コーラはため息をついた。「わたしはあなたのことを、嘘つきでばかだと言った。番人は五ドルで目をそらしていてくれる。あとでわたしの部下が来るから、あなたは絶対に戻ってこないで。いっしょに来る兄さんは、わたしと違って温厚とはとても言えない。わたしたちの邪魔はしないことね」

「セオドア」

「なんですって？」

「ぼくの名前は、セオドア・フリントだ。でも、セオって呼んでいいよ。また侮辱する必要があるときに備えてね」

フリントが手綱を放すと、馬が勢いよく走り出した。コーラはビロードのクッションに深々と腰を下ろし、よそ者から離れられたことにほっとした。馬車が角を曲がったところで、叫び声と笑い声が聞こえてきた。

「コーラ・リー！　きみに恋をしたみたいだ！」

振り返ると、セオドア・フリントが通りのなかほどで大仰なお辞儀をしているのが見えた。邪魔をするなという警告など、まったく聞くつもりはなさそうだった。

2

真夜中の少し前、コーラは目を覚ました。リアはとなりの部屋でぐっすり眠っている。あまりにも大きないびきをかいているので、コーラの枕にも反響が感じられるほどだった。今夜のような夜には、コーラは三、四時間ずつに分けて睡眠を取った――疲れるが、いつものことだ。

灯油ランプに火をつけると、黄色い明かりが部屋の隅々まで照らした。洗面器で顔を洗ってから、壁に掛かった鏡で自分の姿を眺める。短い髪に触れ、うなじのあたりを撫でつけた。切る必要はない。短さも乱れ具合もちょうどいい。ネグリジェを脱ぐと、寝室の冷たい空気が素肌をかすめ、ぶるりと身震いした。リアが、ジェイコブの服を隅の椅子にのせておいてくれた。ゆるいドロワーズを数枚はいて、膝からウエストまでを覆う。次に、胸のまわりに長く幅広いガーゼを巻いて、女性らしい膨らみが四枚重ねのござっぱりした服の下で平らに見えるようにした。ガーゼの片端を左肩に巻きつけてから、両端をしっかりたくし込み、どんなに動いたり、ものを投げたり持ち上げたりしてもずれないようにする。

ひと息ついて、手を右のあばらに当てた。謎めいたもうひとつの自分の中心が、手首の脈と同じリズムで鼓動している場所。長年、もうひとつの心臓は、悪さもせず体のなかに居座っていた。一度、たった一度だけ、不調を起こしたことがある。午後のほんのひととき、体が一方に傾いてしまい、よだれを垂らしながら、もつれる舌で恐怖を訴えた。シャーロットは取り乱し、その日夕食に来ていたアレグザンダーは扉に突進して医者を呼びに行こうとした。そしてシャーロットから、コーラは絶対に二度と医者に見せてはならないのだと釘を刺された。

そういうわけで、十三歳のコーラは震えて泣きながら、麻痺した左腕と左脚は元どおりになるのか、ろれつの回らない話しかたは治るのかとおびえていた。けれども、それは治った――ほんの数時間で。以来一度も起こっていないが、あの出来事はコーラに、自分の存在が体の邪悪な力に支配されていることを思い出させた。

胸から手を離し、細身のシャツを取った。丈が肘のあたりまでしかなく、前でひもを締める形なので、濡れた子山羊革の手袋のようにぴったりとした着心地だ。リアが二枚重ねの帆布でつくり、三角筋と広背筋を厚くするための革を縫いつけて、胴部がたくましい逆三角形になるようにしてくれた。衣服に包まれた肩を手でたたけば、硬く頑丈でしなやかな体つきに感じられるはずだ。

ズボンをはき、首までぴったり覆える茶色のシャツと、ボタンつきのズボン吊りを身に着けた。古い絹のベストをまとってから、外底に特別厚い革の層を縫いつけた頑丈なブーツをはく。中底のかかとの上には四センチ厚の密なフェルトが縫いつけてあり、甲が深いので、五センチほど背が高くなった。裾の長いズボンの下に隠れているから、誰も気づきはしない。最後に、燕尾状の裾とたくさんのポケットがついた長い上着をまとった。

化粧台に歩み寄り、ガラス瓶を探し出した。炭とラードの灰色の混合物に軽く指を浸し、頬と顎と上唇にごく薄く塗りつける。眉は濃くして、くしゃくしゃに乱した。さらに指の背と指先、爪の下にも染料をすり込んで、女性らしい手に偽装を加える。もう一カ所、目の下にもさっと線を引いた――ジェイコブはコーラほどよく眠っていないからだ。別の瓶に、豚毛ブラシを軽く浸した。こちらには、タールのような質感の墨が入っていた。上唇と下顎、頬骨のあたりに軽く点々を描く。暗闇やわずかなガス灯の明かりのもとでなら、無精ひげが生えているように見えるだろう。右の犬歯に、粘つく黒い封蠟をひと塗りした。鏡を見てしかめ面をする。コーラの笑顔はふさわしくない。

右のふくらはぎに短いナイフを留め、もう一本をベストの内側に忍ばせた。上着のポケットに、番人と部下たちに渡す報酬と、気分が乗ればだが仕事後に軽くギャンブルをするための金もしっかり収めた。最後に、煤色《すすいろ》のシルクハットをかぶった。

ジェイコブ・リーが仕事に出る準備は整った。

リアはとなりの部屋でいびきをかき続けていた。目は覚まさないだろう。事実はともかくジェイコブはコーラに比べてはるかに気苦労が少ないが、同じくらい頭が切れる。ジェイコブは、どんな厄介ごとに命の危険があるかをきちんと把握していて、一キロ先からそれを見て取れた。コーラは、島の解剖学者や医者のうわさ話を通じて、命の危険がある厄介ごとにもっと巧妙な方法で備えた。

ドスドスと音を立てて階段を下り、表口から出た。目を上げると、いくつかの窓に掛かったカーテンが閉まった。近所の人たちは、コーラの兄をあまり好いていなかった。たいてい不機嫌だし、街のこの地区に住むにはがさつすぎるように見えたからだ。しかし、日中にコーラが優しい笑顔を振りまき、その財布から家賃が支払われてさえいれば、家主に文句はなかった。

通りは静かだったが、角のガス灯がシューシューと音を立てていた。表口のすぐ外に、幌馬車が停まっている。コーラの部下のうち、〝托鉢《たくはつ》〟トムと〝どら猫〟オットーのふたりだけが座席に座っていた。妻がトムを捨ててカリフォルニアへ発つ直前に、鍋いっぱいの煮え立ったスープを彼の頭にぶちまけたので、髪が焼けただれ、脳天のまわりにちょぼちょぼと残るだけになってしまったのだ。オットーはほうきの柄よりも痩せていて、理由は不明だが、死んだ猫の尻尾をズボンの後ろに着けていた。毎週末に〈キット・バーンの闘犬場〉の闘犬ショーで鼠《ねずみ》を殺し、墓泥棒を〝定職〟としている。

コーラは地面につばを吐き、低い声で言った。「ほかの連中はどこだ?」

「先に行って墓地で待ってるよ」トムが答えた。あくびをしてポケットからミートパイを出したが、仲間に分けようとはしなかった。朝食の時間だ。

「べっぴんさんはどこだ?　今夜ミス・リーはくんのか?」オットーが訊いた。好色そうな目つきでトムと顔を見交わす。コーラは、自分の美しさが話題になることには慣れっこだった。

「いや」コーラは答えた。ベストからナイフを出し、その先で歯をほじる。「コーラは家族だぞ、おまえら。その目は、自分を見張るのに使うんだな。さもないと、ほじくり出して朝のお茶といっしょに煮出してやる」

トムとオットーが黙った。ジェイコブを激怒させないよう礼儀をわきまえるくらいの頭はある。かつての仲間のひとりは、コーラについて下品なことを口にしたせいで、額から頬にかけて残る傷を負ったからだ。感染症が治まったあと、その男の目は白濁して視力を失った。最後に聞いたところでは、〝もっとまともな人たち〟とエリー運河で働くため、船で去ったそうだ。

コーラはナイフを鞘に収め、馬車の後部に飛び乗った。粗い布に覆われた荷物の山をちらりと見る。木製のスコップ数本（鉄製より音が静か）、斧一本、たたんだ布数枚、鎖を壊すための鉄の棒数本、よく切れる鋸《のこぎり》が一丁あった。馬車の隅の鉤《かぎ》にかかった小さなランプが、ほのかな光を楽しげに揺らしていた。

トムが手綱をさっと振り、馬車は出発した。馬がひづめを打ち鳴らして一番街を進むあいだ、彼らは今週の闘犬ショーでの出来事や、ボクシングの試合で先月から勝ちっぱなしのアイルランド人の野獣に誰が負けることになるのかや、仕事が片づいたあとにどのオイスター・バーに行くかについておしゃべりした。馬車が墓地の門近くで速度を落とすと、コーラは飛び降りた。

別の三人の男が、立って葉巻を吸いながら待っていた。そのうちふたりは顔見知りだった。ひとりはパックという名の、巨大な耳をした強気なカード賭博師だ――若いころはボクサーで、試合をするたびに耳が腫れ上がり、ついには腐ったチーズの塊のようになった。今では音がかなり聞こえにくいようだ。

〝公爵〟も来ていた。この黒人紳士の本名を知っている者はいなかったが、〝公爵〟は信頼の置ける人で王族のように物静かだったので、誰も尋ねなかった。ジョージア州かどこかの奴隷所有主のもとから逃げてきたのだといううわさがあった。善良な人間で、きっちり自分の役割を果たす。〝公爵〟の背後にいる第三の男が、葉巻の吸い殻を足で踏みつぶした。コーラはすでに、その服装がいつもの部下たちにしては上等すぎることに気づいていたが、パックには、小銭を稼ぎたくてたまらないおまけの友人を連れてくる癖があった。やめるように言っておかなくてはならない。きょうの夕方、商売敵登場の気配があったことを考えると、チームをしっかり管理しておきたかった。

よそ者が顎を上げて軽く会釈し、ジェイコブを見てにこりとした。

セオドア・フリントだった。

〝公爵〟が切り出した。「ジェイコブ・リー、こちらは――」

「そいつはここで何してる?」コーラは柄にもなく大声で叫んだ。男の声のように低い声域を保って叫ぶのはむずかしい。

「こいつは新顔だが、今夜ただで働きたがっている。少しばかり経験を積んで、また次の仕事を手伝いたいそうだ」

「だめだ。ここは学校じゃない」コーラはフリントをにらんだ。賢明にも黙ったままでいる。

「コーラは新顔のことなんか何も言ってなかった。だが、どこかの与太郎《サム》が仕事を奪おうとしたと言ってた」フリントが、ジェイコブに〝ばかなやつ〟と呼ばれたとは知らずに、両眉を吊り上げた。

　フリントに、コーラだと気づかれないようにしなくてはならなかった。ジェイコブの存在を、これまで以上に必要としていたからだ——収入のために、そして自分のふたつの心臓を守るために。ドクター・グリアは死んだが、生前ずっと、父親が中国人でふたつの心臓を持つ少女がいると主張し続けていたせいで、今もうわさは消えていなかった。だから、用心を怠ってはいけない。

　コーラは咳払いをして、ジェイコブの声に力強さを加えた。「妹によると、男の名前はフリントだそうだ」

「なんと、同一人物かい」〝公爵〟が言って、口笛を吹いた。「なら話は別だ。消えな。さもないとひねり殺すぞ」ニューヨーク市刑務所《トゥームズ》の死刑囚を想像させる、吊るし首のしぐさをする。

　フリントが両手を上げた。「ちょっと待ってくれ。手違いがあった。ぼくの手違いだ。きみの妹さんが界隈の有力な一団を、しかもこの一団を動かしてるなんて知らなかったんだ。ここにいるきみの部下に話したんだが、もしぼくが加わってもいいなら、今夜の買い手を紹介する。四十ドルになる」

「四十ドル？」コーラはかかとを踏んで上体を後ろに反らした。このブーツをはいていれば、セオドア・フリントの目をほぼまっすぐのぞくことができた。二秒以内に相手を地面に組み伏せ、喉にナイフを突きつけることもできるだろう。今は男なのだから、好きなだけ相手と視線をぶつけ合っても世間は何も言わない。

「特別な買い手に掛け合うつもりなんだ」フリントが言って、まるで自信をつけるための新しいスーツを試着するかのように、まっすぐ背を伸ばした。

「誰だ？」

「ぼくが売却の手伝いをした場合にのみ、買ってくれる人さ」

コーラは腕を組んだ。「街の買い手なら全員知ってるし、みんなおれか妹と取引したことがある」

「その人は違う。新しい取引先だ。そして特に珍しい標本なら、ほかの人より多く金を出す用意がある。いいかい、ぼくは警察官じゃない。学ぼうとしてるだけなんだ、本当だよ」

トム、オットー、〝公爵〟は、リーダーが口を開くのを待った。パックは、首にできたかさぶたを物憂げに引っかいていた。ささいなしぐさだが、つまりはこの仕事に本気で取り組んでいないということだ。コーラは心に留めておいた。フリントと、目的の死体についてしばらく考えた。もしフリントの買い手が実在しなくても、死体を運んでドクター・フィリップスか、アップタウンのジェンキンズに売ることもできる。最近では、極上の標本になら三十ドルほど出してくれていた。それにしても……四十ドルか。

「おまえの取り分は？」

「さっき言ったように、きみたちみたいな立派な面々についていけるだけで満足なのさ」

これを聞いて部下全員が大声で笑い、パックがフリントの背中を思いきりたたいたので、フリントはバランスを取り戻すために二、三歩前に出たほどだった。

「どうだい、ジェイコブ。金は金だし、今夜四十ドル稼げるのはかなりうまい話じゃないか。いつもより高いだろう？」〝公爵〟が言った。その知的な黒い目は、コーラに別の思惑を伝えていた。こいつの接触相手と会おうじゃないか、そうすれば今後フリントは用なしになる。コーラはそれとなくうなずいた。

「で、もしこいつがこそ泥だったら、おれが耳を切り取ってやる」パックが言い添えた。「もう長いこと、両耳いっぺんに切り落としてねえな」パックは自分の耳をたたきつぶされて以来、耳を集めることに異常な執着を示していた。仕事がある晩の二、三回に一回は、死体の片耳を切り落とし、その軟骨組織のかけらをポケットに入れている。パックと〝無鉄砲〟メグがつき合っているといううわさがあった。その〝無鉄砲〟メグも、けんかで男たちの耳を嚙み切ってそれを瓶に保存し、自分の店のバーに置いているという。コーラはそれが事実なのかわざわざ尋ねはしなかった。答えを知りたいとは思わなかったからだ。

「いいだろう」コーラは言った。「妙なまねをするなよ、わかったな？　さて、遅くなってきた。仕事にかかろう。オットー、おまえはこの友だちから目を離すな」

コーラは馬車の隅から小さなランプを取って門のところまで行き、鍵を使って錠をあけた。仲間とともに門を横へ押しやる（きしむ音はしない。部下たちがあらかじめ蝶番に油をさしておいたからだ）。向こうの石壁に沿った深い闇のなかで、格子縞の帽子をかぶった番人が木の幹に寄りかかって眠っていた。部下たちが音ひとつ立てずに道具を運び、静かに草地に降ろした。しっかり訓練した成果だ。

コーラは足音を忍ばせて、帽子を目深にかぶった番人に歩み寄り、足でそっと突いた。

「こんばんは」声をかける。「荷物を取りに来たよ」

「ご自由に」番人がつぶやくように言った。「おれはこの木を見張るのに忙しいんだ、わかるだろ？」そう言うと、ごろりと横になって帽子を脱ぎ、特大の赤ん坊のようにいびきをかき始めた。

数メートル向こうでは、草のない一画の黒い地面の下にランドルフ・ヒッチコックが横たわって、証券取引所で株を売ったり、高級バーで半ガロン（約二リットル）の牡蠣を食べたりするより有意義なことに使われようとしていた。コーラは、ヒッチコックに話しかけたいという奇妙な切望を覚えた。たぶん、第二の心臓がかすかに鼓動していたせいだろう。わたしもあなたとまったく同じ、少なくともいつか同じ運命をたどるかもしれない、と心につぶやく。

「さあ、仕事にかかろう」コーラは言った。

ランドルフ・ヒッチコック三世

後悔していることがふたつある。

人は得てして手遅れになってからこういうことを考えるものだが、わたしは昔から前もって計画を立てるのが苦手だった。愛しいエマは、生活のこまごましたことすべてを、きちんと整えておいてくれる。そしてわたしは今、妻をあとに残して逝く。醜聞の影とともに――妻の腕のなかで死ぬべきだったのに、悲しいかな、わたしは別の女といた。

エマに、愛していると伝えるべきだった。心から妻を愛していたが、わたしは愛情を表に出す男ではない。わたしは欲の深い男で、その欲にすっかり食い尽くされてしまったらしい。というのも、医者に警告されてはいたが、わたしに最後をもたらしたのは、腹で脈打っていた大きな血の塊ではなかったからだ。そう、すでに冷たくなった舌には、まだ苦味が残っている。死の数時間前、運ばれてきたプディングを食べたときに気づくべきだった苦味。

それはかまわない。どうやってここにたどり着いたのだとしても、わたしはこの運命に向かって疾走していた。だから、わたしのふたつめの後悔は、軽率な時間のとらえかたをしていたことだ。人は得てして時間が永遠にあり、あすがやってきてきのうの不幸や過ちを消し去り、出直す機会を与えてくれると考える。しかし、あすはもうやってこない。このヒッチコックには。

かわりに、男たちがやってきた。ひとりは女だ、驚いたな！　男の服を着ているが、今のわたしには何も隠せはしない。

よかろう。わたしを食うがいい、飢えた野蛮人どもめ！　この体は、わたしにはもうなんの役にも立たないのだ。

ところが、あの女がわたしの肩に触れた――束の間の優しさ。わたしの死に無関心ではないらしい。

そこにある扉は連中の目には見えないが、彼らの背後で待ち構えている。これから、わたしはそこへ行く。上へ通じているのか、下へ通じているのかはわからない。わかっているのは、自分では選べないということだ。この世でのわたしの所業は終わった。

ああ、愛しいエマ。

今となってはあまりにも遅すぎるが、すまなかった。

3

コーラは身をかがめて指さした。「入口の坑道があるのはここだ。五十センチほど下だろう」木製のスコップを手に取り、セオドア・フリントに向かって勢いよく投げる。フリントがもたつきながら受け取った。「おまえの訓練を始める。掘れ」

パック、〝どら猫〟オットー、〝公爵〟、〝托鉢〟トムが、顔を見合わせてにんまりした。彼らが若者の穴掘り作業を眺め、小声で冷やかしていると、フリントが土をやたらと遠くへ飛ばした。

「おい、ていねいに掘れよ。散らかすと、あとでおまえの仕事が増えるぞ」〝公爵〟がたしなめた。オットーは死んだ猫の尻尾をもてあそび、フリントの頭の近くで誘いかけるように揺らした。パックはコーラのわきに忍び寄った。

「報酬を上げてくれ」パックが声をひそめて言った。「ほかのやつらにはもっと払ってるだろ」

「おまえは新顔だ」コーラはうなり声で答えた。

「もう違う」

またしてもコーラは、〝公爵〟がパックを連れてきた日を呪い——ふたりの意見が食い違ったためったにない事例だ——もっと早く解雇しなかった自分を呪った。この男は信用できない。しかも今では、チームのわざをすべて知られてしまった。一流の死体盗掘団として、自分たちの右に出る者はほとんどいなかった。不平をいだいたパックが、その状況を変えてしまうかもしれない。

「考えておこう」ようやくコーラは答えた。そのあと、今度はトムが、なぜブルーベリーはブラックベリーよりもずっとおいしいのかについて（相手もいないのに）長々と論じるのを聞かされた。トムは自分のはげた頭頂に合わせて、常に腹を丸々とさせておくことに熱心だった。

フリントが汗だくになって息を切らし、四十五センチほど土を掘ったあと、木製のスコップが何か硬いものに当たってコツンというかすかな音を立てた。部下たちが膝をついて残りの土をすくい出すと、六十センチ四方の大理石の笠石が現れた。

「あったぞ。死者に至る扉だ」コーラは告げた。てっぺんが薄い土の層に覆われてはいたが、大理石は暗闇のなかで白く浮き上がって見えた。フリントを除く全員が前かがみになって大理石の縁の下に指を差し入れた。地下納体堂を持てるのは裕福な家族だけだ。ここは、二家族が共有していた――坑道がひとつ、納体堂がふたつ。なかに入るには、かなりの腕力が必要だ。

コーラはフリントを見上げた。「なんだ、そこで誰かがスコールを出してくれるのを待ってるのか？」

「何をだって？」フリントが訊いた。

「酒。リカー。アルコール。飲み物」オットーが助け船を出した。「つまり、さっさと仕事にかかれってことだよ」

「わかった」フリントは額の汗をぬぐって、コーラの横にかがみ込んだ。じつを言うと、フリントが顔から笑みを消し、汗に濡れた髪をくしゃくしゃに乱している今、コーラは少しこの男を見直していた。それに、彼はきつい仕事にも文句を言わなかった。

「三つ数えたら上げろ。一《オン》、二《デュオ》、三《トレイ》」コーラは小声で指示した。

全員が、頸動脈を膨らませて懸命に引っぱった。大理石の笠石は重さ百四十キロほどもあるが、コーラはみんなと同等の割り当て分を持ち上げることができた。夜ごとの重労働で、両腕と両腿は引き締まって頑丈になっていた。

彼らは多少のうなり声をあげたあと、笠石を芝地に移すことができた。コーラはズボンで手をふいてから、暗い坑道をのぞき込んだ。一メートルほど下に、向き合った二枚の埃っぽい扉があった。コーラはすばやい動作で坑道のなかへ下り、硬い地面に着地した。

「ランプを」と命じる。

オットーが尻尾の先を使ってガラスの曇った部分を磨いてから、ランプを手渡した。コーラは灯心を調節した。以前に出くわしたことのある別のタイプとは違って、この扉に錠はなかった。きしみ音とともに北側の扉をあけ、ランプを高く掲げる。

納体堂は、湾曲した天井のある幅二・五メートルほどの小さな空間だった。硬い土の床は、おそらく芝地から三メートルほど下に位置していた。納体堂は腐敗のにおいではなく、肥沃な土壌のような湿ったにおいがした。壁からスレートの棚が数段張り出していて、ヒッチコック家の先祖の崩れた遺骸が納められていた。扉近くの低い棚に、異彩を放つ大きな体が横たえられている。慎ましやかに屍衣《しい》に包まれたランドルフ・ヒッチコックだった。棺は、葬式用の借り住まいにすぎなかった。

「フリント。オットー。ここに下りろ」コーラは命じた。「ロープを持ってこい」

フリントが坑道のなかに体を下ろすと、オットーがひと巻きの細いロープを持ってあとに続いた。コーラは屍衣をはがし始めた。

「靴とストッキングを脱がせろ、フリント」

「なぜ?」

「教授に切り刻まれるのに上等な靴が必要なやつは誰もいない。服は邪魔になる。取っときたいなら、ていねいに脱がせろ。いらないなら、ナイフを使え」

軽い屍衣の下の遺体は、襟と袖口に絹糸の刺繍が施された上等な夜会服を着ていた。

オットーがフリントを指さして言った。「ジェイコブの言ったことが聞こえたろう。靴と靴下を脱がせな。もしおれと同じサイズなら、おれのものだ。違ったら、服をもらう」

コーラは遺体を左へ、次に右へ動かして、ヒッチコックの胴体と腋の下にロープを通した。四肢がすでに硬直していて、なかなかむずかしい仕事だった。フリントとオットーが衣服の最後の一枚を脱がせるまでに、ロープを結び終えた。ヒッチコックの遺体は膨張しているように見えたが、それは死のせいではなかった。酒の飲みすぎと、ごちそうを食べすぎたせいだ。富は人生にとって恩恵とはかぎらないらしい。

コーラは上にいる部下たちにロープの端を渡し、彼らは引き上げる準備を整えた。しかしフリントはためらい、吐きそうな表情で裸の遺体を見つめていた。

「おまえの繊細な心につき合ってる暇はないんだ」コーラはきびきびと言った。「死体を見たことがないのか？」

「あるよ。ただ、盗むのは初めてなんだ」

フリントは、神がヒッチコックに与えた体を凝視し続けた。絹やリネンの衣類はもはやなく、変装したり誰かを感心させたりもできなければ、いずれ塵になるまで体を食い尽くす腐敗を防ぐこともできない。うっすらとあいた目は、ぼんやり虚空を見つめていた。

「へえ、初めてだってよ。手加減してやんな、ジェイコブ・リー」オットーが言って、フリントの背中を軽くたたいた。

コーラは、すばやく目をしばたたいているフリントの横に立った。「五年前、おれが初めてこの仕事をしたときに言われたことをおまえにも言っておこう。このおっさんは死んでて、何も聞こえないし、何も感じない。水に浮かぶ流木みたいに哀れな存在だ。もし泣くつもりなら、教会に行って生者のために祈れ。死者におまえの涙は必要ない」

フリントがさっと目を上げ、コーラと視線を合わせた。その目は赤かったが、涙に濡れてもいなければ、悲しげでもなかった。むしろ、怒っているようだった。瞳の榛色は謎めいた色に変わり、本人の名前と同じ火打ち石《フリント》のようだった。

「次に何をすべきかだけ言ってくれ」その声は冷たくそっけなく、一瞬コーラはセオドア・

フリントに対して、思っていた人間とは違う、あるいは夕方会った人物とは違うというはっきりした感覚をいだいた。こんなふうにしぶとさの片鱗を見せるのではなく、嚙みついてくることを予想していたからだ。

「遺体の右肩を支えろ。おれが左肩を持つ。オットー、足首を持て」コーラは命じた。

フリントは、文句を言ったり顔をしかめたりせずにそうした。上にいる男たちがロープを引っぱり、三人は重い遺体を狭い入口の坑道へとゆっくり運んだ。コーラが押したり持ち上げたりすると、ヒッチコックの顔が間近に見えた。顎は少したるみ、舌の先がわずかに膨れて歯に接している。パックの手もとで揺れるランプの薄明かりのなかでも、その舌が鮮やかな緑色をしていることがわかった。

なんて異様な。いったいどうしてこんな色をしているのだろう？　しかし、それについて考える時間はほとんどなかった。すぐにヒッチコックのだらりとした重い体を持ち上げる作業を始めたからだ。トムとパックが裸の死体を夜気のなかへ引き上げ、広げた布の上にのせて葉巻のように巻き、馬車へと運んだ。ほかの者たちは、重い自然石のふたを坑道の上に元どおりかぶせ、シャベルで穴に土を戻した。

コーラは上着のポケットを探って数ドル相当の硬貨を出し、番人のところへ行った。目を覚まし、上体を起こしている。

「今夜の酒とつまみ代を稼いだな」コーラが言って金を渡すと、番人が帽子に触れてかぶり直した。

「もう消えな。あんたたちのことは見ても聞いてもいねえ」

六人全員が馬車に乗り込んだ。祝いの言葉はなかった。浮かれ気分は、のちほどウイスキーを数杯飲むか、どこかのビアガーデンに行ったあと、多少のげっぷとともに簡潔に表現されるだろう。コーラはフリントのほうを向いた。その顔は今も冷ややかだった。

「で、フリント。獲物を買ってくれるのは誰だ？」

「ブロードウェイを北へ進んでくれ」フリントが言った。〝どら猫〟が手綱をさっと振ると、馬はひづめの音を響かせ一番街へ向かって走り始めた。ガス灯はすでに消されていて、ほの暗い銀色の月明かりだけが道を照らした。ビラ貼り人たちが、糊でいっぱいのバケツを手に通り沿いで働き、平らな面があればどこにでも新しい広告を貼りつけていた。〝夜の掃除人〟が通り過ぎていった。公衆トイレの中身を川まで運ぶ不運な雇い人たちだ。

「方向を聞いたんじゃない。名前が知りたい。所属は？」コーラは尋ねた。「内科医か、外科医か？　ニューヨーク市立大学か？　大解剖学博物館か？」

「大学だ」フリントが答えた。それだけだった。

コーラは、最近死体の取引をしたさまざまな医師を思い浮かべてみた。近ごろ、彼らの講義の規模は拡大していた。ドクター・モットとドクター・ヴァン・ビューレンは、先月珍しい標本を買ってくれたが、彼らの学生たちが共同墓地から死体をこっそり掘り出していることはわかっていた。コーラの情報筋によると、彼らは欲しいだけの量を入手していないようだが、なぜこのフリント青年がコーラの活動領域に立ち入る必要があるのかという疑問が残る。

十分後、馬車はスタイヴェサント研究所の前で止まった。ボンド通りの向かい側にあり、現在はニューヨーク市立大学医学部の一時的な施設になっている。花崗岩の建物は印象的な設計で、正面には堂々たるコリント式の円柱が四本並んでいた。鉄の門が、わきの路地からの侵入を妨げている。

フリントが馬車から降り、無言で鍵を出した。馬車を大きな建物の裏へ誘導する。料理人が捨てた腐った生ごみの山から、すえた臭気が漂ってきた。しかし、ここからずっと南のファイヴ・ポインツの路地に比べればなんでもなかった。あそこの下水は詰まっていて、雨が降ってもごみが流れていかないのだ。コーラは左右を見回した。誰も待っていなかった。

「で、買い手は誰だ？」強い口調で訊く。

フリントが笑みを浮かべた。墓地の門で、コーラがあのしたり顔を消し去ってやって以来初めてだった。「ぼくだ」

コーラは険しい目つきをした。「おまえだと？」

「ああ。ぼくは医学生なんだけど、この島一の珍しい死体を、適正な値段で見つける任務を負っている。数人の解剖学教授に、当てにされてるんだよ」

彼らは、コーラを当てにするべきだった。

「なぜ初めからそう言わない？」

「ぼくなりの理由があるんだ」フリントが頑固に言った。

「だったら、なぜいっしょに掘った？　わざを盗むためか？」

「それは心配しないでくれ。遺体を下ろして二階に隠さなくてはならない。きちんと金は払う」

コーラは腕を組んで眉をひそめた。オットーとトムをちらりと見ると、ふたりも不愉快そうな顔をしていた。〝公爵〟とパックは、互いに向かって何かぶつぶつ言っていた。嘘をつかれて喜ぶ者はいなかった。

コーラは顎を上向けた。「なら、見せてもらおう」

フリントがひとつかみの硬貨を取り出した——五ドル金貨に二・五ドル金貨、その他たくさん。すべて手渡されると、コーラは金額を確かめた。フリントが言ったとおり、四十ドルあった。コーラは硬貨をベストのポケットにすべり込ませた。半分は部下たちの手に渡り、もう半分はコーラが取る。

「問題ないか？」フリントが訊いた。

「ああ、問題ない」コーラは馬車に向き直りながら、フリントがあとに続こうと一歩踏み出すのを見て取った。右足をしっかりとりついて、腰をくるりと回転させ、フリントの左頬をまともに殴りつける。打撃の力が腕から肘にまで響いたが、コーラの側には勢いと心の準備があった。一方フリントは、自分から拳のほうへ進み出ていた。

よろよろと後ずさり、目をきつく閉じたまま支えを求めて両腕を伸ばし、体勢を立て直そうとする。コーラはすばやく上へ跳び、相手の胸を蹴りつけた。フリントが背中で着地してうめいた。周囲に砂利が飛び散った。

部下たちが馬車から飛び降りて、コーラの背後に立った。

「なんでだ?」トムが訊いた。

「そう、なんでだ?」フリントも訊いて、喘ぎながら顎をさすり、外れたりしていないか動かして確かめた。

「おれたちにはルールがある。おまえが買い手なら、そう言うべきだった。さあ、おまえたち。こいつが買ったものをくれてやろう」

コーラがそう言うと、彼らがヒッチコックの裸の遺体をフリントにかぶさりそうなほど近くに落としたので、フリントは青白い死体から慌てて逃げた。

「これであいつも思い知ったろう。もうあいつと仕事はしねえのかい?」馬車の後部に乗り込むと、パックが言って、コーラの肩を勢いよくたたいた。

「ああ、しない」コーラはよどみなく答えたが、望もうと望むまいと、またフリントに会うのではないかという予感を振り払えなかった。

4

リアに起こされたのは、朝の九時過ぎだった。コーラは寝返りを打ってうめき声をあげた。ぐらぐらする頭から夢が消えていき、ひとつの細部だけが残った。

緑色の舌。

身震いして、片方の重いまぶたをこじあける。リアは洗いたてのさっぱり清潔な顔で林檎の頬を輝かせ、メイド帽子を頭にのせて、薪のかごを抱えていた。暖炉の灰を掃除して、消えかけた燃えさしの上に薪を追加する。

「まだ眠ってるんだから」コーラは言って、もう一度うめいた。何度もうめいていれば、リアが半熟卵《コドルドエッグ》をつくってくれることもある。

「まだ眠ってるなら、しゃべらないはずでしょ」

「確かに」

「そんなことより、干し葡萄《ぶどう》入りのパンがもう冷めかけてますよ」

この女、容赦がない。「でも、リア」

「知ったこっちゃありません」リアが身をかがめてベッドわきのよごれた服を拾い上げ、両眉を一センチほど吊り上げた。「なぜ指の背があざになってるんです？　ああ、またけんかしたんですか？　コーラ・リー、天国の伯母さまとお母さまが泣きますよ！」

コーラは右手を振って拳を開いた。指の背がひりひりし、紫色の醜いあざが広がっているのがわかった。

「だいじょうぶ。塗り薬をちょっと塗れば、きれいに治る」

「そのうち、目のまわりにあざをつくることになりますよ。いったいどんな淑女に見えるでしょうね？」

「最高！　そうなったら、何週間もジェイコブでいなくちゃ。ものすごく獰猛に見えるだろうな」

「指をこっちにお出しなさい、あたしがおならでフーフーしてあげますから。どうも昨夜のあの黒ビールで胃もたれしたみたい」尻の近くで手を振ってみせる。

コーラは笑ってベッドから飛び出し、支度にかかった。ほどなく階下へ向かったときには、コルセットをきちんと着け、腰当て《バッスル》で細いウエストをしかるべく目立たせて、ピンクと緑のローン生地の昼用ドレスを身にまとい、お気に入りのかつらをしっかりかぶっていた。ウェーブした髪が額とこめかみに垂れかかり、かつらの縁をきれいに覆い隠している。たとえリアとアレグザンダーしかいなくても、完璧にコーラになるよう気をつけていた。ふたつの人生に、中途半端はありえない。

食堂に入ると、朝食が用意されていた。しかもコドルドエッグがある！　リアは優しい。そしてアレグザンダーもいた。コーラが入っていっても挨拶はせず、読書用眼鏡越しに《クーリエ・アンド・インクワイアラー》紙の最新号から目を離さずにいる。幼いころには、抱きしめて、ときには優しいキスをしてくれたものだった。今ではすっかり、よそよそしく堅苦しくなった。昔のアレグザンダーが懐かしかった。

背が高く、四十歳近いとはいえハンサムで、すでに半分は銀髪だった。同世代の人によくある肥満体にはまだなっておらず、夜にブロードウェイを歩き回るしゃれ男たちのようにすらりとしている。しかし、そういうごろつきたちとは違い、服装の趣味は落ち着いていて、真珠や絹を超越した美を見出す人にふさわしかった。アレグザンダーについてコーラがいちばん好きなところは——ぶしつけに物扱いさせてもらうなら——その手だった。彼は彫刻家の手をしている——長く先の細い指は、力強くも繊細だった。

「それで、最近の蠟彫刻の景気はどう、アレグザンダー？」コーラはさりげなく訊いてお茶を注いであげてから、自分とリアにも注いだ。

「きわめて溶けやすく、変わりやすく、ときに脆い」アレグザンダーが眼鏡を外した。「で、おまえはあざをつくっている。まったく、コーラ。シャーロットがなんと言うかな？」

コーラは干し葡萄入りのパンを自分の皿にのせてから、お茶をひと口飲んだ。リアやアレグザンダーの気に入らないことをすると、必ず伯母が引き合いに出される。ミス・シャーロットが怒りますよ。シャーロットは許してくれるかな？　天国で、母と伯母がコーラの選択を嘆き合っていないことを願うばかりだ。たとえその選択が、ふたりの決断から生まれたものだとしても……。そもそも、街の死体盗掘人たちのために墓地を見張り、最新の埋葬を探し出せばかなりの稼ぎになることに気づいたのはシャーロットだった。伯母は、上流階級の出自を強みとして利用していた――金持ちの墓地にいても、会葬者のひとりであることを誰にも疑われはしなかった。シャーロットは、金持ちの死体もほかのあらゆる人と同じように盗掘されるお膳立てをしたのだ。

「きっと」コーラはゆっくりと言った。「シャーロットはわたしを誇りに思ってくれる」

「そうは思えないな」アレグザンダーがそっけなく言って、新聞をたたんだ。

「わかってないのね」

リアが歩み寄って、エプロンで手をふき、コーラの向かい側に座った。「伯父さまにそんな口の利きかたをするものじゃありませんよ、ミス・コーラ。お行儀よくして」

お行儀よくして。コーラは死体を掘り起こし、男たちを殴り、両胸に布を巻いて膨らみを隠しているが、たったひとことでリアに黙らされてしまう。お行儀よくして。アレグザンダーは本当の伯父ではないが、そう呼んでもいい存在だった。コーラが木から落ちて手首を折ったときも、そこにいた。麻疹《はしか》で死にかけたときには、夜中に薬屋の扉をたたき壊す勢いで、薬を買ってきてくれた。もしかするとコーラは、アレグザンダーとシャーロットが失った赤ん坊のかわりに近い存在だったのかもしれないが、ふたりの悲しみが決して癒えなかったことは誰の目にも明らかだった。コーラが成長していくあいだ、ふたりは恋人同士というより兄妹のようにふるまっていた。

アレグザンダーは芸術家として食べていくため、医学校の研究用に、さまざまな解剖学的特徴を再現した蠟彫刻をつくる仕事を見つけた。彼の優れた技能によって、頸動脈の分岐や手の複雑な腱が、蠟で本物と同じくらい精密に再現された。できれば大理石や粘土の彫刻家として生計を立てたいと考えていることはコーラも知っていたが、蠟のほうが稼ぎになる。いつだったか、自分の状況を、大衆紙や週刊誌に著作を発表して家賃を払っている詩人になぞらえたことがあった。

それに、アレグザンダーの作品には需要があった。内科・外科医学校の解剖学者に大人気なうえに、最近増えてきた解剖学博物館もこぞって作品を欲しがった。心臓や肺の復元、内なる脊椎や脾臓や大動脈の真実を見せる開かれた胴体。〝ひと皮むけば、ぼくたちはみんな同じだ〟アレグザンダーはよく言った。〝誰にとっても地面の高さは等しい。シャーロットがやろうとしたのは、そういうことだ。死んだあとも等しい扱いを受けさせること〟

「コーラ」アレグザンダーがきびしい口調で言った。

「はい」コーラは目を上げて微笑んだ。「ごめんなさい、何?」

「伯母さんのことだよ。おまえは身のほどを忘れている。その仕事は、一生続けるつもりだったわけじゃないだろう。今ではぼくも、稼ぎがよくなった。おまえとリアをじゅうぶんに援助できる。やめていいんだよ」

コーラは唇を噛んだ。リアは何も言わず、パンから外した干し葡萄をかじっている。

「やめられない」コーラは言った。「あなたに頼りっぱなしになりたくないの、アレグザンダー。ありがたいけれど、もしあなたが結婚したら？　それか、嫌気がさしてしまったら？　だめ。続けるしかない」

「危険な仕事だよ。いつか見つかってしまうかもしれない。稼ぐことがそんなに重要なら」

アレグザンダーが言い添えた。「別の仕事を探してもいい」

「どんな仕事？」コーラは言い返した。「襟を縫うか、刺繍するか、飾り房をつくるかして、一日十四時間も目を酷使して、週に五十セント稼ぐの？　メイドになって、リアも養えないくらいのお給料をもらうの？　劇場が閉まったあと毎晩〈マダム・エムロードの店〉で働く？」

アレグザンダーが天井を見上げた。「言いたいことはわかるよ」

「わたしには頼れる家名がない。いい結婚はできないでしょう。カッター家はきっと、わたしが死んだと思ってる。伯母さまがニューヨーク市に引っ越したとき、彼らは援助をやめてしまった。じつは生きてるんだとわたしが唐突に名乗り出ても、援助を再開してはくれないでしょう」それに、アップタウンのどこかの大広間でゆっくりとした死を待つ生きかたに、生きがいは感じられないだろう。シャーロットは口癖のように、カッター家の女たちは――名目上は違うがコーラもそのひとり――金色に塗られた天井やギリシャ風の外壁で囲まれた領域のなかにとどまっていられないのだと言っていた。コーラの母方の祖母は、裕福なカッター家の跡取りと結婚し、感傷小説を書いた。曾祖母は、夫を捨ててバレエダンサーになった。カッター家の女たちは、常に面倒を起こした。だとしたら、なぜそんな生活に戻らなくてはならない？　失望するだけなのに。

「シャーロットも同じことを言うはずだ」アレグザンダーが言い、手を伸ばしてコーラの手を取った。「あの仕事が好きじゃないんだろう」

「わかってないのね」コーラは、温もりに包まれた手を引き戻した。伯父と呼んではいたが、アレグザンダーはやはり独身の紳士だ。自分はそんな目で彼を見ていなくても、世間の人は違うかもしれない。「仕事を嫌ってはいない。人類への貢献だしね。わたしが提供したものから学べる人たちがいる。いずれ理解が進めば、病気に苦しむ人も減るでしょう」

「で、ジェイコブはどうするんです？」リアが口を挟んだ。パンをつつく手は止めていた。不穏な兆しだ。

「ジェイコブがどうかしたの？」

「彼を手放す準備はできているのか？　おまえもいつか家族が欲しくなるかもしれない。考えておくべきだ」アレグザンダーが横から言った。

「絶対にいや。ジェイコブは必要なの」口にはしなかったが、ジェイコブとコーラは、同じ部屋に決して同時にいられないとしても、お互いなしでは生きられないように思えた。人格形成期の大半を占める長い年月を、ジェイコブとして送ってきた。コーラが十四歳になって、女らしい体への避けがたい静かな変化が起こってようやく、シャーロットはマンハッタン島へ引っ越した。コーラを淑女として教育する時が来たのだった。コーラは、ジェイコブを手放すのがいやでたまらなかった――自分の脚や腕を、もう必要ないと思い込もうとするのと同じだ。だから、死体盗掘人としてまず最初にやったのは、かつての自分を双子の兄という形で掘り出すことだった。指の背のあざに触れてみた。これはジェイコブのもの。コーラのもの。ふたりのもの。

リアとアレグザンダーは、まだこちらをじっと見ていた。コーラはにっこり微笑んで言った。「ジェイコブは、わたしひとりでやるよりたくさんお金を稼いでくれた。ここアーヴィング・プレイスで暮らしていけるのも、彼のおかげでしょう。それだけのこと。だから、だめ、ジェイコブにさよならを言うつもりはない。それに、わたしは彼に守ってもらう必要がある」そう言って、コーラは第二の心臓の上に手を当てた。

「きっと誰も知りませんよ」リアが言った。「こんなに長い時間がたったんだから」鼻をぽりぽりとかく――神経性のけいれんだ。

アレグザンダーがうなった。「それが本当ならいいけどな。ドクター・グリアは、死ぬ間際までコーラのことを話し続けていた。中国人の血を引く、心臓がふたつある女の子のことを」

「ほらね？」コーラはリアに言った。

リアが小声で悪態をつき、アレグザンダーにきびしい目でにらまれたので、立ち上がって食堂を出ていった。

「ところで」コーラは言った。「新しい大解剖学博物館、二回行ったんだけど、まだ館長に会ってないの」

「この話の流れは気に入らないな」アレグザンダーが言って、新聞に視線を戻した。

「館長に会う必要があるの」

「なるほど」

「あなたは会ったことがあるでしょう。仕事を頼まれたんだから」

「コーラ、おまえを彼に会わせるくらいなら、肥やしの風呂に浸かるほうがましだよ。フレデリック・ダンカンは、女を犬より粗末に扱いながら、犬のほうは生体解剖に送り込んでいる。おぞましいやつだ」

フリントにもう一度会うより、ダンカンに会うほうがまし、とコーラは胸のなかで言った。フリントでなければ誰でもいい。背中の後ろであざになった拳をほぐす。

「でも、アレグザンダー、あの博物館の展示や講演の多くは教育的なものなんでしょ？　ほかの解剖学博物館と張り合う気なら、材料が必要になる。遠回しに訊いてみるつもり。いつもそうしてるし、うまくいくの。きょうの午後は開館してるわ。付添ってくれない？」

リアが、明らかにすべてを立ち聞きしていた様子で戻ってきた。「装備が必要ですよ。ナイフがね。飛びかってるうわさからすると、少なくとも二本。ダンカンは本物のろくでなしって聞いてますよ」

コーラはなめらかな動作で立ち上がった。ドレスは、裾のまわりがフリルとレースで飾られ、ウエストの下にたっぷりタックを取ってあり、身頃は細くつややかだった。コルセットはぴったり体に合っていて、肩にまとった紗《しゃ》のショールの下から胸がのぞいている。「きっとダンカンは、このままでもわたしの装備はじゅうぶんだと思うでしょうけど、わかったわ、リア」

リアが目を丸くし、アレグザンダーが眉をひそめたので、コーラは笑いをこらえてスキップで階段をのぼり、鋭利な道具をいくつか装いに加えた。セオドア・フリントに会うことのない日は、うまくいきそうだ。そして、この職業を続けていくためのきょう一日の仕事は？

もっとうまくいきそうだ。

コーラとアレグザンダーは、ユニオン・スクエアから乗合馬車で二十分ほどのダウンタウンへ向かった。四頭立ての馬車は満員で、側面には派手な色のペンキで〈トマス・ジェファソン〉号という名称が書かれていた。ふたりが料金を払うと、御者が乗客全員に向かって叫んだ。「さっさと乗りやがれ、でくのぼうめ！　おいそこ、席をあけな！」――乗合馬車の御者は、島じゅうで最も機嫌の悪い男たちなのだ――こうして、ふたりは後部の赤いビロードの座席にどうにか乗り込んだ。クッションは豪華だった時期をとうに過ぎ、何千人もの乗客を乗せてきたせいでよごれてぺちゃんこになっていた。

「いつか、島じゅうに渡した橋みたいな、支柱の上を走る列車をつくるそうだ」アレグザンダーが言った。「どこかの男たちが話しているのを聞いた。高架線列車だ。いずれ、地下を走る列車もできるらしい」

「なんてばかげた考えなのかしら」コーラはアレグザンダーと太った貴婦人のあいだに身を押し込めながら言った。馬車がアンソニー通りとブロードウェイの角で止まると、コーラはすぐに立ち上がった。

アレグザンダーがコーラの手を自分の腕に掛けさせて、ふたりは通りを歩き、両わきに山のように積まれた馬糞からできるだけ遠ざかるようにした。乗合馬車の御者たちの耳障りな声と、丸石を打つ何百ものひづめの音、荷馬車が響かせる鉄の車輪の音には、どういうわけか心がなごんだ。これは街の鼓動であり、港で蒸気船から降り立ったあらゆる新参者の耳をつんざくいつもの音楽でもあった。

並んで歩くあいだ、アレグザンダーはぼんやり前方を見つめていた。シャーロットが死んでから、めったに笑わなくなった。コーラはときどき、自分に対する伯父の愛情——腕を組んだり、健康について尋ねたり——は、シャーロットに対する義務感にすぎないのではないかといぶかった。しかし、どちらにしても感謝していた。ずっと、以前の陽気な伯父が戻ってきてくれることを願ってやまなかった。コーラのために紙で日時計をつくってくれて、寒い冬の日には指先にインクで描いた指人形を使って延々と笑わせてくれた伯父が。

右側には、優美な錬鉄製の門に囲まれたニューヨーク病院の敷地があった。左側には、美しいブロードウェイ劇場があり、屋根のてっぺんで旗が楽しげに翻っていた。そして次の通りの婦人帽子屋と薬屋のあいだに、大解剖学博物館があった。何枚もの看板が外に立てかけられ、わびしげな様子の少年が、本日の展示を宣伝する広告板を体の前後につけて歩道を行ったり来たりしていた。数人の男女が入口に列をつくっている。

コーラは少年の広告板を読んだ。

人類の起源と進歩
奇形と異形《いぎょう》
知的・道徳的好奇心をかき立てる！

神の御業《みわざ》を見よ！

入場料たったの二十セント

「たったの二十セント？」コーラの頭を疑問がよぎった。わたしってそんなに安いの？　しかし、すぐにその考えを追い払った。いつものとおり、異形とか奇形とかいう言葉を意識から遠ざける。まるで自分にはまったく関係ないかのように。「バーナムのお客を奪おうとしてるみたいね。あっちは二十五セントだから」コーラは言った。

「バーナムはもっと見どころが多い。ひげのある女たち、途方もなく丸々と太った赤ん坊たち、そしてファーバーがつくった〝しゃべる機械〟（オーストラリアの発明家ヨーゼフ・ファーバーが制作。鍵盤を操作すると人形が声を発する）……。手強い競争相手だ」

　少し先の市庁舎の向こうに、バーナムのアメリカ博物館が見えた——屋根には華やかな万国旗が掲げられ、ずらりと並んだ窓のあいだには奇妙な動物たちの楕円形の絵が貼られている。入口外の大看板には、親指トム将軍——身長六十センチ余りの大人——が、小さな馬に引かせた小さな馬車に乗る姿が描かれていた。

　コーラはレティキュールから硬貨を出そうとしたが、手袋をはめた手をアレグザンダーが押しとどめた。

「必要ない。ぼくはここにアトリエを持っているんだ」

　コーラはアレグザンダーをじっと見た。「そうなの？　あなたのアトリエはヘンリー通りの向こうかと思ってた」もっとも、あそこを訪ねてから一年以上はたっている。

「あっちは、大理石や粘土の作品、あとはフィラデルフィアに送るものをつくるためだけに使っているんだ」アレグザンダーが悲しげに微笑んだ。「そういう作品はなかなかはかどらないけどね。最近、金持ちは彫刻ではなく油絵を欲しがる。それに、ダンカンはぼくの蠟彫刻作品をたくさん買っているから、もっと正確に自分の好みを指示できるように、仕事場を移動してここに住めと強く求めてきた。認めたくはないが、きっとおまえとも仕事をしたがるだろう。新しい特別な展示品を、いつも探しているから」

「そしてわたしは、新しい買い手をいつも探してる」

コーラは、セオドア・フリントの名前を出したくなくて、突然立ち止まった。昨夜の彼のふるまいから、ただ買い手になるだけでなく、コーラの商売そのものを奪うつもりでいたことがはっきりした。ところがなぜか、フリントのことをアレグザンダーに話すのが気恥ずかしく感じられた。

「だいじょうぶか、コーラ？」アレグザンダーが訊いて、腕を取るコーラの手に触れた。

「もちろん。長い行列に並ぶのはいやだったの。入りましょう」

アレグザンダーが入場券を売る男に小声で何か言うと、男はすぐに気づいて帽子を軽く持ち上げた。なかには二列の長い展示室が、建物のずっと奥まで続いていた。看板に〝人体の仕組み〟〝健康と病気〟とある。階段の先に、動物界の展示物がさらにたくさん並ぶ――剝製にされ、色を塗られ、保存された鳥と獣。剝製の豪猪《やまあらし》と切り離された熊の前足が、鮫の顎と、縮んだ鼠が入った数えきれないほどの瓶の横に並んでいる。双頭の蛇が壺のなかでとぐろを巻き、彼らにできる唯一の方法でゆがんだ大口をあけていた。

「こっちだ」アレグザンダーが言って、コーラを展示室の一室の奥へ導いた。

「アトリエへ行くの？」コーラは尋ねた。

「いや、捜しているんだ……ああ、あそこにいる」

離れたところに、紳士の姿が見えた――絹の刺繍入りの上着と、両側に金色のボタンがいくつも縫いつけられた細い縞模様のズボンという立派な身なりをしている。頭には美しい黒のシルクハット、手には金の柄の杖。ベストのポケットから垂れた豪華で重そうな懐中時計の鎖が輝いていた。中肉中背で、きれいに整えた短い頬ひげを生やしている。年齢は判断しにくい――まるで女性に負けじと毎晩山羊の乳で顔を洗う習慣があるかのようだ。若々しい顔に老いた目という組み合わせは、どこか不安な気持ちにさせた。

とはいえこの人が、撃退するのに二本のナイフを要するとリアが考えるほど悪名高い紳士？ばかばかしい。ジェイコブなら、十秒以内にぬかるみに顔を突っ込ませてやれる。

しかし、コーラと館長のあいだに立ち塞がっている人たちがいた。ふたりの医者、ドクター・ティルトンとドクター・グーセンズが、やや小柄な女性と白熱した議論を交わしている最中だった。女性は、首もとから床まで届く煙るような煤色の羊毛のドレスを着て、黒髪を顔の両側に撫でつけ、耳が隠れるようにしていた。医者たちがコーラの視線をとらえ、割り込んでほしくてたまらないような表情をした。どちらの医師も、コーラが珍しい死体を見つけて内科・外科医学校に売る手助けをしてくれたことがあった。

コーラが耳打ちすると、アレグザンダーが腕を放してくれた。集団のところにたどり着くと同時に、黒いドレスの女性が医師たちから遠ざかった。

「おふたりとも、ご機嫌よう」はっきりとしたイギリス英語で言う。

女性が振り返って、こちらを一瞥した。黒い目がきらめき、まるでひと目見ただけでコーラに対する評価が決まったかのようだった。合格か不合格かは見分けがつかない。ところが奇妙なことに、女性の左目は動かなかった。義眼だ。

「それで、あなたはどなた？」女性が尋ねた。

紹介を待たないなんて、無作法な人！　コーラが仰天して何も言えずにいると、ドクター・ティルトンが女性を追い立てるようにして割り込んだ。「そうですね、またお会いできてよかったです、ミス・ブラックウェル」

「ドクター・ブラックウェルです」女性が誤りを正した。

「はい、はい。そうですね。お知り合いになれてよかったですよ」

「本当に。トンプキンズ・スクエア診療所に立ち寄って、わたしにできる仕事がないかどうか見てみますわ」女性がさっとスカートを翻して部屋を出ていった。

「お美しいミス・リー！」ドクター・ティルトンが、明らかにドクター・ブラックウェルよりコーラに会えたことを喜んで言った。お辞儀をして、コーラの手にキスをする。「お元気ですか？」

「ええ、そしてさらに仕事を探していますの」コーラは言って、愛想よく微笑んだ。医者ふたりは真鴨《まがも》の雄のように胸を張った。「ねえ、ドクター・ティルトン。あのご婦人のおっしゃったこと、聞き間違いかしら——あのかたはお医者さまなの？」

「残念ながら、そうです」

「まあ、ずいぶん異例なことね。本当に？」

「そのようです。ジェニーヴァ医科大学で学位を取得したばかりだとか。なぜあの学校が女性の入学を認めたのか、見当もつきません。今はニューヨークで職を探しています。異例ですよ」

ティルトンの顔に浮かんだ嫌悪の表情からすると、この医者の言う〝異例〟に、よい意味はまったくなさそうだった。

「それで、患者さんたちの具合はいかが？」コーラは尋ねた。両医師とともに経過を追っている患者たちの名前を、頭のなかで次々と挙げていく——自室に隠した台帳に名簿をつくってあった。自分とリア以外、誰も見たことはない。

「何も知らせはありません」ドクター・ティルトンは言ったが、ドクター・グーセンズは眉を吊り上げた。「ちょっとした事件がありましたよ、ミス・リー。ミス・ルビー・ベニングフィールドを憶えていますか？」

「ああ、はい、尻尾がある人ね」

本当のことだ。その令嬢は、長さ約十センチの尻尾を持って生まれた——和毛《にこげ》や粗毛はなく、骨もない、親指と人差指のあいだの皮膚に近い柔らかさの尻尾。両親とドクター・グーセンズだけが知っていた。両親は、あまり若いうちに手術を受けさせることを心配していたが、令嬢は十七歳で社交界デビューする前にどうしても切除してもらいたいと望んでいた。とはいえコーラは、ルビーが近いうちに墓地に埋葬されることになるとは思わなかった——尻尾のことを除けば、健康そのものだからだ。早死にするとしたら、それは偶然の不運が襲ったときだけだろう。

「彼女がどうかしたんですか？」コーラは訊いた。

「いなくなりました」

コーラは驚きに息をのんだ。「なんですって？　いなくなった、ってどういう意味です？」

「〈スチュアーツ〉に絹布を買いに行って、店を出たあと、忽然と消えてしまったとか。付添い人は、馬車に乗り込むまであと数歩のところで、突然いなくなったと言っています」

「そんなばかな。警察は呼んだのですか？」

「はい。しかし、あの銅バッジ連中《コッパー・スターズ》のことはご存じでしょう。どこから始めればいいのかさえよくわかっていないのです。ご家族は、令嬢が死んだのではないかと恐れています」ドクター・グーセンズは言葉を切り、しばし考えた。「ところで、興味深い患者たちのひとりについて、新たな情報があります。首にみごとな塊がある老婦人ですが」

「ああ、アイダ・ディフォードですね」コーラは言った。気の毒なその婦人は、こともあろうに、咳で毛を吐き続けていた。喀毛症《かくもうしょう》だ。ドクター・グーセンズは触診をしたとき、なかで歯が成長していることにも気づいた。そういう症例については、コーラも聞いたことがあった。毛と歯を含む腫瘍が、肺を侵食するのだ。

「患者の腫瘍はどんどん成長している。近いうちに切除を試みなくてはなりません」

「ありがとう。また続報があれば、教えてください」

「喜んで、ミス・リー」ドクター・グーセンズが言った。

ドクター・ティルトンがお辞儀をした。「若い医者たちの教育に、こういう裏取引を関わらせるべきではないのですが、致しかたないのです。死体を掘り起こすのに時間を費やすのではなく、書物と死体の研究に勤しむのが医学生の本分ですからな。死人を目覚めさせるのは、紳士の仕事ではありません」

もちろん、それはコーラの仕事だ。そして、仕事と言えば……。

医者たちの背後で、館長がひとりの紳士とともに歩み去ろうとするのが見えた。コーラはアレグザンダーに身ぶりで合図した。伯父はちょうど、彼が彫った足の蠟細工について話している訪問者の一団から抜け出したところだった。

医者ふたりに丁重に別れの挨拶をしてから、コーラとアレグザンダーはすばやく展示室の一角まで歩いた。そこには蠟でつくった腹部臓器の模型がいくつか展示されていて、つやつやした茶色の肝臓や深紅色の脾臓で賑わっていた。ふたりが館長に追いついたところで、話し相手の男性が立ち去ろうと振り返った。コーラの心臓がどきりと大きな音を立て、横滑りで止まったかに思えた。

セオドア・フリントだった。

5

「ここで何してるんだい？」フリントがコーラに尋ね、まるで黴の生えたパンを見るような目つきでアレグザンダーをじっと見た。ダンカンは扉のほうに向き直っていたが、どこかの夫婦が呼び止めて挨拶していた。奥方の大きな胸がレースの身頃からこぼれんばかりで、ダンカンは話しながら視線をそこに据えていた。

「あなたってすごく無作法ね」コーラは言った。「失礼します」アレグザンダーと腕を組んだまま、フリントを押しのけて行こうとする。フリントがコーラのもう片方の腕に手を掛け、今や三人はぎこちなく気まずい三連の鎖になって、どちらの方向へ切れるかわからないぎりぎりの礼儀作法を保っていた。

「ぼくを紹介してくれないのか？」フリントが訊いた。

アレグザンダーは紳士なのでどなりはしなかったが、一歩近づいて、五センチほどの身長差をうまく利用した。フリントを見下ろす。「すぐに彼女から手を放せ」伯父が声を低くして言った。コーラは口もとをゆるめた。アレグザンダーはとても穏やかな性格だが、こういう声域で喉を鳴らすように話すと、心底恐ろしく聞こえる。

「おや！　けんかですか？　しかも、きれいなご婦人をめぐって？」ダンカンが夫婦から遠ざかって、騒ぎのほうへ忍び寄った。金の柄の杖を振って、フリントを指し示す。「アレグザンダー！　この若造を知ってるかな？」

「知りません」アレグザンダーがつぶやくように答えた。

「彼女は知ってるよ」フリントが言って、コーラに向かってうなずいた。

コーラの体がかっと火照《ほて》り、汗でかつらの縁の下がちくちくするほどだった。こんな形で館長に会うはずではなかったのに……。いつもなら、人の視線を奪うことができた。まっすぐな視線を。そして彼らはコーラを見つめながら、その奇妙な美しさを名家の血筋によるものだろうかと考え、ことによるとベッドをともにできるかもしれないと夢想し、さまざまな疑問を頭のなかに駆け巡らせた。けれど、コーラは会話の羅針盤の針を別の欲望に向けさせる――解剖あるいは展示用の死体、自分と部下たちだけが入手できる特別な死体への欲望に。秘密厳守。必要とあれば、立派な推薦状を用意。適正価格。

コーラは、フリントの快活な笑顔に毒気を抜かれ、優位に立てる瞬間が過ぎ去っていくのを感じた。アレグザンダーが沈黙を破った。

「ミスター・ダンカン、こちらはぼくの姪のコーラ・リーです」

「美しいご婦人が腕を組んでいるのが夫ではなく親戚だとわかる日は、運がいい」ダンカンがにやりとした。笑みがゆっくり広がって完全な弧を描き、象牙色の歯がのぞく。あまりにも巨大な笑みだったので、兎をまるごと飲み込めるのではないかと思えた。ダンカンが手を伸ばしたので、コーラは両側の男たちの手から両腕を引き離した。館長が、コーラの手袋をはめた手を取った。しかし手袋にキスをするかわりに、その唇は、曲げた手首の隙間から素肌を見つけ出した。キスは湿った痕跡を残し、コーラはファウラーのヒ素溶液で洗い落としたくなった。「わたしはフレデリック・ダンカン、このすばらしい施設の館長です」

「ようやくお会いできてうれしいです。少し前から、ご紹介いただけないかと思っていました」コーラは言った。

「そうでしたか！　光栄の至りですよ。では、次にいらしたときには、当館の展示を楽しんでいただかなければ。喜んで、わたしがじきじきにご案内いたしますよ」

コーラは不機嫌な顔をしないように努めた。こういう博物館ならよく知っているし、すでにそのほとんどに素材を提供してきた。公開解剖のあと、標本はたいていアルコールを満たした瓶に入れて展示された。コーラが見つけた湾曲した脊椎と水かきのある手はアメリカ博物館に展示されたが、P・T・バーナムは生きた標本のほうを好んだ。どうにかシャムの結合双生児チャンとエンを説得しようと試み、所有する二百六十キロの女や、豹の皮をまとったレスラー、回転する〝シェーカー教徒〟（キリスト教の一宗派。礼拝で激しく体を揺することから、「体を振る者」という意味のこの名で呼ばれた）と同じように見世物にしたがっていた。コーラは、ここのような解剖学博物館と取引したほうが金を稼げる。しかも本物の解剖学者は標本を研究でき、ただ珍しいものにぽかんと見とれている小規模博物館の一部のいかさま見世物師とは違い、発見で世の人々を教え導くだろう。

「ミスター・ダンカン、わたしは――」

「それで、ミスター・フリントとはどのようなお知り合いで？」ダンカンが訊いた。「恋人ではないでしょうな？」

「まったく違います、あの、じつはわたし――」

「けっこう、けっこう。フリント、次回から商談するときには、おまけとして美しい知人たちへの紹介も必ず加えなくてはならんぞ！」横の入口から助手がひとり駆け込んできて、ダンカンに何か耳打ちした。「残念ですが、行かねばなりません。たいへんお美しいコーラ・メイにお会いできてよかった」ダンカンが、視線をコーラの帽子からドレスの裾まで滑らせてから、上へ戻し、身頃のあたりでしばし止めた。なぜわたしの胸郭をそんなふうにじっと見ているの？　それから目をしばたたき、アレグザンダーを手招きした。「きみとも、あの蠟細工の出荷について話さなくてはならんな、アレグザンダー。あきれるほど法外な値段だ。あそこにはもう発注せんぞ。ついてきてくれ。歩きながら話そう」

アレグザンダーがどうしようもないという表情でコーラを見てから、館長と助手のあとについて扉から出ていった。コーラは、よりによってフリントとふたりきりで残された。

無性に腹が立っていた。ほとんど紹介さえしてもらえなかった。ダンカンはコーラが誰で、何をしているのかさえ知らない――名前すら間違えていた。

「コーラ・メイ？」セオドアがくすくす笑った。「あの人、きみをそう呼んでた？」

「もう、うるさい！」コーラはかっとして、うなるように言った。

「ひどい言葉遣いだな、ミス・メイ！」

「そんなふうに呼ばないで！」

コーラは頬を火照らせながら、懸命に声を落として淑女らしさを保とうとした。当然だが、好きなようにどなったり叫んだりはできないのだ。今はジェイコブではないのだから。「はっきり言っておくわ、ミスター・フリント。兄がそう望んでさえいれば、昨夜ニューヨーク市立大学の裏路地に死体がふたつ転がってたかもしれないのよ」フリントの顎のあざを、指でぱしっと弾く。「あんな嘘をついておきながら、このくらいで済んで幸運だったわね」

人を食ったような表情から、笑いが消えた。「誰かに殺すと脅されるのは好きじゃないな。昨夜のことは謝るよ。でもきょうは、ダンカンの間違いをだしにしてきみをからかった以外、何か怒らせるようなことをしたかな？」

コーラはわざと返事をせず、かわりに尋ねた。「ここで何をしてるの？」

「ぼくがここで何をしてるかって？　ほかでもないきみなら、ぼくがここにいる理由はわかるだろう」

「あなたがここにいるべきじゃない理由ならわかるわ。わたしの伯父がここで働いてるの。そして館長は、わたしと条件についての話し合いを終えれば、わたしとしか仕事しませんから」

「館長がきみの正しい名前を憶えれば、だろう、ミス・メイ」

「やめて！」

「きみは好機を逃したのさ。ぼくはもう条件を決めた。それぞれに珍しい解剖学的所見がある死体四体。最も興味深い新事実が見えるところまで解剖されたもの。ひとこと言っておくと、半額は前払いだよ」

コーラは数秒間、呆気にとられていた。「この……泥棒！　これはわたしの仕事よ！」

「きみは解剖をやらないだろう。ぼくはぜんぶできるし、最高に優秀な解剖学者たちに協力してくれるように頼める。きっと、きみの部下たちと同じくらいうまく死体を調達できるはずだ。そして、解剖イベントの入場券を売り、その売上の一部はきみのレースの長手袋ではなく、ぼくのポケットに入る」

コーラは冷静になろうとした。フリントはプロの死体盗掘人ではない。コーラにとっては、手に取るべきひとつの機会、単にこれまで遭遇したことのなかった機会にすぎない。要するに、この男を競争相手ではなく買い手に戻す方法がわかればいいのだ。何かフリントが欲しがるものがあるだろうか、と考える。

答えはすぐに見つかった。コーラはゆっくり微笑んでフリントの腕を取り、となりの展示室へ導いた。きびきびと歩き、フリントが腕を引っぱられていることに気づくようにする。小さな集団が、一角に展示された鮮やかな青い蝶について楽しそうに語り合っていた。蝶たちはピンで留められ、造花の薔薇のブーケから飛び出してきたかのようにうまく配置されている。集団の中央にいるブロンドの女が、コーラをちらりと見てから展示に向き直った。

「教えて、ミスター・フリント」コーラは言った。「その四体の珍しい標本は、どこで調達するつもり？」

「ああ、そのうち見つかるさ」

「それじゃ、狙いもつけてないのね。運に任せて、死体が転がり込んでくるのを待ってるわけ」

「そうは言ってない」フリントが苛立たしげに答えた。コーラはまた彼の腕を引っぱって足早に進み、今度はマダガスカルから来た昆虫が並ぶ展示室に入った。黒く大きなおぞましい生き物で、大きさが大人の手くらいあり、悪夢に出てきそうだった。

「もしわたしが、すでに七人に――七体の解剖学的に珍しい標本に――狙いを定めてると言ったら？　彼らに死が迫れば主治医たちが教えてくれて、誰よりも早くわたしがお墓から奪えるのだとしたら？」

セオドアが立ち止まった。コーラは彼の腕に手を掛けて、にっこりした。

「七体。七体！　どんな種類の？」フリントは早足のせいで少し息を切らしていた。コーラは平然としている。ジェイコブのおかげで闘犬並みの体力がついた。

「それはあなたのじゃなく、わたしの秘密。この島のどこで、あと四体を探すのかしら？　わたしには、いくつものつてがあるし、優れた公平な仕事の実績もある。あなたにはない。わたしが必要でしょう」

フリントの顔から、得意げな笑みと自信に満ちた表情が跡形もなく消えていた。コーラの思ったとおりだった。フリントは、実際には何も売るものがないまま取引をしたのだ――煙と影でつくられた約束。

「きみの申し出については考えておこう」フリントがコーラの腕を放して、一歩遠ざかった。

「ジェイコブと話してみようかな」

コーラの顔がかっと熱くなった。「わたしに話せばいいわ。わたしが事業を切り回して、ジェイコブが力仕事をする。兄に事業の才覚はないの」

「ぼくはジェイコブと話したいんだ。きみの兄さんは、きみが考えてるよりはるかに頭がいいと思うよ」

コーラは眉を吊り上げた。ジェイコブのことは、単純で荒っぽくまっすぐで、あまり複雑ではない性格の持ち主としてつくり上げてきた。それでもフリントが、これまでに会った彼と同類の人たちの大半より、ジェイコブを高く買ってくれたことがなんだかうれしかった。

ふたりがとなりの展示室に入っていくと、蝶を眺めていた集団もあとに続いた。この部屋は、人体解剖蠟人形でいっぱいだった。「おお」とか「ああ」とかいう声があがり、婦人たちの多くは驚きに顔を覆った。ブロンドの女だけが、大きなガラスケースに収まる腹部を開かれた女の蠟人形にひるんでいないようだった。腹部の腸はわきへよけられ、肝臓と脾臓、子宮があらわになっている。人形は薄目をあけて、ピンク色の唇を開き、白い歯と舌の先を見せていた。アレグザンダーは、人形の唇にまるで濡れているかのように見える着色を施したらしい。内臓も、光沢のある絵の具を塗られて輝いていた。しかし、ブロンドの女は蠟人形を見てはいなかった。かわりに、まるで顔見知りであるかのように、コーラに視線を据えていた。

「友だちかい？」ふたりが互いをじっと見ていることに気づいたフリントが尋ねた。

「まさか。あなたの知り合い？」

「いや、でも、いっしょにいる紳士には見覚えがある。ダニエル・シャーマホーンだ。金持ちだよ。海運業で財産を築いたんだとか」

シャーマホーン家のことなら誰でも知っているので、それは目新しい情報ではなかった。

「話題を変えたわね」コーラは言った。

「ああ、で、また変えるよ。ぼくが今朝何をしたか知ってるかい？」

コーラはあまり謎解きをしたい気分ではなかった。

「じつはね、昨夜手に入れたあの遺体を、いちばん大きな公開手術室で、クラスの仲間を前に解剖したんだ。初めて第一執刀医を務めたんだよ、医学生としてね。しかも予想外のことがあった」

予想外って、どんなふうに？　動脈瘤の拡大以外にも血管異常の兆候が見つかったのだろうか？　わたしのふたつの心臓を、恐れと感銘で震わせるような兆候が？　コーラはよくジェイコブとして、教室上方の安い席で公開解剖を見学することがあった。じつを言えば、その光景を心から楽しんではいなかったが――ジェイコブは楽しんでいるふりをしていたものの――そこから学んだ。とてもたくさんのことを……。人体のあらゆる腱、分岐したあらゆる動脈や神経叢《しんけいそう》に、思いがけない発見がある。ものごとの理解を通じた人類の向上は、目的とするだけの価値がある。いつか、わたしが抱えているような異常を治す方法だって見つかるかもしれない。

「予想外」気がつくと、同じ言葉を返していた。ヒッチコックのエメラルド色の舌を思い出したが、何も言わなかった。

「そのとおり。きみは、あの男が何で死んだって言ってたっけ。大動脈瘤？」

「ええ」

「そうか、間違いだよ。それは死因ではなかった」

今回は、驚きを隠せなかった。どうしてそんなことが？　ドクター・フラニガンは、動脈瘤が今にも破裂しそうであることを確信していた。ケーキをあとひと切れ余計に食べただけで、あれが弾けるだけの内圧がかかるかもしれないと言っていた。手に入れた遺体のすべてが、売り込んだとおりの原因で死んだわけではなかったが、たいていはそうだった。

フリントのかすかな笑みは、ほとんど消えていた。「ああ、動脈瘤はあったし、破裂する寸前だったよ。でも、無傷だった。まったくの無傷だ。血栓でいっぱいだったけど、動いたり、なんらかの問題を起こしたりはしていなかった。別の原因で死んだんだ」

「卒中の発作？」コーラは訊いてみた。

「いや。脳組織は正常だった」

「心奇形？」

「いや」

「浮腫？」

フリントの表情が明るく和やかになった。専門用語が気持ちを落ち着かせたようだった。

「いやはや、恐ろしい最期が次々と出てくるね。いや。そのどれでもない。誰にもわからなかった。でも、舌が毒々しい緑色になっていた」

コーラはぽかんと口をあけた。フリントも気づいていたのだ。あれはどういうことなのだろう。

「いつか、ぼくたち医者が、死因を判断するもっと優れたわざを持てたらいいんだけどな。化学検査とか、そういうなんらかの魔法をね。ジェイコブがあの場にいてくれたらよかったと思うよ。何か思いついたかも」

「女だって、ああいう公開手術室に入れるはずよ」コーラは言ってから、まるで招待されたがっているかのような口ぶりだったことに気づいた。

セオドアが少し間を置いてから言った。「嫉妬してるのかい?」

コーラは答えず、頭には別の考えが駆け巡っていた。あの恐ろしい動脈瘤でないとすれば、ヒッチコックはいったい何が原因で死んだのだろう? あの緑色の舌は何を意味しているの? もしかして毒殺されたのだろうか? 緑色の毒があるなんて聞いたことがなかったが、あるのかもしれない。しかし、もうひとつ驚いたのは、思いがけない悲しみに襲われたことだ。九月に冬の風が吹きつけたかのようだった。ヒッチコックのことを実際に知っていたわけではない。しかし、誰かが彼を故意に傷つけたのかもしれないと考えると、自分の世界がぐらりと揺らいだ。

「コーラ」

コーラはすばやく振り返った。アレグザンダーがいたが、館長の姿はどこにもない。「帰る時間だ」伯父が言い、大きな溝鼠《どぶねずみ》を品定めするかのように、フリントをちらりと見た。

伯父の知的な鋭い目に見下ろされ、フリントはしおれてしまったようだった。

「では、ミス・リー」フリントが言ってお辞儀をし、コーラの腕を放して立ち去った。

アレグザンダーが、何も言わずにコーラの腕を取った。「すまないが、フレデリック・ダンカンは、ボウリング・グリーン近くで約束があると言って出かけてしまった。期待していたような顔合わせの場をつくれなくて、悪かったな」

「いいの」ふたりは建物前方の大階段に向かって歩いた。観覧者がさらに入ってきて、入場券と案内冊子をしっかり握り、日傘を閉じた。「紹介してくれたんだから、それでじゅうぶん。近いうちにまた会って、条件を話し合うつもり。あのフリントに邪魔を――」

「あのおかしな男を知っているのか？」アレグザンダーがさえぎった。

コーラはうなずいた。「彼も死体盗掘人。彼とわたし……ジェイコブ……のあいだに、昨夜ちょっとした諍《いさか》いがあったの」

「なるほど」

外に出ると、アレグザンダーがふと足を止めさせた。「コーラ。気をつけろ。フリントははかのようだが、館長はまったく違うけだものだ。手のつけられない姦夫《かんぷ》だよ。欲しいものが手に入らなければ、力ずくでも奪おうとする」

「自分のことも、あの男のことも、うまく扱えるわ、アレグザンダー。どちらの男もね。わかってるでしょう」

アレグザンダーは微笑まなかったが、それでもうなずいた。ふたりが陽射しのなかで立ち止まっていると、ブロンドの女とその一行が横を通り抜けた。またしても、女は少し不自然なほど長くコーラを凝視した――ピンクと緑のローン生地のドレスを、埃でよごれた裾を、きれいに整えられたファイユ（うね織りの軽い生地）のボンネットを。先週、ユニオン・スクエア近くのどこかの店で会ったのだろうか？　コーラは、健康そうな婦人たちには少しも注意を払わない。自分の仕事にまったく関係ないからだ。それ以上考えるのはやめた。

　帰り道ではずっと、乗合馬車の窓から外を眺めていたが、景色にはほとんど気がつかなかった。かわりに、尻尾があるルビーのことを考えていた。いったいどこへ行ったの？　もしかすると、若い紳士としばらくのあいだ雲隠れしただけかもしれない。そういうことがよくあるのはわかっている――コーラの母にも、伯母にもそういうことがあり、結果としてふたりは何もかも失った。もしかするとコーラにも同じ血が流れていて、いつか自分の人生のために用意されたすべてから逃げ出し、まったくふさわしくない誰かの温かい腕に飛び込んでしまうのかもしれない。望みもしないのに、セオドア・フリントのにこやかな顔が心をよぎった。いいえ。彼はわたしの救い主でも、破滅のもとでもない。

　ほかにも心配ごとはあった。ヒッチコックの死にかたと、口のなかをエメラルド色に染めたものが、語られない秘密となって心をかき乱した。最初はヒッチコック、今度はルビー。自分の監視リストに載っている人の死や体の消失に、驚かされるとは思いもしなかった。両手がかすかに震えていた――不安か、恐怖か、悲しみか、よくわからない。

　すべてが気に入らなかった。乗合馬車が家の方向へゴトゴトと走るあいだ、コーラは無意識のうちにかすかな声でつぶやいていた。

「どこにいるの、ルビー」コーラはささやいた。

ルビー・ベニングフィールド

お母さまがどこにいるのかわからない。

こういうとき、お母さまなら言うだろう。〝身なりを整えなさい、ルビー。腰当《バッスル》てがきちんとついているかどうか確かめて。必ず体を傾けて座るのよ。あなたの病気は、すぐに治してあげますからね〟母はあれを妖精の尻尾《フェアリーテイル》と呼ぶけれど、本当は何よりも忌み嫌っている。父はあれのことは口にもしない。

自分がどこにいるのかわからないし、こんなふうに迷子になると、すごく変な感じがする。お腹は減っていない、寒くもない、以前はわたしを一喜一憂させたあれこれも必要ない。甘美な新しい小説の誘惑や、十ヤードのサマードレス用の上等なボイル生地も、わたしの心臓をときめかせることはない。

わたしの心臓。

わたしの心臓。

もうまったくときめかなくなってしまったの?

少し前、わたしは、織物を山ほど抱えたメイドといっしょに〈スチュアーツ・マーブルパレス〉から出てきた。そこでつまずいたとたん、誰かがわたしに腕を回した。わたしは振り返ってお母さまが気づいているか確かめようとしたけれど、次の瞬間には路地にいて、まるでリボンが後ろから喉をきつく絞めつけているみたいだった。指先で探ってみたけれど、ゆるめられなかった。息ができなくなったのは、そのリボンのせいだった。

お母さまとお父さまは、深い苦しみのなかでわたしを捜している。両親だけではない。いつもわたしを遠くから見ていた女の人——焦げた栗の実みたいな色の髪をした人——も、まだわたしを追いかけている。まだわたしを捜している。彼女を見ることはできない——実際には。でも、もうあの人を恐れてはいない。むしろ、あの人のほうが恐れているのがはっきり感じられる。なぜなのかはわからないけれど。

ああ、わたしは行かなくてはならないようだ。

どうしてかはわからない。たった今知っただけ——行かなくてはならないのだと。

6

夕食はささやかだったが、リアはあちこちに怒りをぶつけていた。まな板の上で小さな豚肉のローストをたたき切ってから、茹でたじゃがいもをドスンと置き、ビスケットをひとつひったくって、バターをパシッと塗る。

コーラはため息をついた。「わかった、リア、言いたいことがあるなら言いなさいよ」

「あなたは夫を見つけて、この仕事をやめるべきです。家族を持ちなさい。きちんとした淑女になりなさい」

「あなたがわたしの家族よ、リア」コーラは身を乗り出してメイドを抱きしめようとしたが、リアは肩をすくめて受け流した。こういう応対には慣れている——リアはちょっとした愛情より、下品な冗談と一杯の安いビールのほうが好きだ。「どっちにしても、わたしと結婚したがる人がどこにいるの？」

「たくさんの善良な男がいますよ。中国人の父親のことは、言う必要ありません。あなたはじゅうぶんまわりに溶け込んでます」

じゅうぶん。不じゅうぶんとは髪の毛一本ほどの違いしかない。

「わたしは自分自身を恥じてないわ、リア。よく思わないのは、ほかの人たちのほう」

「あたしはお金の話をしてたんです！」リアがいささか早すぎるタイミングで言った。コーラが生まれたときのことを話すのが嫌いなのだ――リアにとっては悲しみを呼び戻すものでしかない。コーラのほうは、好奇心がわく。ずっと、シャーロットとリアが母親だった。リアに比べれば、エリザベスをほとんど恋しく思っていないのは確かだ。父親について想像を巡らせてみる。どこにいるの？　娘がいることを知ったら、会いたいと思うだろうか？

「なるほど。でもね、今のところ、この仕事で稼げるお金が必要でしょう」

リアがため息をついた。それは事実だった。家賃は高い。年間三百ドル。つまり、生活し、〝上流社会〟を闊歩できるようにするには、死体の安定した供給が必要なのだが、ものごとはゆっくりしか進まなかった。人々の健康はコーラにとってはひどく不都合だったが、誰かの死を早めるために何かをするわけにはいかない。それは自分で決めたルールのひとつだった。

ベッドに入り、博物館にいたブロンドの女がコーラとジェイコブの両方に会う夢を見た。不可能を実現する夢特有のやりかたで、三人が並んでいる。女が一方を見つめ、次にもう一方を見つめてから、冷静に、しっかりした正しい発音で言った。

「あなたの正体は知ってるわ。あなたは泥棒よ、コーラ・リー」

背景で、ヒッチコックが笑った。きちんと正装しているが、ベストに一本の赤い線が染みをつけ、それが首から腰のあたりまで続いている。

「自分が何を盗んだのかさえわかってないのさ」ヒッチコックが笑うと、緑色に染まった歯が見えた。よりによって、チーズがひと切れ刺さったフォークを振る。頭のまわりを蠅が後光となってぶんぶん飛び回った。

どういうわけか、ジェイコブとコーラは、裁きの場から動けなかった。それでも夢のなかで、ふたりにはわかっていた——女は墓泥棒のことではなく、まったく別のことを話しているのだと。

朝のリアは、たいてい少し不機嫌なのだが、翌朝はにこにこしていた。コーラは客間のテーブルの上にその理由を見つけた。

花束がふたつ、それぞれにカードがついている。

鮮やかな黄色の美しい温室栽培の薔薇には、フレデリック・ダンカンからの短い手紙が添えられていた。

土曜日、ブリーカー通りの〈シャーマンズ〉で、お茶をごいっしょできたらうれしく存じます。三時に。

コーラは笑みを浮かべた。親切なアレグザンダー！　きっともう一度ダンカンと話して、顔合わせを手配してくれたに違いない。この展開を、フリントはあまり快く思わないだろう。

もうひとつの花束を見た。こちらは小さな青い菖蒲《あやめ》で、温室育ちではなかった。この花は、手つかずの自然がまだ残っている場所で育つ——十六番通りにある牧場の流動飼料から漂う、腐った牛乳の悪臭を過ぎたあたりだ。走り書きの短い手紙には、〝よろしく、セオドア・フリント〟とだけ書かれていた。

近くに、たたまれて封をされた別の手紙があった。さっとひっくり返す。ジェイコブ・リー宛てだった。

ジェイコブ、

もっと正直に打ち明けなかったことをお詫びする――妹さんと少しばかり口論になったあと、頭が混乱してしまったせいだ。埋め合わせをして、きみと今後の仕事について話したい。大解剖学博物館のフレデリック・ダンカンとしっかり握手をすることに成功した。妹さんは初対面のようだったが、きっときみは彼と知り合いだろう。

コーラは憤然とした。なぜフリントは、わたしより先にジェイコブが館長と知り合ったはずだと決めつけているの？　ジェイコブでなくわたしが事業全体の管理人だと言ったはずだけど、聞いてなかった？　直接間接を問わず、〝子宮が精力を消耗しすぎるから知力が足りない〟と告げられるのは、これが初めてではなかった。唇を噛んで、先を読む。

ぼくの仲間と会って、試しに講義に出席してみたいと思わないか。きょうの午後、すばらしい解剖実習がある。珍しい異常が見られる遺体だ。スタイヴェサント研究所で、三時から。会いに来てくれ、そのあと夕食に出かけよう。

草々、セオドア・フリント

心のこもった、親しげな、正真正銘の和解の申し出だった。コーラが受け取ったのは花だけだが、ジェイコブは友人との集まりと講義に招待された。もちろん、兄は承諾の返事をするだろう。自分自身に嫉妬するなんてひどく奇妙だが、コーラは嫉妬していた。

ダンカンとフリントからの花束をまとめてキッチンへ行くと、リアが朝食の皿を洗っていた。「あのダンカンは女たらしだけど、フリントっていう男は誰なんです——えっ！　その花を持ってどこへ行くの？」リアが訊いた。

コーラは窓をあけて、花束を外へ投げ捨てた。食器を洗ったよごれ水にまみれ、やがてしおれてしまうだろう。

リアが眉を吊り上げた。「まったくもう、あなたの誕生日に花は贈りませんからね」

午後早く、コーラはジェイコブとして支度をした。ドタドタと階段を下り、パンとチーズの食事をかき込む。投げ捨てたふたつの花束から、リアが一本だけ花を拾ってきたことに気づいた。花は、塗り薬が入っていた茶色いガラスの空き瓶に収まり、水を吸っていた。

「ちょっと情にもろくなってきたのかな、わたしたち？」コーラは言った。

「あたしは菖蒲が好きなんですよ」リアが弁解がましく言った。「一度、ハイラムが菖蒲をくれたことがあって」ハイラムとは、リアに特別安く小麦粉を売ってくれる食料雑貨店主のことだ。コーラは二年前、リアが使いに行くふりをして二、三日おきにそこで一時間も長く過ごし、ハイラムと奥の寝室でものすごい喘ぎ声をあげていたことを突き止めた。リアがコーラの視線に気づいて言った。「ところで、あのフリントのことを教えてくださいな。善良な働き者ですか？」

「仕事上のつき合いだよ、リア。それだけ。結婚の話はもうおしまいにして」

「これ以上お金を稼げないなら、援助を――」

「だめ。誰にも援助は頼まない」コーラはぴしゃりと言った。

コーラは一度たりとも借金をしたことがなかった。カッター家に手紙を書いたり頼みごとをしたりするのは、自尊心が許さない。とはいえ、自尊心はどうでもよかった――シャーロットがマンハッタン島のカッター家に近すぎる場所に引っ越したとき、一家は援助をすべて打ち切った。しかし、それは必要な別離だった。コーラを女の子として育てる時が来ていたし、家に唐突に女の子が現れ、ジェイコブが消えたことをうまく説明する方法がなかったからだ。結果として、コーラはカッター家とのつながりをあまり感じたことがなく、シャーロットが亡くなって以降、いっそうその感覚は薄れた。

アレグザンダーは蠟彫刻家としてよい収入を得ていたが、コーラは絶対に金の無心をするつもりはなかった。伯父はとても質素な暮らしをしていて、コーラたちとは日曜日の朝食をいっしょにとるか、夕食のあとトランプゲームのファロや読書をして静かな夜を過ごすかだった。しかしコーラは、アレグザンダーが密かな悪徳に耽っているらしいことを、ほとんど偶然知った。ジェイコブがいつものように夕方オイスター・バーとギャンブルに出かけようとすると、アレグザンダーはよく、どのあたりに行くのかとしつこく尋ねた。心配してこちらを見張るつもりだろうと考えたコーラは、群衆のなかに伯父を捜した。ところが、どこにも姿は見えなかった。

「まあまあ、ミス・コーラ」リアは言ったものだ。「ギャンブルをしたり、売春宿に行ったりするところを、姪に見られたくないんですよ。伯父さまも男なんだし、ほかの男たちと同じように楽しんでて当然です。ベッドを温めてくれる女がいたのは、もうずいぶん前なんだから」

ふむ、なるほど。それ以降は、自分がどこへ行くつもりかアレグザンダーに話しておくことにした。しかも何日も前に。

リアはとっくにキッチンからいなくなっていた。コーラは食事を終えた。目をすがめて窓から午後の曇った空を見やり、射し込む光に顔をしかめる。袋鼠と同じく、ジェイコブは闇に紛れることを好む、あまり健全ではない種族だ。きょうはできるだけ帽子をかぶったままでいよう。

疲れた馬の後ろをのろのろと走る込み合った乗合馬車を避け、コーラはユニオン・スクエアとその美しい楕円形の緑から南へ続くブロードウェイを端から端まで歩くことにした。郵便局と大賑わいのアスター・プレイスを通り過ぎて、ようやくスタイヴェサント研究所に着いた。

誰も、なぜここに来たのかとは尋ねなかった。男になって楽しいことのひとつは、自由に動き回れることだ。ジェイコブはコーラが入れないところに入れるし、止められることがあるとすれば、それはあくまでジェイコブの服装の清潔さと種類のせいだった。きょうは、いつもより少し上等な落ち着いた黒いサテンのベストと、いちばん新しいズボンを身に着けている。少なくとも、貧しい学生として通るだろう。

幸運にも、内部は明るく照らされてはおらず、建物全体が少し混乱しているようだった――作業員ふたりが正面玄関から仕事台を運び出している。

「ジェイコブ・リー！」

コーラが振り返ると、フリントが狭い吹き抜けの階段を下りてくるところだった。後ろにほかの学生もふたりいる。コーラは軽くうなずき、ほの暗い明かりが顔を隠してくれることにほっとした。

「これはどういうことだ？」コーラは、次々と扉の外へ運ばれていく家具を示して訊いた。骨格標本をまるごと一体運んでいた作業員のひとりが息をのんだかと思うと、頭蓋骨が外れ落ち、外階段の下へ転がっていった。

「ああ、引っ越しをしてるんだ。医学部は、三番街近くの十四番通りに真新しい施設を構えるのさ。見たことあるかい？　すばらしい公開手術室を備えてるんだよ。こっちの手術室ははるかに小さいし、見学もしにくい。でも、ぜいたくは言えないからね。来いよ！　見せてやろう。入場券は必要ない。先に客員学生としてきみを登録しておいたから」

客員学生。コーラはその響きが気に入った。

フリントとともに階段をのぼっていくと、友人ふたりが影のようについてきた。

「おまえの友だちは舌をなくしたのか、それとも単に育ちが悪いのか？」

「ああ、ごめん」フリントは階段の途中で立ち止まった。「こちらはロバート・ケイン、そしてこちらはハワード・フランクリン。ふたりはすでにベルヴュー病院に勤めてるんだけど、きょうは講義があるからここに来たんだ。すばらしい講義になるはずだよ。昨夜、標本が着いたばかりだ」

男たちはふたりとも、コーラを見て鼻で笑った。「このごろつきは、ここで何してるんだ、フリント？」ロバートが言った。黄色い髪をして縞のシャツを着た姿は、はち切れそうになるまで干し草を詰め込んだマットレスを思わせた。ハワードのほうは、ひときわ目立つしし鼻をしていた。

コーラはうなり声で言った。「わらマットと大鼻に言っておけ。何か役に立つことを言うとき以外は、口を閉じてろってな」

「きみはフリントの招待でここに来たんであって、ぼくたちとは関係ない」大鼻が言った。

「だから、ぼくたちは好きなことを言う」

「これが見えるか？」コーラはフリントの顎のあざを指さした。まだ紫色をしていて、少し腫れている。「おれがやったんだ。紳士諸君もお揃いにしてやろうか？」

ふたりが黙った。

「おとなしくなったな。その死体を見ようじゃないか。貴重な睡眠を削る価値はあるんだろうな」

「あるとも」フリントが答えた。思案ありげに顔のあざを撫でながら、歩調を速めて階段のてっぺんまでのぼる。ほどなく、廊下の角を曲がって、もともとは会合用にふたつ並べてつくられた小さな公開手術室に着いた。すでに学生たちで席のほとんどは埋まっていたが、コーラは自分たちの席がいちばん薄暗い最上段であることにほっとした。

小さな教室のまんなかに置かれた長テーブルの上に、ひと目でそれとわかる死体がのせられ、黄色と薄茶色の染みがついた白い布に覆われていた。布の下から女の足がのぞいている。コーラはじっと視線を注いだ。その足はきちんと手入れされ、肌はなめらかで、爪は定期的な入浴とよい靴に慣れているようだった。裕福な女性の足だ。

白衣を着て、はげた頭のまわりに白髪を生やしたしわだらけの教授が、手術器具のトレーを運ぶ神経質そうな助手とともに入ってきた。すべての扉が閉じられ、教室が静まり返った。明かりを確保しているのは数枚の窓だけだった。フリントが、ぐっと身をかがめた。

「あの人は、グランヴィル・シャープ・パティソン教授だ。グラスゴーで研修を受けて、もうかなり長く大学に勤めてる。有名だよ」

コーラは何も言わなかったが、教授がぶっきらぼうな一本調子で話し始めると、上体を乗り出して耳を傾けた。

「紳士諸君。アップタウンの新しい建物に移動する前の、今学期残りわずかな解剖の授業にようこそ。典型的な症例、ある珍しい症例を用意した。まずは肉眼で見える所見から始めよう。この若い婦人は、世間からは是が非でも隠されるがゆえに、めったに見かけない病にかなり長いあいだ苦しんだあと、わたしたちのもとへやってきた」

コーラは背筋をこわばらせた。なぜもっと早く思い出さなかったのだろう？　今になって、唐突にルビーのことで頭がいっぱいになった。行方不明の少女が、遺体で発見されたの？　教授が派手な身振りで、屍衣をさっとはぎ取った。

染みのついた木のテーブルに、若い女性が裸で横たわっていた。髪がロープのような茶色い房になって、テーブルの端から垂れ下がっている。美人だったのかもしれないが、顔はかなりひどいあざで黒ずんでいた――まるでうつぶせで死に、死後硬直で顔に血液が溜まったかのようだ。体の向きを変えなければ、尻尾があるかどうかはわからないだろう。

「異常が見えるかね、紳士諸君？　すぐそこにある。鋭い目の持ち主なら、たちまち見て取れるだろう」

長い沈黙のあとで、教授は死んだ女性の胸郭上にある小さな点を指し示した。

「明白そのものだ。この女性には第三の乳首がある」

興味ありげなつぶやきがいくつか聞こえ、何人かが指をさした。数人が眼鏡をかけて、蠅ほどの大きさの黒い斑点を見ようとした。

「それだけ？」コーラは言って、肩を落とした。

フリントが、ジェイコブの落胆を見てしょげた顔をした。「何か別のものを期待してたのかい？」

コーラは黙り込んだ。特別な観察対象のひとりが明らかに行方不明であることを、フリントが知る必要はない。

　教授が最上段の席に鋭い視線を向け、教室全体が静まり返った。解剖は、やや平凡な結果に終わった。華奢な足をしていたものの、女性は上流階級の一員ではなかった。きのう酔っ払って転び、第十区の猥雑で騒がしいビアガーデン裏の水たまりに顔から突っ込んだのだ。

　女性の胴部が開かれ、肋骨が鋸で切られて心臓と肺があらわになるあいだ、コーラはぼんやり考えごとをしていた。においはそれほどひどくなかった。死んで間もないからだ。

「興味ないのかい？」フリントが訊いた。「すごい標本だよ」

　コーラはあくびをしただけだった。

「ああ、そいつは退屈してるんじゃない。自分が何を見てるのかわかってないんだ、それだけさ」わらマットが言った。

「退屈してるからって、無知とはかぎらない」コーラはうなじの毛を逆立てながら言った。

「今もそうか？　教えてくれよ」大鼻がささやき声で言った。「教授は何を指さしてる？　あそこの静脈の名前は？」

「おまえなんかに何も教えてやる必要はない」コーラは言った。

　大鼻がふんと笑った。「知らないからだろ！」

「何か話したいことがあるのかね、ミスター・ケイン？　ミスター・フランクリン？」

「いいえ。ただこの客員学生に、教授のすばらしい講義をもっとしっかり聴くように言っていただけです、教授」

「なるほど。ふむ、もし集中できないのなら、出ていってかまわんのだよ、ミスター……？」

「リーです」コーラは答えた。四十人の顔がいっせいにこちらを向いたので、頬がかっと熱くなった。顔の化粧が息苦しく感じられる。

「では教えてくれるかな、ミスター・リー、なぜこの奇静脈には、下大静脈に隣接する対応の動脈がないのか？」

「答えはわかりきってませんか？」コーラは応じた。

「知らないんですよ、教授」大鼻が言った。「彼は学生じゃなくて、ただの見学者ですから」

「そして見学者は全員、しっかり聴かなくてはならんぞ」教授が声高に言った。

「気にするな」フリントがささやき、上体をかがめて見物人たちに背を向けた。「出ていこうか。もしきみがよければ――」

コーラは立ち上がった。「奇静脈《アザガス・ヴェイン》に対応の動脈はありません、教授」

大鼻とわらマットが椅子の上で身を縮めた。

教授が咳払いをした。「続けたまえ」

「名前のアザガスは、ギリシャ語で〝対をなさない〟という意味です。体内で対応の動脈を持たない唯一の静脈です」

「では、どこで大静脈と合流する？」教授が尋ねた。四十組の目がすべてコーラに注がれていた。

「それは引っかけ問題ですね。時と場合によります。右心室に流れ込むこともあります。その女性はごく普通です。上大静脈の右、右腕頭静脈の下で終わります。ひと目見ればわかりますよ」

教授が笑みを浮かべた。「すばらしい。ふむ、きみは来期のクラスに加わったほうがいいかもしれんよ、ミスター・リー」

「けっこうです。学校教育は、それを必要とするガキども《キンチン》のために取っといてください」

コーラは座り、大鼻とわらマットは、ありがたいことに講義の残りの時間はずっとおとなしくしていた。さらに二時間ほどたって、午後の講義は終わった。フリントの友人たちは、ふたりを待つことなく小さな教室からすばやく出ていったが、コーラは気にしなかった。

「きみは解剖学をよく知ってるんだね」フリントが言った。

「ああ。だからおまえに教えてもらう必要はない。丸三時間もむだにしちまった。どうしておれをここに呼んだんだ？」

「楽しんでくれると思ったんだよ。勉強としてね。きみがもう学んでたなんて知らなかったんだ」

コーラはすばやくフリントの横を抜けて階段を駆け下り、帽子をしっかりかぶり直した。太陽が低く傾き、入口に長い影を投じていた。「解剖学の講義には、おまえより前から行ってた」

「そうらしいね。どうして言ってくれなかったんだ？」

コーラは扉を押しあけて夕方の陽射しのなかに出ると、追いかけてくるフリントの鼻先で扉が閉じかけても放っておいた。「なぜ言わなくちゃならない？」

「確かにそのとおりだ。それに、牡蠣の大皿を前にすればもうどうでもいいよな」コーラが完全に手の届かないところまで離れる前に、フリントが腕をつかんだ。「来いよ。あんな退屈きわまりない時間を過ごさせてしまったお詫びに、夕食をおごろう」

コーラは立ち止まった。いっぱいに伸ばしたフリントの手が、袖の生地をつまんでいる。

「まぬけな友だちと食いに行けばいいじゃないか」

フリントが手を離して首をぽりぽりとかいた。苛立ちのしぐさだ。体はときに、言葉より多くを物語る。フリントは何かを隠していた。

「彼らはいいのさ。きみの言うとおり、彼らはまぬけだと思うけど、友だちじゃないよ。友だちと呼べる人はいないんだ」

わたしにも友だちはいない、とコーラは胸のなかでつぶやいた。

「じつを言うと、彼らはここでたいしたことをしなくてもいいんだ。最小限の授業を受けていれば、職が得られる。家族が学費を払ってくれるし、人脈もある。最悪中の最悪の診療所で働くこともないだろう。ぼくは、自分で自分の学費を払ってる。だから夜の仕事もしなくちゃならないんだ、わかるだろう」

かなりわかりやすい説明だったが、ほかにも何かありそうだった。フリントは逃げている。何から逃げているのだろう――貧しい子ども時代、身分の低さ？　それはわからない。しかし、リーでいることとフリントでいることには共通点があった。コーラは初めて、フリントに同情した。

「とにかく、ぼくは学ぶのが好きだ」フリントが言った。「解剖学は平等だろう？　高貴な生まれであろうがなかろうが、ぼくたちみんなが最後にはただの土と水になるんだと教えてくれる。それが好きなのさ」

「おれは生きていたいけどな」

これを聞いてフリントがにやりとし、コーラもにやりとせずにはいられなかった。

「わかった」コーラは言った。「牡蠣の大皿は一枚じゃなく二枚だ。自分の酒は自分で選ぶ。勘定はおまえ持ちだ。妹がおまえについて言ってた、大解剖学博物館で館長となんらかの取引をした話を詳しく聞かせろ。でないと、もう二度と口は利かない――そしておれの墓地でおまえを見かけたら、その顔にみごとなあざをもうひとつ追加してやるからな」

フリントがうなずいて満面の笑みを浮かべた。まるで初めてペパーミント・キャンディーをもらった子どものように。

7

　ふたりがブロードウェイを歩くうちに、西側に並ぶ建物の向こうに陽が沈んでいった。変化に富む時間だ。光のせいだけではない。しゃれ男たち——奇抜な服装をした金持ちの息子たち——は、夕食とさらなる楽しみを求めてうろつく。貴婦人たちは、ブロードウェイを行ったり来たりして帽子屋や絹織物店や手袋屋をのぞいて午後を過ごしたあと、乗合馬車か自家用馬車に乗り込んでアップタウンへ戻り、イタリアの大理石とクリスタルのゴブレットで飾られた食卓に着く。

　ふたりの周囲にいるのは、色鮮やかな糸を織り交ぜた派手な服装のバワリー・ボーイズとガールズ、そして客を奥まった暗い場所へ誘い込んでいる飲食店の店主たちだった。

「ローストグース一シリング、ローストビーフ一シリング、クラムスープ六ペンス、追加のパンとバター一九ペンス、マトンとじゃがいも一シリング。どうぞお入りください、お入りください！　お席あります！」

　闇が降りてくるにつれ、ブロードウェイは、馬車の四隅に吊るされた色とりどりのランタンや、揺らめきながらともるガス灯で、宝石をちりばめた輝かしい奇跡の通りになった。ふたりはラファイエット・ホールと、長髪をポニーテールにした労働者たちがいるチャイニーズ・ビルディングを通り過ぎた。労働者たちがコーラの黒い目に気づき、どこかで見たような顔だな、と考えている。もしかすると、父か、祖父か、伯母の知り合いかもしれない。誰とも知れぬ人たちであっても、先祖はコーラの存在そのものに縫い込まれている。コーラは帽子を深くかぶり直したが、彼らのほうを盗み見せずにはいられなかった。ひとりの若い男が目を合わせた――そして口もとをかすかにほころばせた――小さな太陽が投じた微笑み。無言ですれ違ったが、その揺らめく温もりは、しばらくコーラの心にとどまるだろう。

ようやく、気に入りのオイスター・バーのひとつ、〈バーディーズ〉にたどり着き、足を止めた。

「ここ?」フリントが訊いた。少し面食らっているようだった。おそらく、よく行くのはもっと高級な飲食店なのだろう。

「ここだ」

先に立って階段を下り、地階へ向かう。店はすでに客であふれ返っていた。隅のテーブルに、ふたり分の席が空いているのを見つけた。バーの後ろに男がふたり立ち、ものすごい速度で牡蠣をむいて、殻を横の樽にどんどん積み上げていた。樽がいっぱいになると、奥へ転がして、店の裏の路地にそのまま捨てるのだ。

バー上方の掲示板に、メニューが書いてあった。牡蠣、牡蠣、そして牡蠣。生、揚げ、焼き、煮込み。牡蠣のパイ、牡蠣を詰めた鶏の丸焼き、鴨肉のオイスターソース添え。皿には滴る汁に浸すための厚切りのパンがのせられ、グラスにはクロトン川の良質の水が、麦芽酒や粗悪なブランデー、造船所の近くで醸造されているドイツビールと同じくらいたっぷり注がれている。

厚手のエプロンを着けた黒人の男が、テーブルに近づいてきた。「ジェイコブ・リー！　うちの店に来るのは、まるまる一週間ぶりじゃないか」

「忙しかったんだよ、バーディー」コーラは店主と握手をした。「牡蠣のローストふた皿と、パンとバター、最高のバターケーキをひとつくれ」

「酒は？」バーディーが訊いた。

「ブランデーふたつ」コーラは答えた。「上等なやつだ。六ペンスの風呂水じゃなくてな」

店主が振り返って注文を大声で伝えると、ほどなくぱりっとした皮に覆われたパンと大きなバターの塊をふたつのせた皿と飲み物が、湯気を立てる金色の牡蠣とともにテーブルに運ばれてきた。

ふたりはしばらくのあいだ何も言わなかった。コーラはひどく空腹だった。昼にパンとチーズを食べたのが何日も前のことのようだ。貪るように牡蠣を食べて水で流し込み、満足気にげっぷをしてから、ドスンと音を立ててテーブルに両肘をついた。フリントは半分しか食べておらず、まだゆっくりと噛みながら、となりのテーブルの男たちがボウリングゲームについて乱暴な言葉遣いで話すのを横目で見ている。

「よし。食べたぞ。何を話したいって？」コーラは言った。

フリントもテーブルに肘をついてから、両手の指先を合わせて三角形をつくった。やれやれ、コーラは男にこれをやられるのが大嫌いだった。ものすごく偉そうで、見ていると、歯をへし折って一個一セントで売ってやりたくなる。少しのあいだ、フリントはまるで間違い探しをするかのように、こちらに目を凝らしていた。しかしすぐに、紛れ込んだ殻のかけらを舌の先から取り出したので、その瞬間は過ぎ去った。

「ミス・リーがきみに言ったとおり、大解剖学博物館の館長と取引をした。ダンカンは自然界の珍しい生き物――動物とか昆虫とか――をたくさん集めてるが、そこに人体解剖学の展示品をもっと追加したがってるんだ。蠟彫刻家はいるけど――」

「おれの伯父のことだろう」コーラは口を挟んだ。

「ああ！　あのとき会った人か。そう、彼はいくつかみごとな作品をつくってるけど、ダンカンはぜんぶが蠟じゃだめだと言うんだ。アルコール漬けにした人体の標本が欲しいのさ。バーナムは大儲けしてるし、目と鼻の先にあるだろう。張り合うにはもっと死体が必要なんだよ」

「そのことはもう知ってる」コーラは言って、犬歯に塗った黒い蠟がはげないように気をつけながら、歯に挟まった胡椒の粒を爪でほじった。

「ああ。いや、それと――医学部がもうすぐ移転するんだ。じつに立派な建物になるよ。六百人の学生を収容できて、講義室が三つ、資料館がふたつある。そのひとつには、標本だけが置かれる予定なんだ。ぼくは、そこを標本で埋め尽くす手伝いをしろと言われた」フリントが言葉を切って息をつき、コーラはクロトン川の水をぐっと飲んで、ブランデーでふらつく頭を落ち着かせようとした。「きみがその仕事を手伝ってくれるなら、儲けを山分けしてもいい」フリントが言った。

「山分けだって？　なんでわざわざ？　コーラが直接、館長やパティソン教授に死体を売ってくれる。ふたりともおれたちを知ってる」

「教授がきみを知ってる？　でも、きょうの解剖では――」

「ニューヨーク市立大学の小粋な教授が、自分の所属施設のなかで死体盗掘人に挨拶すると思うか？　もちろん、おれのことは知ってる。コーラのことも知ってる。妹はほんの一週間前、極上の木苺ジュースを教授とごいっしょした」本当のことだ。

フリントは呆気にとられたようだった。「だったらどうして、教授はきみに解剖学の問題を出したんだ？」

「おれが答えられるとわかってたからさ。ほかの学生たちに、自分で思ってるほど偉くも賢くもないと教えてやるのが好きなんだ。おれは教授のああいう講義や、内科・外科大学と解剖学博物館の講義も聴いてる。どんな解剖学の問題だって、おまえよりうまく答えられるよ、フリント、それ以外のこともな」この仕事を始めて最初の一年間は、解剖学の本を暗記するのに費やしたのだ。クウェインとシャーピー、クリュヴェイエ、ハリソンの解剖学書が特に好きだった。

「それじゃ、ヒッチコックがどうして死んだのか、解剖を見てなくてもわかるんだね？　きみが見てないのは確かだからな」

今度はコーラが黙る番だった。

「なるほど、知らないようだね。でなけりゃ、きみのすばやい舌にすでにやっつけられてるはずだから。じゃあ、こうしよう。もしきみが、医学部の資料館と館長のコレクション、両方について次の六体の盗掘を山分けでやってくれるなら、彼に何があったのかを話そう。じつにおぞましいことだよ」コーラの顔にさまざまな感情がよぎるのを見て、つけ加える。「それとも、先に妹さんに相談するかい？」

「あいつは妹だが、女の指図は受けない」コーラは不機嫌な声で答えた。儲けの半分？　大金を失うことになる。必要以上に分け合いたくはない。目的は、商売敵のフリントを抑えるための時間稼ぎをすることだ。そうすればいずれ、すべての儲けが自分の懐に戻ってくる。

「三体の盗掘だ」コーラは言った。「いやならやめろ。で、おまえはおまえで勝手にやればいい。おれたちも勝手にやる」

「いいだろう。じゃあ、乾杯だ」フリントがブランデーのおかわりをもらおうと、店主に合図した。ふたりは琥珀色の液体をぐっと飲み、コーラは喉を伝い下りる甘く焼けつくような感覚を楽しんだ。「でも、祝えないことがひとつある。ヒッチコックを殺したやつのことだ」

コーラは咳き込んでつばを飛ばし、もう少しでブランデーのタンブラーを倒しそうになった。「なんだって？　ヒッチコックを殺した？」

「しっ！　静かに」フリントが声を落として言った。「解剖のあと、なぜ舌が緑色なのか、死因はなんだったのか、パティソン教授に訊きに行ったんだ。授業では言わなかったから」

「動脈瘤は破裂してなかったと言ったな？」コーラは尋ねた。

「ああ。小ぶりのメロンくらいの大きさはあったけどね。問題はあの緑色だよ。舌から食道をずっとたどって、胃まで染めていた。でも、胃は空っぽだった。おそらく下剤の一種だろう——死ぬ前に嘔吐して、排便もしたに違いない」

「どういうことだ？」コーラはよくわからずに尋ねた。解剖で、緑色のものなど見たことがない。一度も。

「つまり……毒殺されたんだと思う」

「本当に？　正確には何を使って？」

「わからない。永遠にわからないだろう。緑色の毒なんて聞いたことがない。きみは？」

コーラは首を振った。「いっしょにいた娼婦《マブ》は？　〈マダム・エムロードの店〉で」

「マブ？　なんの話だ？」

もちろん、フリントは知らないだろう。少しのあいだ、フリントがまったく違う世界の住人であることを忘れていた。ヒッチコックの主治医は、嘔吐のことは何も言っていなかった。ただベルと快楽をともにしている最中に、突然倒れて死んだということだった。何かが抜け落ちている。

「これで、あの人たちのうちふたりに妙なことが起こったってわけだ」コーラはつぶやいた。

「あの人たち？」フリントがブランデーを飲み干して尋ねた。目はどんよりして、顔は赤い。

「コーラが監視してる人たちさ」

「ふたりって言ったな。もうひとりいたのか？　誰だ？」

コーラはためらった。ルビーの失踪についてフリントに話す価値はあるだろうか？　ブランデーのせいで、フリントの榛色の目に鋭さはあまりないが、誠実さは増して見えた。声には切迫感と心配の色がにじんでいる。このほうが本物のフリントに近い気がした。

　コーラはブランデーを飲み干して小さくげっぷをしてから、よし、フリントに話す価値はある、と決めた。

「ある女の子がいて、元気に暮らしてるんだが、その子には尻尾の名残があるんだ」

「尻尾！　なんてこった――」

　店主は自分が呼ばれていると思ったらしく、ふたりのタンブラーにもう一杯、六ペンスのブランデーをたっぷり注いだ。テーブルわきで立ち止まる。「上階《うえ》でホッケーでもやったらどうだい。さっさとしなよ」

「行こう。上階に酒場がある」コーラは、酔いが回ったフリントに言い、ブランデーをあおった。「やつはこのテーブルを空けたいんだよ。おれたちはもう食べてないからな」

　ふたりは食事の料金を払ってから、二、三人の男たちに続いて、狭くきしる階段をのぼって酒場へ向かった。大きな胸をした〝未亡人〟ことレーシー・スタントンがバーの後ろに立ち、数台のテーブルで男たちがトランプゲームのユーカーやブラッグ、ホイスト、ファロをやっていた。煙草が回され、パイプの煙のもやが天井まで立ち込めている。今夜、レーシーは客にウイスキー・パンチをのせたトレーを配っていた。ほとんどの男は週払いで上階の〝未亡人〟の酒場を楽しんでいたが、ジェイコブはそれほど頻繁には来ていなかった。

「今夜だけで、よろしく」コーラは言って、〝未亡人〟に十セント差し出した。フリントも同じことをした。

〝未亡人〟が身をかがめて、襟ぐりのレースからせり出す商売道具を見せた。「で、こちらのお若いかたは、奥の部屋でしばらくあたくしと過ごしてみたいとお思いかしら？」

　コーラは笑った。〝未亡人〟は、ジェイコブが別のもてなしには興味がないことをすでに知っていた――何度か断られたあと、男のほうが好きなのだろうと単純に考えたらしく、二度と誘わなくなった。

「いえ、けっこうです」フリントが急いで言った。

〝未亡人〟がもっと乗り気な客のほうへかがみ込んだので、コーラとフリントは隅へ行って会話を再開した。

「尻尾のある女の子？　そりゃすごいひょーおんだな！」フリントが少し大きすぎる声で言った。ろれつが回らなくなっている。「どこで見つけたんだい？　具合が悪いのか？　ほかに病気があるのかい？」

「思い当たるものはない。病気になるとは思ってなかった――ほかに悪いところはなかったんだ。でも、行方不明になってしまった」コーラは打ち明けた。

「顔に泥がついてるよ」フリントが言って、ぎこちない手つきでコーラの顔をぬぐおうとした。しかし、コーラのほうが少しだけ酔いが浅かったので、たやすくその手をよけられた。どうでもいいとばかりに手を振る。

「その子について何か知ってるか？　聞いてないかな、彼女が切り刻まれた《オットーマイズド》かどうか――」

フリントがぽかんとしたので、きちんと言い直す。「ええと、解剖されたかどうか？」

「いや、でも貴重な標本になるだろうね」

「解剖されたら教えてくれるか？」

「わかった」フリントがグラスをのぞき込んだ。「空っぽだ。きみも追いつかなきゃ。ほかにも話すことがあるんだからね。館長のこと。館長が探してる女の子のこと」

コーラはグラスを置いた。「どんな女の子？」

「先に飲めよ。そしたら話す」フリントが言って、〝未亡人〟におかわりを注ぐよう合図した。

「よくないからな、ひとりで酔っ払うのは」

コーラは言われるままにもう一杯飲み干し、それでもあまり酔っ払っているように見えなかったので、フリントがもう一杯勧めた。頭がくらくらしてきたのはまずい——素に戻ってしまいそうだ。しかし、フリントが酔っ払うのはかまわなかった。こういうフリントのほうが、ずっとわかりやすい。虚勢を張ったり、気取ってみせたり、上手《うわて》に出ようとしたりしないのがよかった。寂しげに見えた。ジェイコブが帰ってしまうのがいやなのだろう。

三杯めを飲み終えるまでには、コーラはすっかり酔っ払って、パティソン教授が決闘用ピストルを浴場からベッドまでどこへ行くにも持ち歩いているというフリントの話に大笑いしていた。ひどく激しやすい性格だから、誰に何を言われたときでも準備をしてあるのだ。ホルスターつきの下着をはいているのではないかと想像して、ふたりは笑い転げた。どうにか息をついたあと、コーラはフリントに何か訊こうとしていたことをぼんやり思い出した。

「フフフリント」コーラは舌をもつれさせた。「セオドア、テディー、このまぬけ。館長が何を探してるって？　どんな女だって言った？」

「絵空事だ」フリントが言って、ほとんど空になったグラスからウイスキーのしずくを舐め取った。「おとぎ話《フェアリーテイル》さ。お話《テイル》だよ！」

　コーラはぎゅっと目を閉じた。「尻尾《テイル》？　尻尾のある女の子の話はもうしたじゃないか！」

「お話だ！　おとぎ話だよ！　まったくばかげてるけど、彼はブルックリンの――ブルックリンだよ！――年寄りの医者に聞いたっていうのさ。ものすごく、き、貴重な発見になるはずの女のことを」コーラが顔に飛んできたつばをぬぐうと、フリントはさらに大笑いした。

「なんだよ？　どんな発見だ？」

「ありえない」フリントがグラスを振って、じゅうたん敷きの床に落とした。「ありえないね」

「何がありえない？　教えろよ、この酔っ払い」

「医者がね……医者が言ったんだって……街に、心臓がふたつある女の子がいたって。中国人の血を引いてるらしいってうわさだ。信じられるかい？」

　フリントがばか笑いしてから、いきなり胃のなかの牡蠣を床にぶちまけ、連れ合いが急に真顔に戻ったことには気づきもしなかった。

8

それからの一時間は、ぼんやりかすんでいる。コーラはすっかり酔っ払って、歩くのもやっとだった。フリントと互いの肩にもたれながら、よろよろと九月の夜のなかへ足を踏み出し、ブロードウェイを北へ向かった。

ガス灯が楽しげにシューシューと音を立てたが、コーラの目には自分の偽装を照らし出す災いに見えた。フリントの手が、肩と、ジャケットのすぐ下の詰め物の上にあることを意識する。酩酊していても、偽の筋肉だと感づくだろうか？　夕食のときフリントは、偽の頬ひげの斑点をやけにじっくり見つめていなかった？　安心できることがあるとすれば、それはフリントがもつれる舌で何か言うあいだも、ずっとジェイコブと呼びかけていたことだった。

「ジェイコブ・リー、ぼくにあんなにパンチを飲ませるなんて、きみはひどいやつだな」

「ジェイコブ・リー、なんできみの妹は、ぼくにあんなに意地悪なんだ？」

「ジェイコブ・リー、また吐きそうな気がする。この、すごく立派なオリンピック劇場の真ん前で」

フリントはそうした。

ふたりはようやく、スタイヴェサント研究所から数軒先にあるフリントの下宿屋に着いた。コーラは、フリントのおぼつかない手もとから鍵をひったくり、玄関扉をあけた。ナイトキャップをかぶった女が、なかの一室から顔をのぞかせ、チッチッと舌打ちした。

「セオドア・フリント、あんたは禁酒会の訪問を受けるべきだね！」

「ぼくが受けるべきなのは、マットレスの訪問ですよ」フリントが精いっぱい威厳を持って応じた。しかし、顎に吐物のしずくがついていたので、大した効果はなかった。

「すみません。部屋まで送り届けたら、すぐに帰りますから」コーラは、頭がぐらぐらしているのに落ち着いたそぶりで話せることに自分でも感心した。

「なら急いでちょうだい。それと、ほかの下宿人たちを起こさないで」女がきびしい口調で言った。

　コーラはフリントを引きずるようにして階段をのぼった。二段のぼったところでフリントが立ち止まり、いびきをかき始めたからだ。最初の踊り場で、コーラはフリントを平手打ちした。

「いてっ！　なんでぶつんだよ？」

「おまえの部屋は？　何階だ？」コーラは抑えた声で訊いた。

「最上階の、十一号室」

　コーラはまたフリントを平手打ちした。

「ああっ。なんでまたぶつんだ？」

「最上階になんか住んでるからだよ、この酔っ払い」

　ふたりはよろよろと、さらに二階分のぼった。十一号室は小さい部屋で、五メートル四方くらいしかなかった。薄いマットレスにきちんとシーツが掛けられ、たたんだ古い茶色の毛布が隅に置いてあった。木の机に積み上げられた医学の教科書――時代遅れの、使い古された本――の横に灯油ランプが置かれていた。隅にシーツが一枚吊るされ、裏には数枚のシャツとズボンが、ほとんど空のトランクに納められている。トランクはかなり使い込まれていて、真鍮のバンド周囲の鋲が半分なくなっていた。

部屋を見れば、その人について多くのことがわかる。ひと目見ただけで、フリントが懸命に勉強し、とても貧乏で、家族がいないことがわかった。愛する者たちとやり取りした手紙の山も、どこかに立てかけられた細密画や写真もなかった。しかし、部屋は非の打ちどころがないほど清潔で、なけなしの金を痛ましいほどまじめな目的に使っていた。

セオドア・フリントは孤独なのだ。部屋の壁は、独りの夜と、窓のそばでブロードウェイを眺めやり、楽しみに加わることもなく過ごす時間を物語っていた。加わりたくても、加われるはずがない。コーラにも、自室で過ごすときの孤独には覚えがあった。それは鏡のなかにも見て取れた。自分の姿をちらりと見るだけで、足を踏み入れるどの世界にも属していないような気分になる。少なくとも、セオに隠しごとはなさそうだが、貧しさと寄る辺のなさは、ふたりに同じような痛手を与えていた。できれば笑い飛ばしたかった――どちらのほうが孤独か張り合うなんて、まったく醜い競争だ。

フリントが、胃液の酸っぱいにおいがする大きなげっぷをした。

「うえっ、フリント。おまえの腹のなかのにおいをかがされる者の身になってみろ。これは貸しにしといてやる」

フリントは、やっとのことでコーラの肩につかまっていた。薄っぺらなベッドのところまでどうにか運び、投げ落としてやろうかと考えたが、優しく下ろすことにした。しかしその結果、マットレスの上にフリントを寝かせると、腕がその下に挟まれてしまった。

くたくたに疲れ、酒のせいでまだぼんやりしていたコーラは、でこぼこしたマットレス(びっくりするほど寝心地がいい)に半分だけ体をのせて横たわり、清潔な綿のシーツに当てた目を閉じた。ほんの少し休んでから、フリントを腕の上からどけて家に帰ろう。しかしその前に、シーツの端をつかんで、フリントの顔と口をそっとぬぐってきれいにしてやった。

疲れきってしまった。ほんの少しだけ休もう。

ほんの一分だけ。

どこか遠くでバタンと扉が閉じる音がして、コーラは目を覚ました。どういうことだろう――リアは怒っているときでも、扉をバタンと閉めるタイプではない。

身じろぎし、頭ががんがんしてこめかみがひどく痛むうえに、胸の上に何か重いものがのっていることに気づいた。目をあけると、しっくいのはげた水染みのある天井が見えた。

待って。

ここはどこ？　コーラは息を吸い込み、土のような、ジェイコブになったときの深夜の仕事を思い出させるような何かのにおいをかいだ――汗が染みついたきのうの服を着たままの男たちのにおい。
そのとき、耳もとでセオドア・フリントがいびきをかいた。
コーラは恐怖に身をこわばらせた。
わたしはジェイコブだ。コーラではない。そして、まだフリントのベッドに横たわってい
る。薄暗い朝のバター色の光が、部屋の隅々にまで射し込んでいた。息をひそめ、パニック
を起こさないようにしながら、頭を上げて、自分の片方の脚が寝台のわきからぶら下がり、も
う片方がうつぶせで眠るフリントの横に収まっているのを見た。フリントの腕が、胸の上に
だらりとかかっていた。
胸の上――どころではない。フリントの腕はコーラの胸骨に置かれ、手はジャケットの裾
の下から滑り込んで、肋骨にぴったり当てられている。第二の心臓の真上に。
コーラの第二の心臓に。
二階の〝未亡人〟の酒場で、ほんの数時間前にフリントが話していたその心臓だ。フリン
トがジェイコブに、ヒッチコックは自然死したのではなく毒殺されたらしいと告げたあと、ふ
たりは取引を成立させた。つまりこの先何日もいっしょに行動し、珍しい標本を探すことに
なる。心臓がふたつある女のような標本を。
ああ、どうしよう。
どうしてこんな軽率で不注意なことをしてしまったの?
コーラは目と顔をこすり、化粧が落ちて手に灰色の染みがつくのを見てうろたえた。急い

で立ち去らなくては。ゆっくりと息を吸って、慎重に寝台の端から体を下ろす。身をずらすと、フリントの手が左胸を滑っていった。リネンの層の下できつく縛られてはいるが、触られれば隠せないかすかな膨らみがあることは自分でもわかっていた。

コーラはまた身をこわばらせた。女としての感覚にとらわれたかのようで、自分がこんなに男性に近づいたのも、私的な部分を男性に触れられたのも初めてだということを強く意識した。もちろん、ダンスに出かけたことはあるが、そのとき触れられたのはせいぜい肩かウエストくらいだった。

もう耐えられなくなって、体の上からフリントの腕を慎重に押しのけ、起き上がった。眠っているフリントの目が、閉じたなめらかなまぶたの下でくるくると動き、髪は額のあたりでくしゃくしゃに乱れて心をくすぐった。

見つめるのはやめなさい。やめなさいってば。

コーラはレティキュールを捜してすばやくあたりを見回したあと、ジェイコブなのだからバッグは持っていないことを思い出した。扉のほうへ向かう。

「コーラ」フリントが、目を閉じたままかすれた声で言った。

コーラはくるりと振り返ってフリントを凝視し、まだぐっすり眠っていることに気づいてゆっくり息を吐いた。だとしたら、セオドアはコーラの夢を見ているのだ！　わずらわしさとうれしさを同時に感じ、どうすればいいのかわからないまま、コーラは立ち去った。

アーヴィング・プレイス四十七番地の外は静かで、質素な赤い煉瓦と窓の白い日よけはすっきりとして品がよかった。しかし外にいても、三階から響くリアの金切り声がかすかに聞き取れた。コーラはなかに入り、階段をのぼった。

扉の奥から、アレグザンダーが大きなため息をつく音が聞こえた。

「リア、あの子はだいじょうぶだよ。きっと、ジェイコブがひと晩じゅう働かなきゃならない臨時の仕事が入っただけさ」

「あの子はそんなこと絶対しませんよ、アレグザンダー。いつだってどんな仕事が入ったか話してくれるんだから。いつだって先に報告するんです。昨夜は、盗掘用の服装じゃありませんでした。二番めに上等な服を着てたんです！」

コーラが扉をあけると、室内が静まり返った。アレグザンダーは、キッチンのくすぶるかまどの火の前で早朝のパイプを吹かしていた。リアはコーラの姿を見て、さっとエプロンで顔を覆い、安堵にすすり泣いた。

「わたしはだいじょうぶ」コーラは疲れと飲みすぎでかすれた声で言った。「ちょっと飲みすぎたあと、眠り込んじゃっただけ。何も問題なし」

「眠り込んじゃった？　酔っ払ってぶっ倒れたんでしょ！　ここからでも、酒臭いにおいがわかりますよ！　どこにいたんです？　誰といっしょだったんです？」リアが涙をきれいにぬぐってから、嚙みつくように言った。

「セオドア・フリントといっしょだった」

「お化粧が！　ぜんぶ消えてる！　見られたに違いないわ――きっと気づかれたわ」

「あのね、リア、彼は酔いつぶれてた――まったく気づいてなかったよ」

「酔いつぶれてたですって！　あなただって同じくらい酔っ払ったんでしょ。息が古いビールみたいなにおいですよ！　この家でお酒が飲めるのはあたしだけだし、あたしがあなたたちの分も飲んでますから！」

「まあ、それは確かかな」コーラは言って、くすくす笑った。

「もういい」アレグザンダーが言って、ふたりを黙らせた。「そこまで油断するとは、どういうことだ、コーラ」

「でも、コーラじゃなくてジェイコブがしたことだよ！」

「問題は小さくても、やはり問題だ」アレグザンダーが言った。「おまえが冒した危険のことを知ったら、シャーロットはかんかんに怒るぞ。おまえのために伯母さんが払った犠牲をむだにするな。どれほど大事なことがそこにかかっているかを忘れるなよ。今も、これからも」

「何がかかっているかはわかってる」コーラは声を普通の高さに戻してから、帽子を脱いで髪をかき上げ、襟のボタンを外した。「失敗はしたけど、厄介なことは何も起こらなかったし、セオドアと取引もできたしね」

「もうセオドアと呼んでいるのか？」アレグザンダーが冷静な目つきをしたまま言った。

「罪なことかしら？」リアが口を挟んだ。「お嬢さまだっていつか結婚して、家族を持つかもしれません。あの人は医者になるんだし、ふたりでじゅうぶんやっていけますよ。引っ越して、新しい名前になるんです」

　おかしなこともあるものだ。リアはこれまでコーラを結婚させることに大して熱心ではなかったようなのに、二日のうち二度もその話題を持ち出した。でも、どうしてフリントのファーストネームを口にしてしまったのだろう？　きっと疲れているせいだ。

「フリントと取引できたしね」コーラは言い直した。「リア、やるべき仕事があるうちは、もう結婚の話はやめて。コーヒーをお願い」

　リアは足音も荒くかまどのところまで行き、煮詰まった黒い液体をカップに注いで、温かく甘い干し葡萄入りのパンとともにコーラの前に置いた。コーラはパンにかぶりつき、苦いコーヒーで飲み下した。

「損はなかった。次の何回か盗掘をいっしょにやる取引をしたし、ヒッチコックについての情報もいくらかつかんだ」

「ヒッチコック？　何日か前におまえが掘り出した男か？」アレグザンダーがリアに向かって手を振った。「おい、リア。かりかりするのはやめて、いっしょに食べよう」立ち上がって、朝の九時ではあったがメイドのために小さなグラスにポートワインを注ぎ、椅子を引く。リアがドスンと音を立てて座った。

　コーラは解剖の所見についてと、尻尾のあるルビーの失踪についても説明した。アレグザンダーとリアは、厳粛な面持ちで聞いていた。コーラは最悪の部分を最後に取っておいた。「フリントはもうひとつ、手に入るかもしれない珍しい標本のうわさについて話してた。心臓がふたつある女のうわさがあるんだって。フレデリック・ダンカンから直接聞いたらしい」

リアもアレグザンダーも、はたと動きを止めた。リアはポートワインのグラスを手にしたまま、アレグザンダーはパンを口に運ぶ途中で。

「確かか？」アレグザンダーが尋ねた。

「うん。フリントはそう言ったとき酔っ払ってた。だからこそ本当だと思う。ずっと隠してたんだ」

リアの手が震えた。「でも、まさか――あの人――」

「ううん、リア。わたしがその女だと知ってるようなそぶりはまったく見せなかった。そんなのはおとぎ話だと言ってた。だけど、ありそうにないうわさでも、おおぜいが何度も繰り返せば現実になるかも」

「館長がそんな話をするのを聞いたことはないな。ごく新しい情報に違いない」アレグザンダーが窓の外を眺めた。太陽は、通りの先で焚き火をしているせいで、立ち込める煙に隠れていた。「ぼくたちがゴーワヌスを離れたあとも、ドクター・グリアがおまえの話をし続けたことはわかっている。ニューヨークのたくさんの医師に話したのかもしれないな」まっすぐコーラの目を見る。「情報を得たチャンスを活かすべきかもしれない。ニューヨークを離れろ。フィラデルフィアか、西へ行くんだ。オハイオとか、アイオワとか」

「そうする手もある」コーラは認めた。「でも、この五年間で手放したくない人脈ができた。今は、いい稼ぎをするだけの腕前もある」

「稼ぎは足りてません。家賃の期限まであと二日ですよ、ミス・コーラ」リアが思い出させた。「それに、朝食が終わるまでには、ポートワインの最後の数滴もなくなっちまう」わびしげに空の瓶を眺める。

「家賃なら、ぼくが払える」アレグザンダーが言った。

「だめ。あなたはもうじゅうぶん尽くしてくれてるんだから、アレグザンダー」コーラは立ち上がって、ジェイコブのしわだらけのシャツを撫でつけた。「ここ二、三週間、実入りがなかったのは確かだけど、この先もっと仕事はある。次の数回の仕事を片づけよう。そして倹約する。それから、ニューヨークを離れて再出発する。もしかすると、どこかで教師になれるかも。リア、あなたはわたし抜きなら、もっと給料のいい仕事が見つかるよ」

「あたしはあなたのそばを離れませんよ、ミス・コーラ、絶対に」優しい言葉だったが、リアの目には別の思いが見え隠れしていた。誘惑を覚えるのも理解できる。きちんと持ち家のある裕福な家庭のメイドにだってなれるのだから。何年も前にリアがシャーロットのあとについて貧困生活に入ったのは、シャーロットを我が子のように愛していたからだ。しかし、どんなに豊かな愛情があっても、貧乏は人をすり減らす。

「妥当な計画だな」アレグザンダーが言った。「すべてがうまくいけば、ひと月後にはニューヨークを出られるだろう。うわさがなんらかの事態につながるずっと前に」

コーラはうなずいて、あくびをした。リアが封筒を押して寄こした。

「これを忘れないでくださいよ」

コーラは、毒々しい色合いのオレンジ色の入場券を取り出した。

キャッスル・ガーデン劇場

ジェニー・リンド　一八五〇年九月十一日

そう、あのジェニー・リンドだ。P・T・バーナムが、報道によると十五万ドルで海の向こうから招いたすばらしいオペラ歌手。〝スウェーデンの小夜啼鳥《ナイチンゲール》〟は、行く先々で熱狂を呼び起こしていた。ニューヨークでは、チャタム通り沿いの店にジェニー・リンドのかぎ煙草入れ、手袋、扇子、紙人形などさまざまな小物があふれ返った。

コーラは、入場券を買ったことを忘れかけていた。フィルハーモニック協会の演奏会や、一年前に起こった暴動でまだ混乱している醜聞まみれのアスター・オペラハウスの公演とは違って、この公演には上流社会の人々だけでなく、普段は家に閉じこもっている人たちもやってくるだろう。見逃せない公演だ。

「忘れるところだった。リア、いっしょに行きたい？　アレグザンダーは？」

「最近、あまり劇場に行く気になれないんだ」アレグザンダーが言った。「リアといっしょに行くといい」

リアがにんまりしてうなずいた。劇場が好きで、機会があれば行きたいと思っているのだ。キャッスル・ガーデンは、コーラが気に入っている場所のひとつだった。定期的に訪れて、病人を見つけ出す。ときには、本人が病気であることに気づく前に……。必ずしも、善良な医師たちが症例を持ち込むまで待ってはいられない。主治医が見落としていた奇妙なほど長身で長い指をした紳士や、がんが頬にまで広がり、いつものボックス席に座って阿片《あへん》チンキで半分眠っている婦人を見つけたこともあった。

しかし、コーラがこうして新しい標本探しを楽しみにしているあいだも、ほかの誰かがコーラを探しているのかもしれない。フリントは昨夜、手の下で鼓動を打つもうひとつの心臓を感じただろうか？　わたしがふたつの心臓を持つ幻の女だと感づいただろうか？

それよりもっと恐ろしいのは、自分の秘密をフリントに話したいというとんでもない衝動に駆られていることだ——まったくわけがわからなかった。

9

コーラはクリーム色と淡い緑色の絹のイブニングドレスをまとって、かつらの髪をまんなかで分け、ふっくらと結った部分をドレスと揃いの緑色のリボンでしっかり留めた。リアは、いちばん上等な落ち着いた黒いサテンのドレスを着た。馬車はふたりを乗せてブロードウェイを走り、バッテリー・パークのすぐ先にあるキャッスル・ガーデンへ向かった。公園にはおおぜいの見物人がいて、中国やイギリスから到着した船の舷墻《げんしょう》や巨大な帆を見つめていた。劇場の観客は、すでにキャッスル・ガーデンとマンハッタンをつなぐ狭い橋に列をつくっている。人工島に立つ円形の建物は、まるで立派すぎるので平凡な島から切り離されたかのようだ。リアは、オレンジ色の入場券を持つ人たちの列を見て、あんぐりと口をあけた。

「入場券が何千枚も売れるだろうって言ってましたけどね」リアが言った。「あの列を見てちょうだい！」

「ええ」コーラは応じたが、よく聞いていなかった。すでに群衆を眺め回して、衣服の内側を見通せるかのごとく体を品定めしていたからだ。この人は、おそらくリウマチのせいで杖を突いて足を引きずっている――ありふれた病気だ。あの人は、黒いレースのベールでうまく隠しているが、顔面麻痺がある。向こうの人は、顔色がよくない――黄疸《おうだん》にかかっているようだ。酒の飲みすぎか、肝臓が悪いのか、さもなければ腫瘍があるかだろう。列のなかに、見覚えのある人がいた——ミスター・エリントン、昨年の冬に適切な瀉血《しゃけつ》（患者の静脈から血液の一部を体外に除去して症状の改善を求める治療法）で浮腫を治した人だ。

「ミス・コーラ、別の列に並びましょう。この列は、とにかく長すぎるんだもの」リアが、落ち着きなく体の重心を一方の足からもう一方の足に移した。居心地が悪いときのいつもの癖だ。たぶんガーターがきつすぎるのだろう。

　コーラは眉をひそめた。「オレンジ色の入場券を持ってる人はここに並ぶんでしょう、リア。ここにいなくちゃだめ。それに、すごく変なふうに足を引きずって歩く男の人を見てるの。名前を調べなくちゃ。家族が近くにいる」

「ここの連中があなたやあたしをじろじろ見る目が気に入らないんですよ。しばらくのあいだだけ、わきによけてましょ」

　じろじろ見ている？　誰がじろじろ見ているの？　コーラは注意深くあたりに目を配った。普段じろじろ見るのはコーラのほうで、そうしていると、人々はよく視線を感じて遠ざかった。コーラの異国風の顔立ちと揺るぎない視線には、少しばかりこの世のものならぬ雰囲気があるらしい。なにしろ、ブーツのつま先半分を、死の世界に踏み入れているのだから。

　亡霊のまなざしは限りある命の終わりを告げ、コーラもそれを恐れていたが、自身に向けられるのを感じたことはなかった。これまでは……。だから、キャッスル・ガーデンの開いた扉にゆっくり吸い込まれていく群衆を眺めるあいだ、自分の体に狙いをつけてあの秘密につながる兆候をとらえようとする冷徹なふたつの目を探していた。しかし、そういう目は見つからなかった。

かわりに見つかったのは、ブロンドの女だった。大解剖学博物館にいた、あの女だ。今回も、シャーマホーン家の紳士に付添われている。ふたりは緑色のチケットを持つ人ばかりの列に並んでいたが、女は列が進んでもその場にとどまって、コーラとリアをあからさまな敵意を込めてにらんでいた。

「あのご婦人は誰？」コーラは訊いた。

「知りません」リアが答えた。「あの人があなたを見る目が気に入らないんです。行きましょう」

しかし列がさらに順調に動き始めたので、ほどなく女は先へ進むしかなくなり、人込みに紛れて姿を消した。

公演自体は、少しばかり期待外れだった。バーナムは、ジェニー・リンドのすばらしさを、地上に舞い降りた天使ではないかと思わせるまでに褒めちぎっていた。オペラ歌手が汽船から降り立ったときには、三万人近くが歓迎した。だからジェニー・リンドが口をあけて歌い始めたとき、コーラは、天空から妖精の粉がまき散らされるかのような音楽を期待していた——けれどもまったく違った。みごとな歌唱だったが、それだけだった。おかげで、真鍮のオペラグラスを使い、悪い病気の兆候がある客がいないかさらに観察する暇ができた。健康そうな人々のなかには、いつだって宝が隠されているのだ。

誰かに挨拶する機会ができたのは幕間になってからだが、出会ったのは意外な人だった。リアがパンチの値段に文句を言い、コーラがよりによっていちばん足が痛くなるハイヒールの上靴をはいてきたことに心のなかで毒づいていると、誰かが肘に触れた。

コーラは振り返った。博物館で会った女――だが、今度はブロンドの女ではなく、医師ふたりと議論していた人だった。ドクター・ブラックウェル、だっただろうか？　女性の同伴者がいて、ドクターと同じくらい慎ましいドレスを着ていたが、絹のポプリンの生地と飾りのリボンはもっと上等だった。

あらためてドクター・ブラックウェルをじっくり見てみると、まるで酢とバターのようにうまく混ざらない性質がせめぎ合っているような女性に思えた。背は低く、百五十センチ余りしかないが、黒く鋭い目をしている。しかし、明らかに平行ではないまなざしから、片方の目が義眼であることが見て取れた。焦げ茶色の地味なドレスは、羊毛に包まれて窒息しそうに見えるほど慎み深いスタイルだった。ふっくらと結った髪が笑みを浮かべた頬に垂れかかっていたが、その笑みは刃物のように鋭かった。

「あら、こんにちは。じつを言うと、この街にはまだ知り合いは多くないのだけれど、あなたのことは知っているわ！」ドクター・ブラックウェルの声は低くて心地よく、甘ったるさはなかった。「先日、博物館でお会いしませんでした？」

「お会いしました」コーラは、唐突で少しぶしつけな紹介に不意を突かれた。

「わたしはドクター・エリザベス・ブラックウェル」

「わたしはコーラ・リー、そしてこちらはリア・オトゥールです」左を向いたが、リアは飲み物を求めてどこかへ消えていた。少々あのパンチが好きすぎるようだ。「あっ。ええと、さっきまでいたのがリアです。その、失礼ですけど、本当にお医者さまなんですか？」

「もちろん本当よ。州北部のジェニーヴァ医科大学を卒業したばかり」

「解剖学を勉強なさったんですか？　一から十まで？」お金を払っていくつか授業を受ければ、誰でも医者を名乗ることはできる。しかし本物の医師は、苦労して大金を払い、死体から解剖学を学ぶのだ。

「ええ、勉強したわ。とにかく、頭と首の解剖学がいちばんむずかしかった。頤舌筋《おとがいぜっきん》！　茎《けい》突《とっ》舌筋！　舌骨舌筋！　解剖学という学問がお好き？　最近では、女性も講義に参加させてもらえるはずよ」

それと口蓋《こうがい》舌筋、とコーラは心のなかでつけ加え、「はい、好きです」と答えた。この女性に好感をいだき始めていた。

「そう、わたしは職探しをしているのだけど、診療所は話もしてくれない。もうすでに、ユニオン・スクエアで開業したのよ」

「まあ！　まだ看板を拝見してませんでした」

「大家さんが、小さな看板も掛けさせてくれないの。不名誉だとか言って。彼女の考えでは、女の医者の診療室なんて、売春宿のようなものらしいわ」ドクター・ブラックウェルはそう言って笑ったが、コーラは「ふむ」と返すのがやっとだった。女の医者自体が異例なのだ。

「それで、あなたのお仕事は？」ドクター・ブラックウェルが無遠慮に尋ねた。

「えっ、今なんと？」コーラは訊き返した。

「あなたは頭が切れそうだわ」これはお世辞だった。コーラはまだほとんど何も言っていないのだから。「きちんとした教育を受けた？　職業をお持ちなの？　あの医師たちと知り合いなんでしょう。薬剤師なの？」

「いいえ、まさか」コーラは答えた。「確かに、教育は受けましたが……」

「さあ、いいから。狐の手袋（ジギタリスの別称）、ってなんだか知っている？　何に使える？」

「浮腫です」コーラは何も考えずに答えた。いけない、的はずれなことを言うべきだったのに。しかし、口は勝手にしゃべり続けていた。「でも、必ずしも役に立つとはかぎりません。投与しすぎれば毒になります」

「かなり詳しいのね！　それじゃ、あそこにいる男性を見て。彼は浮腫にかかっているわ」ドクター・ブラックウェルが、ひとりの男のほうを顎で示した。男の両脚は木の幹のようで、格子縞の羊毛のズボンがはち切れそうだ。「青白い顔、首のあたりの膨れた頸静脈。わたしの助けを必要としているけれど、紹介されていないから、押し売りはしないでおきましょう」

浮腫。あまりにも平凡だ。時間を費やすには値しない。コーラは無意識に小さくふっと鼻を鳴らしてしまった。

ドクター・ブラックウェルが、片方の黒い眉を吊り上げた。「退屈かしら？」

「えっ、いいえ、わたしはただ……リアを見つけないと。幕間がそろそろ終わりますわ」

「あら！　こんにちは！」ドクター・ブラックウェルが、コーラの背後にいる人に向かって驚くほど勢いよく手を振った。「またお会いしたわね。小さな街だこと！　二日のあいだにふたりの人に会い、そのあと今年いちばん人気のオペラでそのふたりに会うなんて！」

　コーラが振り返ると、真正面にブロンドの女が立っていた。敵意ある目つきをいつまでもやめようとしないあの女だった。すぐそばまで来ていたので、表情をきまり悪さ（手を振って呼び止めたドクター・ブラックウェルに対して）から冷たい怒り（コーラに対して）に切り替える時間が足りなかったようだ。

「めったにないことだけれど、わたしに紹介させてちょうだい。こちらは――」

「彼女のことは知ってますわ」ブロンドの女がだしぬけに言った。「コーラ・リー、でしょう？　これではっきりしたわ。あなたのメイドに見覚えがあるもの」

　コーラの口のなかがからからに乾いた。「リア？　どういうことかしら」

「あなた、すごく健康そうね、ミス・リー」まるでそれが罪なことであるかのように、女が言った。こんな公の場で健康について言われ、コーラは顔が赤らむのを感じた。いったいこの女はなんの話をしているの？

　ドクター・ブラックウェルが眉をひそめた。「まあ、ミス・リー、具合がよくなかったの？」

「えっ……いえ、元気です、ありがとう」コーラは口ごもった。

　ブロンドの女の不機嫌な態度のせいで、ドクター・ブラックウェルの気さくさが消えていった。「それなら、ミス・カッターとは知り合いなのね」

　その名前。コーラの体に衝撃が走った。もし母親の姓を受け継いでいたなら、自分が名乗っていたはずの名前。ブロンドの女の姿を、穴があくほどじっと見つめた。同じくらいの年ごろだ。以前シャーロットは、コーラの母のすぐあとに義理の妹が出産したと言っていた。子どもの名前はなんだった？　はさみ《シザーズ》に似た響き。フランス語の――。

「スゼット？」ダニエル・シャーマホーンがその横に現れた。「ベルが鳴ってるよ。幕間は終わりだ。行こうか？」

「ええ、ダニエル」スゼット・カッターが、お辞儀もせずにくるりと向きを変えて立ち去った。

ドクター・ブラックウェルが首を振った。「ごめんなさい。あなたたちのあいだに何かあったなんて知らなかった」

「いえ、なんにもありません」コーラは答えて、顔を扇子であおいだ。

「けんかしたんじゃないの？」

「いいえ、まったく」どうしたらけんかできるの、とコーラは胸のなかで言った。会ったこともないのに？　ジェイコブ・リーがエリザベス・カッターのただひとりの子どもなのだから、わたしは存在すらしていないはずなのに？　でもスゼットはどういうわけか、コーラが女であることを知っていた！　しかも、健康について尋ねてきた。こともあろうに、わたしの健康について！　わけがわからない。

リアが戻ってきたので、コーラはメイドをドクター・ブラックウェルに紹介した。

「お医者さまだとおっしゃいました？」リアが目を見開いて言い、コーラがまだショックでぼんやりしていることには気づかなかった。「いったいどうして女が医者になれるんです？」

　ドクター・ブラックウェルが大きく息を吸った。こういう驚きの声を、飽き飽きするほど何度も聞いているのだろう。

「女も、男と同じくらいうまく病人を世話できるからよ。今朝のあの人を、助けてあげられたらよかったのに……。じつはね、勤め口のことを訊こうと第六区の診療所の外にいたとき、気の毒な男性が意識のない状態で運ばれてきたの。首絞め強盗に遭ったらしいのだけど、財布は盗まれていなかった。気絶するまで首を絞められたうえに、長く絞められすぎたのね、かわいそうに。しかも、診療所はわたしに彼の診察や治療をさせてくれなかった！　あんまりだわ。男性はその場で死んでしまった。助けられたかもしれないのに」

「なんて恐ろしいこと」コーラは言った。

「ええ。あの人のことは決して忘れられない。顔にとても大きなポートワイン母斑があった。あんなに大きいのは初めて見たわ」

　コーラは押し黙った。リスト上で一年以上追跡している男性がいた。ウィリアム・ティモシー。顔にとても大きなポートワイン母斑があるだけでなく、右手には六本めの指があり、大きな合わない手袋でいつも隠していると言われていた。しかし、ティモシーはそれ以外は健康で、デランシー通りの主治医に診てもらうこともめったになかった。事故でもないかぎり、ティモシーが早死にする見込みはないと思っていた。

　あるいは、事故よりもっとひどいことが起こらないかぎり。

　ウィリアム、とコーラは胸につぶやいた。何があったの？　今どこにいるの？

「いつ――」声がかすれてしまい、咳払いをする。「いつのことですか?」コーラは訊いた。

「ほんの今朝のことよ」

幕間の終わりを告げるベルが鳴り響いた。人々がざわめきと笑いに包まれながら、絹やサテンのサラサラという音とともに劇場内に戻った。ドクター・ブラックウェルが陽気に手を振ってから、小さな集団とふたたび合流し、コーラとリアはほどなく劇場の外のサロンにふたりきりで残された。

「彼は家柄がいいから」コーラはリアにささやいた。「あした埋葬されるはずだけど、どこの墓地なのかわからない」

「でも、あしたなんでしょ」リアが不平を言った。「高いお金を出して入場券を買ったんですよ。最後まで観なくちゃ」

「あの女がいるんじゃ、無理」コーラは苦々しい口調で言った。

「ドクター・ブラックウェル? 確かに!」

「ドクター・ブラックウェルのことじゃないの、スゼット・カッターのこと。わたしの又従妹。あなたとわたしの両方を知ってるみたいだった」

顔が赤から白、青っぽい緑色に変わったかと思うと、リアは白目をむいて気絶した。

やれやれ。どちらにしても、第二幕は見逃すことになりそうだった。

ウィリアム・ティモシー

死ぬはずじゃなかった。

首絞め強盗に遭ったって、そう簡単に死にはしない。ぼくだって何度も被害者を見たことがあるし、ちゃんとしたやりかたというものがあるんだ。でもぼくに対しては、そのやりかたが完全に間違っていたんだと思う。

ぼくは、ストリート・チルドレンが運んでくるぼろ切れの袋を受け取っていた。子どもたちは、フルトン・フェリー近くの朽ちかけた埠頭から盗ってくるらしい。ほら、ぼろ切れからは上等な紙がつくれるし、製紙業は好景気続きだから、もう少しでスタイヴェサント・スクエア近くに自分の家が買えそうだったんだ。

いつもはロビーかアーヴィンが大きな袋を持ってくるんだけど、彼らは酔っ払っていたか、酔い醒まし中か何かだったので、小さな悪童《キンチン》が直接ぼくのところへ商品を売りにきた。彼らはなんてひどい状況にあるんだろう。ほんの数週間前に船から降り立った泥まみれのアイルランド人たちが、今では子どもたちを何百となく何千となく街に送り込み、スリや物乞いをさせたり、砂糖をくすねさせたり、ぼろ切れを集めさせたりしている。少なくともぼろ集めの子どもたちの仕事は、それなりにまっとうだ。

で、午前中の半分をかけて交渉し、へとへとに疲れたので、妻のセーラを呼んで玄関の錠を下ろさせた。これから数人の男たちに会う予定だった。たっぷり食事をおごれば、《トリビューン》紙へのかなりの販売を確保してくれるというんだ。

我が家の前からは、近所の戸口にたまっているような汚物は取り除かれているが、パイク通りを歩くのは試練だ。路上の、泥で埋まった浅いへこみに小さな死んだ豚が転がっていて、烏《からす》がその目をむしり取ろうとし、悪童《キンチン》が烏に向かって石を投げていた。

ぼくはその騒ぎをよけるようにして歩き、居酒屋と質屋のあいだの路地に近づいた。そのとき、影からすばやく腕が伸びてきてぼくの喉首に巻きつき、気管を強く押したので、咳をすることも叫ぶこともできなくなった。背後から右膝を蹴られ、ぼくは足場を失って倒れ込んだ。

通りがかりの数人が、ぼくの窮状を見ていた。すぐりジャムが顔にはねかかったかのような母斑を世間の人がじろじろ見ることには慣れていたが、今回は誰も指さしたり笑ったりはせず、みんなが目をそらした。

首絞め強盗のことは知っていた。ありふれた犯罪で、次の瞬間にはぼろを着た子どもがぼくのポケットを探るはずだった――手際よく、楽々と、手持ちの金をすべて盗むのだ。

ところが、待ち伏せしていた連中の誰ひとり、ポケットのなかを調べようとはしなかった。シルクハットをかぶって派手な格子縞の服を着た小柄なバワリー・ボーイが、大声で笑った。「やあ、ロイ、このばかめ、また飲みすぎたのか、え? おれたちが送ってってやるよ、そんなに酔っ払っちまって」

でも、酔っ払ってなんかいなかったし、ぼくはロイじゃない。男が小さな酒瓶を出して、ぼくの体に中身を振りかけたので、犯人たちが仕立てたとおり酔っ払いのにおいになった。ゲームのことは知っていた。こういう男たちがやるゲームや偽造やスリについては、誰だって聞いたことがある。こうやってぼくを仲間内の酔っ払いのように見せて楽しんだのだから、あとは財布を盗って解放してくれるだろう。ぼくは一文なしで家に帰り、最悪の事態ならどうなっていたかという妻の心配をやり過ごす。このくらいで済んでよかったのだ。

ところが、それでは済まなかった。

「このトンマをくびっちまいな！」バワリー・ボーイが声をひそめて言った。なんのことかわからなかったが、大男がぼくの首をつかんで絞め始めた。もうひとりが足を持ち上げ、路地の暗闇の奥へぼくを引きずり込んだ。ようやく加害者の姿が見えた。両耳がおぞましい肉の塊になっていて、まるで膨れたパン生地のようだった。決して忘れられない耳だ。生きて思い出す時間を与えられたならだが。

「すまねえな、にいさん。神さまのもとへ行きな」男が言ってから、ぼくの首を思いきり絞めた。顔が破裂しそうになり、心臓が激しく打って、ぼくはもがいたり暴れたりしたが、やつらにしっかり押さえつけられた。叫ぼうとしても息を吸えず、悲鳴は唇の裏で消え、一分もたたないうちに目の前が真っ暗になった。

やつらは息絶えたぼくの体を路地からラトガーズ通りへ、次に西へ向かって、困惑を覚えずにはいられないある目的地へ運んでいった。しかしやつらは、警察官に止められた。

「その男をどうするつもりだ？」警察官が問いただした。服装は地味だったが、胸に銅バッジが鈍く光っていた。

「この与太郎《サム》は酔っ払いなんですよ。飲みすぎたみたいでね。家に送ってくとこです」

「酔っ払ってなんかいない。見てみろ。顔がすっかり紫色になってるじゃないか」警察官が言ってぼくの頬に触れた。まだ温かかったが、それも長くはないだろう。「病院へ連れて行け。幸い、通りを渡ったすぐそこに、診療所がある」

男ふたりが顔を見合わせた。明らかに別の場所にぼくを運ぶつもりでいたが、診療所の前で下ろすしかなかった。そこから妻に連絡が行き、駆けつけた妻はすっかり冷たくなったぼくと対面した。

ぼくは、昼食をとりに出かけただけなのに。

10

コーラは、死んだ男を知っていた医師たちと部下宛てに何通か手紙を書き、ウィリアム・ティモシーの埋葬地について何か知らないかと尋ねた。小さな使い走りの少年は、コーラの手紙を手に街じゅうを駆け回った。リアはコーラのドレスをスポンジでぬぐったり、アイロンをかけたりするのに忙しくしていた。バッテリー・パーク周辺を歩いたせいで埃だらけだったからだ。

その日の夕方以降、コーラはずっとスゼット・カッターのことを考えていた。「いったいどうしてわたしのことを知ってるの？　男の子だと話してあると思ったんだけど」

「わかりません」リアが答えた。ドレスをスポンジでぬぐいながら、そわそわと右足から左足へ重心を移している。また例の落ち着かないときの癖だ。

「なぜわたしの健康を気にかけるの？　わたしの……状態を知ってるとか？」

「もしかするとミス・シャーロットが話して、あたしたちには言わなかったのかもしれません」リアが言った。

「ミス・カッターに直接訊いてみようかな」コーラは考えを口に出した。

「なんですって、とんでもない！　それは間違いです」リアはアイロンを下ろした。「相手をけしかけないで。あの人たちには話しかけちゃいけないんですから！」

コーラはそれ以上何も言わなかったが、心のなかで何度もその問題について考えてみた。スゼット・カッターがなぜあれほどの敵意を向けてきたのか、コーラが存在すること自体をどうして知っているのか、突き止める方法はひとつしかない。怒りを向けられることよりも、知られていることのほうが気がかりだった。しかし、きょうとあすはそれに関わっている時間がなかった。

翌朝、コーラは喪服を着た。しかし、不安でならなかった。ウィリアム・ティモシーの思いがけない死のことも、埋葬地に関する返事がひとつも来ないことも不安だった。島にはあまりにたくさんの墓地があって、一カ所ずつ訪ねてはいられない。もっと情報が必要だった。

炉棚の時計が九時を打ったとき、ようやく扉をたたく音がした。リアが走って応対しにいった。コーラは階段を下りながら、ピンで帽子を留めていた。

戸口にアレグザンダーがいた。砂糖とパンのにおいがする包みを持っている。

「おはよう！　朝食と、おまえに伝言を持ってきたよ」伯父が言った。

「そう！　わたしの部下から？」コーラは尋ねて、レティキュールをさっとつかんだ。リアは貸し馬車を探しに外へ出た。

「なんだって？　いや、ダンカンからだ。先日の手紙をおまえが受け取ったかどうか知りたがっていた。あすのお茶に誘ったんだが、返事がなかったと言っている。おや、どうやら出かけるところみたいだな」

ちょうどそのとき、全身泥だらけの小さな子どもが戸口まで駆けてきた。

「ほら、ミス・リーにだよ！　二セント！」

アレグザンダーが小銭を出し、子どもはアレグザンダーが紙切れを受け取ってコーラに渡すまで待ってから、立ち去った。

読みにくい文字だった。〝どら猫〟オットーのなぐり書きだ。

十一ばんどおりぼち、どっちかわかんねえ

十一番通り。あの通りには墓地が三つあり、ふたつはセント・マークス教会、ひとつは十一番通りカトリック墓地の所有だった。しかし、カトリック墓地は二年前に埋葬の受け入れをやめていた。

「ありがとう、アレグザンダー。あなたのすてきな朝食には加われない。偵察に行かないと。もしかしたら、あした博物館で会える？」

アレグザンダーはがっかりしたようだった。「そうだな。じゃ、そのときに」

コーラはうなずいたが、気がとがめた。最近あまりアレグザンダーと会っていない。以前は週に三回夕食に来て、毎週日曜に朝食をともにしていたこともあった。忙しさにかまけて、伯父をないがしろにしている。アレグザンダーがシャーロットとの思い出を懐かしんでいることはわかっていた。ふたりはよく、シャーロットの話をした――どんな口癖があったか、どういう本が好きだったか、どれほどコーラを愛していたか。

「そうだ」コーラは言った。「あなたが喫茶店まで付添ってよ。そうしたら、もっと話せるでしょう」近いうちにアレグザンダーをスゼットに会わせて、彼女が知っていることを探り出してもらおうと思いついたのだ。伯父の芸術的才能を評価してくれそうな女性たちへの紹介にもつながるかもしれない。

「そうしよう」アレグザンダーが言った。

コーラは伯父の頬にキスをした。「じゃ、あしたね」

アレグザンダーがなかに入って、菓子パンの包みを置いた。リアが比較的きれいな貸し馬車を止めておいてくれたので、コーラは乗り込んだが、御者が扉を閉める前に思い出した。

「リア、お金が足りないんだった。悪いけど――」

リアが目を丸くした。「壺は空ですよ。今回の仕事が必要です。どうしても必要なんです。前回の仕事で稼いだ五ドルがまだあったはずでしょ」

「このあいだの夜に使っちゃった、フリントと」

「金がない？　だったら降りな。どんなにきれいな格好をしててもだめだ」御者がうなり声で言って、扉を閉めるかわりに大きくあけた。コーラが降りると、御者は悪態をついてから御者台に飛び乗り、馬に鞭を当てて行ってしまった。

幸先がよくない。上等な貸し馬車と上等な服で墓地に現れるのが望ましいのに。たとえアーヴィング・プレイスからさほど遠くなくても、上流階級の人間は歩いて墓地に行きはしない。

「それじゃ、もう行かないと。空の財布を抱えてね」

「ええ。行ってしっかり働いて、三十ドル稼いでください！　気をつけてね！」

コーラはあまり急いでいるように見せずに急ぎ、二番街を南へ歩いて、尖塔がそびえるすばらしく優美なセント・マークス教会へ向かった。敷地の東側と西側に、地下納体堂があった。通りの反対側にはもっと大きな墓地があり、富裕層にはやや及ばない人々が埋葬されていた。コーラはそこに、家族の小さな集まりを見つけた。すでに、埋葬を待つ棺が置かれた墓のそばから離れていこうとしている。コーラは、頭を垂れた小さな集団の後ろに遠慮がちに加わり、目にハンカチを当てて、米国聖公会の司祭の話を聴いた。

「……あまりにも残酷に我らのもとから奪われ、神の懐に召され……ティモシー家の計らいによって……」

コーラは棺を見つめた。ウィリアムはすでに家族を恋しがっているだろうか、と考える。残酷だ。死ぬには若すぎる。普通なら、コーラが偵察中の人々は、あらゆる人と同じように自然が定めた予定表に従って死ぬ。しかし、ウィリアムは――こんなのは不公平すぎる。ひりひりしてきた目をハンカチでぬぐった。葬式で泣いたことはない。一度も。感傷は苛立たしく邪魔になる。もうたくさんよ、コーラ。胸に言い聞かせた。仕事をしなさい。

若い紳士が近くに立っていた。反対側にいる婦人が別の会葬者のほうを向いたとき、コーラは低い声で言った。

「本当にお気の毒です。ウィリアムの安らかな眠りがどうか妨げられませんように。あのような……あのような連中に……」ハンカチで濡れた鼻を押さえ、恐ろしくてはっきり口には出せないふりをする。

「もちろんですとも」紳士が眉を吊り上げた。「いまいましい泥棒どもめ。幸い、棺には錠が掛かっていますから」

コーラは胸に手を当てて、大げさにほっとしてみせた。ほどなく人の群れは散っていき、数人は、おもな親族を運ぶための掛け布で飾られた馬車を追っていった。コーラは集団から離れ、角を曲がるとすぐに黒いショールを外し、西へ向かってきびきびと歩いた。最後にもう一度、顔をぬぐう。悲しみはもうたくさん。ウィリアム・ティモシーはもはや苦しんでいないのだから、わたしも苦しむべきではない。

さて、棺には錠が掛かっているようだ。いつもとは違う道具が必要になるが、錠くらいでジェイコブを獲物から遠ざけてはおけない。今夜、彼らは気の毒なウィリアムを掘り起こし、コーラはお金の壺が空になる心配から少しのあいだ解放されるだろう。

家に戻って食事をしてから、仲間たちに伝言を送り、荷馬車に道具を積んで十一時にジェイコブを迎えにきてもらうことにした。しかし、その晩着替えているとき、フリントに知らせるのを忘れていたことに気づいた。もう時間がなかった。内心ほっとしていた。フリントのベッドで目覚め、あばらに手をのせられていた記憶は、まだ鮮明すぎた。

〝どら猫〟オットー、〝公爵〟、〝托鉢〟トムが時間どおりに現れた。あたりが暗くなったので、コーラも本領を発揮できる。必要なら三メートルの穴を掘る準備もできていた。荷馬車が走り出したちょうどそのとき、パックが息を切らしながら荷馬車に駆け寄った。

「遅れてすまん」荒い呼吸の合間に言って、オットーのとなりの席に飛び乗る。「ぼんくらはどこだ？」

フリントのことだ。確かにフリントはとても愚かだ。それでも、コーラの心のなかではそれほどぼんくらではなくなっていた。

「今夜はいない」コーラは答えた。

「あいつ、あれこれ尋ね回っていたぞ」〝公爵〟が言った。「ほかの死体盗掘人たちに、島のずっと北側やグリーンウッドでの盗掘についてな。えらく野心を燃やしているよ」

「なら燃え尽きるのも早いだろ」コーラは言って、荷馬車の後ろに積まれた二本のシャベルの横に寝転がり、組んだ手を枕にした。「あいつは何もわかっちゃいない」

「聞いたところじゃ、あいつの質問はまともだったらしいぜ」トムが言った。「おれはあいつが好きだよ。おれと同じくらいよく食うしな」トムにとっては、それが性格のよさを表するしらしい。

「もう黙れ」コーラが言うと、部下たちが口をつぐんだ。フリントのいいところについて聞きたい気分ではなかった。「それはともかく、あいつと取引をした。次に掘る三体は、あいつの学校か、大解剖学博物館のどっちかに引き渡す場合、あいつにも分け前をやる」全員が抗議し始めたが、コーラは手を上げて制した。「おまえたちの取り分は同じだ。おれの分け前だけ削る。いいな？」

部下たちがぶつぶつ言いながら同意した。取引が成立した今になって、コーラは後悔していた。しかしこれなら、自分より早くフリントが死体を見つけた場合にも競争に加われる——それに結局のところ、ヒッチコックの解剖について教えてもらうために取引したのだ。あの不気味な緑色の舌……。なぜあんなふうに死ぬことになったのか、突き止める必要がある。フリントが言ったように、毒殺されたのだろうか？　ルビー・ベニングフィールドがどこへ消えたのかも突き止める必要がある。それについて言えば、ウィリアム・ティモシーが首絞め強盗に遭ったのも奇妙だ。強盗殺人はよく起こることだとはいえ——これで監視リストのうち三人が、予期せず死ぬか消えるかしている。

彼らを乗せた荷馬車は、通りを南へ走り続けた。真夜中が近づくにつれ、通りは急速に静まっていった。このあたりの住人は眠りを大切にしている。墓地に着くと、門は施錠されておらず、番人はいなかった。家族はぐっすり眠っているに違いない。棺に錠を掛ければ夜の訪問者を追い払えると信じているのだから。

彼らは黙ってシャベルとバールを手に取ったが、突然パックが荷馬車から飛び降りて口笛を吹いた。

「ああ、こいつか。ぼんくらはおれだな。別の用事を忘れてた。あばよ」

コーラはびっくりした。現場に現れたあと仕事を投げ出した部下は、これまでにひとりもいなかった。彼らは来るか来ないかで、まれに来なかったのはコレラで死にかけていたときだけだった。

「パック」コーラはどなった。「帰るなら、もうおまえとの仕事はなしだ」

「ああ、それでいいさ。手垢のついた仕事なんざ、ごめんだね」

コーラは悪態をついた。パックがくるりと振り返って荷台の端を思いきりたたいたので、荷馬車が前方にがくんと揺れ、馬が驚いていないないた。

「おめえは遅かった！　遅すぎたんだ！　おれはもう分け前をもらった。おめえがパンくずと酸っぱいブランデーといっしょにくれる金より、よっぽど気前がいいや」一瞬、パックは直接ジェイコブに飛びかかってきそうに見えた。コーラはすでに背中に手を回して、ナイフをつかもうとしていた。しかしパックは後ずさりし、虫歯をむき出しにしてにやりと笑った。

最後に彼らが耳にしたのは、歩み去るパックが吹くひずんだ口笛の音だった。

「あの最初の晩、おれがやつを連れてきたのが間違いだった」〝公爵〟が抑えた声で言った。

「手を切れてよかった」

「ああ、よかった」コーラは応じたが、パックの言葉に動揺していた。もう分け前をもらったとは、どういう意味だろう？

「やろうぜ」オットーが両腕にシャベルと黄麻布を抱えて言った。「月が昇ってきたぞ！」

重労働を二時間したあと、パックが言ったことの意味がわかった。

「この棺はこじあけられてる。錠があいてる」半月の光のなかでも、腕のいい錠前破りである〝公爵〟が眉をひそめているのがわかった。地面に腹ばいになり、棺の蓋を引っぱる。ふたが大きく開き、細い月明かりがコーラの恐れていた状況を照らし出した。

棺は空っぽで、一足の靴と上等な茶色い羊毛のスーツだけが残されていた。

「出し抜かれたんだ」コーラは言い、背を伸ばして膝をついた。

オットーが帽子を脱いで、地面に投げつけた。

「なるほど。パックが仕事場を見たとたん急いでずらかった理由が、これでわかったな」〝公爵〟が言って、頭をかいた。

「パックは今夜早い時間に死体を盗んだ。それが理由だ」コーラは淡々と言った。「別の連中と仕事をした。そして、やつらはおれたちを出し抜いた」部下たちが悪態をついた。

「こんだけ働いて、稼ぎなしかよ！」オットーがぼやいた。

パックとその一味は、日が暮れた直後の危険な時間に来たに違いない。しかしすばやく、手際よく、効率的にやり、痕跡を残さなかった。

泥棒が、まんまと獲物を横取りされたのだ。

11

「確かなのか？」アレグザンダーが訊いた。

「ええ」コーラは答えた。「ウィリアム・ティモシーが殺されただけじゃなく、パックと別の連中が、わたしたちより先に彼の遺体を盗んだ。裏をかかれたことなんて一度もなかったのに。わたしたちの評判や仕事のやりかたは、誰でも知ってるはず」コーラは首を振った。「アレグザンダー、わたしはパックが遺体を盗むためだけに、あの人を殺したんじゃないかと思う」

「おまえの話からすると、パックにそんな計画を立てる頭はないようだがな」

「それはなんとも言えない」

ぐらぐらと揺れている気がするのは、足もとの丸い敷石のせいだけではなかった。もしパックが、いまだに行方不明のルビーも殺したのだとしたら？　そしてヒッチコックも？　もし心臓がふたつある女のうわさを聞きつけて、わたしのあとも追ってきたら？　そのことは考えないように努めた。確かに、パックはそんな陰謀をたくらむほど頭が切れるようには見えない。それに、どうやってあの人たちを探し当てたのだろう。部下に特別なリストについて話したことはない。

アレグザンダーが、腕につかまるコーラの手をぽんとたたいた。ふたりは大解剖学博物館の館長フレデリック・ダンカンに会うために、グランド通りを歩いていた。コーラは昨夜の落胆のせいであまり眠れなかった。リアは、不要になった陶器類がいくらになるか確かめるため、質屋に出かけた。シャーロットがコーラの十五歳の誕生日にくれたネックレスとイヤリング、ブレスレットから成るみごとな紫水晶色の人造宝石のセットも持っていった。あれを手放すのはつらかった。朝食には、残りものの菓子パンがふたつだけ。リアが飢えでぎらぎらした目を皿に向けたので、コーラはパンを差し出し、お腹は空いていないと言った。

そんなことを考えていると、お腹がぐうぐうと鳴った。アレグザンダーがこちらを見た。

「だいじょうぶか？　ちゃんと食べたのか？」

「ええ」コーラは嘘をついた。「とにかく、博物館でもどこででも、何か聞いたら知らせて。なんでもいいから」

「一日か二日、フィラデルフィアへ行かなくてはならないんだ。すぐに戻ってくるが、出発の前後に何か見つけたら知らせるよ。しかし、コーラ」アレグザンダーが言って、ため息をついた。「あと少しでその仕事は辞めると約束したのに、もういろいろ面倒なことになっているじゃないか」

「もう少しのあいだだけよ、アレグザンダー」

アレグザンダーがもう一度ため息をついた。ダウンタウンをゆっくり歩きながら、コーラは伯父をじっくり眺めた。心配そうな顔にはしわが刻まれている。いつもより老けてやつれているように見えた。きれいな貴婦人たちとすれ違っても伯父がちらりと目をやることもなかったので、コーラはショックを受けた。アレグザンダーが結婚相手を見つけたと聞いたら、どんなにうれしいだろう。そろそろ伯母の思い出を葬る時だ。コーラとリアの世話を焼くためのエネルギーを、自分の将来を築くために費やすべきだろう。

アレグザンダーの腕にもたれていると、袖からライラックの香水の香りがふわりと漂ってきた。もしかするとすれ違った女性の香水かもしれないが、数歩進んだあとまた同じ香りがした。

「ねえ、アレグザンダー、あなたから香水のにおいがする。きょうは今まで別の女性といっしょにいたの？」コーラはからかった。

いつも冷静な伯父が赤くなったのを見て、コーラは驚いた。赤くなった！

「ばかを言うな。乗合馬車でとなりに座っていた女が香水のにおいをぷんぷんさせていたんだよ。ぼくの服にも染みついたに違いない」しかし、まだ頬が赤らんでいた。

孤独な伯父が愛を見つけたのだと思うと、胸に喜びが込み上げてきた。けれどもそこには、ぽっかりと穴があいたような虚しさもあった。ふとセオドア・フリントと、胸に置かれた彼の手の感触が心をよぎった。

だめ、コーラ。そんなことは考えないで。

ふたりは喫茶店に着いた。なかでは客たちが、香りがよく甘そうなシュガーケーキや小さなパイ、足つきの皿にのせられたチーズケーキを楽しんでいた。コーヒーとお茶のにおいが立ちのぼっている。コーラは、館長がテーブルで《ヘラルド》を読みながら葉巻を吹かしているのを見つけた。お茶はポットに用意され、テーブルで湯気を立てていた。館長が立ち上がってふたりを迎えた。

「ああ、美しいミス・リー！　そしてアレグザンダー。エスコート役を務めてくれるとはご親切に。彼女のエスコートならわたしだってやるとも――見よ、このスタイルのよさを！　もしわたしが彼女の伯父なら、やはり目を離すわけにはいかないな！」リアはコーラの頼みを聞いて、さらに二センチほどきつくコルセットを締めてくれた。狙いどおりの効果があったようだ。

「ミスター・ダンカン、お茶にお招きくださってありがとうございます。お話ししたいことがたくさんありますわ」

「そうですとも！　アレグザンダー、きみはお引き取りいただいてかまわんよ。せいぜい三十分ほどで済むし、知人たちに、美しい独身女性とふたりきりで話したとうわささされたいからな」

アレグザンダーがうなずいたが、コーラは伯父が下顎の筋肉を震わせていることに気づいた。どうやら、コーラがうんざりしているのと同じくらい、館長に苛立っているらしい。アレグザンダーは振り返って、こちらに身をかがめた。

「いてほしいなら、残ってもいいよ」伯父が言った。

コーラは首を振った。「いいえ、だいじょうぶ。ここでの話が終わったら、乗合馬車をつかまえて帰るから」

アレグザンダーはまったく安心したようには見えなかったが、黙ってうなずいた。コーラは、館長とふたりきりになることを心配してはいなかった。公共の場所にいるのだし、危害を加えられることもほぼありえない。何を言われようと、言葉は言葉にすぎないのだから。

コーラは取り澄まして席に座り、ドレスのしわを伸ばした。

「お会いできてうれしいです、ミスター・ダンカン」

「どうぞ、フレデリックと呼んでください。いらしてくださって本当によかった。いやあ、しかしあなたにはそそられますな。この店は、プラムケーキのかわりにあなたを出すべきだ」

コーラの顔ではなく胸の膨らみに目を据える。胃がむかむかしたが、ダンカンが金めっきの施された磁器のカップにお茶を注ぐあいだ、どうにか笑みを浮かべていた。「あなたのうわさは耳にしてますよ」館長が言った。

コーラは、銀のスプーンをカチャンとぎこちなく磁器にぶつけた。コルセットの下で打つ心臓が、鯨ひげの芯をたたく拳のように感じられた。体の右側では、小さな反響がトクトクと音を立て、まるでふたつの心臓がそろって警告を発しているかのようだ。

逃げろ。

この男は知っている。

コーラはどうにか笑顔を取り戻した。「たいていのうわさは煙や影にすぎませんわ、ミスター・ダンカン。どのうわさのことをおっしゃってますの？」

「あなたが、わたしの知ってるどの女性とも違うといううわさですよ」ダンカンがぐっと身を寄せると、お茶の湯気が立ちのぼって顎ひげの両側で渦を巻き、まるで炎の上から顔をのぞかせる悪魔のように見えた。コーラに向かって指を曲げ、もっと近づくように促す。「あなたは……死体盗掘人だ。女の死体盗掘人。今ではあなたの秘密をすべて知ってる」

コーラは上体を後ろに反らした。安堵の息が胸郭の下に込み上げ、大きく膨らみすぎてもう少しでこぼれ出てしまいそうになった。

「なるほど、どこでそのうわさをお聞きになったんです？」

「わたしは、博物館のために最適な標本を見つけてくれる人について、尋ねて回ってるんです。あなたの名前は大っぴらには語られませんが、ささやかれてますよ、ミス・リー。この島の暗い片隅で、あなたの仕事は最上の部類に入ると請け合う声を聞きました」

コーラはわざとゆっくりお茶をひと口飲んだ。唇がカップの縁から離れるまで、相手は待つしかない。コーラは口もとをゆるめた。「それは本当のことです。わたしは最上の仕事をします」

「どうやって？　あなたは墓場にむらがる盗掘人どもとは似ても似つかない。あなたほど美しく洗練された人が、どうしたらなれるんです、あんな……生き物に？」

コーラは生き物という言葉を頭に巡らした。生き物は平凡とも、魔術的とも、おぞましいとも解釈できる。気に入らない言葉だ。

「なぜこの仕事をしているのかは、私的なことですから」コーラはためらった。一瞬、ダンカンのところに死体を持ち込むのをやめたくなった。自分が監視している人たちに対して、独占欲、いや、保護欲に近いものを感じた。しかし、コーラは良心の声を無視した。仕事が必要だ。だから続けて言った。「でもご理解ください、大解剖学博物館がもっと利益を上げ、ひいてはあなたの懐も潤うよう喜んでお手伝いいたします」

「そして、夜にはベッドを温めるかわりに働くのですか、ミス・リー？」

「兄のジェイコブが、夜の仕事をします」

「ああ、それなら、あなたはわたしと観劇後の夕食をごいっしょできますな？」

コーラは笑みを浮かべただけだったが、テーブルの下で拳を握りしめた。「それは無理ですわ、ミスター・ダンカン。だって、こうしてあなたと気の利いた会話をするだけで、くたくたになってしまうんですもの、あなたの魅力のせいで！」

「おや、あなたには想像もつかないほどいろいろな方法で、くたくたにさせてあげられますよ」ダンカンが言って、口をすぼめた。なんて好色そうな目つき。蛆虫《うじむし》の山を眺めているほうがましだ。「あきらめはしませんよ。なんであれ、欲しいものは手に入れる性分なんでねぐっと身を寄せる。「教えてください、どんな標本をわたしの博物館に持ち込めそうですか？」

「どんなものをお望みですか？」

コーラは椅子に深く座り直し、館長はただ笑みを浮かべていた。給仕が小さなパイの皿を運んできた――牡蠣、卵、ハムのパイ。ジェイコブなら、すぐにかぶりついただろう。しかし、今の会話のせいで食欲がなくなってしまった。ダンカンのほうは、なんの気詰まりも感じていないらしかった。牡蠣のパイ、次にハムのパイをフォークで刺して、もりもりと食べる。

「すでに手に入れたものについてなら、お話しできますよ」館長が言った。「アレグザンダーが、蠟製解剖模型のヴィーナスを制作してます。しかし、わたしはもっと多くのアルコール漬け標本で補いたい。フィラデルフィアに、確か外科医のムターという男がいて、唯一無二のコレクションを集めてると聞きました。もし彼が博物館を建てたら、ニューヨークじゅうの人々が押し寄せるでしょうな。わたしにはそれができない。現状では、バーナムのアメリカ博物館や、あの偽医者ジョーダンの解剖学博物館と張り合うのがせいぜいだ。どうやらあらゆる医療機関が独自の展示室や陳列棚を備えて、わたしと競おうとしてるらしい。

わたしはヘンリー八世の家臣たちの頭蓋骨や、ポンペイ人の足跡を所有してる。しかし、あの博物館には広がりがない。ほかには湾曲した足がたったひとつと、アフリカの寄生虫に感染した数体だけ――ああ、ばかばかしい。あなたが残りを埋めてくれるでしょう。そうそう！　幸いなことに、新しく美しい標本を入手したのですよ。すばらしいポートワイン母斑でね。うまくアルコール漬けにできるかどうかわからんが、やってみましょう」

コーラは、はっと息をのんだ。「ポートワイン母斑とおっしゃいました？　誰がその死体を調達したんです？」

「秘密をぜんぶお話しするわけにはいきませんよ、そうでしょう？　ちょうど今朝、受け取ったんですよ。大金を払っただけの価値はありました」

コーラは眉をひそめた。パックに違いない。しかし、ほかに誰と手を組んでいるのだろう？

「次回また、ご連絡差し上げましょうか？」館長が言った。追加の小型パイがテーブルにのせられた。糖蜜、チーズ、野生林檎のジャム。

コーラはフォークを持ち上げた。「もちろんです。わたしたち、最高のチームになれますわ」

「いかにも。ジェイコブ・リーは、いつどこで最も奇妙な症例が最期を遂げるかを知るすべを心得てるそうですから。いや、あるいは、ずっとあなたの手柄だったのかもしれませんな」

コーラはうなずいて同意した。

「ほほう！　では、あの紳士に指が六本あったこともすでにご存じですね？」館長が言った。

「はい」コーラは答え、野生林檎のパイを慎重に自分の皿にのせた。

「では、頬から角《つの》が生えてる女性が街に住んでることも？」

「はい」コーラはパイをひと口食べたが、それは恐ろしく酸っぱかった。「でも、あの人はヨーロッパに出かけました。二カ月ほどで戻ってくると思います。髪の毛を吐き出す女性や、顎が変形している気の毒なマッチ製造業の男性も知っています。尻尾のある女の子をずっと追いかけていたのですが、あの子が今どうしているのかはわかりません。行方不明なんです」

「おや、彼女は行方不明じゃありませんよ、ミス・リー」館長は内ポケットから象牙のつまようじを取り出して、目の前で歯の掃除をし始めた。「彼女の尻尾と背骨は、こうしてる今も博物館の地下室にしっかり保管されてます」

コーラの口のなかがからからに乾き、パイの残りは忘れられられた。

どうして？　またしても遺体がわたしの監視を逃れてダンカンのもとに運ばれるなんて、どういうこと？　これで二十ドル近くの利益が消えてしまった。しかも、自然死ではないはずだ。あんな形で行方不明になったあとなのだから。

「そうなんですか？　どのような経緯であなたの手に収まったのか、うかがってもいいかしら？」声が震えないように努めたが、心臓の鼓動が激しくなり、耳の奥がトクトクと脈打った。

ダンカンが両手の指を組み合わせて、テーブルに肘をついた。ひどく下品なしぐさだった。

「それが知りたいなら、わたしと食事しなければなりませんよ、ミス・リー」

コーラは笑みを返した。「今ごいっしょしているじゃありませんか、ミスター・ダンカン。お話ししてくださらない？」

「運がよかっただけですよ」ダンカンがようやく答えた。「ある知り合いが〈スチュアーツ〉近くの路地で彼女を見つけて、わたしのところに運んできたんです。きっとごみで足を滑らせて、頭でも打ったんでしょう」

「運がよかったなんて言えませんわ。あの子はまだまだ長い人生を送るはずだったんです。家族は知っているんですか？」

「どうしてわたしにそんなことがわかるでしょう？　もしやミス・リー、あなたは死者に対してやましさを感じてるんですか？　彼らはどっちにしろ死んでるんですよ。安らかな心でいられるのは、文字どおり、心のなかだけの存在だからだ。地上で、俗世の問題を抱えてるわけじゃない。たとえば、なぜ給仕がわたしたちのティーポットにおかわりを注いでくれないのか、とかね」ダンカンがガチャンと鋭い音を立ててカップを置いた。「行かなければ。今度は夕食で、商談の続きをしましょう、ミス・リー。そうそう、常に目を光らせておいてくださいよ。手に入れたい標本のリストがあります」折りたたんだ紙を手渡す。「すべての死体盗掘人に渡してるんですよ。お贈りした温室の花は楽しんでいただけましたか？　あれで、せめてキスくらいさせてもらえるでしょう」

　ふたりは立ち上がり、ダンカンはキスしようと身をかがめたが、コーラは手袋をはめた手で握手しただけだった。とびきり強く締めつけたので相手の指関節がポキポキと音を立て、館長が息をのんだ。こうやって距離を保ち、実際には触れずにキスのまねだけをした。

　ダンカンが急いで手を引いた。「いやはや、なんて握力だ」

「何年もピアノを習ってますの！」コーラは嘘をついた。「お茶と、リストをありがとうございました」

「どういたしまして」ダンカンが、まだ痛そうに指の背を撫でながら言った。「ここでお見送りします。すぐに、別の会合がここでありますので」喫茶店の扉を示し、コーラの腰のくびれに手を触れる。ピシャリと払いのけてやれたらいいのに。ダンカンが店内に戻ると、とにかくほっとした。

「ふむ。ずいぶん長くかかったね」

　コーラは、まぶしい太陽の光に目を細めながら話し手のほうを向いた。よりにもよって、セオドア・フリント！　一瞬、驚きで何も言えなくなった。

「ぼくの分まで食べてきたのかい？」フリントが、これまでよりとげとげしい口調で言った。歩道の左右に視線を走らせ、こちらの目を見ようとはしなかった。

「あなたなの？　ここで館長と会合する人って？」コーラは訊いた。

「ぼくじゃだめなのか？　きみが館長を独占してるわけじゃないだろ」

コーラはフリントに詰め寄ってにらみつけた。「あなただったのね。昨夜死体を盗んだのは！」

「いったいなんの話だ？」フリントが言った。

「あの人よ、ティモシーを盗んだでしょ。ジェイコブが行ったときにはいなかった。棺は空だった」

「ぼくは盗んでない」フリントが苛立たしげに答えた。喫茶店に入っていく客が、ふたりをけげんな顔でじろじろと見た。「あっちで話そう」

フリントが店の横の細い路地へ導いた。二匹の猫が厨房の残飯の山をめぐって争っていた。

「ぼくじゃないよ」フリントが身構えるようにして言った。「誰が死体を盗ったのかは知らない」

コーラはフリントにじっと視線を注いだ。帽子を脱いでいたので、フリントの髪はくしゃくしゃに乱れて汗まみれだった。土のようなにおいがする。子どものころ、ゴーワヌス・クリークの製粉所から漂ってきたような、いいにおいだ。正直な人間のにおいだった。

「わかった、あなたを信じる。どっちにしても、館長はあなたじゃないと言うだろうし」

「それじゃ、ジェイコブは昨夜死体を掘り起こしたんだね？　なぜぼくに教えてくれなかった？」

「時間がなかったの」コーラは答えた。今思えば、使いを出すお金もなかった。

「約束したと思ったんだけどな」フリントが言った。「ジェイコブがきみに話したと思うけど」

コーラはくるりと背を向けた。「ええ、知ってる。兄から聞いた」

「それなら、なぜきみのチームはぼく抜きで墓地に行った？」

「別にいいじゃない。死体はなかったんだから」

「そういう問題じゃない！　ジェイコブは酔っ払いすぎて、次の三体を山分けする約束を忘れたのか？」

コーラは黙っていた。

「もしぼくが新しい死体のことを知ったのにきみに話さなかったら」セオドアが言った。「きみは怒るだろう？」

もちろん怒る。後悔の気持ちがわいてきて、表情をゆるめた。「ごめんなさい。次回知らせを受けたら、ジェイコブにあなたを呼んでこさせる」コーラはため息をついて、煉瓦の壁にもたれた。「疑ったこと、謝るわ」

「ぼくも謝るよ。ぼくたちはどっちも、次の売上がどうしても必要だってことじゃないかな」

「ええ。このところ景気が……よくないの。それに今回、二体の遺体がわたしの知らないうちに盗られてしまった。わたしたちの知らないうちに。どうも妙よ、セオドア。死はたいてい予測がつきやすい出来事なのに、どちらもまったくそうじゃなかった」

「妙なことと言えばさ、きみ、ぼくをセオドアと呼んだね」フリントがかすかに口もとをゆるめて笑みの形にした。

「あっ、ごめんなさい。ミスター・フリント」

「いいや、そういう意味じゃないんだ。ぼくの友だちは、みんなセオって呼ぶ。母だけがセオドアと呼んでたんだよ。しかも腹を立てたときだけ」

「呼んでた？」

「三年ほど前、黄熱が流行したときに亡くなった。父もね」

コーラは手袋をはめた手を唇に当てた。「そう。わたしの伯母もそのとき亡くなったの」

「ご両親は？」

「生まれたときから、両親のことは知らない」コーラは打ち明けた。このことに慣れすぎていたので、口調に悲しみの色はまったくなかった。しかしセオはショックを受けたようだった。

「それじゃ、ぼくたちはふたりとも孤児なんだ。もう少しお互いに親切にしてもいいんじゃないかな」

「そうね、まずはこれから始めましょう」コーラはレティキュールのひもを引いた。「ほら。館長が、手に入れたい標本のリストをくれたの。あなたにも同じものをくれると思うけど」

まだ読んでいなかったが、フリントに手渡した。

「解剖学者とかそういう人たちが、特定の遺体を要求するのは普通のことなのか？」

「いいえ。でも館長は解剖学者じゃないし、呼び物になるような特別な遺体を探してる」

セオがきちんとたたまれた紙片を開き、きれいな手書きの文字を読んだ。セオが横を向いたのでふたりの腕が触れ、コーラもいっしょに読むことができた。

解剖学的に正常な人体の標本はじゅうぶんにあるが、他の博物館は、奇怪な人体をわたしよりも数多く揃え始めている。以下の条件に合う死体に遭遇することがあれば、一体につきかなりの額を支払う用意がある。次の価格を参照してほしい。

・シャム双生児、つながっているのはどの部位でも可（四百ドル）
・瘰癧《るいれき》、最小十センチの大きな腫瘍（七十ドル）
・コルセットの締めすぎによるウエストの変形、最大三十三センチ（六十ドル）
・纏足《てんそく》をされた足（百ドル）
・異常に小さい、または大きい男性の全身骨格（百ドル）
・異常に小さい、または大きい女性の全身骨格（百ドル）
・身体の酷使による目、脊椎、その他の部位の病変（五十ドル）
・魚の尻尾がある少女（三百ドル）
・六本指の足（十ドル）
・水かきのある手、または足（百ドル）
・鼻、または頰、または目の腫瘍（八十ドル）
・心臓がふたつある若い女（五百ドル）

　紙切れを返されたものの、コーラの口は乾ききっていた。セオが何か話していたが、その声はくぐもり、遠くから聞こえてくるようだった。耐えられないほど暑くなり、急に路地があまりにも細く、あまりにも狭苦しく感じられた。よろめきながら通りのほうへ歩き始める。セオがぺちゃくちゃとしゃべり続けた。

「信じられるかい……魚の尻尾がある少女だって？　魔術か何かの買い物リストだとでも思ってるのかな？　考えられないよ……奇怪な人体だって！　度が過ぎるよ。彼らだって人間なんだ。ときどき、ああいう博物館の下劣さには我慢ならなくなる。少なくとも解剖学者たちには学ぶ目的が……」

　コーラの耳に心臓の鼓動がドキンドキンと響き始め、一瞬笑い出したくなった。耳にまで心臓があるだなんて。視線を落とし、歩道が斜めになっているのを奇妙に思った。

「うわっ。だいじょうぶかい、ミス・リー？」セオが尋ねた。

　コーラは一度首を振ってから、吐き気に襲われ、視界が真っ黒いコールタールで覆われるのを感じた。両手を前に突き出したが何もつかめず、自分の存在すべてがふっと消えた。

12

目が覚めたときコーラが最初に考えたのは、なんなの、このベッドは石みたいに硬くて豚みたいなにおいがする、だった。

次に考えたのは、寝室にいるこの人たちはなぜ、みんなでわたしをじっと見ているのだろう、だった。

そのとき気がついた。セオの頭の横に見えるのは青空で、わたしは道に横たわっている。

いやだ、どうしよう。

「だいじょうぶかい?」セオが心配そうに尋ねた。手のひらで頭を支えてくれている——不意に、かつらが動いているのがばれるのではないかと怖くなった。

「ええ、平気」コーラは言って、起き上がった。

「とてもそうは思えないな。気絶したんだよ」

「そうみたいね。でも、もう元気になったわ」嘘だった。まだ軽い吐き気を感じたし、手足が不自然な脱力感にさいなまれていたからだ。おおぜいの通行人に見られているせいで、いっそう具合が悪くなった。

セオが手を振って周囲の野次馬を遠ざけた。「すみません、ご婦人が新鮮な空気を吸えるように、場所を空けてください」視線をコーラに戻す。「店で何か食べなかったのか?」

「あんまり」コーラは言った。「お願い、この人たちを追い払って。もうすっかりよくなったんだから」

野次馬の紳士淑女は、グランド通りに横たわった女を見てわくわくしていた――なんてドラマチックな事件。セオが手を振って彼らを追い散らし、ほどなくコーラはセオの腕につかまって立ち上がった。手袋をはめた手から、何かがひらりと落ちて飛んでいった――館長に渡されたメモだ。

「あっ！　いけない！」コーラは言い、気絶する前、最後に見たのがそのメモに書かれた一行だったことを思い出した。

心臓がふたつある若い女

通りがかりの人が側溝から紙を拾って渡してくれた。コーラがお礼を言うと、セオが腰に腕を回した。

「家まで送っていこう。休んだほうがいい」

セオが、近づいてきた乗合馬車に止まるよう合図し、足を踏み鳴らす四頭の馬からコーラを遠ざけるようにして、ふたり分の料金を払った。そして席に着いているあいだも、もう倒れる心配はないのに、ずっとコーラの腰に手を回していた。

アーヴィング・プレイスの近くで乗合馬車は止まり、コーラはセオの腕にもたれながら、家までの道を歩いた。リアが扉をあけ、ふたりの姿を見て青ざめた。

「まあ！　何があったんです、ミス・コーラ？　具合が悪いんですか？」

「気絶したんです」セオが言った。「熱い牛肉のスープを飲んで休まないと」

リアがふたりをなかに入れ、すぐさまがっしりした両腕をコーラの腰に回した。セオがコーラの右腕を支え、三人は階段をのぼった。

「わたしの部屋はこっち」コーラはまた吐き気を覚えながら言った。

「だめ！」リアが言って、おびえた目をこちらに向けた。ああ、そうだった。たぶん、今夜のためにもうベッドの上にジェイコブの服が用意してあるのだろう。「その、だめです。マットレスに風を当ててるところですから。とりあえず、あたしの部屋にいてください」

そこで三人はリアの部屋に入った。コーラの部屋より狭く質素で、小ぶりだが寝心地のいいマットレスが敷かれていた。暖炉の上の棚には、小さな十字架と聖書、故郷のアイルランドにいたころ母親のものだった編みレースが一枚飾ってある。木の箱には、ヘアピンと日曜ミサ用のリボンが入っていた。そしてコーラの母エリザベスの細密画があり、装飾についてはこれでぜんぶだった。

リアはセオを扉の外へ追いやり、階下の小さな居間で待つように命じた。扉に鍵を掛けてから、コーラの服を脱がせ始める。

「コルセットがきつすぎると思ってたんですよ！」リアが言った。「もっとご自分に優しくしなくちゃ、ミス・コーラ」

「九月にしては暑かったの、それだけ。ちゃんと食べてなかったしね。すぐによくなる」

「ジェイコブをやってるから、淑女としてコルセットを着けるのに慣れる練習が足りないんですよ。あのフリント青年が助けてくれて、本当によかった。特製のクリームケーキをごちそうしなくちゃ」リアが言った。

「ええ、彼はとても親切だった」コーラは認めた。

「おや、だったらお返しにちょっと関心を向けてあげたらどうです。あの人、ケーキじゃなくあなたを食べたそうな目で見てましたよ、ほんとのところ」

「やめて、リア。今はそんなこと言ってる場合じゃないでしょ。そういうお節介はわたしにじゃなく、アレグザンダーにすれば？」

「あの人は、こういう話には耳も貸しませんよ。子どもも欲しがらないしね」

「だったら自分が結婚しなさいよ」コーラは口調を和らげて言った。「そして、路上でぼろ切れを売ってるあのかわいそうな子たちのひとりを養子にすればいい。わたしは止めないから」

しかし、リアは自分の結婚の見込みについて熱心に話す気はないようだった。コーラの体をシーツでぴったりとくるんだので、まるで寝具でできたコルセットのように感じられた。

「スープを持ってきて、ミスター・フリントを帰らせますね。すぐにお礼状を書き始めたほうがいいですよ」リアが言った。

「まったく、リアったら」コーラは言って、目を閉じた。

メイドが大股で出ていき、ほどなくシャーロットのものだった移動式の書き物机を運んできた。コーラは階下の居間で書くほうがよかったのだが。

「はい、どうぞ。すぐに温かい飲み物を持ってきます。書くのはあとでもいいですよ。お礼状を出すのは、淑女にふさわしいことですからね。何かロマンチックなことをお書きなさい！」

数分後、リアが栄養たっぷりの牛肉のスープとソーダクラッカー数枚を持って戻ってきた。シャーロットの宝石類を質屋に入れたおかげで、ほかを切り詰めれば一週間分の食料を買えるくらいのお金ができたからだ。リアはトレーを下げるとき、肘で扉をあけたままにした。

「ミスター・フリントがさよならを言いたいそうです」

「もう帰ったのかと思ってた！」

「帰ろうとしないんですよ。あなたがよくなって、医者を呼ぶ必要がないとわかるまでは、って」

コーラは目を丸くした。「ええっ、呼ばれたら困るじゃない。通して」

ベッドのなかで身を起こし、かつらを撫でつけた。セオが帽子を手に入ってきた。

「顔色がよくなったね」ほっとした表情で言う。

「寝てなくてもいいくらいなんだけど、この家ではリアの言うとおりにしなくちゃならないの。少なくとも病人についてはね」

「だったら、忠告を聞かなくちゃだめだよ」セオが優しく言った。ダンカンのリストを手渡す。「ほら。持っていないと」

コーラはうなずいたが、広げはしなかった。セオが笑った。

「このリスト、信じられるかい？　まるでぼくたちがパチンと指を鳴らして、彼のために市場でこういう品を調達できるみたいじゃないか。魚の尻尾がある少女！　人魚のことを言ってるのかな？　そういう神話をつくりたいなら、きみの蠟人形作家の友だちに頼んだほうがいいよね」

「ええ」コーラは明るい声を出そうと努めながら言った。「ばかげてる」

「そしてまたもや、心臓がふたつある少女だ。突飛すぎて信じられないよ」

コーラはこわばった表情を隠せなかったが、とにかくうなずいた。「でも、このあいだもそれ――その人――について話してたでしょう。ジェイコブがそう言ってた。どこで話を聞いたの？　どう考えてもありえないのに」震える両手をベッドシーツの下に押し込む。

「ダンカンが持ち出したんだが、彼が最初じゃないんだ。ブルックリンの三流の医者の話を聞いたか読んだかしたって言ってた――名前はグリアだったかな。その医者が、女の子を診察したと言い張ってたらしい。どこか異国の血筋を、その所見の理由にしてたとか。中国だったか？　ぼくの妄想かもしれないな」セオが少し明るすぎる笑みを浮かべた。そして、まるでコーラの注意を壁か炉棚に向けさせたがっているかのように、視線をそらした。

「休まないと」コーラはそっけなく言った。

今度はセオもうなずいた。「ジェイコブを呼びにやろうか？　家のどこかで寝てるのかい？」

「いいえ」コーラは嘘をついた。「きょうは出かけてるの。どこに行ったのかは知らない」

「そう、たぶん今夜会えるんじゃないかな。さようなら、ミス・リー」

「さようなら……セオ」あなたもわたしをコーラと呼んでいいわ、と言いたかった。しかし、言えなかった。今はまだ。影に追われている今は、気をゆるめてはならないからだ。

コーラはその日の残りと夜も続けて眠った。翌朝、昼近くになって起きるまで、体がどれほど疲れていたかに気づいていなかった。すっかり元気になり、すぐさま新しい死体を探すために墓地を見て回りたくなった。たとえ大解剖学博物館にふさわしい特別珍しい所見のある死体を手に入れられなくても、大学は解剖用の死体を必要としているし、学習用の全身骨格の数を増やしたがっているはずだ。大学はまだ創立されたばかりで、最近ますますたくさんの学生を受け入れつつあった。コーラは、最も実入りのいい奇妙な死体に集中しがちだったが、今は選り好みをしている時ではない。これ以上宝石を売ったら、場違いな服装で社交行事に出席しなくてはならなくなる。

ベッドの端に、リアが持ってきた書き物机がのっていた。ことによると、セオに手紙を送って、少なくとも一日一回手紙を書くか話すかして情報の有無を確かめ合えるよう頼むべきかもしれない。そしてもちろん、助けてくれたお礼も言わなくては。

コーラは木の机に手を伸ばした。なかなか便利につくられていて、上面にいくつかあいた穴にインク壺とにじみ止め粉の壺とペンが収まり、蝶番のついた上面をあけると、なかに便箋と安物の封筒が数枚、ペンナイフ、インクの予備、ひも、封蠟が入っている。コーラはふたを持ち上げて、便箋がなくなりかけていることに気づいた。倹約家のリアは古い封蠟のかけらを取っておき、溶かして再利用できるようにしていた。いくつかの古い封蠟がばらばらになって、小さなくぼみにぎっしり詰め込まれている。ルビー色の蠟で、薔薇の刻印が押されていた。

薔薇。どうもおかしい。薔薇の刻印が押された手紙を受け取った覚えはなかった。ほかのかけらも探ってみて、断面にぴったり合うものを見つけた。さらにもうひとつ。ほどなく、きれいに四つに割られたひとつの丸い封蠟ができあがった。盾の上に薔薇が配された図柄だった。

母の実家、カッター家の紋章だ。

シャーロットは島に引っ越してくる前から、彼らと手紙のやりとりをしていなかった。コーラは紋章をじっと見つめた。古びてもいなければ、崩れかけてもいない。

机をわきに押しやって、ベッドから抜け出し、まずはめまいがしないかどうか確かめた。リアの部屋を見回す。特に変わったところは何もなかった。歯が二本欠けた木の櫛、ひびが入っているが今も使える水差しと洗面器。釘に掛けられた一枚のドレスは、別のドレスを着ているあいだに繕われるのを待っている。あとはいちばん上等な黒いドレスが、カーテンの裏に掛かっていた。下着とたたんだモスリンのペチコートがぎっしり詰まったふたつきのかごの上に、予備の帽子と手袋がのせてあった。

コーラはかごのなかを探った。特別なものは何もなかった。次に薄いマットレスの端から下に手を入れると、指先が紙の角をかすめた。寝具を持ち上げたところ、ひもで縛られた紙の束が見つかった。

すべて同じ人物が書いた手紙で、すべてリア宛てだった。封蠟は引きちぎられていた――机のなかにあったものと同じ、ルビー色の蠟に押したあの刻印。いちばん上の封筒を開く。

一八五〇年八月一日

ミス・オトゥール、

ご要望の資金を同封いたしました。あらためて、我が家の主治医のひとりにミス・リーを診せることをぜひお勧めします。もちろん、どのくらい重い病気なのかがわかれば、適切な治療が受けられるかもしれません。診察は完全に極秘で、誰にも漏らさないようにいたします。確かに彼女の病気はひどく珍しいですが、フルトン通り以南の医者の多くは偽医者かと思われます。父は、彼女が適切に診断されるまで、もうお金を送るつもりはないようです。あなたの手紙には、彼女自身による症状の説明がはっきり書かれていないので、彼女が断るのではないかと心配しております。

敬具、

スゼット・カッター

コーラは息をのみ、立ちすくんだ。

ほかでもないリアが、シャーロットと母に対するカッター家の残酷な仕打ちを知ったうえで、シャーロットがコーラを彼らから遠ざけるためにしてきたあらゆることを知ったうえで、ずっとあの一家と連絡を取っていた。

あまりにも激しい怒りが込み上げ、言葉も出てこなかった。息もろくにできない。化粧台のわきまで行き、椅子をつかんで頭上に振り上げ、壁に投げつけようとする。

あの人たちは知っていた。

リア。よくもこんなことを。

コーラは怒りを抑えようとした。椅子を窓から放り出すかわりにドスンと下ろし、苦痛のうなり声をあげる。階下のキッチンから、物音に驚くリアの叫び声がかすかに聞こえた。

スゼット・カッター！　キャッスル・ガーデン劇場で正式に引き合わされたあの女性だ。博物館でこちらをにらみ、怒っているように見えた人。なるほど、そういうことだったのか。リアは、コーラのためだと言って金を無心していた。でも、その金はどこへ消えたのだろう？　よくもまあ、コーラの正体を明かすようなひどいことができたものだ。最悪なのは、その屈辱感だった。シャーロットは、絶縁されてからというもの、絶対にカッター家と連絡を取らないでとリアとコーラに懇願していたのだから。

コーラはわざわざ着替えることもせず、ただ手紙の束をつかんで裸足で階段を駆け下りた。リアはキッチンにいて、砂と少量の灰汁《あく》で鍋を磨いていた。両手がその刺激で鮮やかなピンク色になっている。

「なんの騒ぎです？」リアが驚いて顔を上げて尋ねた。コーラが手にした手紙の束に目を留め、鍋を取り落とす。それは床に当たってガランと大きな音を立てた。「ああ、ミス・コーラ」メイドが両手で顔を覆った。「ああ、そんな」

「これはなんなの、リア？　わたしの許可もなしに、あの人たちに手紙を書くなんて！　ひどいじゃない！」手紙を握る手が震えた。必死に声を抑えて叫ぶのをこらえ、近所の人たちに聞かれないようにする。「だったら、あの人たちはわたしがジェイコブじゃないって知ってるのね。しかもわたしにまで嘘をついた。信用してたのに、リア。ずっとずっと、信用してたのに！」

リアが目をあけた。縁が赤くなっている。鍋を拾い、両手をエプロンでふいた。

「そうするしかなかったんです！　ミス・シャーロットの貯金がいくらかありましたが、去年使い果たしてしまいました。あなたの稼ぎじゃ、とても足りません。食べ物を買うために必要でした。あなたのドレスや、貸し馬車代にも」

「なぜ言ってくれなかったの？　ここ二、三カ月の帳簿なら見てた。きびしかったのはわかるけど、本当にそんなに困ってた？　仕事が二倍になるように努力して、もっと北のほかの墓地まで探りにいくこともできたのに」

「あなたは今でも働きすぎですよ、お嬢さま」

「でも、あの一家と話すなんて！　わたしたちと縁を切ったあとは――」

「ええ、縁を切りました、でもずっとお金は送ってくれてたんです。グリア先生から離れて、あなたをきちんとした淑女として育てるためにここに引っ越すというのが、ミス・シャーロットの望みでした。でも、それはもうカッター家のお金は当てにできないってことでした。今じゃ、ミス・シャーロットもいないじゃありませんか。それに、あなたは気位が高くて、アレグザンダーからの援助も受けようとしない。こうするか、あたしが辞めるかでした。でも、あたしは辞めません」

コーラは近くの椅子を引き寄せ、そこに座った。考えるための気力が必要だった。リアの言葉を受け止め、数分かけてじっくり自分のなかに取り込む。しばらくたってから、リアを見た。立っていた場所から一歩も動かず、目を伏せていた。

「リア、わたしについて何を話したの？　具合が悪い理由について？」

リアがまた、両手で顔を覆った。しかし、コーラは本人から聞く必要があった。ただじっと待っていると、ようやくリアが勇気を奮い起こして息を吸い、神とコーラにしか聞こえないような、ひどくか細い声で言った。

「本当のことを言いました」

13

あの人たちは知っていた。

「相手は信じたの？」コーラは尋ねた。

「いいえ。ミス・シャーロットが一度も話しませんでしたから。あたしは、いつかご実家にあなたが見つかったりしないよう、ミス・シャーロットが男の子だと嘘をついたんだ、と言いました。腹いせにやったんだと。それであたしは……ああ、許してください、お嬢さま。でも、あなたの出生記録を見つけたんです。グリア先生は、自分の仕事をぜんぶ日記につけてました。日記がどこにあるのか、見つけるのに一年以上かかりました。もちろん日記は持ち出せませんでしたが、どこに書かれてるのかをあの人たちに伝えました。その前に、ちょっとだけお金を送ってくれましたが、日記であなたが本当に病気だとわかると……もっと送ってくれました」

「そのグリア先生の日記はどこにあるの？　破り捨てなくちゃ」コーラは言って、立ち上がった。「着替えを手伝って。今すぐ日記を見つけないと」

リアが二階の部屋までついてきた。コーラがネグリジェを脱いでシュミーズを着るあいだ、メイドはせわしく動き回ってペチコートとコルセットを出した。

「ニューヨーク市立大学です。グリア先生の家族はあそこにつてがあって、亡くなったあとあそこの図書館で保管してもらう約束をしたんです」

日記を見つけるのはむずかしいかもしれない。大学は今、新しい建物へ引っ越すために荷造りをしている。失われてしまった可能性もある。しかし、もし証拠を破棄できるなら、ドクター・グリアが長年かけて広めたうわさを払いのけるのもたやすくなるだろう。それに最近、珍しい異常を持つ人たちが次々と不慮の死を遂げ、ダンカンがおぞましい欲しいもののリストを配り始めたとあっては、うわさを消し去ることがどうしても必要だった。つまり、きょうは訪ねる場所が二カ所ある。

かつらをかぶって、ドレスのボタンをきちんと留め、まともな食事をとって、きのうの朝のような大失敗を繰り返さないようにし、支度はできた。

「どこへ行くんですか？　大学へ？　あたしは入れてもらえなかったんですよ、ミス・コーラ。日記のことを尋ねるのにも、お金を払わされたんです。あんな場所に、淑女を入れてくれやしませんよ！」

「いいえ、入れてくれる」コーラは言って、戸口へ向かった。

しかし、図書館に足を踏み入れる前に、頼みごとをする必要があった。


午後遅く、コーラは、ジェイコブがほんの数日前の朝あとにした下宿屋に向かった。通りは、牛肉とビールを求めて建物からあふれ出てきた日雇い労働者たちの声で騒がしかった。コーラは表口の前に立ち、大きく息を吸ってから、扉をたたいた。

しわだらけの祖母といった風情の大家が応じた。肩に掛けたショールを引き寄せる。コーラは膝を曲げてお辞儀をした。「セオドア・フリントと話せますでしょうか?」

「呼び鈴を鳴らしてあげますよ。女性は下宿屋には入れませんから」

コーラはうなずいた。

大家が扉を閉め、数分たったあと、セオが扉をあけた。驚きに顔を輝かせ、笑みを浮かべる。大家が首を伸ばして、ふたりの会話を聞こうとした。セオが、歩道で話せるように外へ出て扉を閉じた。

「ミス・リー! ここで何してるんだい? 気分はどう?」たった今、体を洗ったところなのだろう。髪を濡れたまま後ろに撫でつけ、市販の石鹸のにおいをさせている。

「とても元気よ、ありがとう。食事をして少し休む必要があっただけ。それに館長が——ずっとしゃべり続けるものだから、食べる暇がなかったの」

「なるほど、これできみの不調を館長のせいにできるわけだ。すばらしい」セオが柔らかな笑顔を見せた。「きみがよくなって、とてもうれしいよ」

「ええ、もうすっかり」コーラは言った。「でも、お願いごとがあって来たの。あなたはもうお医者さまも同然なんだから、よければ……その事実を証明する文書をつくってくださらない?」

セオが扉に寄りかかった。「よくわからないな。覚書みたいなもの? きみが健康だっていう?」

「そう。じつはね、わたしが病気だと信じてる親戚がいるの」大げさな身振りをしすぎたので、コーラは両手を組み合わせて下ろした。「その人たちは、わたしのことなんて何も知らない。わたしが日がなベッドに横たわり、水薬を飲みながら過ごしてると思ってる」できるだけ感じのいい笑みを浮かべる。「わたしを医者に診せたがってるんだけど、まったく必要ないわ。でももし、わたしがとても健康だっていう覚書をあなたが書いてくれるなら——とってもありがたいのだけど」

「いいよ。喜んで証明書を書こう。でも、ぼくはまだ医者じゃないし——」

「あら、あの人たちに違いなんてわからないわ」

「学位なしで、署名と所属機関を入れることならできそうだ。それでじゅうぶんかもな」

「ええ。それでじゅうぶんでしょう」コーラは応じた。

セオドアが眉をひそめた。「でも、きみを診察しなくてはならないよ。嘘をついて、診察してないのにしたとは言えない。この機に乗じて何かするつもりはないよ。きみが健康なら、ほんの一瞬で済む」

「そこでお願いを聞いてほしいのよ、ミスター・フリント。わたしたちは仕事仲間でしょう。あなたに診察してもらうわけにはいかない。不適切だわ」

セオがまた眉をひそめた。「だったらなぜ、別の医者に頼まないんだ？　本物の学位を持つ、本物の医者に？」

「わたしは、この島のほとんどの医者と知り合いなの。そのうちの誰かに診察されたくない」

「新しい女性の医者に診てもらえばいいじゃないか。彼女のことは聞いた? 少し頭がおかしいみたいだけど」

「ああ、考えてもみなかったわ。ちなみに、彼女はエリザベス・ブラックウェルという名前で、いたって正気よ。このあいだお会いしたの。だけど」じっくり考えてから続ける。「それが女性の医者に対するみんなの反応なら、わたしの役には立ってくれないいんじゃない?」

「それなら、普通の医者に行くといい」セオが言った。

「わたしのやってるみたいな仕事だと、無理なの。あまりにも……私的なことだから」

「診察は、私的なことにならざるをえないんだよ」セオは言ったが、口調は優しかった。ため息をついて、コーラの背後に目を向け、立ち並ぶ商店の上空が、たなびくような橙色と薔薇色に染まっていくのを眺める。店主たちが夜に備えて日よけを下げ、扉を閉じている。通りのずっと向こうから、誰かがセオに大きな声で親しげに挨拶するのが聞こえた。セオが陽気に手を振り返し、一瞬コーラは嫉妬した。たぶん、セオにはちゃんと友だちがいるのだ。

コーラはレティキュールをぎゅっとつかみ、明るい笑みを浮かべた。快活さを装う作戦が重荷になり始めていた。思っていたよりもむずかしい。「わかったわ。どっちにしても、ありがとう。ご機嫌よう、というより、よい夜を。じゃなくて、よい午後を」向きを変えて、すばやく通りを歩いていく。思うほど速く歩けなかった。なんてばかげた思いつき。これで、なぜコーラが証明書を必要としているのかや、なぜ診察を拒むのかについて、セオがますます好奇心をかき立てられただろう。

誰かに手をつかまれた。振り返ると、セオがいた。走って追いかけてきたらしく、温かい手が優しくコーラの手を包んでいた。振りほどくのは簡単だ。そうしたいなら。

「ちょっといいかな」セオが言った。コーラは何を頼まれているのかわからなかった。すると、セオがコーラの手をそっと探って、指先を手首の内側の柔らかい部分に当てた。脈拍を確かめているのだ。ブロードウェイで、こんな公衆の面前で、診察のようなことをしている。

コーラは息をのみ、ふたつの心臓がおとなしくしているように、皮膚下の血の川で飛び跳ねたりおかしなリズムを刻んだりしないようにと祈った。頬が熱くなってきた。

「よし。とても力強く安定してる。このくらいしかできないけど、じゅうぶんだと思うよ。きみとはそれなりに長い時間をいっしょに過ごして、頬が健康的に輝くのを見たし、朝食をとっているかぎりはじゅうぶん元気だとわかってる」

「それじゃ、証明書を書いてくれる?」

「もっといい方法がある。直接その人たちに話すよ」

「えっ」コーラは驚いた。そんな必要はないと言いかけて、ふと気づいた——そのほうがいいかもしれない。誰だって、文書を読んだだけではその信憑性を疑うだろう。けれども、権威ある人に直接伝えられた真実は、そう簡単に退けられないはずだ。これまでに何度も、押しの強い男性の意見に対して人々が反論を控える場面を見てきた。「ええ」コーラは言った。「そうしてくれると助かる」

「その謎の親戚たちはどこにいるんだい? いつ行こうか?」

「今すぐがいちばんいいわ」コーラは答えた。

「今すぐ？」セオが視線を落とした。地味なズボンと染みのついたシャツを恥ずかしく思っているようだった。「医者には見えそうにないな」

「なんとかできそうよ。あなたの背丈はちょうどいいみたいだし」コーラはセオの周囲をゆっくり歩いて、肩幅とウエストの細さを見て取った。髪がこざっぱりと整えられて、先細になった茶色の房が首に掛かっているのが好ましかった。「きっとうまくやれる」

「そうかい？　これから馬と交換されるみたいな気がするんだけど」

「まあ、そんなところ」コーラは言って口もとをゆるめた。「いっしょに来て。急げば、夕方の早い時間に行ける」

「どこへ？」

「すぐにわかるわ」

ふたりは大解剖学博物館の前に立っていた。正面玄関は夜に備えてしっかり閉じられ、通りの店の多くも閉まっている。

「ここになんの用だい？」セオが訊いた。

「アレグザンダーを捜すの。新しいアトリエのとなりに住んでるから。ここを訪ねるのは初めてだけど」

「別の場所には行ったんだね」

「ええ」コーラは答えた。「以前はバーナムの博物館のために蠟細工をつくってたんだけど、ダンカンがもっと高い報酬を提示したの。古いアトリエは南に下ったヘンリー通りの近くにある」

「ヘンリー通り。あのあたりか」セオが鼻に小さくしわを寄せた。「ぼくたちが行くことを知ってるのかい？」

「もちろん知らないわ。来て」コーラは言った。博物館の左側には細い路地があり、燃え残った薪やごみ箱でいっぱいだった。コーラはスカートをつまんでごみの山を縫って進み、ときどき小便と酸っぱい黒ビールの悪臭がするぬかるみを飛び越えるために、セオの手を借りなくてはならなかった。

博物館の裏のデュエイン通り沿いに、建物に接する小さな敷地があった。しかし、博物館とはかなり隔たった印象だ——ここも捨てられた箱や割れたガラス、腐りかけてばらばらになった大きな陳列棚など、たくさんのごみでいっぱいだった。

しかし、きちんと掃除された数段の石段を下りると、そこに扉があった。

コーラは指の背でノックした。

しばらくすると、アレグザンダーが絵の具でよごれた手をエプロンでふきながら、扉をあけた。

「コーラ！　いったいここで何してるんだ？」アレグザンダーが、灰色の目をセオに据えた。「彼はここで何をしてる？」コーラに向けられた目のなかに、言葉に出さない疑問があった。

〝なぜこの男といっしょにいる?〟

「ちょっといい服が必要なの、アレグザンダー」コーラは説明した。

「服だって?　なんの話だ?」

「ちゃんと説明する。入ってもいい?」

アレグザンダーがうなずき、一歩下がってふたりをなかへ入れた。入口の廊下は暗かった。先に立って歩く伯父についていくと、左側の部屋いっぱいに、現在は展示されていない博物館の作品が置かれているのが見えた――天然痘であばただらけになった紳士の顔の蠟人形、や小型の剝製の縞馬、何本もの棚に収まった挿絵入りの大きな学術書。いくつも置かれた釣鐘形のガラスの覆いには、何も入っていないものもあれば、貝殻や乾燥させた植物、生きたままの姿で保存され、威嚇しているようにも見える昆虫がぎっしり詰まったものもあった。

右側は、灯油ランプに照らされた窓のない部屋だった。ここにはリネンに覆われた作品がいくつかあり、暖炉には大量の蜜蠟を溶かすためのかなり大きな釜が掛かっていた。黄褐色の蠟の塊が大きな作業台の上に積まれていて、コーラが伯父の以前のアトリエで見た覚えのある品もいくつかあった――虹彩を描き、ガラスの角膜をつける必要のある陶製の眼球を固定しておくための万力。さまざまな色合いの人間の髪がたくさん収まった飾り棚。別の作業台には、ヴェサリウスの解剖図が載っている巨大な学術書が開いて置かれ、内臓があらわになった男性の姿が見えた。

「すごいな、あの手を見てごらんよ!　本物そっくりだ」セオが、靱帯の手前まで解剖されたように見える蠟製の手を指さした。

「見学に来たんじゃないでしょ」伯父がセオの感想に眉をひそめたので、コーラは小声でたしなめた。

となりの部屋は小さく、清潔で整った住居になっていて、暖炉と、粗削りだがこぎれいなテーブルと二脚の椅子があった。アレグザンダーはふたりをなかに入れ、別の部屋からランプを取ってきた。大きな鼠がすばやくそばを走り抜け、伯父がドスンと足を踏み鳴らした。鼠はテーブルの裏へ駆けていき、姿を消した。

「すまない。あいつらは、ぼくのアトリエの蠟を食べるんだ。近いうちに、もっと罠を仕掛けなくてはならないな」

アレグザンダーがランプを置いて、腕を組んだ。「この男が何を借りたいって？　そしてなぜ？」

「少しのあいだ、席を外してくれる、セオ？」コーラは言った。

「セオ？」アレグザンダーが眉を吊り上げて訊き返した。まじめな顔でコーラを見てから、視線をセオに向け、またコーラに戻す。

「わかった」セオが言って、そそくさと廊下へ出ていった。コーラは扉を閉めた。

そしてできるだけ手短に、リアと手紙のこと、カッター家と自分たちの計画について説明した。アレグザンダーは火のそばに置かれた木の椅子に座って、額に手を当てていた。

「まったく、リアのやつ。知ってさえいたら、止めていたんだけどな。とにかく、とんでもない過ちだ」

「ええ。そして今、わたしがリアの過ちの後始末をしなくちゃならないんだけど、セオが手助けしてくれる」

「あいつがおまえの病気を知らないのは確かなのか？」

「もちろん」

「ミス・カッターが言い出したらどうする？」

「その言葉を口にする前にさえぎる。そんな人間は生き延びられないって、ドクター・グリアがはっきり言ったんでしょう。でもわたしはここにいる。もしその話が出たら、セオにしっかり反論する」

「あいつは本当に、医者として信用できるように見えるか？　若すぎるよ、コーラ」

「うまくいくわ」コーラがアレグザンダーの手に触れると、伯父がもう片方の手を重ねた。

「しかし、それだと」アレグザンダーが言った。「あいつに借りができる。ジェイコブが借りをつくるならまだしも、おまえとなると――気に入らないな」

「確かにそうだけど、貴重な情報をつかんだから、それで借りを返すわ。だいじょうぶ」

「わかったよ」アレグザンダーが言った。伯父は昔から、コーラが重要なことに対して断固とした態度を取ると、すぐにあきらめる。コーラがシャーロットの志を継いで、墓地に掘り出すべき死体を探しにいくと決めたときもそうだ。あのときは、アレグザンダーもリアもとんでもない思いつきだと考え、シャーロット亡きあとその仕事はやめてほしいと願っていたにもかかわらず、やはり伯父はコーラの計画に同意したのだった。アレグザンダーが立ち上がった。「ぼくに何をしてほしいんだ？」

「彼をきちんとした身なりにしてちょうだい」コーラが頼むと、アレグザンダーが笑った。

「ぼくは彫刻家・画家であって、紳士用服飾品店の店員じゃないよ」

コーラは温かい笑みを浮かべた。「あなたはどうすればハンサムに見えるかを知ってるでしょ、アレグザンダー。あなたが外に出かければ、女の人たちはみんな気づくはずよ」

アレグザンダーが手を振った。「そんなことはどうでもいい。あいつを連れてこい」

コーラは扉をあけて、セオに入るように言った。

「あとはよろしくね」コーラは言って、扉を閉めた。

十分ほどたって、扉が開いた。セオがアレグザンダーのとなりに立って、上着の折り襟を撫でつけていた。みごとにぴったりというわけではないが、ふたりの体格は似通っているので、違和感はなかった。セオの茶色のくせ毛は少量の油で整えられ、巻毛のウェーブがおとなしくなっていた。ブロード生地のぱりっとしたシャツに、簡素だが上品な灰色の絹のベストを重ね、その上にきれいな毛羽仕上げの茶色い羊毛の長いジャケットをまとって、揃いのズボンをはいている。ベストのポケットからは懐中時計の金の鎖が垂れ、靴は磨かれていた。

アレグザンダーは、細かいところまで入念に仕上げてくれていた。セオは紳士らしく見えた――とびきり裕福ではないが、満足な収入が得られているくらいの。成功した医師に見えるくらいの。これならうまくいきそうだ。

「さすがね、アレグザンダー！　あした、かぎ裂きひとつつくらずに服を返すわ。ありがとう」

セオは、シャツの襟がこすれる顎の下あたりをそわそわとかきながら、扉の外へ出た。

声の届かないところまで離れると、コーラは小声で伯父に訊いた。「正直に言って、アレグザンダー。彼を脅したの？」

「よい伯父ならみんなそうするように、もしおまえをどんな形でも怒らせたり、傷つけたりしたら、煮え立った熱い蠟をぶっかけて分厚い層で固め、フレデリック・ダンカンの最新の展示品にしてやる、と言っておいた」

「まさか！」コーラは笑いをこらえた。

「まあ、そう言いそうになったってことさ」アレグザンダーが口もとをゆるめた。「あのな、コーラ、彼は心からおまえが好きなようだ」

「えっ、ああ、そう」

「気をつけろよ」

「そうする」コーラはつま先立ちになって、伯父の頰にキスした。「幸運を祈ってね」

アレグザンダーがうなずき、コーラとセオはアトリエを出た。言葉も交わさずに乗合馬車に乗って、リアが手紙を送っていた五番街と十八番通りの交差点近くへ向かった。コーラが実家のことを持ち出すと、シャーロットは言ったものだ。〝カッター家のことは話さない。もう家族じゃないんだから〟そこで、コーラはかわりに外に出て蛙をつかまえ、そのあいだじゅうシャーロットの言葉を自分に言い聞かせていた。そのうち、軽蔑を込めて無関心にその言葉を口にできるようになった。まるで、ここに象はいない、象はペットじゃないんだから、と言うときのように。

コーラはいつの間にか、聞いたことのある、あるいは見たことのある（少なくとも絵で）唯一の中国人女性――アフォン・モイのことを考えていた。何年も前にアメリカを巡業した中国人女性だ。公演では、彼女の纏足《てんそく》をされた足や、絹の衣装、磁器や翡翠の装飾品に、人々はぽかんと見とれていたという。しかしコーラの想像のなかでは、そういうあれこれはどうでもよかった。コーラは、彫刻を施した黒檀の椅子に腰掛けるアフォンのとなりに寄り添い、彼女の小さな手を握って、こう尋ねる。「あなたが何者なのか教えて。わたしが何者なのか教えて」しかし、そんな会話ができるはずはないし、それで本当に知りたいことが明かされるはずもないとわかっていた。わたしの正体は、そう簡単に見極められるものではない。どうなりたいかを決めるのは、自分なのだから。

乗合馬車は十四番通りより先へは行かなかったので、ふたりは馬車を降りて、残りの道のりを歩いた。正しい住所に近づくと、立ち並ぶ新築の壮麗な大邸宅が見えてきた。大理石張りのイタリア風の正面《ファサード》が、豪華なフランスの城《シャトー》風の屋敷や、ゴシック風の小型の城と隣り合っていて、それぞれが礼儀正しく適度な距離を置くよう呼びかけていた。簡素で落ち着いた連邦様式の家は、ここにはない。十年ごとに桁外れの富の波が、ニューヨーク市の樹木の茂った土地、ときには沼地まで、北へ北へと侵食していった。どこまで進めば終わるか、コーラには見当もつかなかった。

「着いたわ」コーラは言った。屋敷は五番街では地味なほうだったが、ほかの屋敷よりも大きく、三階建てで、コリント式の円柱と大理石でふんだんに飾られ、区画の半分を占めていた。屋敷の正面で、コーラは勇気を奮い起こした。

「緊張してる?」セオが訊いて、またシャツの襟を引っぱった。

「少しね。ちょっといい?」コーラはセオの襟を整え、頭の上で跳ね返っていた巻毛を撫でつけてやった。若く、緊張して見え、ふたりが並んだ姿はあまり自信たっぷりに見えそうになかった。これではうまくいかないだろう。「忘れないで」コーラは言った。「あなたはこの家の誰より、医学に詳しいってことを」

「そしてきみは、馬より健康だ」セオがぎこちない笑みを浮かべて言った。「しかもたぶん、この家の誰より頭もいいだろうね」

コーラは褒められた喜びを顔に出さないように努めた。「できるだけ行儀よくしてね」ささやき声で言う。

「ぼくはいつだって、できるだけ行儀よくしてるよ」セオがウインクした。

コーラは、磨かれて完璧な栗色に光る立派な両開き戸に向き直った。大きな真鍮のノッカーは恐ろしく重く、もう少しでうめき声を漏らしそうになった。ノッカーが扉を打つと、轟くような音が響き渡ったので、コーラもセオも縮み上がった。

これでもう、待つほかにできることはなくなった。

14

足音が近づいてきて、扉がなめらかに音もなく開いた。

コーラより背が高く、金持ちそうにすら見えるメイドが立っていた。確かに、向こうはぱりっとした黒と白の仕着せをまとい、こちらはほんの三年前につくったいちばん上等な暗紅色の絹のドレスを着てはいたが。

「はい」メイドが尋ねた。「何かご用ですか」

その発音を聞いて、コーラは目をしばたたいた。なんと、彼らはイギリスからメイドまで輸入したのだ。

「コーラ・リーと申します。ミス・スゼット・カッターにお会いするために来ました。こちらは、ニューヨーク市立大学のフリント先生。お話ししたいことがあるんです」

「お約束されてますか？」メイドが尋ねた。

「はい」コーラは嘘をついた。

メイドが一歩下がって、ふたりを招き入れた。コーラは、象牙がはめ込まれた黒檀の玄関テーブルや、中央の中国製の花瓶に生けられた百合をぽかんと見つめないように努めた。天井と壁の境目はイタリア風の廻り縁《モールディング》で装飾され、小さなクリスタルのシャンデリアが玄関広間を照らしている。広間の両側に掛かった油絵はどれも巨大――縦が二メートル近く――で、芥子《けし》の花畑や小麦畑が広がる、見たことのない田舎の風景が描かれていた。目の前には、彫刻されたマホガニーの階段があり、両側の渦巻模様のついた手すりと、輝く真鍮の鋲と板で留められた深紅色のじゅうたんが上へと続いている。

コーラは空気のにおいをかいだ。蜜蠟のつや出し剤と清潔なリネン、小さな壁掛けランプのガス灯のにおいもかすかにした。

「ここでお待ちください」メイドが言ったので、ふたりは周囲をしげしげと見つめ、口をあけたままにしないよう気をつけていた。

「きみとここの人たちが親戚？」セオが小声で言った。

コーラは声に出して言いたくなくて、うなずいた。

廊下の先の、閉じた羽目板張りの扉の奥から、低い話し声が聞こえた。ひとりの声はもうひとりの声より高く、まるで本をテーブルに落としたような、ドサッという低い音がした。引き戸があき、メイドが赤い顔をして現れた。

膝を曲げてコーラとセオにお辞儀をする。「申し訳ありません。ミス・カッターは今夜はお話しできません。別のお客さまとのお約束がありますので。お名刺をいただけましたら、必ずお渡しいたします」

コーラとセオは顔を見合わせた。

「では、あすまたうかがおうかと……」セオが言いかけた。

「ミス・カッターは」メイドがにこりともせずに言った。「あすは一日じゅう多忙だと、はっきりおっしゃっていました」

「だったら、木曜日に」コーラは言った。

「それは無理かと存じます」メイドの固く結んだ唇が、はっきり告げていた――あの人たちは会うつもりはない。今も、これからも。

コーラは険しい目つきをした。ふたつの心臓が、一段と大きく不遜な鼓動を打った。「でも、それじゃ、どうにもならないでしょ？」コーラは言って、わきへ寄り、ずんずんと廊下を歩いて、先ほどメイドが出てきた扉のほうへ向かった。

「お客さま！　いけません――おやめください――今すぐお帰りを――」

しかし止まるつもりはなかった。セオもあとを追ってきたが、コーラの肘をつかもうとした。コーラはその手を振り払った。

「あの人たちと話せないなら、わたしはおしまいよ。そんなのはいや」思ったより激しい口調になってしまった。引き戸の磨かれた真鍮の取っ手を握る。

扉が開くと、ぜいを凝らした美しい客間が現れた。暖炉と巨大な大理石のマントルピース、ビロードの椅子、そしてひどく驚いているカッター家の人間がふたり。しずく形のクリスタルで縁取りされたランプが、近くのテーブルを優雅に照らしている。その上に、数冊の本がきちんと重ねられていた。『ユードルフォの謎』、『オトラント城奇譚』、『イギリスの老男爵』。この家の誰かには、怪奇小説を読む趣味があるらしい。

スゼットはそこにいた。別の女、スゼットが年を取って太ったかのような人といっしょだった。たぶん母親だろう。シャーロットのきょうだいは、チャールズ——スゼットの父親——だけだが、彼は数年前に熱病で亡くなっていた。そしてコーラの母エリザベスは、シャーロットとチャールズのたったひとりの従妹だった。女ふたりはふんだんなレースで飾られた絹のドレスを着ていて、離れた場所にいるコーラの肌までむず痒くなるほどだった。ふたりが立ち上がった。お客は誰もいなかったが、スゼットは豪華な柘榴石《ざくろいし》のアクセサリーを、母親は真珠を身に着けていた。この母親が、不道徳な小説を読んでいるとは思えなかった。

カッター家の年かさのほうが、すぐさまコーラを威圧しにかかった。「これはどういうこと？　ジェーン、言われたとおりにできないの？　今夜はどんな来客も受けません。特に、その女は」

コーラはかっとした。〝その女〟より〝それ〟に近い言いかただったたし、そう言ったも同然だった。「失礼ですが、言わなくてはならないことがあるので、言わせてもらいます」

「で、なんのお話？」スゼットが訊いた。まっすぐ立って長身をぞんぶんに活かし、冷たく尊大なまなざしでコーラを見る。「わたしたちから盗んだお金を返したいのかしら？　何カ月ものあいだ、パンくず集めのためにわたしたちを困らせておいて……。あのメイドは、薬を買ってお医者さまを呼ぶためにお金が必要で、あなたは安静にしてなくちゃならないって言ってたわ。どう見ても、あなたはどっちも必要としてないいし、部屋に閉じこもってもいないじゃない」

「わたしが来たのは」コーラは言って、気持ちを落ち着けるためにひと呼吸置いた。「お詫びするためです」

　スゼットが口を閉じ、すばやく母親のほうを見た。

　ミセス・カッターが、茶色い目で射貫くようにコーラを見据えた。「わかりました。言いたいことを言ったら、出ていきなさい」

「わたしのメイドが、手紙でわたしのためにお金を無心したことをお詫びします。わたしに無断で書かれたものなんです。そちらから送ったお金の記録があれば、謹んでお返しいたします。できるだけ早く、最後の一セントまで」

　カッター家の女たちが、またちらりと視線を交わした。

「だったら……あれはぜんぶ、あなたのメイド、リアがやったことなのですか？」

「そうです」コーラは答えた。胸の鼓動がだいぶ落ち着いてきた。

「あなたは本当に、わたしの義理の従妹、エリザベス・カッターの娘なの？」ミセス・カッターが訊いた。まるでコーラの顔立ちにこれまで気づかなかった何かを探すかのように、少しだけ首を傾ける。

「そうです。でも母の名前は継いでませんし、どんな形でもそのつながりを公にするつもりはありません」

「では……あなたは病気ではないのね？」ミセス・カッターが尋ねた。

「ご覧のとおり、わたしはとても元気です。それで、ニューヨーク市立大学の、ミスター……ドクター・セオドア・フリントを紹介させていただけますか。わたしのために証明書を書いていただこうと思ったのですが、あなたがたが読む前に破り捨てるかもしれないと心配だったんです」

「確かに、そうしたでしょうね！　あなたは重い病気のはずだったんだから！」スゼットが言ったが、母親がさっと視線を送って黙らせた。

「こんばんは、奥さま、お嬢さま」セオドアが切り出した。「ぼくがお宅にうかがったのは、ミス・リーとはしばらく前から知り合いで、彼女は健康そのものであることを証言するためです。メイドが何を言ったにせよ、ご覧のとおり、それはまったくの嘘です」

「でも、記録があったわ」スゼットが言った。「証拠がなければお金を送ったりしなかったけど、あったのよ。どういうことなの？　そんな病気で、どうして生きていられるの？」

コーラは片手を上げた。この人たちがなんの話をしているのかセオに知られたくなかった。慎重にことを運ばなくてはならない。

「文書にも、嘘の記述がありました。わたしにそんな病気はないし、問題の医者は大酒飲みの嘘つきだったことをお伝えしておきます。彼は、伯母のシャーロットから不必要な往診料をだまし取るために、物語をでっち上げたんです。わたしが病気だという話は、もうこの場で終わりにしましょう。そうすれば、あなたがた家族が負ったどんな不名誉も消えていきます。どんなふうにうわさが広まるかはご存じでしょう」

娘の二倍の横幅があるミセス・カッターが前へ進み出て、指輪だらけの手を椅子の背にもたせかけた。「まあ、驚いた。まるで自分に権利があるかのように、要求を突きつけるのね」

「わたしの人生とこの体は、わたしのものです、奥さま。だからそれについては、なんでも好きなことを言います」

　これを聞いたスゼットは小さな笑みを浮かべ、コーラが目を向けると口もとをぴくりと引きつらせた。ミセス・カッターがすばやく振り返ると、スゼットは一瞬で笑みを消して唇を固く結んだ。

　コーラはまた口を開いた。「お時間をいただきありがとうございます。母や伯母のしたことについて謝るつもりはありませんが、使用人の落ち度についてはお詫びします。ふさわしい罰は与えますし、わたしたちのどちらも、こちらのご家族には二度とご迷惑をかけません。わたしのことなど知らないふりをしてくだされば、わたしも同じようにします」

「もちろん、あなたのことなど話題にもしませんよ」ミセス・カッターが冷ややかに言った。ふんと鼻を鳴らす。「どこかの外国人船員の私生児が、この家になんの要求もしないですって？　ジェーン、玄関までお送りして」

　コーラの体がかっと熱くなり、セオはまるで初めてじっくり顔を見たかのようにこちらを凝視していた。外国人の血筋のことは誰にも明かしていなかったのに、よりによってセオに知られてしまった。すべてを考え合わせて、中国人の血を引く心臓がふたつある女と結びつけるかもしれない。ここまでとてもうまくやって、病名をはっきり出さずに会話を進めてきたのに！

　外に出て、アップタウンの家々を包む夕方の涼しい空気と静けさを感じ、コーラはようやくふうっと息を吐いた。まるでなかにいるあいだじゅう、息を止めていたかのようだった。

「まあ、うまくいったんじゃないかな？」セオが言った。

「ええ、うまくいった。あなたはとてもよくやってくれたわ、セオ。ほんとうにありがとう」

ふたりはユニオン・スクエアに向かって歩き始めた。

「きみがカッター家の親戚だったなんて思いもしなかったよ。ビークマン家やシャーマホーン家やアスター家と肩を並べる名門だ。彼らはきみを勘当したのか？」

「ええ」コーラはそっけなく答えた。

「それじゃ、きみのお父さんは、シャーマホーン家の人間ってわけじゃないんだ」セオが言い、コーラは立ち止まった。

「ああ。聞いてたの」

「そりゃあ、聞こえるさ」セオが興味ありげに尋ねた。「きみのお父さんはどんな人だい？　どこの出身？」

セオが立ち止まって、こちらに顔を向けた。「きみは不思議な顔立ちをしてると思ってたんだ。どんな種類の――」

コーラは手を上げて話をさえぎった。〝どんな種類〟というのは、人ではなくものについて尋ねるときの言葉だ。「父が高貴なシャーマホーン家の人間じゃなかったらどうだっていうの？」コーラは訊いた。「もし黒人だったら？　わたしに話しかけるのをやめる？　奴隷商人になって、たとえわたしが自由の身でも、奴隷として売り飛ばす？」

セオが両手を上げた。「訊いただけだよ」

コーラはゆっくりとした口調で言った。「わたしにも、あなたと同じ赤い血が流れてるのよ、セオドア・フリント。ほかでもないあなたなら、わかるでしょう。解剖をしてるんだから。わたしは、この島にいるほかの女たちと少しも変わらない。あのお高くとまったスゼット・カッターを含めてね」

「だったら、きみのお父さんはどんな人さ？」

もしセオがもっと近くにいたら、頬を引っぱたいていただろう。好奇心むき出しの、ぶしつけな質問だった。公園は暗かったが、月明かりでセオの顔が見えた。その表情には見覚えがあった。コーラが街を歩き回るとき、こちらをじろじろ見る名もない人々の顔に浮かぶ表情。困惑――まるでコーラが場違いな存在で、どこの者と見なすべきか決めかねているかのような。昆虫のように分類したがっているのだ。

「父がどんな人だったのかは知らない」

セオがこちらを見て首を傾けた。「あのおとぎ話。心臓がふたつある少女。中国人との混血と言われてた」

コーラは身をこわばらせた。「だとしたら、完全な人間じゃないっていうの？」

セオが黙った。

「わたしじゃないわ」コーラは急いで言って、小さな怒りの炎を鎮めた。

「あの人たちは、きみにどんな病気があると思ってたんだ、コーラ？」

「なんでもないわ。こ……呼吸器の病気よ」その嘘は、まさに嘘そのものに聞こえた。

「きみのお父さんは、中国人の船乗りだったのかい？」セオがしつこく訊いた。「じゃ、ジェイコブは？　彼は……」

「わたしたちは双子だから、そう、父親は同じよ。さっきも言ったように、父がどんな人だったのかは知らない。ご満足かしら、ミスター・フリント？　わたしについての謎解きは終わった？　わたしの価値を知るために、硬貨みたいにわたしを選り分ける作業は済んだの？」

フリントが片手で髪をかき上げた。くしゃくしゃに乱れて、上等な服とは釣り合わず、彼自身も分類不能に見えた。「なぜ先に言ってくれなかったんだ？」

「どうしてそれが関係あるの？」コーラは強い口調で訊いた。「以前のわたしとは違うってわけ？」

「もちろん違うさ。生まれ持ったものなんだから」

「何が？　わたしが劣ってること？」

「ええと……いや……つまり、そう言う人もいるだろうけど――」

「やめて。わかったわ。さようなら、ご協力ありがとう。服をできるだけ早くアレグザンダーに返してね。新しい死体が入ってきたら、ジェイコブから連絡があるでしょう」

コーラが急ぎ足で公園を抜けていこうとしたとき、女性の甲高い声が背後から響き渡った。

「ミス・リー！　ちょと待って！　話があるの」

コーラが振り返ると、まだそこに立っていたセオも振り返った。スゼットが、肩に上等な羊毛のショールを慌ただしく巻いて、こちらに駆けてくるのが見えた。

「使用人の通用口から出なくちゃならなかったの」息を切らしながら言う。「お母さまに見つからないようにね」

コーラは何も言わなかった。スゼットにもセオにも、もう言うことは何もなかったからだ。

スゼットは呼吸を整えようとした。「あなたと話したいの。ふたりだけで」当てつけがましくセオを見る。

「どっちにしろ、ぼくはまったくの用なしみたいだから、帰るよ。さようなら。ミス・カッター、こちらこそ楽しかったですよ」セオは言ったが、ちっとも楽しそうではなかった。冷たい目でちらりとコーラを見てから、歩み去る。セオが声の届かないところまで離れると、コーラはスゼットのほうを向いた。

「で？」コーラは言った。「なんなの？　わたしが言いたいことは、はっきり伝えたと思うけど」

「あなたが連れてきたあの人、ミスター・フリントっていったかしら？」

「ドクター・フリント」コーラは訂正した。

「彼はお医者さまなんかじゃないでしょ」スゼットが眉を吊り上げて言った。

「えっ、今なんて？」

「ほんの十日前に、大学の図書館に行ったの。ドクター・グリアの日記を読んだのよ」

コーラのふたつの心臓が、どきどきと激しく鼓動を打った。「そう。あれを……読んだの？」

「ええ。家族の友人が、ご厚意で入れてくれたの。ドクター・グリアの文章は、お酒に酔った人が書いたものじゃなかったわ。明快で、専門的だった。それに、わたしがスタイヴェサント研究所に行ったとき、ミスター・フリントもそこにいた。新入生の列に並んでたの。彼を見たのは確かよ。ほかの人たちより背が高くて、左の頬にあのえくぼがあって、ハンサムだった。だから憶えてるの。彼は教授なんかじゃない。彼があなたのことを健康だって言っても、信じられないわ。本物の医者に診せなきゃだめよ、ミス・リー。お母さまのことはうまくだませたけど、わたしは無理ね」

「それが、ここまで走ってきてわたしに教えてくれた理由なの?」コーラは首を振った。「三十分前までは、あんなにわたしを嫌ってたじゃない」

「何日か前までは、リアの手紙を読んで、わたしたちはあなたが病気だと信じてたわ。あのメイドは、あなたが生まれた日や、シャーロットとエリザベスのことも知ってた。わたし――わたし、博物館であなたに見覚えがある気がしたの。うちの屋根裏の物置にエリザベスの肖像画があってね、あなたは少し彼女に似てる――同じ体つき、同じ鼻。どことなく謎めいた雰囲気。それから、ジェニー・リンドの公演のとき、あなたがメイドといっしょにいるのを見て確信した。あなたはすごく元気そうに見えたし、上等なドレスを着てたから腹が立ったの。すべてがでっち上げで、あなたが家族をいいように利用したんだと思い込んだのよ――八月から二百五十ドルだもの。だけど、自分の力で突き止めようと決めたの」

ユニオン・スクエアの楕円形の緑地のまわりにはいくつかベンチがあり、コーラはひとつを見つけて座った。こんなのはひどすぎる。ここに来たのは、彼らと縁を切り、健康そのものだと納得させるためだったのに、そこへスゼットが現れて、何ひとつうまくいかなかったと告げているのだから。そして何より、巨額の借金があった。その半分さえ、返済しながら食べていくことはできそうになかった。日々の生活に必要な額よりはるかに多い。いったいリアは何に使ったのだろう？

「教えてくれたのはどうして？」コーラは尋ねた。「なぜ親切にしてくれるの？」

「真実を話したことで？　ほとんどの人は、それを不親切だと考えるんじゃないかしら」スゼットが夜の鐘のような声で笑いながら言った。真顔に戻って言う。「正直に言うと、わからない」暗闇をじっと見つめてから、コーラのとなりに座った。「いいえ、本当はわかってる。十歳年上の兄がヨーロッパにいるんだけど、ほとんど話したこともないの。ほかにいとこも、姉妹もいない。お母さまは、もっと現実にいる人たちといっしょに過ごしなさい、って言うの。殺人や幽霊の本にばかり夢中になっていないで、ってね」

「ああ、あそこにあった本を読んでるのはあなただったの？」

「そうよ」スゼットが答えた。「本が大好きなの。『オトランド城奇譚』は読んだ？　ああ、教会での逢瀬！　刺されるイザベラ！　ねえ、知ってる？」

「じつは、知らないの」コーラは口もとをゆるめて言った。こんなにかわいらしい女性が、死と怪奇に熱中しているなんて、おかしな話だ。ふと自分のことを考え、心のなかで笑った。

「秘密は大好きよ。でもあなたのメイドは、ああいう本に出てくる使用人たちに比べれば、たいして下品じゃないわ。使用人が嘘をついても、あんまりドラマチックじゃないしね。あなたには悪気はないとわかったから、もうひどい目に遭わせたいとは思わない。ミスター・フリントはあなたに嘘を言ってるし、あなたの身が危険なんじゃないかと思って」

フリントにひどい目に遭わされるとは、とても考えられなかった。むしろ、先週ジェイコブが彼をまともに殴りつけたときの拳の痛みが記憶に新しい。しかし、秘密を知られれば命取りになるかもしれない。

「ミス・カッター、ひとつ訊いてもいい？」コーラは言った。

「スゼットと呼んでいいわ。わたしたち、従姉妹のようなものでしょう？　訊いてもいいけど、なんでもできるとはかぎらないわよ」

「ドクター・グリアのその日記だけど――どこにあった？　スタイヴェサント研究所、それとも新しい建物？」

「ああ。新しい建物よ。上の階。わたしは女だし、もちろん学生じゃないから、そう簡単には入れてくれなかったわ。お母さまの主治医に付添ってもらわなくちゃならなかったの。あなたは入れないわよ、従姉のコーラ」

コーラはうなずいた。まあ、ジェイコブならなんの問題もないだろう。ジェイコブが日記を破棄する役目を果たせば、グリアの遺産とうわさを永遠に葬り去れる可能性は高い。

スゼットが立ち上がった。「行かないと。あなたと話したってお母さまに知られたら、もう二度と家から出してもらえなくなっちゃう」

「ありがとう」コーラは手を伸ばして、スゼットの冷たく柔らかい手を握った。首を振って言う。「本当に感謝してる。あなたには想像もつかないくらいに」

「どういたしまして、従姉のコーラ」スゼットが小さく笑った。「ねえ、もしあなたがうちの家族のままでいたなら、アリーンていう名前をつけられていたかもね。どの世代にも必ずアリーンがいるの。お母さまは、どうしてもわたしをスゼットと名づけたかったみたい」口もとをほころばせる。「こんなに長い年月がたってから従姉ができるって、すてきね」

そう言うと、スゼットは月明かりのなか、家に向かって二ブロックの道を駆けていった。

コーラはひとりぼっちで残された。今夜は盛りだくさんだった。借金を得て、従妹を得て、セオドア・フリントを失った。ああいう目で見られたからには、ふたりのあいだのどんな友情もおしまいだった。コーラがカッター家に借金を返せるくらい稼ぐまでは、仕事仲間としていっしょに働くことになるだろう。そのあとは、街を離れ、ふたつの心臓《ハート》を持つ女のことなど誰も聞いたことがないどこかへ行こう——片方の心《ハート》は張り裂けてしまったけれど。

アイダ・ディフォード

この世には、神さまが解き明かしてくれないことがたくさんある。神さまは見えないところで、どの理由を選ぼうかと手をこまぬいていらっしゃる。たとえば、なぜこの腫れ物をわたしの首で育てることにしたのか、説明してはくださらないだろう。歯と骨と毛の雑然とした集まり。名医である先生は、〝神経組織〟だか何かまでが見られるとおっしゃった。先生の言い回しは、よくわからない。

　でもそれはどんどん大きくなって、レースや絹でじょうずにくるんでも、もう隠せなくなった。口が開いて膿が漏れ、熟成したチーズのような悪臭を発して、夫もわたしもひどく不快な思いをした。まるで神さまが、わたしの皮膚下にこの世で最悪の罪をしまい込んだかのようだ。

　特に咳が始まったときなどは、もう立っていられなくなった。体の奥にちくちくする糸が絡まっているような感じがして、何度も何度も咳をし、やがて黒くつやつやした毛を吐き出す。さらに同じことを繰り返し、ときには塊が出てくる。そう、わたしのなかで悪魔そのものが育っていたのだ。でも、手術の日には、なんだかすごく奇妙な感じがした。

　使用人のアガサが市場で、新しいお茶をひと箱買ってきてくれた――とても上等な中国茶だ。けれど、アガサが淹《い》れたお茶は煎じすぎだった。ひどく苦かったので、次はお湯の温度にもっと気をつけるように頼んだ。海を越えてここまで運ばれてきたお茶をむだにしたくなかったから、わたしは飲み干した。

　でもすぐに、顎がこわばるような感じがして、歯を食いしばり、体をすごくおかしなねじれた形に引きつらせずにはいられなくなった。でも、その日の朝に手術をすることになっていたから、わたしは出かけ、この症状についてお医者さまに相談しようと考えた。愛しい夫が付添ってくれたけれど、関節炎で痛む手をそんなに強くつかまないでくれと頼まれた。でも、自分でもどうしようもなかった。

神経過敏になっているだけですよ、と外科医の先生は安心させてくれた。わたしは着替えをし、体に覆いを掛けられてから、脱脂綿にたっぷり滴らせたクロロフォルムを顔に当てられた。

わたしはあまりにも強く歯を食いしばっていたので、ほとんど話せなかった。体のあらゆる筋肉に火がついて、千人の怪力の士師《しし》サムソンが千棟の神殿を破壊する勢いで燃えていた。ただ、そこに神殿はなく、わたしだけがいた。腱と肉と爪と歯でできた体、すべてがばらばらに引き裂かれ、それを止めるためにわたしができることは何もなかった。

名医である先生がメスを手に取る前に、わたしは死んでいた。

わたしを奪いにきた者たちのつぶやきが聞こえる。どちらにしても、わたしの体は神さまのもとへ行く。今ではそれがわかっている。さあ、お食べなさい、けだものども。内側から腐っていくのはおまえたちであって、わたしではない。

今はもう。

15

翌朝コーラは、ジェイコブのいちばん上等な服を着て、朝食をとりに階下へ向かった。真っ昼間にジェイコブとして出かけたくはなかったが、しかたがない。リアは目玉焼きをつくっていて、テーブルにはすでに熱いお茶が用意されていた。

「昨夜は遅かったんですね」リアが言った。「あの感じのいい人、ミスター・フリントといっしょだったんですか？」

「そんなに感じはよくないけど、そう」コーラはお茶をひと口飲んで、キッチンを見回した。ナイフやフォークはシャーロットが生きていたころのものと同じで、陶器類も、割れたあと交換されないままの一、二枚の皿を除けば変わっていなかった。コーラはいつも、毎月の家賃を自分で払いに行った。家賃は毎年一、二ドルずつ適度に上がっていた。

「今朝、お手紙が届きましたよ」リアが手紙を渡し、コーラは気を散らされたくなかったので、それをテーブルに置いた。

「リア」コーラは尋ねた。「カッター家からもらったお金はどうした？」

「お金？」

「そう。二百五十ドル。確かに先月は苦しかったけど、そんな大金！　当然、ほとんどは返せるんだろうね」

「ああ」リアは一分近くも黙ったままでいたが、コーラは待った。ようやく、どこにも隠れようがないとわかったらしく、やましさに顔をゆがめて言った。「使っちゃいました。一セントも残さず」

「何に？」

リアが少し息づかいを荒くして答えた。「わかりません」

「どうしてわからないの？」コーラは問いただした。

「ただ……なくしちゃったんです」

「なくした？　どうやって？」

コーラは鋭い目でにらみ、リアがもぞもぞ体を動かしてもまばたきひとつしなかった。コーラの目つきは、叫び声と同じくらいよく効くこともある。

「その……ハイ・クレアモントの犬と鼠の戦いに賭けて、なくしました」

コーラは天上を見上げた。「リア！　気でも違ったの？　ハイ・クレアモントが金を巻き上げるためだけにゲームをやることは知ってるよね？　どうしてそんなことを？」

「となりの料理人のばかな情婦のメイが、賭けで十ドル勝ったって聞いたんです。たった五十セントでよかったし、その週はちょっと余分なお金がありました。それで、メイがあたしの代理で五十セント賭けてくれて、あたしは勝ったんです！　十五ドル。それで、次は五ドル賭けて負けたけど、お金がなかったから、利子を請求されました。でも取り戻せるし、八ドルの賭けで片づくと思ったんですけど、それにも負けました」

「まったく、リア！　それはあらゆる素人を賭博に誘い込む手なんだってば」コーラは衝撃を受けて、椅子に座り込んだ。「どうして言わなかったの？　借金を清算して、終わりにすることもできたのに」

「ええ、そうかもしれませんが、そのあとまた勝ったんです。今度は五ドル！　それで、またやり続けて……本当にすみません。やめられなくなりました。悪魔に取り憑かれたんです。あなたの耳には届かないだろうと思って、カッター家に手紙を書きました。あたしたちに借りがあるはずだと思ってたからです。それで、ミス・カッターがここに来たとき、どんなに貧しい暮らしをしてるか見せて――」

「まさか！　リア、彼女をこの家に入れたって？　ここに？　わたしの部屋に入れた？」

「その、ほんの一瞬だけ――」

「リア！」コーラがテーブルを思いきりたたいたので、ナイフやフォークがガチャンと床に落ちた。「ジェイコブの服を見られたかもしれない。わたしが追いかけてる人全員が載ってる台帳を見られたかもしれない。もし彼女が警察に話したら、わたしは逮捕されるかもしれないのに！」

「すみません！　ついこのあいだのことで、もう二度としませんから。ああすれば、もっとお金をもらえるだろうと思ったんです。でも、ミス・カッターをもっと怒らせただけでした。アーヴィング・プレイスは高級すぎるし、あたしたちにはぜいたくな場所だと思ったんです。もう二度と彼女をここには入れないと約束します」

「ああ、リア。わたしたちが今、どんなにめちゃくちゃな状況にいるかわかる？　ふたつの心臓を持つ女がそのへんにいることを街じゅうが知ってて、フレデリック・ダンカンはわたしの胸を切り開いて博物館に飾ろうとはりきってる！」

「いいえ、いいえ、そんなことにはなりません！　借金は返しました！」

「でも今度は、わたしがカッター家に借金を返さなくてはならない」コーラは言った。「そうすると決めたの。次の仕事が終わったら、カッター家に五ドル送る——大した金額じゃないけど、約束を守るつもりだってことは伝わるはず」

「あたしも手伝います」リアが言った。「ぼろ切れを売るとか、上階の仕立て屋で追加の賃仕事をするとか」

「週に七十五セントもらうために？　やるだけむだだよ。わたしがもっと働く必要がある。それだけ」

「だったら、これが役に立ちますよ」リアが言って、先ほどコーラに渡した手紙を指さした。ドクター・グーセンズからだった。きのう患者のひとりが亡くなっていた——アイダ・ディフォード、首に大きな腫瘍があって、毛の断片を吐き出していた婦人だ。腫瘍は少し口をあけていて、医者は歯のようなものや神経までが無秩序に成長しているのを確認していた。手紙には、腫瘍が手術を要するところまで成長したとあった。アイダは手術中に亡くなったのだった。

〝予期せぬことでした〟グーセンズは書いていた。〝これまでは、丈夫で健康な女性でしたが、心臓が弱っていたに違いありません。クロロフォルムを少量投与したあと、体がまるで破傷風の症例のように硬直しました。そして呼吸が停止したのです〟

コーラは口に手を当て、ぎゅっと眉間にしわを寄せた。かわいそうな人。ばかげた不快な方法で体に反抗されるのは、楽ではなかったことだろう――じくじくする腫瘍と、喉に詰まる毛。そして治癒を願っていたのに、逆のことが起こってしまった。以前は、死の知らせを受け取っても、あまり気にかけなかった――自分の人脈や稼ぎにばかり心を注いでいたからだ。しかし最近では、患者たちがどんな人生を送っていたのかをありありと想像できるようになった。恥じる気持ち、居心地の悪さ、治療法を探す試み。そして絶望。

しかも、アイダの死は……奇妙だった。破傷風はそんなに急速には起こらないし、手術中にそこまでの緊急性を伴って発症した患者の例は聞いたことがなかった。特に、ドクター・グーセンズの場合、助手がそれぞれの手術の合間に器具を清潔にする習慣があった。

コーラは、予定されている葬儀の時間と場所を書き留めた。それから自室の書き物机の前に座って、部下たちに手紙を書き、日没直後の六時ごろ集まるように伝えた。今回は、いちばん先に墓に到着する。今回は、自分たちの手から利益を奪われるわけにはいかない。アイダは有能な解剖学者の手に渡るだろう。彼女の死は、いつか誰かの役に立つはずだ。そうでしょう？

これで、きょうのうちに対処しなくてはならないことがもうひとつ増えた。コーラは通りの先の、アーヴィング・プレイスでは粗末なほうだが、それでも立派な建物の扉をたたいた。

ここには、子どもが九人いる家族がぎゅう詰めになって暮らしていた。父親はやはり仕立て屋で、家族はみんな、ブロードウェイの〈ピアソンズ・ストア〉で売られるシャツや羊毛の衣類を縫う賃仕事をしていた。しかし、子どものひとり、輝く黒い目をした十歳のジョージは、ジェイコブとコーラが急ぎで手紙を届けたいときに使いをしてくれた。

黒髪の娘たちのひとりが応じた。大きなエプロンを着けて、手首に留めた針刺しにピンや針を刺している。こちらを見てにっこり笑った。

「あら、こんにちは、ジェイコブ。いかしてるわね、日曜日でもないのに！　コーラは元気？」

「ああ、元気だ」コーラはジェイコブの低い声で答えた。ステラはいつも、ジェイコブの気を引こうとする。「ジョージはいるか？　急いで届けてほしい伝言がある」

「ええ、ちょっと待って」ステラが振り返って、なかに呼びかけた。男の子が、口についたジャムをぬぐいながら戸口にやってきた。

「これを〝托鉢〟トムに届けてくれ。住所はわかるな」コーラは、男の子のべたべたする手に銅貨を数枚握らせた。「それと、もしできるなら、もうひとつ頼みたい仕事がある」

「できるよ」ジョージが答えた。「母ちゃんがいいって言えば」

「リアがいつ出かけていつ戻るかを教えてほしいんだ。で、どこに行くかわかるくらいまで、あとをつけられるか？」

「うん。ずっと追いかけられるよ。乗合馬車か鉄道馬車に乗るお金があれば」

「よし。気づかれないようにしろよ」コーラは五セント銀貨をジョージに手渡した。「さあ、行け」

ふたりは握手をし、ステラが熱烈に手を振って別れを告げているあいだに、ジョージは帽子をかぶって戸口から駆け出し、サフォーク通りにあるトムの家に向かった。コーラは帽子で顔を隠しながら、十四番通りにあるニューヨーク市立大学の新しい建物まで歩いていった。簡素だが立派な建物だった——三階建てで、真新しい手すりが階段の上へと続き、柵に囲まれた側庭があった。ドクター・グリアの記録がここにあるはずだ。

コーラは扉をあけ、机に着いている紳士に目を留めた。なかでは、数人の職人がまだ装飾の一部にペンキを塗っていたが、部屋のほとんどは完成しているようだった。

「こんにちは」コーラは帽子を脱ぎ、慎重に上流階級の紳士の声音を使って言った。「ぼくはドクター・グーセンズの助手で、代理として来ました。先生は珍しい症例について調査していて、亡くなった同業のドクター・グリアが同じ患者を診ていたと考えています。ドクター・グリアの日記が、こちらの図書館に預けられていると聞きました」

「わたしにはわかりません。今の時点では、図書の半分だけが移動されています。二階に上がって、左へ進んでください。ミスター・ベルが文献を整理してるので、お手伝いできるでしょう」

コーラはお礼を言った。二階へ行き、誰もいない階段教室に通じる何枚もの開いた扉の前を通り過ぎた。階段教室の手すりは、まだワックスがすり込まれている最中だった。廊下のずっと先に、講義室と図書館があった。痩せて年老いた紳士が、文献と目録を照合し、一冊ずつ棚に並べていた。
「こんにちは」コーラは声をかけた。もう一度目的を説明すると、老人が眉をひそめた。
「ふむ。その文献は、しばらく前に棚に並べましたな。今はTの項をやっております。日記は構外へは持ち出し禁止、記録簿に署名が必要です」
コーラはうなずいた。記録簿を見て、名前と――ジャック・ケッチ――所属と――ドクター・スクリブル《らくがき》の助手――日付を書いた。ジャック・ケッチとは、死刑執行人を意味する隠語だ。署名を終えてから、これまでの閲覧者の名前と日付を調べた。なんと、本人が言ったとおり、十日前の日付でスゼット・カッターの名前が記されていた。ほかの名前のほとんどは、医師か学生だった。現在のページに戻り、すばやく指を滑らせながら一覧表を見る。

セオドア・フリント、一年生、一八五〇年九月十四日

なるほど。フリントもいくらか調査をしていたらしい。しかも、ほんの昨日のことだ。

そして、数行前の十日には――

フレデリック・ダンカン、館長、大解剖学博物館《GAM》

コーラは一覧表の名前をまじまじと見つめた。もっと最近、まさに今朝書かれたもうひとつの名前が目に留まった――

デイヴィー・スウェル

コーラは笑いをこらえた。この名前は、公判での証人の紳士を意味する隠語だった。名前の横の、地位や所属の項目には何も書かれていなかった。

冗談好きな学生かもしれない――が、セオといっしょに過ごした感じからすると、医学生が隠語をよく知っているとは思えなかった。

「すみません。閲覧者がどの書類を読んだかは記録していますか？」コーラは尋ねた。

「ああ、しておりませんな。記録するのは持ち出す場合だけですが、蔵書を移動しているあいだは許可しておりません」

コーラはGの項を調べに行った。下のほうの棚にそれはあった。四巻に分かれている。第一巻を取り出した。革装で、なかのページはそれほど黄ばんでいなかったが、明らかに手垢でよごれていた。小さいので、ズボンのウエストバンドの後ろに詰め込んで盗めそうだった。そうすれば、心臓がふたつある女についての証拠は、永遠に失われるだろう。

コーラは第一巻を開いた。最初のページにこうあった。「トマス・グリア医師の日記～第一巻、一八〇七－一八一七」第二巻は、一八一八－一八二九だった。だとしたら、コーラの誕生については第三巻に書かれているはずだ。第三巻を取り出して開く。綴じがゆるいように思いながら、最初のページを見た。

白紙だった。

次のページも白紙だ。

本の中身をまるごと持ち上げると、それは表紙からきれいに外れてしまった。コーラはそれを棚に戻し、最後の巻を取り出した。コーラとふたつの心臓についての考察が、この巻にも書かれているかもしれない。しかしこれも、一冊まるごと白紙のページに取り替えられていた。

誰かが先にこの仕事をやってのけ、コーラとふたつの心臓が存在する証拠を盗み出したのだ。誰が盗ったにしても——その人物は何もかも心得たうえでやっている。それどころか、偽のページは元の日記とまったく同じサイズだった。まるでその目的のためだけにつくられたかのように。

スゼットが訪れた十日前には、元の日記はここにあった。しかし、今ではどこかへ消えてしまった。フレデリック・ダンカンなら、日記のサイズを測り、偽名で戻ってきて中身を盗むのもたやすいことかもしれない。

デイヴィー・スウェルだって、まったく。

あるいは——セオがやった可能性もある。セオとダンカンは、どちらも数日を置かず訪れていた。しかもセオは、カッター家でスゼットと話す前、当日の朝に来ているのだ。しかし昨夜、そのことについては何も言わなかった。まったく何も。

気は進まなかったが、今夜の死体盗掘にはセオを誘わなくてはならなかった。あの無礼な視線と、不名誉な出自に対する意見に耐えなくてはならないのだろう。それに——部下たちがそれを耳にしたら、どう思うだろう？　何かがまずい方向に進めば、チームを解散することになるかもしれない。

しかし、セオにグリアの日記について尋ねることもできるわけだ。

今夜は最悪の事態になりそうだった。しかし、最悪の事態を受け止めて、自分の世界が崩壊するのを待ち構える以外に道はなかった。

　コーラは建物を出て帰途につき、少し休んで、ほっとできる昼食をとろうと考えた。物思いにふけりながら三番街の角を曲がったとき、大柄な男が肩にぶつかった。

「失礼」

「いや」コーラは言って、通り過ぎた。いきなり男がコーラの腕をつかんで思いきり締めつけたので、痛みが走った。

「ぼんやりしてやがるな、ジェイコブ・リー」男が言った。

　コーラは自分の腕を引き離し、相手をにらみつけた。この男と仕事をしたことはないし、ファイヴ・ポインツ近くで夜を過ごしたときに会った憶えもない。ジェイコブの上げ底靴をはいていても、男のほうがはるかに背が高かった。首の幅が、頭と同じくらいあった。左右に離れた薄青色の目で、こちらを凝視する。コーラは、燕尾つきの黄色いジャケットと、派手な青と黒の縞模様のズボンに目を留めた。そして安物のシルクハット。またもや脂ぎったバワリー・ボーイの登場だ。

　コーラはあたりを見回した。近くを歩いている人は誰もいない。大きな木箱の山が、にぎやかな十四番通りから、自分たちの姿を隠していた。

「で、おまえは誰だ?」コーラは相手とのあいだの地面につばを吐いてから言った。

「そんなこたあどうでもいいだろ」男が一歩踏み出した。木箱の壁のほうへじりじりと追い詰める。

コーラはすばやく体の向きを変えて逃げようとしたが、男が大きな分厚い手――ばかでかい手をさっと伸ばしてきて、鼻と口を覆った。力任せにコーラの首を後ろへ曲げながら、もう一方の腕を腰に回し、体ごと持ち上げる。コーラは頑丈とはいえ背が低かったので、今はその弱点が恨めしかった。手足を振り回して暴れたが、路地のほうへ引きずられた。男はすばやく物音も立てず、コーラは叫び声をあげることさえできなかった。

数秒で、街路のあいだに引き込まれかけていた。建物のあいだには、腐ったキャベツの葉や、割れた瓶、空の木箱や樽が山と積まれている。強く足を蹴り出すと、ブーツが煉瓦の壁に当たり、相手がバランスを崩した。

「おい、やめろ。やめてくれ。揉めごとはごめんだ」

コーラは突然、だらりと力を抜いた。相手には降参したように思えただろう。コーラにとっては見せかけだった。襲撃やら、強盗やら、ありふれた殺人やらに関わっている時間はない。コーラとしては、今すぐこの問題を取り除かなくてはならなかった。

というより、ジェイコブとしては。

ブーツにナイフが仕込んであった。コーラがもがくのをやめたので、相手も自分のウエストバンドに手を伸ばし、おそらくナイフを取ろうとしていた。コーラは自分のベストのポケットを指さした。まるでそこに渡したいものが入っているかのように、必死の表情で指さす。

「なんだ?」男がベストに手を伸ばして、そこに入っている硬貨の感触を確かめ、ほかのポケットもぽんぽんたたいたので(ばかめ――もっと優秀な殺し屋なら、こっちが死んでから調べるだろう)、必要な一瞬の間が得られた。

コーラはすばやく膝を曲げてナイフをつかみ、相手の顔を切りつけた。男が悲鳴をあげて手を放したので、くるりと向きを変えてナイフを構えた。バワリー・ボーイが泣きわめきながら、両手で鼻と頬の切り傷を覆った。血が顔を伝って顎先から滴り落ち、深紅のリボンとなって両手を染めた。しっかりとした深い傷だった。コーラはさらに近づき、相手の顎先にナイフを当てた。男が泣きながら両手を上げた。

「や、やめてくれ!」むせぶように言う。

「ましになったな」コーラは言った。「いやはや、おまえ、腐った豚の餌みたいなにおいがするぞ」男が手を動かして腰の鞘つきナイフに近づけたので、コーラはチッチッと舌打ちした。「今はやめておくんだな。ここを切れば」——ナイフの刃を首の前に滑らせて押しつけながら——「おまえは二度としゃべれない」柔らかい肉に刃をぐっと押し当てると、男が小さな目を見開いて白目をむいた。「だから、しゃべれるうちに言え。なんのまねだ? 狙いはなんだ?」

「狙いなんてねえ! ただ……ちょっと現ナマが入り用で……」男がいきなり手を伸ばし、コーラの手とナイフを払いのけようとしたが、コーラはすばやく後ろへよけ、手をさっと振り下ろしてから、ナイフできれいな弧を描き、相手の顔に切りつけた。これで男の顔全体がX形の深い傷で覆われ、鼻先は敷石の上に落ちるまであと数ミリになった。

「言え!」コーラは低い声で脅した。「なぜおれの名前を知ってる?」

男がまた両手を上げると、帽子が汚物のぬかるみに転がり落ちた。「何がなんでも……おめえを殺りたかった。ダンカンのリストに載ってる獲物が欲しかったんだよ。五百ドルだからな！　みんな、おめえとあの妹が誰より先に、リストのムクロをぜんぶお宝に変えちまうって言ってる。おめえらはもうがっぽり儲けただろ！」

コーラはナイフをさらに深く押しつけ、男を本気で泣きわめかせた。なるほど、この男はジェイコブを殺そうとしていたのだ。しかも、がっぽり儲けただって？　コーラは笑い出したくなった。コーラとジェイコブが死体盗掘で大金持ちになったとでもいうのだろうか。つまり人々は、ダンカンのリストに載っている待望の死体はすでに、リー兄妹の手中にあるも同然だと考えているのか。ジェイコブとコーラは、排除すべき商売敵なのだ。

コーラはナイフを頸静脈と頸動脈のあいだの溝にねじ入れた。

「今すぐおまえを殺ってもいいんだぞ。おまえは肉屋の豚みたいに血を流す。そうすれば、おれはおまえを五ドルで大学に売れる。おれの稼ぎはそれだけだ」

男が目を閉じると、涙が伝い落ち、血と泥でよごれた顔にくっきりとした線を描いた。

「名前は？」コーラは訊いた。

「ユーアン。ユーアン・ゲリー」男が泣きながら答えた。

「ユーアン・ゲリー。そこらのまぬけどもに、ダンカンのリストはいんちきで、粘土の金みたいなもんだと言うんだ。心臓がふたつある女に五百ドルなんて、ありえない。そんな人間はいないし、ダンカンはそんな女に一ドルも払いやしない。そして、おれやコーラ・リーを襲おうとするやつらは全員、おれさまに八つ裂きにされ、切り刻まれる《オットーマイズド》ことになるからな。おまえはカトリックだろう？　アイルランド人か？」

　男がうなずいた。

「切り刻まれたやつが天国に行けないことは知ってるな。わかったか？」個人的には、コーラは天国も地獄も信じていなかった。この世での人生はじゅうぶん地獄だし、天国は、静かな夜明けにきらめく塵の粒や、凍てつく日に交わす温かい握手のように、日々の刹那に現れるものだ。密やかな贈り物として。しかし、役に立つと思えば、神を恐れる他人の信心深さを利用することに抵抗はなかった。

　コーラがナイフをさらに深く押しつけると、刃先に血が一滴こびりついた。

「ほかのホトケ《ステイファン》みてえに、絞め殺さねえでくれ！」男がわめいた。

　コーラは相手をにらみつけた。「絞め殺す？」

「やってねえのか？」男はおいおいと泣いて、言葉の合間に洟をすすった。「金のために黙らせたんじゃねえのか？」

「妹とおれは、人殺しなんかしない。誰が言ったんだ？」

「あっちこっちで聞いただけだよ」

「おれたちは自然なやりかたで骸《クワルーン》を手に入れてる。みんなに言っておけ。それと、おれたちに近づくな」ユーアンの顔の一センチほど前でナイフの先を左右に振る。「でないと、おまえを犬の餌にしてやる」

「わかりました！」

コーラは後ろへ下がって、腕を下ろした。ユーアンが動かなかったので、眉を吊り上げた。

「失せろ！」うなり声で言う。

ユーアンは、まさに命からがら逃げ出した。

16

コーラが家に戻ると、リアはすっかり動転した。とりあえず、コーラが慎重に体を洗うのを手伝い、バターをたっぷり入れたオートミール粥を食べさせた。その後も大騒ぎで世話を焼き続けるので、とうとうコーラはメイドの手を振り払い、寝室の扉を閉じて〝休める〟ようにした。考える必要があった。

コーラ自身もショックを受けていた。自分とジェイコブが商売敵の標的になるとは思いもしなかった。しかも、自分たちが殺し屋だといううわさが広まっているのだ。コーラは胸に問いかけた。この仕事が、自分のような病気を持つ人々に害を及ぼす機会をつくっていたのだろうか？　寿命が来る前に狙われるような？　もしかすると、自分にも責任があるのかもしれない。でも、わたしは条件を平等にしているのだ、と心につぶやく。貧しい者たちはみんな、掘り起こされる。富める者たちだって、同じ目に遭うべきだ。そうでしょう？

しかし、今の時点で、警察沙汰などの面倒を抱えるわけにはいかないこともわかっていた。怖気づいたように見せてはならないし、仕事を辞める余裕もない。ほかにも考えなくてはならないことがある。リアがコーラのあざにつける塗り薬を買いに出かけているあいだに、コーラはジェイコブの服を着て小さなジョージを訪ね、リアが家から一歩も出なかったという報告を受けた。

よかった。

アレグザンダーがフィラデルフィアから手紙を送ってきていた。そうだ、旅行の予定があると言われたことを忘れていた。コーラが襲われたことを知ったら真っ青になるだろう。アレグザンダーはときどきフィラデルフィアに行って、ジェファーソン医科大学の並外れた解剖学コレクションをじっくり眺め、そのあと収蔵物のスケッチをして、新しい展示品候補としてダンカンに提出していた。もう一日向こうで過ごしてから戻ってくるらしい。

「今夜は家にいなくちゃだめですよ」リアが心配そうに言った。

「無理。仕事がある」

「でも、ジェイコブだって危ないんです！」

「仕事があるんだってば、リア」コーラはため息をついた。「行かないと」

さらに言い争ったあと、リアがあきらめた。しかし心配しながら家でじっとしているのは耐えられないので、上階のメイドといっしょに夜を過ごすことにした。仕立て屋の一家は、ヴォクソール・ガーデンズ劇場のショーを観に出かける予定だった。

日没の直後、ジェイコブになったコーラは、通りの先にあるユニオン・スクエアの南東端で部下たちと合流した。セオ、〝托鉢〟トム、〝公爵〟、〝どら猫〟オットーの全員が、道具を黄麻布で隠し、出かける準備を整えていた。予想どおりパックは姿を見せなかったが、もしここか墓地に現れたらひと悶着あるかもしれない、とコーラは気を引きしめた。

襲われたことについては黙っていることにした。何が起こったのか、なぜセオはドクター・

グリアの日記を読みに行ったのか——ついでにそれを盗んだのかどうか、考えをまとめる時間が必要だった。

「トリニティー教会？」オットーが、御者台で自分のおとなしい馬を御しながら訊いた。

「そうだ」コーラは答えた。

「ウォール街のそばの？　それとも百五十五番通り沿いの？」

「百五十五番だ。最近はもう、あっちの教会で埋葬はない」コーラはまだセオの目をまともに見ていなかった。見ただけで苛立ちが顔に出てしまうのがいやだったからだ。セオも、ジェイコブの目を見ようとはしなかった。まあいい。ただ、避けられない衝突がいつ、どんなふうに起こるのかが気になった。

「そのあと、ぼくが遺体を買うよ」セオが言った。「この遺体のために六十ドル用意した」そしてコーラの背中をぽんとたたいたので、コーラは驚いて自分のつばでむせそうになった。

「きみだって、損な取引だとは言えないだろう。ドクター・ウッドからの惜しみない寄付金を運用してるんだ。先生は、大学で計画中の解剖学陳列室のために、その遺体を保存したいと考えてる」

　全員が荷馬車に飛び乗ったが、セオはおしゃべりを続け、まるで昨夜のコーラとの口論などなかったかのようにふるまった。

「今夜はきっと、晴れた夜になるね」セオが言った。「そう思わないか、ジェイコブ？　あの雲が木立を覆ってしまえば、あとはずっと月が照らしてくれる。それに、番人がいても、余分なお金を用意してあるよ」

きょうは番人がいるかどうか墓地を偵察する時間がなかった。あの墓地に遺体安置所がないことは確かだが、ほかにも作業を妨害する何かがあるかもしれない。コーラは、おしゃべりをやめさせようと、うなり声だけで答えた。

「今夜は、終わったらまた牡蠣を食べよう。でも今回は、できたらラム酒は少なめにしてほしいな」セオが腹を軽くたたきながら言った。

「ふうん、おまえは赤ん坊なんだな！　一杯のラム酒もろくに飲めねえのか？」トムが笑って言った。

「ああ。前回ジェイコブとぼくは、まっすぐ歩けないくらい酔っ払ってしまったんだ。そうだよな？」

コーラは思わずにやりとした。セオの陽気さが苛立ちを和らげていった。「おれが出ていったのも憶えてないいんだろう？」

「いや、憶えてるよ」セオが言ってウインクした。「礼儀正しい酔っ払いなのさ」

コーラの束の間の笑みは消えた。本当に目を覚ましていたのだろうか？　もしそうなら、コーラの第二の心臓に手を置いていたことも憶えている？　しかしセオは、今では〝公爵〟の冗談に笑っていて、ふたりは互いの肩に腕を回し、まるで生まれる前から友人同士だったかのように、小声で話したり笑ったりしていた。

荷馬車が四番街をガタガタと走るあいだ、オットーは静かに堅パンの角をかじっていた。トムは〝公爵〟とセオの話に加わった。

「じつはな、花も贈ったし、鶏肉も持って帰った。なのにかみさんは口を利こうともしない」〝公爵〟が言った。「まだ怒ってる」

「放っとけよ」トムが言った。「どこの女房もみんな、そうしてほしがってる。旦那なんぞ、金さえ渡してくれりゃ、うちのかみさんはいつも、かまってもらわなくてけっこうってな！　プディングにゃ大喜びだったな」グを焼くといいぞ。うちのかみさんはいつも、プディングにゃ大喜びだったな」トムは、ありとあらゆる会話に食べ物を持ち込む。神についてだろうが（「おれは教会なんか行かねえよ、教会で牡蠣は食えねえだろ」）、臭い足についてだろうが（「ほら、うまいチーズは、きたねえ足と同じくらいにおったりするだろ」）。

三人はさらに大声で笑った。〝公爵〟がセオのわき腹をつついた。「おまえの意中の人は知ってるぞ。ジェイコブの妹だな。彼女の話をしてただろう」

「妹は、おまえらのような連中とはつき合わない」コーラはどならないように気をつけて言った。

「ほらな？　ミス・リーは、おまえが生きて元気でいるより、死んで墓に入ったときのほうが関心を持ってくれそうだ。男に興味を引かれたところなんて見たことないからな」〝公爵〟が言った。

「ああ、もしかすると彼女に必要なのは重い財布を持ってる人だけで、それがかなえばこの仕事を辞めるんじゃないかな。まだ結婚相手を見つけてないのが驚きだよ」セオが言った。

「嘆かわしい商売だからね、ぼくたちの仕事は。かなりの稼ぎは得られるけど」

「妹の考えを口にしていいのは、妹だけだ」コーラは言って、その話題が出るとよくそうするように、ナイフを取り出した。袖で意味ありげにぬぐってから、鞘に収める。

「それがわからないやつは……なんだっけ？」セオがにやりとした。「ひねり殺《スクラグド》して、八つ裂きにして、強烈な酒《ノックミーダウン》に漬け込んで、ガラス瓶に飾《オウグルド》ってやるからな！」

「うまいじゃねえか！」オットーが笑いながら言った。

コーラもつい口もとをゆるめてしまった。

馬車は五番街を北へ進み、あの良質で新鮮なクロトン川の水を貯えた立派なエジプト式の貯水池を通り過ぎた。敷石はなくなり、踏み固められた土に取って代わった。聾唖者施設を通り過ぎて第十九区に入り、ようやく巨大なふたつの集水池の横を抜けた。ここでは、街の喧騒がしだいに遠ざかり、林や小さな農場が広がっていた。オットーが馬に鞭を振るい、先を急がせた。

ハミルトン・スクエアで馬車は西へ曲がり、張り骨工場を過ぎて、また北へ曲がり、リーク&ワッツ孤児院と精神病院の横を抜けた。ここは寄る辺ない者たちが隠されている場所で、ダウンタウンのシューシューと音を立てて燃える明るいガス灯からは遠く離れている。街は、食べ物と、生気あふれる体と、水だけを求めている。寄る辺ない者たちと死者は、中心の外へ吐き出されるのだ。

コーラは横目でセオを観察しながら、ドクター・グリアの日記を部屋のどこかにしまい込んだのだろうかと考えた。コーラの正体に気がついたら、殺すつもりでいるのだろうか。そうだ、今夜またセオを酔わせることができれば、部屋の持ち物を探って、日記を見つけ、処分できるかもしれない。もちろん、日記を持っているのが館長なら、ジン一本で取り戻すのはむずかしいだろう。

馬車はようやくトリニティー墓地に到着した。空はコールタールのように暗く、月はまだ雲の陰に隠れていた。墓地は広大で、ふたつの街区にわたって川べりのハドソン鉄道の線路近くまで広がっている。

「暗闇のなかでどうやって墓を探すんだよ？」トムがぼやいた。「ミス・リーが、事前にここを偵察してくれてりゃよかったのに。きっと押しかけてくる連中を引っぱたくのに忙しかったんだろうよ」

「というより、別のやつらを引っぱたく計画を練るのに忙しかったんだよ、じつは」コーラは、セオにも聞こえるように言った。

「だとしたら、きっとそいつらの自業自得だね」セオが穏やかな声で言った。コーラは驚いて、さっとセオのほうを見た。

「あそこだ！　あそこがその墓だよ。草地が黒くよごれてる。新しい土があの丘の向こうで掘り返されたんだ」オットーが言った。みんなより高い御者台に座っているので、よく見えるのだ。

彼らは馬車で近くまで行き、その場所が静かで番人もいないことを確かめると、すばやく仕事に取りかかった。墓は放置状態だったが、医学校からこれほどの距離がある北の墓地では、新しく埋葬された遺体が見過ごされるのも意外なことではなかった。石工が仕事を終えるのにあと一週間はかかるので、墓石はなかった。順番に穴を掘っていると、ようやく虚ろなコツンという音がして、シャベルが棺に当たるのがわかった。

「おっ、棺桶があったぞ」オットーが言った。

彼らはくさびを使って棺をこじあけ、四十代か五十代くらいの女性の遺体を見つけた。濃紺の絹のドレスをまとい、喉と手首のまわりを絹で飾られている。首の左側はゆがんで膨れ上がっていたが、包帯とモスリンが何重にも巻かれていた。しかし、チーム全員が驚きに口を覆った。

女性の体はまだ死後硬直の最中だったが、曲がって反り返り、腹部が棺の上部へ向かって突き出されていた。肩とかかとだけが、棺の底についている。両腕は胸に強く引き寄せられ、拳を握り、その顔は死してなお激しい苦痛にゆがんでいた。

「なんでこんな様子をしてる?」〝公爵〟が頭をかきながら言った。

「破傷風みたいに見える」セオが言った。「でも、この女性は富裕階級の人だ。外傷を負って不潔な環境で働く労働者じゃない。奇妙だな」

コーラはアイダをひと目見て自分の胸をぎゅっと押さえたが、どうにか落ち着きを取り戻した。「奇妙じゃなくて、不自然なんだ」コーラは言った。「彼女の顔を見ろ。両手を。四、五年前に一度、同じものを見たことがある。破傷風じゃない。ストリキニーネ中毒だ」

「どうして言いきれる？」

「言いきれはしない」コーラは応じた。「解剖では証明できないだろう。でも、うちの近所に住んでた男の子が、ストリキニーネで鼠を殺してたんだ。残忍な性格の子だったんだよ。ある日その子は、砂糖を盗んだ罰としてお祖母さんに鞭で打たれたあと、お祖母さんにストリキニーネを飲ませた。怒ってたからだが、その毒が鼠だけじゃなく人も殺せるとは思ってなかった。鞭で打たれた仕返しに、腹痛を起こさせてやれと考えたんだ。おれの伯母が発見したとき、お祖母さんは同じ様子をしてたよ。硬直して、全身の筋肉がぴんと張ったみたいだった。拳を固めて、歯を食いしばって……破傷風よりすばやく起こる」シャベルを放り出す。

「とにかく、誰かに見られる前に、仕事に戻ろう」

　仕事に戻るべき時だったが、コーラには無理だった。またしても、寿命が来る前に人が死んだ。遺体があまりにも都合よく不自然に現れるその規則性に背筋が凍り、ナイフを握って女性の絹のドレスを切り裂くあいだも両手が震えていた。

　頭のなかで何度も何度もアイダに謝ったが、それはおかしな話だった。コーラが殺したわけではないのだ。しかし、わたしのリストに載っている人たちが殺されている。謝っても、両手の震えは止まらなかった。もはや、このパターンを無視することはできない。台帳に書かれた次の名前を思い出そうとした。そう——コナル・カリガン、異常なほど背が高い紳士だ。用心するよう警告する手紙を送ろう。これまでのところ、リストに載っている人はみんな異なる原因で死んでいるから、あいまいなことしか書けないが。

ほどなく彼らはアイダを裸にし、棺から出した。コーラは仲間を手伝って、遺体を布の上に下ろしてからきつく巻き上げた。布に覆われた遺体は片方だけの括弧のように曲がっていて、答えを入れるべきもう片方が失われていた。荷馬車に遺体をのせるとき、コーラはアイダの頭を優しく寝かせるようにした。

「あの腫瘍はなかなかのもんだよ、フリント」〝公爵〟が言って、棺を閉じた。ほかの者たちは土を元に戻し始めた。「だが、ストリキニーネには、さらに十ドル請求したい。おまえが払えないなら、ダンカンが払えるかどうか確かめてもいい」

「いや、ぼくが払うよ。その価値はある。金は持ってるよ」セオが言った。

できるだけ墓のまわりをきれいにしたあと、彼らは暗い街を抜けて、百四十四番通り沿いの長い道のりを引き返し、新しい大学の建物に向かった。ほんの十二時間前、コーラがドクター・グリアの日記を探しに行った場所だ。

彼らは遺体を建物の裏へ運び、あすの解剖のために準備が整えられた奥の部屋に入れた。セオが七十ドルを差し出し、コーラはすばやくオットーとトムと〝公爵〟に十ドルずつ配った。残りを分け、セオに十五ドル渡す。

「で、どうする？　飲むか？」〝公爵〟が言った。

「馬を厩《うまや》に入れたらすぐにな。酒と食い物にありつく時間だ」

仲間たちはみんな上機嫌で互いに背中をたたき合ったが、コーラはいっしょに喜ぶ気にはなれなかった。心のなかで、アイダに別れを告げた。彼らはバワリー街へ行き、午前二時まで、大皿の牡蠣フライを四皿平らげ、黒ビールを三杯ずつ飲んだ。〝公爵〟とトムは、あすの試合でどちらのボクサーが勝つかをめぐってけんかしていた。〝公爵〟はよろけながら帰途につき、オットーは、猫の尻尾に牡蠣の油染みをつけてしまったあと、それを大切に後ろポケットに押し込んでから、となりの賭博場でスクエア・ゲームをやるために出ていった。

「まだ帰りたくないな。あしたは講義がないんだ。行こう、ジェイコブ。通りの先に、玉突き場がある。どうだい？」セオが誘い、コーラの背中を強くたたいた。

「玉突きは好きじゃない」コーラは答えた。四杯めを飲んだとはいえ油断はしていなかったし、四杯めを飲んだせいで少しふらついていた。「ボウリングもな。今夜はやめよう」

「じゃあ、来いよ。誰もいない下宿屋より、きみがいたほうがいい。少なくとも、きみは家に帰ればリアがいるだろう」セオが壁を見つめながら言った。「コーラも」

「リアはいびきをかく」コーラは言いかけて、ふと思い出した。風景の片隅に、言葉やしぐさの裏に、部屋にきちんと積まれた教科書の下に潜むセオの孤独が、ありありと感じられたときのことを。セオの両親は、黄熱病で亡くなったのだった。「ほかに家族はいないのか？」コーラは尋ねた。

「いない」セオが肩をすくめた。

「それじゃ、おれがリアに言われたことをすべきだな。結婚しろ」

「金がない。ぼくと結婚したがる人なんていないよ」

「おれと結婚したがる人もいない」コーラは言い、空のグラスに向かって顔をしかめた。

「だったら、ぼくたちふたりが結婚すべきだな」

コーラが驚いて顔を向けると、セオはにやにやしていた。「おれは男色者《バガー》じゃない」コーラは言った。「好みじゃないってだけだが」

「だけど、考えてみろよ。毎晩家に帰ったとき誰かがいてくれるなら、かまわないじゃないか。ぼくはいいと思うな。すごくいいと思う。その人がどんな見た目だろうと、どこの出身だろうと、関係ない。そうじゃないか？」

コーラは目をぱちくりさせ、心が冷えていくのを感じた。「思ってもいないことを」顔をそむける。何者なのか、いや、どんな種類の人間なのか明かせと迫ったのは、ほかならぬセオだ。コーラにもう一度気に入られるために、兄の機嫌を取ろうとしているだけなのか？

「自分が何を言ってるのか、よくわかってないことがある」セオが虚ろな声で言った。「ときどき、何かを口に出したあと、なんて愚かな思い違いをしてたんだろうと気づくんだ」しばらく黙り込んでから言う。「家に帰ろう。あと一杯飲んだら」手を振って合図し、夜の深紅色の黒ビールではなく、水をふたりのタンブラーに注がせた。コーラは少し驚いた。どうやらセオは、すっかり酔っ払った先日の夜を繰り返したくはないようだった。

ふたりは飲み物の代金を払って、夜の闇のなかへ出ていった。このあたりには、市議会がガス灯の予算をつけようとしない。界隈の住民には、ガス管線や上等なランプはもったいないというわけだった。たっぷり十ブロック歩いてようやく、通りがなんとか見えるようになった。ちょうど雲が拳をゆるめて、乳白色の半月をふたたび解き放ちつつあった。

真夜中で乗合馬車も終わってしまったので、長い道のりを歩くことになった。セオはコーラが最初に思っていたより酔っていて、ゆるんだ敷石につまずき、足首をひねってしまった。コーラは肩にセオの腕を掛けさせてから、腰をしっかり手で支えた。男性にこんなに近づくのは、数日前セオのベッドで眠り込んで以来だった。今回は、同じ間違いは繰り返さない。

それでも、気がつくと何度も、ほのかな月明かりに照らされたセオの横顔に目を向けていた。しばらくすると、セオはそれほど足を引きずらなくなったが、コーラの肩から腕を外そうとしなかった。たとえ束の間であっても、別の人間の温もりを感じるのは奇妙で心地よかった。

コーラは、通りをあと十本越えて歩き続けたかったが、もうセオの下宿屋に着いていた。

「大家さん、扉をあけるとき、ひどく怒るだろうな」セオが言って、やっとコーラの肩から腕を外した。コーラの体の左側が急に夜の冷気にさらされた。セオは昨夜、コーラの血筋にあれほど嫌悪を覚えていたようだったのに、今こうしてジェイコブといても、そのことは気にならないらしい。

「それじゃ、お休み」コーラは軽い調子で言った。

「お休み」セオが言った。扉のそばでぐずぐずとためらい、どういうわけか、なかに入りたくないようだった。

「お休み」コーラはもう一度言ったが、それでもセオは扉をノックしなかった。

「ちょっと……話があるんだけど、いいかな？」セオが突然まじめな顔をして尋ねた。

「いいよ。おまえの悲しい身の上話をあといくつか聞くくらいなら」

「そうか、じゃ、こっちへ」セオがコーラの袖を引っぱり、ふたりは下宿屋のわきの路地に足を踏み入れた。近くに生えた雑草のなかで、蟋蟀《こおろぎ》が鳴いていた。セオがぐっと身を寄せた。もしかすると、グリアの日記について話すつもりかもしれない。あるいは、手に入れるべき新しい死体について。不思議なことに、なんでもかまわなかった。ときどき腹立たしい気持ちにさせ、今は体を揺らして少し近づきすぎているこの商売敵と、あと数分過ごせることが妙にうれしかった。牡蠣のパイや酒のにおいはせず、ただ煙るような九月の夜風の香りをまとっているだけだった。ありえない約束、たとえば、冬が来ても何ひとつ恐れることはないという約束をしてくれる香り。

「なんだ？」コーラは尋ねた。「酔っ払ったのか？　吐きそうなのか？」

セオが目をしばたたき、眉をひそめてから、身をかがめてキスをした。

17

コーラの頭のなかが真っ白になった。

どう応じればいいのか、何をすればいいのかわからなかった。さまざまな考えが稲妻のごとく頭を駆け巡るあいだ、セオドア・フリントはジェイコブ・リーの唇に、ジェイコブなら一秒も許すべきではないキスをし続けていた。

早すぎるようにも遅すぎるようにも思えるタイミングで、コーラはセオを押しのけた。ふたりとも少し息を弾ませ、セオはすぐに首を振り始めた。

「ごめん。本当にごめん、こんなことすべきじゃなかった」堰を切ったように話し出す。「ああ、こんなことすべきじゃなかった」コーラは袖で口をぬぐった。「おまえが妹をくどいてるのかどうかっていう疑問の答えはわかったわけだ。おまえが男色者だとは思いもしなかった」

「違う」セオが半分だけ右を向いて、下宿屋の煉瓦の壁に寄りかかり、こちらを見なくて済むよう月を見上げた。「ぼくは男色者じゃないよ、コーラ」

長い沈黙があった。コーラは言葉を発するのが怖くて、口を覆った。もしかすると、セオはまだ酔っているのかもしれない。もしかすると、ただの言い間違いかもしれない。

「言い間違いじゃないよ、コーラ」セオが振り向いてこちらを見た。「きみが誰だか知ってる。きみがふたりの人間を演じてるひとりの女性だと知ってる。もう何日も前から知ってた」

コーラは首を振った。盗掘人のチーム全員をだまし、マンハッタン島全体とブルックリンの一部をだましてきたのに――ああ――どうしてセオをだませなかったの？　どうして真実を悟られてしまうほど近づけるような愚かなまねをしたの？　ただひとつの防御を失ったことを知って、いったいどうすればいい？

「誰にも言わないで！」コーラはか細い声で言った。顔から血の気が引いていき、胃が腹の下まで沈んで、島の湿った土に落ちそうな気がした。つくり声をやめたので、自分自身にさえ、家の外で素朴な墓掘り用の服を着たまま女の声で話すのは、恐ろしいほど奇妙に思えた。

「絶対に。ああ、どうしよう。どうしてこんなことになってしまったの？」

「いっしょになかに入ろう」セオが言った。「おいで。話をしよう。知りたいことがある。それに、昨夜ぼくが言ったことを謝りたい。そのことばかり考えてたんだ。ぼくは間違っていた。きみを繁殖用の馬か何かみたいに扱っていた。本当にごめん」

コーラは首を振った。しかしセオは、数分間じっと黙ったままでいた。そしてようやく、こう言った。「ぼくが知ってることを言うよ。だから、ぼくが知らないことを話してほしい」

コーラは逃げ出したかったが、いずれはセオがどうやって偽装を見抜いたかを知り、どうすればよかったのかを学ばなくてはならなかった。それに、セオがドクター・グリアの日記を盗ったのか、コーラの秘密のひとつだけではなくすべてを明かすつもりなのかを知る必要があった。どうしても。だから、セオが下宿屋の戸口へ行って、扉をたたくに任せた。下宿屋の大家は、ちぐはぐなショールをまとった姿で、ふたりをなかに入れた。セオが従弟を泊めるとかなんとか言い、それで話はついた。階段をのぼり、部屋に入ると、セオが錠を下ろした。コーラは扉にもたれて待ち、ブーツを見つめていた。

走って、走って、アーヴィング・プレイスまで逃げ帰りたかったが、逃げてもセオドア・フリントに知られた事実が消せないことはわかっていた。だから、ブーツをはいた足を動かすことなく、丈の高い草に隠れて影が通り過ぎるのを待つ兎のように、目を見開いて立ちすくんでいた。ただし、その影は飛び去っていかなかった。それは墓石のようにのしかかってきた。

「あのことは、誰にも話してないよ」セオが言った。「たぶんアレグザンダーは知ってるんだろう。もちろん、メイドも。あとは誰も知らない。じつは、女性の格好をしてるきみに初めて会ったとき、きみがかつらをかぶってることに気づいたんだ。額と髪のあいだに、いつもかすかな線が見えてた。ぼくの母がかつらをかぶってたから、それをゲームと考えることに慣れてたんだ――どの女性がつけ毛をしてるな、とか。それに先週――きみは手で顔の化粧をぬぐってた。きみは絶対に、気づかれるほど誰かを近づけはしないんだろうけど、ぼくは近づいたから」

コーラはもう耐えられなかった。扉から体を離して歩み去ろうとしたが、セオが優しく手をつかんで行かせようとしなかった。まだ何か言いながら、体を引き寄せて上腕をつかむ。コーラは床から天井、壁紙へと視線を移した。セオの顔でなければどこでもよかった。

「きみときみの兄さんは、絶対に同じ時間、同じ場所にいなかった。それにきみのブーツ――

ジェイコブのブーツは、いつもどこか変だった。かかとが大きすぎるし、分厚すぎる。小柄な人の背を高く見せるものだ。それに、きのうきみの親戚に会いに行ったとき、きみたちのどちらも、ジェイコブについてはひとことも言わなかった。彼が存在しないからだ」

「わかったわ、セオ。言いなさいよ」コーラは惨めな気持ちで促した。

「何を言えって?」

「まだ言ってないことを」

セオが手を放し、指先でコーラのジャケットの生地をかすめ、右のあばらのすぐ上に触れた。コーラは身震いして、固く目を閉じた。

「きみの第二の心臓についても知ってる」

これを聞いて、コーラはがっくりと膝をつき、顔を覆った。

セオは知っていた。すべて知っていた。そして真実をふたりのあいだに持ち込んでしまったのは、自分の愚かさ、自分の不注意のせいだった。もっと稼がなければと焦るあまり、セオの世界に足を踏み入れることになった。その世界で彼を引き寄せすぎて、男ではないとかぎつけられ、髪が本物ではないと見破られ、第二の心臓が常にそこにあり、あってはならない場所で絶え間なく不遜な鼓動を打ち続けていることに気づかせてしまった。

コーラは泣かなかった。泣いたことなどないからだ。しかし、しばらくそこに膝をついたまま、自分の失敗に打ちひしがれていた。アルコールはほとんど体から抜けて、すべてが重々しく虚ろで現実的だった。セオはただ待っていた。立っているのに疲れると、すぐそばの床に座り、膝の上で腕を組んだ。月明かりがふたつの長方形になって床を照らし、時とともに光の角度は変わったが、それでもセオは何も言わなかった。

おそらく午前四時ごろ、コーラは眠り込んでしまった。一時間ほどたって、頬の温もりと背筋のこわばりを感じて目を覚ました。まばたきをして目をあけると、セオの腕に背中を包まれ、広い肩を枕にしていたことがわかった。

セオは、異国の血筋と風変わりな内面を持つこの奇妙な女を、ののしりはしなかった。この体を売るために、フレデリック・ダンカンのもとに駆けつけはしなかった。そばにいてくれた。

そうだった、ふたりはキスをしたのだ。リアはどう思うだろう？　アレグザンダーはなんて言う？　リアは大喜びだろうが、アレグザンダーは？　セオの第一印象はひどく悪かった。アレグザンダーとリアが言い争い、自分が恥ずかしさに耳をふさぐ場面が想像できた。笑いそうになったが、自分の人生が今や悲劇であり、セオがその悲劇の一部になってしまったことを思い出した。

背中が少し痛んだので、しかたなく上半身を起こした。セオがちらりと顔を見た。コーラの短い髪がいくらか目に掛かっていたので、セオが指で横に払って、夜明け前の暗がりのなかで、もっとよく見えるようにした。

コーラは、セオにキスすることについて考えた。頭のなかで想像してみる――前かがみになって、顔を上向け、彼の吐息を吸い込み、唇を触れ合わせる。でも、できなかった。どうしても。

　そして、セオドア・フリントにもう一度キスすることはやはりできないと決め、起き上がって家に帰り、いったい今夜何が起こったのかを考えながら自分のベッドで寝ようと決めたちょうどそのとき、セオが口を開いた。

「おはよう」

「おはよう」ほかになんと言えばいいのかわからず、そう応じた。知ってほしくなかったことをすべて知っている人に向き合うとき、口にできることはあまりなかったからだ。爆発しそうな激しい安堵と不安を同時に感じているとき、そして一日前にはこちらの正体にひるんでいるように見えた人が、こうして肩を貸してくれているときには。

「もうぼくのことは忘れちゃった？」セオが訊いた。

「正直に言うと、頭がきちんと働かないの」

「それなら待つよ」セオはそのあと黙っていた。とても長いあいだ。

　そして何も言うことがないので、何かをしなくてはならなかった。

　だからコーラはさっと前かがみになり、目を閉じた。そしてセオにキスした。

　初めてのキスとは違っていた。

　あのときは、衝撃しか感じなかった。唐突で、奇妙で、恐ろしかった。

　今回は、もっとゆるやかで、温かかった。こんなことをするべきじゃない、とコーラが思い始めたそのとき、セオが首に手を回し、うなじの短い髪に指を絡めた。

セオは優しく、辛抱強かった。ただのキスだったが、酒はすべてとっくに抜けて、素のままのふたりだけがいた。常に未来へ向かってじりじりと進み、コーラの先を行こうとするセオが、いつもと違って辛抱強い。今は急ごうとしなかったから、コーラも逃げるのをやめた。頭のなかの静けさは、なじみがなくめまいを誘った。

一時間もたったように思えたが、ほんの一瞬ののち、コーラは唇を離した。

「こういう感じがするもの？」コーラは目をぱちくりさせて訊いた。

「うん」

「これまで何人の女の子にキスしたの、セオ？」

「そんなに多くない。ついでに言えば、ぼくがキスした子のなかで、ドレスを着てなかったのはきみが初めてだよ」

「ふうん」コーラは途中で聞くのをやめ、身をかがめてまたキスしていた。いつしか、セオがコーラのシャツのいちばん上のボタンを外し、たくましく見せるために革の詰め物をした下着を見るのを許していた。セオは驚きの声をあげはしなかったし、偽装のための入念な努力について何か言ったりもしなかった。この瞬間、もし明るかったら耐えられなかっただろうが、薄闇のなかで、セオがブーツを脱がせ、ズボンのボタンを外し、胸の覆いをほどくのを許した。セオが狭いベッドにコーラを導き、服を脱いだ。コーラは両手で顔を覆ったが、指の隙間からこっそりのぞき、となりに寝そべって腰を抱き寄せるセオの姿を見ていた。

セオは一度も、心臓のことは訊かなかった。

一度も、頼まれもせずにそれを探ろうとはしなかった。

夜明けまで、あと一時間あった。ふたりはひとことも言わず、言う必要もなく、その時間を過ごした。

18

夜が明けたとたん、魔法も解けた。

コーラはまだ、頭のなかで考え続けていた根本的な理由――なぜ長年のあいだふたつの人生を演じ、嘘をついてきたのか――についてセオに話していなかった。この三十分のあいだ枕にしていたセオの肩から頭を起こすと、頭のてっぺんに唇を押し当てられた。

「行かないと」コーラが言うと、うなずきを返す。「壁のほうを向いて」

セオが言われたとおりにし、コーラはすばやく着替えた。椅子に座ってブーツのひもを結んでいると、セオが振り返って壁に寄りかかった。ベッドシーツを腰と脚に巻きつけている。

「今度はいつ会える？」セオが訊いた。

「そのうち」何を言えばいいのかわからなかった。答えは短いほどいい。

「そのうちじゃ、遅い」セオが服を着始めたので、コーラはくるりと振り返って扉のほうを向いた。見ていたかったが、やめておいた。耳を澄まして、衣擦れの音、靴をはく音、背後に歩み寄る足音を聞いた。セオが腰に両手を回し、頬にキスした。「今朝は大学でふたつ講義がある。いっしょにおいでよ」

「解剖は？　ゆうべ掘り起こした女性の？」

「きょうの午後だ。行きたいかい？」セオが尋ねた。

コーラは両腕を抱え込んで身震いした。「いいえ、行きたくない。でも、わたしも仕事がある。家に帰って着替えないと」

「だめだ。いっしょに行こう。それで午後になったら、帰って仕事すればいい。友人たちには、きみが入学を考えてるって言うよ」

「無理」

「きみはひとりにならないほうが安全だ」セオが言って、無精ひげの生えた頰をコーラの柔らかい頰にこすりつけた。「しばらくのあいだ、ぼくがきみのそばにいる」そして耳の軟らかい骨をそっと嚙み始めたので、コーラは笑いに笑って、しまいにはセオの髪をくしゃくしゃにした。

「わかった！　あなたの勝ち。いっしょに行くわ」

そこでふたりは出かけた。太陽は顔を出したばかりだったが、通りはすでに目覚めていて、人々は店をあけたり、よごれた歩道をほうきで掃いたりしていた。コーラにとっては、街全体がどういうわけか明るく新鮮に見えた。

下宿屋の管理人がまだ朝食の料理を始めていなかったので、ふたりは数セントで皮の堅いパンを一個買い、それをかじりながら大学の新しい建物までずっと歩いていった。おおぜいの学生がすでに扉を出入りしている明るい色の建物を目にして、コーラは立ち止まった。

「わたしの見た目、だいじょうぶ？」コーラは尋ねて、短い髪の上にかぶった帽子の位置を直した。「顔を隠す化粧をしてないから」

「だいじょうぶ。ただ若く見えるだけさ。とても男の子らしいよ。キスして本気で言ってるって伝えたいけど、それはまずいだろう？」

コーラは口もとがゆるむのを隠してから、眉をひそめた。「あなたの名前を見た」そう言って、パンの最後のかけらをぐっと飲み下した。「あそこの図書館で」

「うん、二、三日前にあそこへ行った」

「何を調べてたの？」コーラは訊いた。

「ドクター・グリアの日記だ。心臓がふたつある女についてのダンカンの主張があまりにも突飛に思えたから、それが本当なのか、ただのうわさなのか知る必要があった。だって、もしかするとドクター・グリアの診断が間違ってたかもしれないだろう。でも、それはあった。彼は確かに目にしたんだ」

「あれを見たのは、あなただけじゃなかった」コーラは言った。「記録簿には、フレデリック・ダンカンの名前もあった」

「でも、ダンカンは何度かあそこへ行ってるよ」セオが言った。前へ進むようコーラに合図し、ふたりはなかに入って上階の手術教室に向かった。「ダンカンはときどき本を借り出して、お抱えの芸術家たちが展示用に図版を模写できるようにしてる。ドクター・グリアの日記を見てたわけじゃないと思うよ」

「そうかも」コーラは少し考えた。「ここの学生か医者に、スウェルという名字の人はいる？」

「ぼくの知り合いにはいないな。なぜ？」セオが訊いた。

「記録簿で見た。本名じゃないと思う。あなたが書いたの？」

「いや、まさか」

コーラはしばらく口をつぐんだ。もうひとつ、訊かなくてはならないことがあった。先延ばしにはできない。

「セオ。わたしの親戚に会いに行った夜、あなたはあることを言ったよね」

セオがさっと青ざめて、足もとを見た。「ぼくは、紳士らしくないことを言ったり訊いたりした。ひどいことを。きみは劣ってなんかいないし、そんなふうに考える連中に同意すると言いたかったわけじゃない。本当だ。きみの血筋は、きみがあらゆる点でぼくより優れた人間であることと、なんの関係もないよ、コーラ・リー」

心からの深い後悔がセオの肩に重くのしかかっているようだったが、コーラは空にのぼっていく一片の灰よりも軽やかな気持ちになった。もう何年も感じていなかったほど、すっかりほっとしていた。「さあ、入ろう。許してあげるよ、セオドア・フリント。もしわたしの正体について、あなたをだましてたことを許してくれるなら」

セオの顔がぱっと明るくなった。ふたりが廊下の隅で話しているあいだに、ほとんどすべての学生がなかに入っていた。ふたりは手術教室に足を踏み入れた。今回も、いちばん上の席に座った。セオの学友のふたり、わらマットと大鼻が、ジェイコブに気づいた。こちらを見て鼻にしわを寄せ、あからさまに顔をそむける。コーラとセオは座って手術を見学しながら（胡桃《くるみ》ほどの大きさの膀胱結石を取り除く必要がある気の毒な男性）、結石摘出術の位置や、外科医が会陰筋《えいんきん》の前方と後方どちらから取りかかるかについて小声で話し合った。そのあいだじゅう、セオはこっそりコーラの手を探し出し、自分の手を重ねていた。

次に腕の解剖学についての講義をひとつ聴いたあと（コーラは眠り込んでしまい、ドレイパー教授が指示棒で手術台をピシッと打つ音でようやく目を覚ました——眠り込んでいたのはコーラだけではなかった）、ふたりは教室を出て、数ブロックの短い距離を歩き、アーヴィング・プレイスにあるコーラの家に着いた。

リアが、肉屋の新鮮な牛レバー並みに顔を赤くして、玄関先に腰掛けていた。

コーラには、飢えた灰色熊に出会ったほうがましに思えた。

「伝言もなしで！　また夜遊びですか！　その人と？　またその人といっしょだったんですか？」リアがわめいた。

「しーっ！　やめてよ、リア。なかに入って。着替えないと」

「彼と？」リアがセオを指さした。「で、ミスター・フリントはこのまま待ってるんですか？」

通りがかりの人たちが振り返ってこちらをじろじろ眺め、となりの窓から使い走りの小さなジョージが顔をのぞかせて叫んだ。

「おーい！　ジェイコブ！　手紙を二通届けたよ。リアが燃やしちまう前に読んでね！」

コーラはうなずいてから、セオのほうを向いた。

「外で待ってて。わたし……コーラは三十分で出てくるから」

セオが口をあけて何か言おうとしたが、リアの顔がまだレバー色のままだったので、賢明にも黙って周囲を行ったり来たりし始めた。

扉が閉まると、リアは、シャーロットも誇らしく思うであろう長広舌を振るい始めた。

「どこにいたんです？」

「またミスター・フリントの家で眠り込んじゃった。昨夜の仕事のあとで」コーラはポケットから金を取り出し、スゼットに返す五ドルを別にした。「ほら。家賃の一部にして、食料品を買うにはじゅうぶんでしょう」

リアが金を受け取って、かまどの上の壺に放り込んでから、さっと振り返った。「二度めですよ！　ひと晩じゅう帰らなかったことなんて、今までなかったのに！　しかも、真っ昼間にあの人が聞いてるところでコーラに変身することを話すなんて、頭がどうかしたんですか？　酔っ払ってるんですか？」

「ううん」

「あの青年と肉体関係を持ったんですか？」リアが問いただした。

コーラは目をぐるりと回して、天井を見上げた。「まったく、リア」

「答えてください！　あたしは母親も同然なんだから、知っとかなきゃなりません」

長い沈黙のあと、コーラはようやくうなずいた。「うん」

リアが作業台からぼろ切れを取って、壁に投げつけた。「それじゃ、あなたは婚約したんですね。もうジェイコブとして出かけるのは終わりです。以前みたいに部下に賃金を払って、集金するのはいいけど、墓掘りはだめです。ひょっとすると、妊娠したかもしれないんだから！」

「婚約なんてしてない。それに、妊娠はしない」コーラはできるだけ辛抱強く言った。吐根《とこん》シロップや苦味チンキ、阿片シロップがしまってある小さな戸棚のところまで行く。そして、黴くさいにおいの薬草が詰め込まれた茶色い瓶を取り出した。「これがあるから」

リアが片手を胸に当て、頬を青ざめた土気色に変えた。「どうしてそのことを？」

「このお茶？　あなたが毎月、ハイラムの雑貨店でちょっと長く買い物しすぎたときにつくってるお茶でしょ？」

リアが黙り込んだ。その情事について、コーラが何か言ったことは一度もなかった。誰も傷つけはしないし、リアはコーラとふたりきりで長く孤独な年月を過ごすあいだ、いくらかの人づき合いを楽しんでしかるべきだからだ。このお茶は、野良人参《のらにんじん》の実やら目草薄荷《めぐさはっか》やらを混ぜたものだった。苦くて刺激臭があるが、リアは一度も妊娠したことがなかった。

「わたしに一杯つくってくれる、リア？　体を洗って、着替えないと」コーラはキッチンを出たが、リアがついてきた。

「でも、ミスター・フリントはどうなんです？」

「どうって？」コーラは階段の下で振り返りながら訊いた。

「彼と結婚は？」リアが顔から怒りを振り払って、ため息をついた。「するんですか？　身を落ち着けるのはいいことに思えますよ。子どもを産んで」お茶の瓶を振る。「もしかすると……このお茶はいらないんじゃないですか、ミス・コーラ」

「心配しなきゃならないことがほかにある」コーラは言った。生き延びることとか。「お茶をつくって、リア。それでおしまいにしましょう」

コーラは濡らしたスポンジでできるだけすばやく体をふき、下着を身に着けた。リアが湯気の立つお茶を運んできたあと、着替えを手伝ってくれた。お茶は予想よりはるかに苦味が少なかった。コーラは少し時間を取ってスゼットに手紙を書いて五ドルを同封し、投函するようリアに頼んだ。それから、コナル・カリガンにも手紙を書いた。命の危険があるので、食べ物や背後に気をつけるようにと警告した。もちろん、署名はしなかった。ほどなく、コーラは頬をつねって赤みを添え、ドアノブに手を伸ばした。

「ほら！　ほかにもお手紙がありますよ！」リアがコーラに二通の手紙を手渡した。「それと、きょうの午後アレグザンダーが戻ったら、夕食か朝食の招待状を送んなきゃなりません」

コーラは上の空でうなずき、封筒を破ってあけた。

最初の封筒をさっと開く。一通はスゼットからだった。早々に！

ミス・リー、

一昨日のわたしの家族のふるまいをお詫びしたく存じます。正直に言うと、すべてがとても奇妙で今までにないことだったし、あなたが自分の使用人の芳しくない詐欺まがいの行動を進んで取り消そうとするとは思っていなかったのです。

近いうちにまたお会いできればうれしいです。昼食か、バッテリー公園でのお散歩はどうでしょうか？

心を込めて、
スゼット

意外なほど親しげだった。いや、ほとんど……寂しげと言ってもいいくらいだ。

二通めの手紙をあけたが、それは郵送のせいか少し破れていた。下端の一部がちぎれてなくなっている。

ミス・リー、
あなた向けの患者がまたひとり亡くなりました。おそらく発作の一種でしょう。今夜、カルヴァリー墓地で埋葬が予定されています。コナル・カリガン、極端に長身の男性です。本日だけで二十件近くの埋葬がありますので、正確な場所をうまく突き止められますようお祈りします。
草々、

ここで手紙は破れていた。しかし、きっとドクター・ブレイクからだろう――ミスター・カリガンの浮腫の症状を診察して定期的に瀉血を行っていた主治医だからだ。

けれども、しばらくのあいだコーラは息ができず、口を覆って、込み上げる嗚咽《おえつ》を抑えた。コナルに宛てた警告の手紙をまだ手に持っていた――何もかも遅すぎた。自分をののしる。直接捜しに行くべきだったのに！　でも、それで事態は変わっただろうか？

　首絞め強盗？　殺人？　またしても不自然な死。数日前はこの世にあった命が、きょうはもうない。歴史のなかでは束の間のできごと。コナル・カリガンのことを思い、コーラの心は暗い場所へと向かった。安らかに眠っているのだろうか、それとも自分の状況に怒り狂っているのだろうか。コーラに対して怒り狂っているのだろうか。話ができたらいいのに。台帳に書かれた最後のひとりがカリガンだった。それは確かだ。次はわたしの番だとしたら？

　めまいがしそうだったので、もう一度息を吸った。それでも、わたしは生きているし、仕事があればもうしばらく、この街を出ていくまでは生きていられるだろう。とにかく、二十三番通りのフェリーに乗って川を渡り、正確な埋葬場所を見つけなくてはならない。きょうだけで二十件も埋葬があるなんて！　五十件でないことにほっとすべきだろうか。しかし、あの人のことは知っている。一度だけ見たことがあった——身長が二メートル近くあり、蜘蛛の脚のような指と長い顔をしていた。カトリックの墓地であるカルヴァリーに埋葬されているおおぜいの人たちと同様、アイルランド人だ。カリガンの家族は、エリー運河で輸出入をして小さな帝国を築いていた。

　きっと、似たような体格の家族がいるはずだ。コーラは、いまだに酢を飲んだかのようなしかめ面をしているリアに挨拶をして外に出た。セオが待っていた。

「やっと出てきたね。ぼくもまだここにいるよ」

「でも、ここでさよならしないと」コーラは早口で言った。セオに手紙を見せる。「また仕事よ。極めつきの獲物だから、ダンカンが余分に払っても欲しがるか、あなたの大学のドクター・ウッドが解剖学陳列室に置きたがるか、確かめなくちゃ」

「ウッド先生は欲しがるかもしれないけど、一週間であまり数が多いと、かなりの資金があっても苦しいかもしれない。会いに行って、話してみる。ダンカンには気をつけるんだよ」

「いつだって、そうしてる」コーラは頬にキスを受けた。「どちらにしても、今夜会いましょう。五時にフェリー乗り場に来て」

「昨夜のこと、後悔してる?」セオが訊いた。

「いいえ、まだしてない」コーラは小さく口もとをゆるめて答えた。

「そうか、この先もきみが後悔しないように努力しなくちゃな」セオがにんまりした。

ふたりは別れ、コーラは大解剖学博物館へ向かう乗合馬車に乗るため、大通りへ向かった。かなり遠くから、男が声を限りに叫ぶ声が聞こえた。

「女の子にキスしたぞ!」

数人がヒューヒューとはやす声があとに続いた。ひとりの女が、静かにしろとどなった。コーラは手袋をはめた手で、ほころんだ口もとを隠した。あの声はきっと、セオドア・フリントだ。

博物館に着くと、コーラは切符売り場の男に話しかけた。

「館長と仕事の打ち合わせがあるんです」

口ひげを生やし赤い目をした男が、一枚の紙を見下ろした。「お約束はないようですが、あなたのお名前は、いつなんどきでもお通しすべき名簿に載っています。どうぞ、お嬢さま」

男が、切符をもぎっている別の男に合図した。〝初公開、尻尾がある驚異の婦人〟を目当てに、おおぜいの人が並んでいた。コーラは入口へ向かう前に尋ねた。「アレグザンダー・トライスは、もうアトリエに戻ってるかしら？　わたし、彼の姪なんです」

「ああ、はい。きょうは一日じゅういらっしゃいますよ」

「そう！　よかった、早めに帰ってきたのね」コーラは切符売り場を離れた。「ありがとう」

アレグザンダーは、ダンカンが手強い商売敵になりそうだと恐れるドクター・ムターの解剖学コレクションを観察するためにジェファーソン医科大学を何度も訪れているから、フィラデルフィアをよく知るようになっただろう。もしかすると、そこで暮らすのもいいかもしれない。セオも、フィラデルフィアでの生活を考えてみてくれるだろうか。

なかに入って、二階へ上がり、ブロードウェイを見下ろすフレデリック・ダンカンのオフィスに向かった。軽くノックすると、ぶっきらぼうな声が命じた。「入れ」

コーラは部屋に足を踏み入れた。まず驚いたのは、咆哮する巨大なライオンの頭が、すさまじい形相で凍りついたまま生命を失って壁に掛かっていることだった。次に驚いたのは、ダンカンがひとりではないことだった。

「ミス・リー！　これはうれしい！　お入りなさい、お入りなさい。なんと、今朝はご婦人がたが押し寄せてきますな。わたしにとって、生者と死者の運命を決めるおふたりが！　もし家内が今のわたしを見たら、わたしがいかがわしい施設を運営してたんだと思うに違いない！」ダンカンの彫刻入りの巨大な机の前に座った女性が、立ち上がった。振り返って、そっけなくお辞儀をする。

怒りに顔をゆがめたドクター・エリザベス・ブラックウェルだった。

コナル・カリガン

ぼくは、背丈についてはこの上なく運が悪かった。

母は百五十センチほどしかなくて、二メートル近くある父とは正反対だった。アイルランドにとどまる価値はないという絶望のささやきが交わされるなか、一方はコークから、もう一方はダブリンから出てきたふたりは、ニューヨーク港行きの船上で出会った。

ふたりは移民排斥主義者たちから無傷でうまく逃れ、エリー運河が開通すると海運業を立ち上げた。それからぼくが生まれた。痩せた長身の赤ん坊で、母は〝父さんと同じひょろひょろっ子〟と呼んでいた。

そして父と同じように、ぼくはどんどん成長して、指は、遊びに使う積み木のなかにいる座頭虫《ざとうむし》みたいに長くなった。母さんは、ぼくが父さんほど大きくならないように水で薄めた牛乳を飲ませたが、むだだった。ぼくは父より五センチも背が高くなった。というか、みんなにそう言われた。父さんは、ぼくの妹が生まれた日に死んだからだ。妹が生まれるとき母があまりにも苦しんだので、父の心臓がふたつに引き裂かれてしまったんだと言われている。父が、死ぬ前に母のそばでそうぼやいたからだ——内側が破れてしまったよ、と。

今ぼくは、あと一年で父が死んだ年齢に追いつく。毎日、片手をベストの内側に入れて歩き回り、自分の心臓に問いかけていた。もしかするときょう張り裂けてしまうのか、それともアン・オブライエンみたいな若くてきれいな女の子にめちゃくちゃにされるのか、と。ぼくの胸郭には、暑い夏に川で泳ぐほかの男たちとは違う変な感触があった。ぼくのは平らではなく、まんなかが低い屋根みたいに突き出て、妙にとがっている。

悲しいかな、アンがぼくの人生をめちゃくちゃにする機会はなかった。別の誰かがその機会を奪ったからだ。ぼくは、ヴァージニア州に送る硝石の箱を確認するため、船積み場に行った。かがみ込んでいると、喉のあたりにひもが当たるのを感じた。

手でもなく、指でもなく、細くて硬い何かだ。その針金はあまりにも細くて、つかんだり、引き離したりできなかった。ぼくはもがき、この背丈のおかげで身をよじることができたが、大声で助けを呼ぼうとすると、襲撃者が容赦なく絞めつけ、針金がぼくの気管を切り裂いて、シューッと空気が漏れた。ぼくは波止場の水中に落ちた。

父の人生は短かった。父の体は、半分しかねじを巻かれていない時計だった。しかし、ぼくの人生は——それより短かった。あの見知らぬ人間が、ぼくから何かを奪った。今、ぼくが手に入れた永遠の眠りに、安らぎはない。

墓のなかで、この恨みと格闘してやる。わが苦悶の声を夢のなかで聞くものに災いあれ。

19

「ドクター・ブラックウェル」コーラは、驚きを声に出さないように気をつけながら言った。

「おや、おふたりはお知り合いで？　こりゃますます都合がいい！」ダンカンがパンと手をたたいて、まるで大理石の彫像を眺めるかのように、女たちの周囲をひと回りした。「ご存じかな、ミス・ブラックウェル」

「ドクター・ブラックウェルは――」ドクター・ブラックウェルが口を挟んだ。怒っていると、イギリス英語のアクセントがひときわ目立つ。

「――は、数回にわたる健康についての教育講習会を、この博物館で開きたいと嘆願されてるんですよ。女性のためにですと？」ダンカンがまた手をたたいて笑った。「なんとご立派な！　しかし、とんでもない空間のむだづかいですな！　背斑黄金《せまだらこがね》の交尾の儀式について話すほうがましですよ！」

ドクター・ブラックウェルが殺意に満ちた表情になるのもうなずけた。コーラに対してではなく、ダンカンに対して怒っていたのだ。この男は、ドクターをきちんとした淑女として扱うことさえしていない。

「そしてあなた！　ご存じかな、ミス・ブラックウェル、目の前にいるこのかわいい娘さんは、わたしのために宝を見つけてくれる宝なんですよ。彼女をわたしの陳列棚に飾りたいものです。わたしだけの人形としてね。まれに見る逸品だ！　では、ミス・リー、新しい標本の話があるんですな？」

「標本？」ドクター・ブラックウェルが、眉を吊り上げて訊き返した。

「そのとおりです」コーラは言った。「でも、ドクター・ブラックウェルとのご面会が終わってからお話ししたほうがいいと思います」

ちょうどそのとき扉が開き、博物館の案内係のひとりが現れた。「出荷台帳に問題がありまず。ご覧いただきたいのですが」

「今か？　わたしは忙しい」

「荷馬車の御者が少し話したいそうです。うちの賃金が不当に安く、館長がいっしょに数字を確認するまでは帰らないと言い張ってるんです」

ダンカンが、きれいにカールさせて蠟で固めた口ひげの下で唇をとがらせた。「わかった。ちょっと失礼、ご婦人がた」

ダンカンが出ていくと、ドクター・ブラックウェルが、いいほうの目でコーラを観察した。

「また会えてうれしいわ、ミス・リー。この博物館の領域に足を踏み込むような仕事をお持ちだなんて、思ってもみなかった」

「じつは、そうなんです」コーラは普段、自分の商売について誰とも話さないようにしているが、ドクター・ブラックウェルはこの街で医師として身を立てることに決めたらしかった。新しい標本の供給源になってくれるかもしれない。「博物館と医科大学が研究のための死体を手に入れるお手伝いをしてます」

ドクター・ブラックウェルが一歩近づいた。「研究のため？　それとも、見世物として？」

「失礼、今なんて？」

「医科大学で研究させてもらった死体には感謝していますとも。わたしが学ぶ手助けをして、人々を救うために役立ってくれたんだもの。でも、社会全体をよりよくする手段としての市民の教育と、下品な娯楽のあいだには、微妙な違いがある。それぞれの人間に配られた持ち札、本人にはほとんど制御できないものごとを笑うべきではないわ」

「わたしは市民の教育のために、大学と博物館に売ってるんです」コーラは言った。

「そこまで気をつけている？」ドクター・ブラックウェルが尋ねた。

「できるだけ。それに、需要があります。だから、必要を満たしてるんです」

「なるほど。興味深いことに、需要と供給はときどき、手に負えないほど拡大してしまうのよね」

コーラは眉をひそめた。まさか、自分の仕事が需要を高めていることはないだろう。仕事の依頼が増えたという感覚はなかった。しかしふと、台帳の名前が頭に浮かんだ。ランドルフ、ルビー、ウィリアム、アイダ、コナル。そんなばかな。たぶん、すべては不運のなせるわざだろう。人はみんな、悲劇に終わるありとあらゆる個人的なドラマを持っているものでしょう？　しかし、その理屈にはどうも納得がいかなかった。ドクター・ブラックウェルは話し続けていた。

「それに、死体はどこで見つけてくるの？」ドクターが尋ねた。「その美しい装いで、共同墓地を訪ね歩いているわけ？」

「いいえ、まさか。そっち方面は、兄がやってます。でも、わたしたちは共同墓地を探りはしません。貧しい人たちを標本にしたり、黒人の墓地を荒らしたりはしないと決めたんです。彼らは生まれたときから不利な立場に置かれてきましたし、五十年以上前の〝医者暴動〟（一七八八年、医師や学生が黒人墓地から死体を盗んで解剖していることに怒った人々が、かつてのニューヨーク病院で暴動を起こした事件）で望みをはっきり伝えました。わたしが彼らを悩ませることはありません」

「ふうん」ドクター・ブラックウェルが疑わしげな目をした。「それじゃ、あなたは危険なロビン・フッドというわけね？」

コーラは何も言わなかった。この会話は愉快ではなかったし、自分が抱える後ろめたさが何より大きかった。

しばらくすると、ドクター・ブラックウェルがきびしい表情を和らげた。「ごめんなさい。あなたがなぜその仕事をしているかには、もちろんあなたなりの理由があるのよね。女性に対して、やっていいことといけないことを指図するつもりなんてまったくないのよ。研究のために死体を必要とする未来の医者としては、その必要性に疑問の余地はない。墓泥棒には賛成できないけど、そこから恩恵を受けてきた可能性はある。いつか、医学界がもっといい方法を見つけることを願うわ。大学のドクター・ドレイパーは、救貧院から遺体を引き取る法律を提案している。わたしは不賛成よ。すべての人と同じく、貧しい人たちにも敬意を払うべきだわ」

ドクター・ブラックウェルが、ダンカンの机の後ろにある飾り棚のほうへ歩いていった。棚には、鮮やかな緋色やエメラルド色をした外来の鳥の剝製や、黄鉄鉱の塊、人間を含むさまざまな動物の頭蓋骨などが所狭しと飾られていた。棚の端には、筋肉の複雑さをあらわにするために大きく開かれた蠟製の頭が収まっていた。

「これを見てちょうだい」ドクター・ブラックウェルが言った。蠟製の頭を慎重に持ち上げる。「眼輪筋《がんりんきん》」静かな声で言って、口周辺の円形の筋肉を指さす。「大頰骨筋《だいきょうこつきん》と小頰骨筋」とつぶやいて、今度は顎先を指さした。

「違います、それは下唇下制筋《かしんかせいきん》です」コーラは言って、自分の顎先を示してから、人差し指で左目のまわりに円を描いた。「眼輪筋はこっちです」

ドクター・ブラックウェルが鋭い目を向けた。「けっこうよ、ミス・リー。よくできました。訂正してくれることを期待していたの。あなたの解剖学の知識が仕事に活かされていないのは残念ね」

フレデリック・ダンカンが扉をあけて、額の汗をぬぐった。ドクター・ブラックウェルが笑みを浮かべて、手を差し出した。

「ミスター・ダンカン。では、失礼しますわ」

ダンカンがその手にキスをし、ドクター・ブラックウェルは戸口へ向かいながら、スカートでこっそり手をふいた。コーラに優しく微笑みかける。

「さようなら、ミス・リー。診察が必要になることがあったら、ユニオン・スクエアの診療室にいらしてね」

コーラは膝を曲げて挨拶し、ダンカンはお辞儀をした。ドクターが出ていくと、コーラはダンカンとふたりきりになった。ダンカンがハンカチで顔をぬぐいながら言った。「彼女の話、信じられますか？　数回にわたる医学講義をやりたいというんです。女性のために！　未婚と既婚、両方の女性たちのためですと。ばかばかしい。誰も受け入れやしません。当館じゃ、もちろんやりません。それにしても、請求書に関わる議論ほど迷惑なものはありませんな、ミス・リー。なかなかお相手できずに申し訳ありません」

「いえ、わたしは――」

「あなたのそのお顔があれば、お金の心配などまったくないでしょうな。まったく」

このお世辞を聞いて、コーラは両耳のなかを洗いたい衝動に駆られた。灰汁を使ってごしごしと。

「新しい事例のお話をしに来ました」コーラは言った。「ニューヨーク市立大学は、わたしたちの提示した価格に同意するでしょう。男性、身長二メートル余り、三十歳、異常なほど長い手脚と指をしてます」頭のなかに、不必要なイメージが浮かんだ――台帳のページの余白に書いておいたメモだ。〝クリスタル・パレス近くの庭園を散歩。花が好き〟だめ、コーラ、と胸に言い聞かせる。やるべきことをやりなさい。「多発奇形が見つかるはずです――たぶん遺伝形質でしょう。父親も、同じくらいの若さで急死しています」

「ああ！」ダンカンが目を輝かせた。「ああ、そうか！　すばらしい！」前から期待していた贈り物を受け取った子どものように見える。「で、それはアルコール漬けにして保存したり、講堂での公開解剖に使ったりできるものですかな？」

「もちろんです。ですが、大学の解剖学陳列室にもうってつけでしょう」コーラはにこやかな笑みを浮かべたが、胸の内側に蛭《ひる》のように貼りついた何かが、密やかな声でこう言っていた。〝もうこの仕事はしたくない〟

「なるほど」ダンカンが近づいてきたが、コーラは背を反らしてよけようとした。本当にキスしようとするのではないかとひどく恐ろしかったからだ。ちょうどそのとき、また扉が開いた。

ダンカンがうなった。「ちくしょうめ、男は自分のオフィスで私的な時間を持つこともできんのか？」

今回は博物館の助手ではなく、子どもがふたり、赤い頰と、べとべとする指と、はずむ巻毛の突風となって飛び込んできた。男の子と女の子で――背丈や黄褐色の髪がほぼ同じなことからして双子だろう――ビロードの縁取りがついた上等な茶色の羊毛の服をおしゃれに着こなしていた。コナル・カリガンにも、子どもがふたりいたはずだ。双子の子守らしき疲れた様子の中年女性が、戸口に立っていた。

「お父さま！　ピンクのキャンディーと、黄色と緑のキャンディーをもらったの！」小さな女の子が言った。

男の子が割り込んだ。「あした、博物館にモーティマーを連れてきていい?」

ダンカンが身をかがめた。「だめだよ、小さなフレデリック、博物館にパグを連れてきてはいけないんだ。わたしの虎の剝製を食おうとするだろうからな!」指を丸めて、うなり声をあげてみせる。

コーラは口もとをゆるめた。

「ミス・リー、わたしの子どもたちです。フレデリック三世と、わたしの宝、小さなパール。パールはおそらくごろつきと結婚するでしょうし、フレデリックは相続した財産を食いつぶしてしまうでしょうが、いったい父親に何ができるというのか?」ダンカンがにんまりとした。しかしコーラは、ダンカンが父親らしくふるまっているかと思うと、次の瞬間には好色になれることにぞっとした。

「本当に。お子さんたちには、心から何からぜんぶ奪われてしまうんでしょうね」

「いかにも。子どもたち、さあ、外へ。バーサ、連れて行きなさい。外だ、外」

子守が子どもたちを連れ戻し、ダンカンが立ち上がった。

「どうですかな、ミス・リー。この事例に大学がつける値段がいくらであれ、十ドル増しでお支払いしよう」

「わかりました」コーラは言った。帰れることにほっとして、戸口のほうを向く。「お申し出について考えておきます。遺体がここに運ばれてくれれば、取引成立です」

「よろしい」ダンカンは扉をあけながら、片手をコーラの腰に回した。「ミス・リー、わたしのやることなすこと、すべては子どもたちのため、そして妻のためです。しかし、あなたとわたしはこの職業で、最高のふたり組になれますよ」

「ふたり組」コーラは平板な口調で言った。そのあいだにダンカンの手は、ウエストからドレスの硬い身頃まで這いのぼっていた。指先があと数センチで胸の下側に届きそうだった。コーラは扉を開いたが、ダンカンの子どもたちがまだすぐ近くにいるのが見えた。荒々しい言葉や動きで驚かせたくなかった。

「そうです」ダンカンが言った。「男は、たくさんの心《ハート》を持てるものなんですよ。子どもたちのための心、妻のための心。神のための心、そして、わたしのように気前のよい男なら、ほかの美しい者たちのための心も」ごくかすかに、身頃を手で締めつける。第二の心臓にあまりにも近い位置だったので、コーラはすばやく身を引いた。顔がかっと熱くなった。「そして仕事のための心もね」ダンカンがにやりとしてみせた。

コーラは黙り込んだ。なぜこんなふうに、いくつもの心臓《ハート》のことをほのめかしているの？　知っているぞ、と言おうとしているのだろうか？　心臓がふたつある女のうわさは嘘だと伝えなくてはならない。ドクター・グリアの日記はもうないのだ。でも、もしダンカンがあれを見ていたら？　もしあれを盗ったのがダンカンで、まさに今、罠にかけて告白させるつもりなのだとしたら？

「わたしの申し出を考えてみてください」ダンカンが言った。「次の打ち合わせで、もっとじっくり話し合えますな」

「ええ、そうですね」コーラは子どもたちと子守の耳にも届くよう、大きな声で言った。「でも、ミスター・ダンカン、知っておいていただきたいのですが、わたしは未婚だから、あるいは結婚の当てがないからというだけの理由で仕事を持ったわけじゃありません。自分のため、自分自身のためだけに仕事をしているんです」上体をかがめ、抑えた声で言う。「だから、あなたのたくさんの心は、大事にしまっておくほうがいいですよ」ちらりと小さなパールとフレデリックを見て、愛想よく微笑む。「その心をいっぱいにしておくのに、じゅうぶんすぎるほどの愛をお持ちですわ。ご機嫌よう、今夜は職員のかたがたに、引き渡しの準備をさせておいてくださいね」

コーラはオフィスを出たが、ダンカンが知っているかどうかを心配するのではなく、ドクター・ブラックウェルの言葉を何度も思い返している自分に気づいた。

〝あなたの解剖学の知識が、仕事に活かされていないのは残念ね〟

盗掘はおぞましいものだった。

一行は、ひとり三セントに荷馬車の追加料金五セントで川を渡る短いあいだ、苦痛に耐えていた。コーラは先に偵察に出かけたので、フェリーでの移動はこの日二度めだった。昼間の葬儀では、心からの涙を流して泣いた。これまで何度も密かに継ぎを当てられていた内面の何かが、ついに破れて抑えておけなくなったかのようだった。まだ目が腫れていたが、〝どら猫〟オットーが川に向かって吐き、〝托鉢〟トムがおびえる馬にいらいらし続けていたので、誰も気づかなかった。荷馬車で墓地へ向かう途中、トムが肘でコーラをつついた。

「ゆうべ、誰かにもらったよ」トムが言って、紙切れを手渡した。コーラはそれを読んだ。ダンカンの欲しいもののリストだった。

「死体盗掘人どもはみんな、ダンカンのことを知ってる。あいつは毎晩、多すぎるくらい死体を受け取ってる」

「なるほど」コーラは言った。セオが心配そうにちらりと視線を向けた。

「人魚！　それに心臓がふたつある女」オットーが言って、猫の尻尾を振った。「それはうわさじゃなくて、ほんとにいるって聞いたけどな。中国から来たとかなんとか」

コーラも吐きそうになってきた。セオが言った。「何もかもでたらめだ。ぜんぶ嘘だよ。ダンカンは注目を集めたいんだ。それだけさ」

「注目ってのは、火のある場所でどんどん大きくなるんだ。みんながそのことを話してる」

「もういい」コーラは言った。「静かにしろ。仕事にかかれ」

彼らは墓地に着き、仕事を始めた。一家の墓所は柵で囲まれていたので、荷馬車は丘のふもとに停めておいた。数時間後、彼らは掘り返されたばかりの地面に横たわる青白い体のまわりに立った。服を脱がせるあいだ、コーラは激しい良心の呵責にさいなまれた。ずっと、コナルの人生のイメージが頭を駆け巡っていた。父親が亡くなったとき、どれほど悲嘆に暮れただろうか。自分の死に向き合ったとき、どれほど恐ろしかっただろうか。しかも、ドクター・ブラックウェルの言葉が、足首に刺さった棘のように、無視しようとすればするほど深く食い込んでいった。

「こりゃ、なんだ？」オットーがコナルの首を指した。

セオが手招きして、遺体を調べるよう合図した。「ジェイコブ。見てくれ」

コナルの遺体は仰向けになっていたが、首は細い切り傷で半分近くまで裂けていた。よくある首絞め強盗ではなかった。コーラの顔から血の気が引いていった。

そんな。まさか、そんな。

〝公爵〟が、持ってきた布で遺体をくるみ始めた。「気の毒なやつだ」

セオが手助けした。残りの者たちも協力して遺体を持ち上げ、〝托鉢〟が三本のシャベルと革の道具袋を運んだ。

「彼は大学に運ぶことにする」コーラは言った。また目がちくちくしてきた。あたりが真っ暗でよかった。

「十ドルの儲けが消えちまうじゃねえか！」オットーが早くもぷりぷりしながら言った。

「おれにだってそのくらいの計算はできる」コーラは言った。この遺体の話をしたとき、ダンカンがどれほど喜んだかを思い起こす。そして、あのリストから始まったらしい大騒ぎについても。「どうも……ダンカンが関わってるような気がする。この人が殺されたのは明らかだ。金を奪いたいなら、首を半分近く切る必要なんかない。それにダンカンは、新しい死体が欲しくてたまらないようだ」

「ダンカンが、こういう人たちを殺したと考えてるのか？」セオがうろたえた顔で言った。

「尻尾がある女性が、今あそこで展示されてる。知ってたか？　尾の名残があるせいで自然死する人はいない。しかもダンカンは、彼女の遺体がまっすぐ博物館に運ばれてきたと言った。埋葬すらされなかったんだ。ダンカンは彼女をコレクションにしたがっていた。ああ、ちくしょう」コーラは言い、両手を滑らせたので、コナルの足をもう一度腰の上まで持ち上げなくてはならなかった。「ごめんなさい！」コナルに向かって、というより誰にともなく言った。ほどなく、遺体は荷馬車に乗せられ、彼らはフェリー乗り場に向かって引き返した。

「ダンカンに売り続ければ、おれたちが関わってると思われるようになるだろう」〝公爵〟が言った。「そうなれば、終わりだ。おまえたちはみんな刑務所《トゥームズ》へ行き、おれは絞首台に吊るされるってわけだ」

「おまえが死ぬなら、おれたちもいっしょに死ぬよ」コーラは言った。

〝公爵〟が鼻を鳴らした。「そんなことをしてもらっても気は晴れねえな。誰も死なないってのはどうだい？」

「ぼくはそれがいいな」セオが言った。

みんなが笑った。大学に着くころには、全員が疲れて黙り込んでいた。セオが金を払い、部下たちは疲れきってラムを一杯飲むこともせず、夜明け前に帰っていった。セオがコーラを見た。

「それじゃ、お休みを言うべきかな」コーラはあやふやな口調で言った。こんな夜を過ごし、最悪な気分だった。静かな部屋でひとりになるのは、凍った川に落ちるより惨めに思えた。

「そうだね」セオがコーラの短い髪をくしゃくしゃにした。「それなら、うちに泊まりなよ」

「あなたのベッドは狭すぎる」

セオがコーラの腰に手を伸ばした。「リアは、朝になってぼくがいるのを見たら、いい顔をしないんじゃないかな」

「リアはもう知ってる」コーラは肩をすくめた。「ひっくり返るだろうけど、それだけだから」

セオはそれ以上何も言わず、黙って微笑んで同意した。ふたりはアーヴィング・プレイスまで歩いて戻り、セオはコーラのあとについて慎重に階段をのぼった。セオは、コーラの目が濡れていることに気づかなかったのか、あるいは気づいても何も言わなかった。コナルの死に対する悲しみは骨の髄まで染み入り、セオに手を伸ばしても、うずくような苦痛が和らぐことはなかった。こうしてすべてを忘れ、生きていることを大胆なほど実感する必要があった。

ふたりは始めから終わりまで徹底して口をつぐんでいた。無言ではあったが、静まり返っていたわけではない。それはかまわなかった。となりの部屋では、リアの轟くようないびきが、ふたりが立てる床板やベッドのきしみ音をすべて消し去っていたからだ。

20

夜が明けるとすぐに、コーラは目を覚ました。むきだしの脚や胸がベッドのなかで絡み合っているのを、入ってきたリアに見つかるのは避けたかった。

「起きて」コーラはささやき、セオのあばらをつついた。

「うーん。いやだ。まだ起きない」セオがつぶやくように言って、コーラを引き寄せた。両手をウエストのまわりに滑らせ、胸郭に当てる。コーラはふと、片方の手のひらが第二の心臓を覆っていることに気づき、反射的に身をこわばらせた。

「ごめん」セオが手を引いた。その声は温かく、起きたばかりでかすれていた。「これのせいで具合が悪くなることは？　痛いのかい？」

「ううん。痛くない」コーラは目を閉じて、少し力を抜くよう自分に言い聞かせてから、セオの手を右側のあばらに引き戻した。「そう、そこよ。わたしのわき腹の棘《ソーン・イン・マイ・サイド》（〝悩みの種〟を意味する成句）」

セオはしばらく、指先であばら骨のあいだの小さなへこみに触れ、鼓動するコーラの第二の心臓を感じていた。もう一方の手をコーラの手首に当て、小さな太鼓の競演のように重なり合う律動を感じ取る。

「すばらしいな」

「ええ、でもいつかこれのせいで死ぬのかも」コーラは言った。身を引いて、床に落ちていたモスリンのペチコートを拾い上げる。体を覆って立ち上がり、片手をくるりと回して、背中を向けるようセオに合図した。

「だけど、裸の女ならたくさん見たことあるよ」セオがにんまりした。

「その人たちは、みんな死んでたでしょう。この女は生きてるの。だからあっちを向いて」

「了解」セオがさっと腹ばいになって、組んだ腕に頬をもたせかけ、壁のほうを向いた。「命の危険があるとしたら、どんなもの？　浮腫？　心臓の感染症？」

コーラはすばやく、リアの手伝いなしでもできるだけきちんと身支度した。「浮腫になったことはない。でも子どものころ、卒中の発作を起こしたことがあるの。一生寝たきりになるんだと思った。一日たったら治ってしまったけど」

「でも、今のきみはとても元気だろう」セオがなだめるように言った。

「尻尾がある女の子も、顔に赤いあざがある紳士もそうだった。でもみんな、寿命が来る前に死んでしまった。誰かが、珍しい病気を持つ人たちを狙って殺してるのよ、セオ。次はわたしかも」

着替えがほぼ終わると、今度はコーラが背を向けて、セオが立てる衣擦れの音を聞いた。

「心臓がふたつある女のうわさは、いずれ消えるよ。きみは医者に診てもらったことが一度もないんだろう。逆に、死んだ人たちはみんな、医者の診察を受けていたという共通点がある。事実を知ってる医者が、その患者についてきみ以外の人間にも話したのかもしれない」

ブーツを手探りする音が聞こえた。「振り返っていいよ」

セオはくしゃくしゃに髪を乱し、しわだらけのシャツを着て寝室に立っていたが、コーラの目には、包装されたばかりの贈り物のように映った。優しく、照れくさそうに、こちらを見ている。初めて会ったとき大声で叫んでいた――コーラ・リー、きみに恋をしたみたいだ！――向こう見ずで自信過剰な青年とは別人のようだった。セオが手を差し出し、コーラはその手を取った。すばやくキスしてから、セオがコーラの髪に触れた。

「短い髪も好きだよ。でも、かつらを忘れないようにね」

「あっ、そうだった」コーラは、衣装箪笥のなかにふたつ並んだ枝編み細工のかつら台から、ひとつを取ってしっかりと頭にかぶった。

「ぼくは、ジェイコブの服を着てるきみのほうが好きだな。だって、きれいなレースやきれいな髪に、あまり気を遣わなくて済むから」

「今は気を遣ってね。リアが階下《した》にいて、鍋をガチャガチャやってる音が聞こえる。できるだけやんわりと驚かせましょう」

しかし、キッチンにリアはいなかった。かわりにアレグザンダーがかまどの前に立ち、三枚の皿に焼いた薄切りのハムとパンをのせていた。目を上げ、無頓着な顔でふたりを見て言う。「座って、食べろ」

セオがつかえながら挨拶の言葉を口にしたが、それは意味のない不可解な声のように聞こえた。二度咳払いをしてから、また話し出そうとする。

「ミスター――ミスター・トライス。おはようございます《グッド・モーニング》。あの――ぼく――」

「いい朝《グッド・モーニング》とはいえない。少しもな。先に食べろ、話はあとだ。おまえたちふたりのささやき声が聞こえたから、リアを買い物に行かせた。階段から下りてくるおまえたちを見たら、リアはたぶん今ここで殺人を犯していただろうな」

コーラは目を見開いて青ざめながら、テーブルに着いた。

「ええと、朝食をありがとう、アレグザンダー。わたし……その……リアはもう知ってるわ。セオとわたしのこと」

「となりの部屋でおまえたちふたりが夜を過ごしたとなれば、話は別だ」アレグザンダーが、湯気の立つお茶のカップをコーラのほうへ差し出した。「これはおまえにだ。一日三回飲むんだぞ、一回じゃなく」こちらをじっと見つめる。「もっと用心しなくてはだめだ。あらゆることについて。襲われた話を聞いたよ。そして今度はこれだ」お茶を指さす。「リアは薬剤師じゃない。薬草は何年も前のものだし、おそらくリアは不妊だろう。だから効いているように見えるんだ。壺に普通の茶を足して薄めていたぞ。知っていたか？」

コーラはカップを持つ手を止めた。セオがまた咳払いをした。アレグザンダーの言葉を聞いて、お茶の目的を理解したのだ。

「リアはなぜそんなことを？」セオが訊いた。

「で、おまえは医者になるんだって？　推理はあまり得意じゃないようだな」アレグザンダーが両手をきれいにふいてから、自分とセオにとびきり濃いコーヒーを注ぎ、少しずつ飲み始めた。「リアはおまえにどうしても妊娠してほしいんだよ、コーラ」

「なぜ?」コーラは尋ねた。

「おまえに結婚してもらいたいんだ。死体盗掘の商売をすっぱりと辞めるためにね。稼ぎのいい医者の家で、メイドとしてもっと安定した暮らしをしたいんだ」アレグザンダーが、セオに向かって小指を突き出した。「医者というのは、おまえのことだ」

「だけど、わたしはまだ心の準備ができてない」コーラは、これまでよりまじめにお茶を飲みながら言った。

「どうして?」セオが訊いて、コーヒーのカップを下ろした。「コーラ、まだ申し込んでないけど……その、結婚したっていいんじゃないか? ぼくは、あとたった一年で卒業する。大学教授にだってなれるかもしれない。ドクター・ドレイパーとドクター・パティソンがすでに、外科医の職を用意しようと言ってくれてる。ぼくがドクター・ウッドの解剖学コレクションに協力するためにやってるあれこれを考慮してね。きみは仕事を辞められる。もう墓掘りも、ジェイコブも必要ない」

　コーラはセオをじっと見つめた。アレグザンダーは、セオのだしぬけの提案をなんとなく喜んでいるようだった。

「家庭生活に入る心の準備ができてないの」コーラは穏やかな声で言った。「ここニューヨークに長く暮らしてはいられない。わたしについてのうわさが――あまりにもすばやく広まってる。コナル・カリガンの次は自分の番だって、心配せずにはいられないの」

「コナルって誰だ?」セオが訊いた。

「昨夜わたしたちが掘り出した人よ！　彼にだって名前があるの！」コーラは言ったが、あまりにとげとげしい声だったので、セオがひるんだ。アレグザンダーに腕をぽんとたたかれ、気を落ち着ける。「みんな、わたしが本当に存在すると思ってるわ、セオ。近いうちに発たないと」

「ぼくはもう、ここニューヨークで信用を築きつつあるんだ。ぼくはここに落ち着きたい」セオが声を大きくして言った。「それに、あのうわさを追い払う努力はしてるだろう。きっとできるよ。言ってただろう、きみは一度も医者に診てもらったことがないって」

「あなたに診てもらった」コーラは言った。「そうでしょう」

「でも、ぼくは誰にも話さないよ！」

「あなたはもう話してるの！」コーラは嚙みつくように言った。「わたしがジェイコブだったとき、その病気を持つ女がわたしだと知る前にね！　憶えてる？　酔っ払ったとき、ほんの一週間前よ。あなたは、心臓がふたつある女についてわたしに話した。それに、あのダンカンのおぞましい欲しいもののリスト――あれのせいで、わたしはすでに殺されそうになったんだから！」

セオが立ち上がった。「謝るよ。ほかに言わせたいことは？　あのうわさを消し去る手伝いをすると、もう言ったのに、きみはぼくの失敗を許そうとはしないんだ」戸口のほうへ向かう。「本当にびっくりするよ。ふたりの人間のふりをして、会う人全員に嘘をついてる人から、そういう言葉が出てくるとはね」セオは上着を着て、アレグザンダーを振り返った。「朝食をありがとうございました。講義があるので行きます。ご機嫌よう」

コーラもアレグザンダーも立ち上がらなかった。扉がバタンと閉じる音が聞こえ、それから一分ほどたつと、リアが林檎のかごと小麦粉の小袋、さばかれていない死んだ鶏を抱えて裏口から入ってきた。メイドの肉づきのいい手が、頭のない鶏の足をつかみ、羽に覆われた首には流れ出た血の染みがついていた。

「表口から出ていったのは、フリント青年ですか？」リアが頬を赤くしながら尋ねた。「そうですか？」

アレグザンダーがうなずき、コーラは顔を覆って、早くもきょうという日が終わってほしいと願っていた。しかし、リアはまだ口火を切ったばかりだった。まずは、男を連れ込んで、この家での生活を危うくしたことについてどなった（男を連れ込んだことを大家に知られたら、追い出されるかもしれないとは、コーラも考えていなかった）。それから、コーラの軽率さとだらしなさ、〝あたしに相談しなかった〟ことについてわめいた。コーラも、これにはあきれて目をぐるりと回した。次にリアは、アレグザンダーに向かってどなり始めた。

「それにあなた！　あなたは彼女の伯父を名乗りながら、ちっとも来ないじゃありませんか！　年がら年中出かけてて、もうあたしたちと食事すらしないんだから！　あのフリント青年には近づかないよう、お嬢さまに忠告すべきだったんですよ。あたしの言うことなんか、聞きゃあしないんだから！」

「だってあなたはわたしの母親じゃないでしょ」コーラは言って、立ち上がった。

「ええ、違いますとも！　あなたの母親はよりにもよって、中国人の水夫――船乗りを見つけたんですからね！　しかも脚を閉じておくことができなくて、今度はその娘が同じことをしてる！　カッター家の女たちは、いつだって面倒を起こすんです！」

「わたしを彼と結婚させたがってたのはあなたじゃない！」コーラは吐き捨てるように言った。

「だったら、結婚しなさい！」リアが言って、死んだ鶏をコーラに向かって振り回した。

「ところでリア、コーラの薬草茶に普通の茶を足すのはやめてくれないかな？　そういう狡猾なやりかたは、おまえにふさわしくないよ。コーラは子どもを欲しがっていない」

リアの顔がみるみる赤く染まった。「そうですか。あたしが信用できないなら、自分で買えばいいですよ」

「ここでのぼくの仕事は終わったようだ」アレグザンダーが言って、コーヒーを飲み干した。

「アトリエに行くよ」伯父が扉に手を掛けたが、コーラは呼び止めた。

「待って。リアの言うとおりよ。最近あなたにあまり会ってない。わたしたちのもとを離れて、知らないうちにフィラデルフィアへ引っ越してしまうんじゃないかと心配してたの」

アレグザンダーが眉を吊り上げた。「じつを言うと、考えてはいたんだ。ダンカンのために働くのがいやでたまらない。うんざりするやつだ。今いくつか、あの男が指揮する大きな企画に取り組んでいるんだが」ため息をついて、もう一方の手を伸ばし、コーラの肩を軽くたたく。「ぼくがおまえの面倒を見るよ。おまえとリアがフィラデルフィアか、ボストンか、イギリスへ引っ越すなら、ぼくも行こう」かがみ込んで、コーラの額にキスした。「忘れるな。カッター家はおまえを見捨て、セオドア・フリントは結婚の話が議論を招いたとたん、従うかわりに逃げ出した。血は水より濃いというが、当てにはならない」

アレグザンダーがキッチンを出ていった。コーラはさらに十五分、リアの小言に耐えなくてはならなかった。何通か手紙が届いたおかげで、ようやく逃れることができた。コーラは席を外して寝室に戻り、リアはキッチンに残って、できるかぎり荒々しく騒々しく鶏の羽をむしった。

一通めは、フレデリック・ダンカンからだった。怒りに燃えている。昨夜、死体が運ばれてこなかったことを知り、いい加減な扱いを受けたことに激怒しているのだ。きょう直接話し合いたい、有無は言わせないと強く求めていた。

二通めは、ドクター・ヘンリクソンからだった。しばらく連絡を取っていなかった医師で、コーラが興味を持っている患者ふたりの主治医だ。ドクター・ヘンリクソンは残念ながら大酒飲みで、フランクリン通りの自宅で診察の合間にジンをちびちび飲む癖があった。しかし、患者には好かれていた。金銭での支払いのかわりに、数本のワインやラムを受け取ってくれるからだ。

筆跡はおぼつかなかったが、ジョナサン・フラーという紳士が、とうとうひどい消化不良の発作に倒れ、亡くなったと書いていた。コーラはこの患者を思い出した——以前、病気の重症度を確かめるためにあとを追ったこともあった。フラーは痛風で体が不自由だった。大きな痛風結節——皮膚の下で結晶した尿酸の硬い塊——が、耳や足の指、指関節から突き出し、ほとんど家に閉じこもるまでになった。一度、トンプキンズ・スクエアを歩いている姿を目にしたことがある。ラウンダーズ（野球に似たイギリス生まれの球技）の試合を見ていたのだが、付添いの家族に家に連れ帰ってくれと頼んでいた。新鮮な空気は、どうしても体に合わないのだった。

ふむ。またもや幸運が舞い込んできた。ミスター・フラーはかなり年寄りだし、赤痢やチフスの発作はよくある死因だった。わが家の金回りはよくなっているようだ。あんなに仕事のない日々が続いたというのに！　三日で遺体が三体。しかし、また不安が込み上げてきた。こんなに短い期間に、あまりにも死が多すぎる。とはいえ、今回は無害と考えてよさそうだった——ダンカンも、ただの痛風の症例に対してわざわざ殺人を計画することはないだろう。

　コーラは手紙の残りを読んだ。

　家族によると、あす新しいエヴァーグリーンズ墓地に埋葬されますが、どうやら墓泥棒を恐れているらしく、棺は施錠され、番人が一週間配置されます。

　しかしながら、わたしは困惑しております。彼は悪くなった肉を食べて死んだはずはありません。家族は、同じ食事をとったあとも元気そのものなのですから。

　ミス・リー、同僚のあいだには、あなたのお兄さまがこういう病気の患者を殺《バーク》しているのではないかといううわさがあります。わたしとしては当然、そのような所業は甘受いたしかねます。

ドクター・ヘンリクソンは、ジェイコブが患者を〝殺《バーク》している〟と考えているの？

この言葉の由来となったバークとヘアについては、聞いたことがあった。スコットランドの連続殺人犯で、人々を窒息死させて解剖学者ロバート・ノックスに売っていた。ノックスは、被害者たちが殺されていたとは知らなかったらしい。二十年ほど前に起こった事件だ。コーラは一貫して、死を早める行為は何ひとつしないと決めていた。ドクター・ヘンリクソンは、ジェイコブがそんな残虐行為に決して手を染めないことを知らないのだろうか？　危険なうわさだ。次の会合でしっかり打ち消しておかなければ。

コーラは、台帳と医者からのあらゆる手紙が、解剖学の教科書や他の手紙とともに置かれている小さなテーブルのところへ行った。

台帳は大きく平たい帳面で、患者と主治医と持病に加えて、家の住所やコーラがいちばん最近医師に確認したときの覚書が記されていた。コーラは余白に、別の情報も書き加えていた。子どもたちの名前。コナル・カリガンがスパニエルを二匹飼っていて、花の咲き乱れる道を散歩するのが大好きなこと。ジョナサン・フラーはオイスター・バーを嫌っているが、気に入りのポートワインを大量に飲むこと。さまざまな持病によって決められた価格は、別のページに列挙されている。

ところが、台帳は消えていた。

最近立て続けに死体が出たので、台帳を開いて売上や詳細を書き込む時間がなかった。最後に台帳を見たのがいつだったか思い出せない――たぶん二週間くらい前？　いちばん最近書き加えた数人の名前を思い出そうとした。ランドルフ・ヒッチコック、ルビー・ベニングフィールド、ウィリアム・ティモシー、アイダ・ディフォード、コナル・カリガン。しかし、今回の痛風のジョナサン・フラーは、ずっと前に加えられた人だ。

　ほとんどの人が、台帳に書いた順番で死んでいるのはどういうことなのだろう？　もちろん、台帳にふさわしいにもかかわらず載っていない人間がひとりいる。そう、わたしのことだ。

「わたしもあなたたちと同じ、何も変わらない」まるでアイダやルビーやコナルに直接話しかけるように言った。今さらながら、この長い年月、こんなことを口に出して言ったのは初めてだった。

　そして、台帳は消えてしまった。

　部屋に出入りできたのは誰？　リアは、もちろん。しかし、セオもそうだ――ほんの今朝のことだが。それに以前、コーラが倒れたときにも家に入ったことがあった。それから、思い出した――スゼット・カッターがリアを訪ねてきたとき、この部屋に入ったのでは？　それがいつだったか、記憶をたどる。わたしはそのあと台帳を見ただろうか？　いや、見ていないはずだ。でも、いったいスゼットが病人と死人の名簿で何をしたがるというの？

　コーラは気を落ち着けてから、リアに台帳のことを尋ねた。

「あたしは知りません。あなたのテーブルには触りませんよ、あのとおり、取り散らかってるんですから。触ったこともありません、ほんとです」

リアは嘘をつくとそわそわするので、今回は本当のことを言っていると考えて間違いなさそうだった。

歩いて大解剖学博物館へ向かうあいだも、不安に心がうずいた。コーラの世界は、慎重に織り上げられた秘密の仕組みと情報収集、静かに行われる死体盗掘から成っていた。今や、その仕組みのいたるところが綻び始めている――自分の手もとから死体が盗まれ、殺された人が次々に見つかった――自分の名簿に載っているのとまったく同じ人たち、そして今度はその名簿がどこにもない。グリアの失われた日記のこともある。まだ、誰がなぜそれを盗んだのかはわかっていない。誰かがコーラの正体を暴こうとしているのだろうか。もしかすると、危険にさらされているのはふたつの心臓のせいではないのかもしれない。もしかすると、コーラとジェイコブは仕事でうまくやりすぎて、命を狙われているのかもしれない。自分を守るために選んだこの職業が、まったく別の理由で自分の身を危険にさらすとは、なんて皮肉なことだろう。

ダンカンに会うと、コーラの混乱は静まるどころかさらに増した。館長は裏切られたと大騒ぎしてわめき散らした。

「ひとこと言わせてもらう。ああ、言わせてもらうとも。卑劣なやり口だ！ じつに卑劣なやり口だ！」ダンカンは、コーラが前に立っているあいだも、壁に向かってどなっているかのようだった。こちらに顔を向け、なじり始める。「それにあなた！ あなたに約束したはずだ――十ドル余計に払うと！ 価格に同意しておきながら、突っぱねるとはどういう商売だ？」

コーラはため息をついた。「わたしは考えておくと申し上げました、ミスター・ダンカン。ジェイコブが遺体を運んでくるまで、契約は成立しません」

「しかし、あれはわたしの死体だった！　そう話し合ったはずだ！」

「おっしゃるとおりです。誤解させてしまったことはお詫びします。でも、わたしたちが遺体の引き渡しについて話し合ったあの紳士、ミスター・カリガンは――殺されたんだと思います。針金で絞め殺されたようです」

ダンカンが目をむいた。「それがなんだと言うんだ？　わたしの知ったことじゃない！」

「ジェイコブは、学生に引き渡すほうがいい事例だと考えたんです。大学は、そういう暴力を受けた遺体の引き取りにも対処できます。おぞましいものから、異例なものまで、どんな遺体でも引き取りますから。あなたの博物館は、そういうものへの……中傷に対処できないでしょう」コーラは注意深く言葉を選んだ。「評判とは脆いものです。誰かがあなたを、利益目当ての殺人と結びつけたらどうします？」

「わたしは人殺しなどせん」ダンカンが言った。少し熱を込めすぎで、少し早口すぎる言いかただった。

「もちろんです！　だからこそわたしたちは、不名誉のもとをあなたの立派な施設から遠ざけたんです」

ダンカンが窓のところへ行って、博物館の外に続く行列を眺めた。それは常に、バーナムの博物館の行列より短かった。ハンカチを取り出し、顔をぬぐう。

「かまいやしない、かまいやしない。もうすぐ、バーナムがわたしの足もとでよだれを垂らすような展示品が手に入るんだ。あいつらは、ちびの親指トム将軍と剝製の象でやっていけばいい。いずれうちが勝つ！　今に見てろ」

「どんな展示品です？」コーラは訊いた。

「いずれわかりますよ。それまでは、別の展示品に目を向けるつもりです。個人的なものにね。アレグザンダーに依頼した作品です」

「ええ、アレグザンダーは、いくつか仕事を抱えていてとても忙しいと言っていました。展示されたら拝見したいですわ」

「いや、だめです。とても小さい、個人的な企画ですから」ダンカンが言った。首をわずかに傾け、まるでコーラの目の色か、頰に貼りついた羽毛の切れ端を確かめるようなそぶりをする。「そう、小さな企画です」ダンカンが机を見下ろした。「アレグザンダーに、もう一体、三十センチほどのヴィーナスをつくってくれるよう頼もうと思ってたところでね。ヨーロッパの蠟細工の名品と同じように、天使の顔をして寝そべってるやつを。イギリス風のやつは気に入らん――リアルすぎる。芸術の保護者たちは、解剖学にもささやかなロマンスを求めるのです」にやりとする。「いつか、個人的にご案内させていただけたらうれしい」

コーラは聞いていなかった。アレグザンダーが蠟細工の仕事に不満をいだいているのは、その個人的な企画のせいでもあるのだろうか、と考えていた。

「ミス・リー？」

「失礼。すみません、なんとおっしゃいました？」

「個人的にご案内を」

「ああ。このあと別の約束がありますの。またの機会に」

「あのアレグザンダーには、目を光らせておくべきですな。わたしが必要とするときに、いたためしがない！」

　コーラは眉を吊り上げた。「どういう意味です？」

「彼がどこに行ってるかご存じですか？　ああいう家族を、それほどまで頼りにすべきではない。あなたには、もっといい後援者が必要です。そう思いませんか？」

「わたしは、ミスター・トライスの支援があってもなくても、じゅうぶんうまくやってます。ご心配なく。面倒を見てくれる男性を必要としない女性だっているんです」コーラは言った。

「たとえばエリザベス・ブラックウェルとか？」

　最初に頭に浮かんだ名前ではなかったが、コーラはうなずいた。なぜいけない？　ドクター・ブラックウェルのようになってもいいではないか。解剖学のことなら、どんな大学生にも負けないくらいよく知っている。実践的な医療だって学べるかもしれない。

「ミス・ブラックウェルは、この街の鼻つまみ者ですよ。ユニオン・スクエアの診療室は惨憺たる失敗に終わるでしょう。ご存じですか——あの女は建物の一フロア全体を借りることになったんですよ。名誉を汚すようなご近所づき合いをしたがる借り手はいませんからな」

ダンカンが声をあげて笑った。「信じてください、ミス・リー。わたしは既婚者かもしれませんが、あなたのとてもよい友人になれますよ。憶えておいてください」

ダンカンの口ひげと、けばけばしい緑と黄の縞模様の長ズボンをじっと見ているうちに、朝食とお茶が食道を逆流してくるのを感じた。どうにかそれを抑え込む。

「お申し出に感謝します。どちらにしても、また別の標本のことでご連絡します、ミスター・ダンカン」

ダンカンが進み出てコーラの手にキスし、濡れた跡を残した。短いキスのあいだに、間違いなく舌先が肌に触れるのを感じた。コーラはオフィスを出るとき、ウイスキーをひと樽買って手にかけ、ダンカンの汚らわしい痕跡を洗い流そうかと考えた。

建物を出てからようやく、ダンカンがコナル・カリガンの殺人に関与したかどうかについて、はっきり否定はしなかったことに気づいた。

そして……コーラは、グリアの失われた日記についてダンカンに訊くのをすっかり忘れていた。

21

アレグザンダーはアトリエにいなかった。コーラは、ダンカンを訪ねたあと直接そこへ行った。しかし扉には錠が下ろされ、門番はアレグザンダーが早い時間に出かけたと言った。

頭がすっかり混乱していた。セオとけんかしてしまった。早く、昼の分のお茶を飲む必要がある。ダンカンのキスを徹底的にこすり落としたい。あすの夜は、あの痛風の老人を掘り起こさなくてはならないけれど、もうどんな死体盗掘も二度とやりたくないという気持ちがどんどん高まっていた。

大混乱の中心に、そもそもの目的があった。カッター家に借金を返して、心臓がふたつある女のうわさが暴力的な騒ぎに発展する前に、ニューヨークを離れなくてはならない。つまり、セオと別れるということだ。

そう考えた瞬間、思わずぎゅっと胸をつかみ、顔をしかめた。けんかをして以来、苦いにおいが振り払えない後光のように、体にまといついていた。セオは、コーラが結婚に同意すると決めてかかっていた。セオはわたしのことをわかっていない。何もわかっていない。歩いて家に帰ろうとしたとき、角にいた新聞売りの子が、ほとんど顔の真正面に新聞を突き出した。小さな新聞の束を抱え、声を限りに叫んでいる。

「きょうの最新ニュースだよ！　一セント、たったの一セント！　ジェニー・リンド、六回めの公演で歌う！　斧で襲われた第十八区の夜警、命に別状なし！」

コーラが通り過ぎようとしたとき、売り子が叫んだ。「ニューヨークのふたつの心臓を持つ女、間もなく大解剖学博物館にて公開！」

足がもつれて転びそうになった。頭がくらくらし、息を吸おうと喘いだ。売り子のほうにすばやく振り返る――八歳くらいの小さなよごれた顔の少年で、近くを通りかかる人全員に向かって、両手で新聞を振り回していた。

「見せてちょうだい」コーラは言った。

「一セントだよ」売り子が言った。コーラがためらうと、説得にかかった。「たった一セントだよ！　《ヘラルド》は二セントするよ！」コーラはレティキュールから硬貨を取り出し、少年に渡した。

小さな新聞を手に、通りを渡ってまっすぐ進み、門に囲われた静かなニューヨーク病院の敷地へ向かった。手入れの行き届いた芝生にいくつかベンチがあり、コーラはそこに座って目を閉じた。

こんなことはありえない。絶対に。ただのうわさだ。何かの間違いだ。

息をついて、めまいが治まると、コーラは読み始めた。記事は、第一面の右上の三番め、地方記事が並んでいるところに、とても小さく載っていた。


ふたつの心臓を持つ女を探し求める大解剖学博物館

ブロードウェイ三百番地の大解剖学博物館の館長兼経営者であるフレデリック・ダンカンは、展示用の標本を手に入れようとしている。ひとつではなく、ふたつの鼓動する心臓を持つことで知られる若い女だ。

ダンカンは間もなく標本が手に入ると確信しており、詳細が確認されしだい、入場券の販売を開始するという。「ニューヨークでも、世界のどんな大都市でも、見たことがない展示となるでしょう」館長は述べた。「またとない掘り出し物――唯一無二のヴィーナスです」

博物館では現在、〝尻尾がある驚異の婦人〟、〝解剖模型ヴィーナス〟、〝子宮の奇跡〟〝ブリキの笛《ティン・ホイッスル》ショー〟を、一名につきたった二十セントで見られる。月曜から土曜まで開館中。

一枚だけの新聞紙が、手のなかで震えていた。膝の上でくしゃくしゃに丸め、目を閉じた。どうしてこうなるの？　どうしてダンカンは、標的が何者かも知らずに、展示品が手に入ると自信満々に言いきれるの？　グリアの日記を盗んだのだとしても、女の名前はわからないはずだ。その女が存在するという絶対的な確信は持てないはずだ。そうでしょう？　知っているのは、アレグザンダーと、リアと、セオだけ。

セオがダンカンに話したのでなければ。

まさか。

ダンカンは、コーラの秘密を知っているようなそぶりは見せなかった。この新聞記事は、自慢げにふるまって注目を集める手口に違いない。こういう大衆紙は常に、ニューヨーク生活の刺激的なあれこれを活字にしようと狙っている。

しかし、これでますますうわさに火がつき、女を見つけようとする死体盗掘人のあいだで競争が激しくなるだろう。そしてもし、うわさがあまねく知れ渡って、ある名前が心臓をふたつ持つ女と結びつけられたら……。

コーラは身震いした。本能的にまずセオと話したいと思ったが、できなかった。戻って謝るのはプライドが許さないし、謝ることなんて何もない、と不機嫌に胸につぶやく。リアのもとに帰ってもいいが、メイドは大騒ぎして世話を焼くだけだろう。

アレグザンダーはアトリエにはいなかった。しかし、見つけられるかもしれない。伯父がよくマーケット・スリップに行くことは知っていた――いつも彫刻に使っている商品を、ひいきの塗料・染料会社が取り揃えている場所だ。あそこに行ってみよう。

コーラは新聞のしわを伸ばし、きちんとたたんでレティキュールに入れてから、病院の敷地を出た。こっそり通りの角のほうを見やると、新聞売りの子が今も好奇心旺盛な通行人に大衆紙を売っていた。買っている人たちが、こちらをちらっと見なかった？　わたしがその女だとわかったの？　いや、いや、誰も見てはいない。コーラは通りのすさまじい騒音にも気づかず、足早にブロードウェイを南へ進んだ。

そのとき、アレグザンダーの姿が目に留まった。大解剖学博物館から通りを二本隔てたところで、乗合馬車から降りてきたのだ。数人の降りる客に紛れて、よく見えない。コーラは呼びかけたり、手を振ったりはしなかった。注目を集めるのは避けるべき時だった。一瞬でジェイコブに変身できたらいいのに。彼のなかに隠れ、しっかり守られていたかった。

しかたなく、淑女らしい足取りでアレグザンダーの十メートルほど後ろを歩き、博物館の外の行列を縫って進む伯父とまわりの人々を見ていた。アレグザンダーは門から入ると、すばやく右へ曲がり、アトリエへ続く路地を進んでいった。そのとき、別の男もすばやく右へ曲がり、アレグザンダーのほんの十歩ほど後ろを歩き始めた。

コーラは、はっと立ち止まった。街のごろつきが人につけ入るいろいろな手口については知っている。紳士の財布をすり取る方法は数えきれないほどあるし、詐欺を働いて金を稼ぐ方法はもっとたくさんあった。狡猾な手口になると、女が密会の約束をして部屋に誘い込み、男性から金品を奪う。とはいえアレグザンダーは頭が切れるから、だまされることはないだろう。しかし、一度も後ろを振り返っていなかった。

コーラは歩調を速め、建物の角にたどり着いた。建物の裏へ回り込む男の姿を、目の端でとらえた。港湾労働者の薄よごれた服を着ている。黒髪が掛かるうなじと、まるで人目を避けるかのように背中を丸めた姿が見えた。

遠くから、扉が閉まる音が聞こえた。コーラはあとを追って狭い路地を静かに進んだ。レティキュールのねじれたひもをしっかり握りながら、武器を持っていないことに気づいた。もしあの男がアレグザンダーに襲いかかったら、悲鳴をあげる以外に何ができるだろう？　戦えるだろうが、四枚重ねのペチコートとコルセットを身に着けていては、いかにも不利だった。

建物の角を曲がり、博物館の裏の捨てられた家具やごみの前に立った。前面のガラス戸が壊れた戸棚があり、内側にはガラスの破片が埃をかぶったまま放置されていた。コーラはかがみ込んで鋭いかけらを拾い、端をレティキュールの生地で包んだ。必要なら、胸郭の下からすばやく上方へ突くのに使える。アレグザンダーと自分が逃げて助けを呼べるくらいの時間は稼げるだろう。ガラスの破片をスカートの後ろで握りしめ、階段を下りて戸口へ向かった。

耳を澄ます。なかは静かだった。しかし、声が聞こえた——慌ただしく話す男性の声で、次にドスンという音がした。いったい何ごと？　またドスンという音と、苦痛のうめき声がした。

「だめ」誰かがくぐもった声で言った。「やめて」

コーラは不意に、恐怖に襲われた。誰かが心臓をふたつ持つ女の正体に気づいたのだとしたら？　自分をとらえるために、アレグザンダーを追ってきたのだとしたら？　逃げなければ。今すぐ逃げなければ。

でも、扉の向こうにはアレグザンダーがいる。これまでずっとよくしてくれた人を、助けなくてはならない。こんなふうに見捨てることはできない。アレグザンダーはけんかが得意ではないが、ジェイコブは得意だ。女らしい姿を見て相手が油断している隙に、首を切りつければ決着がつくだろう。

コーラはドアノブに触れ、錠が下りていないことに気づいた。扉をあけると、さらにドスン、バタンという音と叫び声が聞こえ、陶器のようなものが床に落ちて割れる音もした。

コーラはすばやく廊下を歩き、アトリエの蠟細工や、収納室の布に覆われた幽霊のような彫刻のわきを抜けていった。小さなかまどとベッドがある狭い部屋から、かすかな明かりが漏れていた。

部屋からうめき声がしたあと、ため息が聞こえた。

コーラはふと立ち止まった。不運に見舞われた人のため息ではなかった。あのため息なら知っている。つい昨夜、セオに首を嚙まれ、体を引き寄せられたときに、自分もそういうため息をついたのだ。

不意に、どうすればいいのかわからなくなった。息を殺し、つま先立ちで進むことにした。部屋から漏れたひと筋の金色の明かりが木の床を照らし、コーラは戸口の側柱に指先を掛けて、なかをのぞいた。

自分の目に映っているものが、うまく理解できなかった。ふたりの男性が、よごれたスプーンや皿が置かれた粗削りのテーブルにもたれて立っていた。陶器のボウルが、床に落ちて粉々に割れている。

アレグザンダーはコーラに背中を向けて、相手を後ろからテーブルに押さえつけていた。しかし、それは格闘ではなく、何か別のものだった。リズミカルなぶつかり合いで、体をぶつけるたびにアレグザンダーはうめき、前にいる男もうめいて、ときどき低い悦びの声を漏らしていた。今になってコーラは、アレグザンダーのズボンが腰のあたりまでゆるめられ、テーブルに押さえつけられている男は太腿までズボンを下ろしていることに気づいた。

コーラは衝撃にはっと息をのみ、その音が男たちの注意を引いてしまった。

アレグザンダーが振り返り、目と目が合った瞬間、コーラは逃げ出した。背後から、哀願するような叫び声がした。

「コーラ!」

しかし、コーラはあまり速く走れなかった。アレグザンダーがライラックの香りを漂わせていたときのことを思い出した。女性といっしょだったと思い込んでいたなんて! たぶん、乗合馬車の見知らぬ乗客の香水だと言ったのは本当だったのだろう。思い返してみると、アレグザンダーはいつも、結婚して落ち着いてほしいというコーラとリアの願いをやんわり拒絶していた。夜にジェイコブがどこへ行くのか確かめていたあのとき——あれは、娼婦《フィードウリュ》や、劇場の外でガス灯の下に佇む夜の女と密会するためではなかった。女ではなく男といっしょにいるところを、コーラに見られないようにするためだったのだ。

「コーラ!」アレグザンダーがまた叫んだ。コーラはすでにスカートをつまんでアトリエを出ようとしていたが、ちょうど戸口にたどり着いたところで、アレグザンダーが追いついた。まだシャツの前をズボンに押し込んでいるところだった。コーラは扉に手を掛けた。「行くな、頼む。説明させてくれ」

ガラスの破片が床に落ちて半分に割れ、コーラは扉に手を掛けた。

「頼む、行かないでくれ」アレグザンダーが言った。

コーラはためらった。ジェイコブがよく行く二階のラウンジのいくつかで、男同士が裏の休憩室に部屋を取るのを見たことがある。ファイヴ・ポインツのダンスパーティーに何度か行ったとき、ある種の女性たちは合わないボディスから毛の生えた胸をのぞかせ、数時間前に剃った顎には無精ひげが伸び始めていたのだが、男たちは彼女たちが本物の女ではないとよく知っていながらダンスに誘っていた。コーラは何ひとつ抵抗を覚えなかった。〝人は好きなようにするのさ、何百年もそうしてきたんだから〟以前、アレグザンダーがそう言ったことがあり、コーラは心から同意した――でも、このことは言っていなかった。「アトリエで待っていてくれ」アレグザンダーが指示した。「ぼくもすぐ行く」

コーラはうなずいた。話を聞いてあげるべきだろう。アトリエに入り、軟らかい蠟でつくられた何体かの彫刻のそばにあるスツールに座った。現在アレグザンダーが取り組んでいるのは、頬にできた結節性腫瘍に苦しむ男の彫像で、しっくいの壁に留められた二枚のスケッチがもとになっていた。

廊下から低い話し声が聞こえてきた。相手の男は、帽子を目深にかぶって顔を隠していた。しかし、アトリエの扉の前を通り過ぎるとき、コーラは鋭い目で彼が若いことを見て取った。おそらく十八歳ほどだろう。ほっそりした体つきだったが、厚手の合わない服を着て、大柄に見せている。目を合わせようとはせず、口もとをこすりながらコーラの前を抜けていった。

アレグザンダーがやってきて、戸口に立った。手で髪をかき上げ、目を閉じる。

「あんなところを見せてしまって、すまない」静かな声で言う。「言っておくべきだった」

「言うことなんて何もないわ。謝る必要なんてない」コーラは言った。

アトリエは廊下から数段下りた半地下にあり、アレグザンダーはその階段に腰掛けた。「おまえもぼくも、少しのあいだ、自分たちのもうひとつの生活を隠し続けていたようだな」

コーラはうなずいた。思わず苦い笑みが浮かんだ。ふと思い出したからだ――アレグザンダーがいずれわたしを見捨てて、自分の家族をつくるだろうと思っていたことを。コーラは目を上げた。「いつから続いてたの?」

「二、三カ月前だ」アレグザンダーが答えた。

「フィラデルフィアにいつまでいるかについて嘘をついたのは、そのせいなの?」コーラはできるだけ優しい口調で尋ねた。

「そうだ」アレグザンダーが淡々と答えた。「早く戻ってきていた。ここで会うこともあれば、〈マダム・ベックの店〉で部屋を取ることもあった」

「話してくれたらよかったのに。知っていたかったわ。ふたりを夕食に招待できたかも」顔がこわばらないように気をつけた。「邪魔してしまって、本当にごめんなさい」コーラは言った。「てっきり、あの人がスリだと思って! そんなふうに見えたんだもの」

「おまえだって、ジェイコブのときはそうだよ」アレグザンダーが指摘した。

「ただし、わたしはポケットを探るかわりにお墓を探るというわけね」コーラはにやりとして言った。しかし、ふと真顔に戻った。おもしろくないし、すぐさまその軽口を後悔した。

「自分の心配ごとのためにここに来たのだけど、あなたやあなたの生活のことはちっとも考えてなかった。わたしたち、心配させてばかりいたものね、アレグザンダー。そしてあなたを縛りつけてる」どうしても声に嫉妬が混じってしまった。アレグザンダーの人生には愛がある。わたしにはない。もうそういうものは何もないのだ。

「ばかばかしい」アレグザンダーが手を振りながら言った。

コーラはレティキュールに片手をのせていた。ガラスの破片が横に小さなかぎ裂きをつくり、そこから新聞が見えた。何も話さないつもりでいたが、アレグザンダーはここで働いている。ダンカンが考えていることを、もっとよく知っているかもしれない。

「それで、またしても自分の話をするんだけど」コーラは大衆紙を出して、伯父に渡した。隅の小さな記事を示す。

アレグザンダーが眉間に深いしわを寄せてそれを読んでから、大きな暖炉のところへ行って、細長い蠟燭に火をつけた。紙の端に近づけると、新聞は瞬く間に明るく燃え上がって、暖炉の火のなかに落ちた。ふたりがじっと炎を眺めていると、やがて丸まった黒い灰が、縮んだ不格好な幽霊のように残されるだけになった。

アレグザンダーがこちらに顔を向けたが、その目はまだ灰から細く立ちのぼる煙に据えられていた。

「もう潮時だろう」ゆっくりと言う。「おまえはニューヨークを離れろ。永遠に」

22

「ニューヨークを離れることはできない」コーラは言った。「今はまだ」

アレグザンダーがこちらを見た。「どうして？」

「引っ越したら、リアとわたしがせいぜい一週間食べていくお金しか残らない。それでは足りないわ。カッター家に借金もあるし」

「ぼくが肩がわりしよう」アレグザンダーが言った。

伯父は、何から何までかわりに払ってくれると言う。先ほど目にしたような、私生活もあるというのに。

「二百五十ドルを？」

アレグザンダーが青ざめた。「そんなに？　半分も用意できそうにない」拳で壁をたたく。

「もっとリアをしっかり見張っておくべきだった」

「これはリアの罪であって、わたしたちのせいじゃないわ」コーラはなだめるように言った。

「でも、問題はそれだけじゃないの。秘密が漏れてしまった」かがみ込んで、鉄の火かき棒で新聞の燃えかすをつつく。

「だったら、うわさの源を突き止めて、排除すればいい」

奇妙にも、その言葉はなんらかの脅しのように響いた。「どういう意味？」

「つまり」アレグザンダーが淡々と言った。「でたらめだと世間に納得させればいい。現時点で知っているのは誰だ？　リア、おまえ、ぼくは当然として。スゼット・カッター――」

「スゼットは、わたしの存在は知ってるけど、本当に心臓がふたつあることは知らない。でも、問題はあの子じゃないの。うわさはファイヴ・ポインツで広まってる。ダンカンのリストはあの女――わたし――を、殺すだけの値打ちがある獲物だと思わせた。少なくとも、ジェイコブとわたしを業界から消すだけの値打ちがあると……。封じ込めるには大きくなりすぎてるわ、アレグザンダー」

「とにかく、スゼット・カッターと話してはいけない」アレグザンダーが言った。

「あの子は、わたしを家族だと思ってるみたい」コーラは言った。「わたしに危害を加える気はないと思う」

「考えたことはあるか」アレグザンダーが言った。「おまえがカッター家のもうひとりの相続人だってことを？　競争相手だってことを？」

　コーラは思わず吹き出した。「ばかなこと言わないで！　相続予定者からわたしを除外するように書き換えればいいじゃない。わたしは生まれる前からあの家族の一員じゃなかったんだもの！」

「だが、もし遺産分割がそういう方法で決められていたら……変更できない形で資格を与えることは可能だ。古い家柄にはよくあることだよ。カッター家は、イギリスに広大な地所を持つ富豪にまでさかのぼる家系だからな。もしスゼットがおまえより年下なら、何も相続できないかもしれない。そうなのか？」

「わたしよりほんの少し、二、三カ月だけ年下よ。考えたこともなかった」コーラは認めた。

「なんだか、わたしが考えてもみなかったことがたくさんあるみたい。ごめんなさい、アレグザンダー」

「そんなに謝らなくていい。扉の錠を下ろしたかどうか、ぼくがきちんと確かめるべきだった。それだけさ。家族が密会の現場に入ってきて恐ろしく気まずい思いをするなんて、めったにあることじゃないからな」

ふたりは声をそろえて笑い、コーラの胸のつかえは和らいだ。

「ダンカンに会って、この記事について実際に何を知っているのか探り出してみよう」アレグザンダーが言った。片方の眉を上げる。「で、これについてフリントとは話したのか？」

コーラは、レティキュールのかぎ裂きをいじった。「セオとは、もう会わないかもしれない」

「よかった。そのままにしておけ。知っている人は少ないほどいいからな。あいつは商売に関わっているし、信用できない」

コーラは口をあけて反論しようとしたが、できないことに気づいた。帰ろうと立ち上がったところで、不意に疲れが手脚に絡みつき、のしかかってきた。頭のなかでは、走って、走って、走って逃げていた。こうしてアレグザンダーのそばにいても、安心はできなかった。二階上でフレデリック・ダンカンは、わたしが死んで、階段教室で切り開かれることを願っているのだ。思わず身震いした。

アトリエを出ようとしたとき、未完成の作品のひとつに掛かった布がドレスをかすめ、はらりと床に舞い落ちた。コーラは身をかがめて布を拾い、作品に掛けようとして、はっと息をのんだ。

高さ二十五センチくらいの小型の蠟人形だったが、中央に目につくひび割れがあった。ギリシャ風のローブをまとった小立像は、黒く長い髪を象牙色のむき出しの肩に垂らしていた。しかし顔には、極東の趣が加えられている。薔薇色の唇、ほんの少し目尻が上がった黒い目。

コーラに似ていた。

「これは何?」冷ややかな声で訊く。

アレグザンダーがすばやくコーラの手から布を取り上げて、壊れた人形に掛けた。

「こんなものを見せてすまない。注文されたんだ。ダンカンから。個人的なコレクションのためにいくつかの作品をつくるよう依頼されたんだが、完成させるまで気づかなかったんだ、ダンカンが——その——」

「それはわたしなんでしょう?」コーラは声を落として尋ねた。

「ダンカンは、そうは言わなかった」アレグザンダーが苦しげな表情で答えた。「はっきりとはね。しかし、何度もやってきては、あちこちを変更しろと要求してきた。あいつの目的に気づいてからは、壊してしまって最初からやり直さなくてはならないふりをしていた」アレグザンダーはその作品を手に取り、ひびの入ったところから半分に割って、かけらをふたつとも火の上にかかった大釜に入れた。「今はこうやって溶かしてしまうが、それでもあいつは欲しがるだろう。前回ここへ来たときに、〝まだ彼女の目とは違う〟と言っていた。ぼくが誰のことを言っているのかと尋ねると、あいつは〝自分の家族くらい見てわからんのか！〟と笑った。それで確信したんだ」

「そういうことだったのね」コーラは言った。「ダンカンはついさっき、あなたに個人的な作品をいくつかつくらせてると言ってた。それに、わたしを見るあの目……」ぼんやりと火を見つめ、自分の小像の足がどろどろの塊になって大鍋の底に沈んでいく様子を眺める。「晩餐用にわたしをあぶって、永遠に食べていたがってるみたいだった」コーラは首を振った。「もういい。お金を稼ぐのに、ダンカンは必要ない。もう二度と会う必要もないわ。それに、わたしに似た人形をあなたが〝壊し〟続けていれば、たぶん……たぶん、いずれ執着をきれいさっぱり捨ててくれるでしょう」

アレグザンダーが気遣うように笑みを浮かべたが、その目に希望の光はなかった。「たぶんな」

続く数日間は、ぼんやりとした退屈と苛立ちのなかで過ぎていった。コーラは、九月下旬の陽光を浴びに外へ出る気にもなれず、家に閉じこもっていた。薬草の茶を一日三回飲み、そのあいだもリアは、まるでコーラが今にも逃げ出すのではないかと疑うように、こちらを見張っていた。部下たちがジョナサン・フラーの遺体を掘り起こしたが、たった十ドルしか稼げなかった。フラーの死は珍しくなかったし――かなり年寄りだっただけ――痛風は痛ましいほど体を損なっていたが、ありきたりだったからだ。仲間との死体盗掘の仕事をさらに二回断ったあと（五十番通り近くの四番街沿いの共同墓地でありきたりの遺体を盗もうということになったが、コーラもジェイコブも断り、少額の商売を部下たちに任せた）、コーラはしだいに落ち着かない気分になってきた。これまでは一日じゅう屋内で過ごすこともめったになかったのに、もう一週間以上が過ぎていた。

スゼットの誘いに応じたくなったので、支払いとともにもう一通手紙を書き、会うことに同意したが、スゼットにとって母親の目を盗んで出かけるのがかなりむずかしいことはわかっていた。手紙を出してから、もう三日になる。そこへ、リアが封筒を手に食料雑貨店から戻ってきた。コーラは急いで封をあけた。

「なんて言ってきてるんです？」リアが訊いた。

「スゼットが、ぜひいっしょに行きましょうって……わっ！　キャッスル・ガーデンで会った、あの女性のお医者さま、ドクター・ブラックウェルの講義だって！　講義できる会場を見つけたのね。びっくり。ホープ教会の地下よ」

リアが鼻孔を膨らませた。「女の医者が、どんな講義をするんです？」

「〝女児の体育に特に関連した生命の法則〟」コーラは肩をすくめた。

「ふうん、わたしも連れて行かなきゃいけませんよ。それか、アレグザンダーに付添ってもらうか」

「きっと、スゼットが自分の付添い人を連れてくるでしょう」コーラは言った。何日も家にこもっていたせいで、余計な同伴者がいると思うと息が詰まりそうだった。

「もし付添い人がいなかったら、あたしが行きます」

「ねえ、リア。何かがあったとしても、わたしはじゅうぶんに対処できる。あなたが肉切り包丁を投げるという手もあるけど、公の場でそれを持ち歩くわけにはいかないでしょ？」

「わかりました」リアが憤然として言った。

講義は翌日の午後遅くに予定されていた。コーラはかつてないほど緊張しながら待った。二番めに上等な、青いひだ飾りと刺繍が施された灰色のポプリンのドレスを着たが、そわそわと飾りをいじってばかりいた。リアがしかった。

「あの人だってただの人間ですよ。あなたと何も変わりゃしません」リアはまだ少し怒っているようだった。カッター家の人たちが自分を、叱責どころか解雇に値する嘘つきのメイドと考えていることを知ったからだ。しかし、コーラは許すしかなかった。失敗は誰にでもあることだし、リアがときどき愚かなことをしても大目に見るしかない。

表口の小さな真鍮のノッカーをコツコツ鳴らす音がして、リアが扉をあけると、そこに白髪交じりの髪をした使用人が立っていた。お辞儀をして、ミス・リーはご在宅かと尋ねる。スゼットが、通りに停めたみごとなバルーシュ型馬車の窓から手を振った。

「夕食までには戻るから」コーラはリアに言った。

「気をつけて」リアが応じた。

スゼットはリアに軽くうなずいたが、メイドの姿を見たとたんコーラに向けた笑顔は消えていた。背後で扉が閉じた。

「あのメイドをまだ追い出してないなんて驚きだわ」スゼットが言い、コーラはカッター家のおしゃれなバルーシュ型馬車のなかへと導かれた。二頭のそっくりなモルガン種の馬が静かに待っていた。

「リアは家族みたいなものなの。赤ん坊のころからいっしょにいる。許すしかなかった」

「ふうん」スゼットが言った。ふたりはしばらく黙ったままだった。スゼットは、ほつれて頬にかかった巻毛を直していた。ドレスは、段がついた美しい緑と黒の絹製で、馬車の内部全体を覆い尽くしていた。

「それじゃ、あなたはもうじき結婚するの？」コーラは訊いた。

スゼットが顔を赤らめて、両手を膝に下ろした。「いったいどうしてそんなことを訊くの？」

「まず第一に、あなたのほうから話しかけてきたでしょう。それに、わたしたちはこれから、この大陸にひとりしかいない女性のお医者さまの講義を聴きに行く」コーラは言って、口もとがゆるむのを隠した。「近いうちに自分の城を持って、夫のために時間を費やそうとしてる女性の行動だもの」

「あら」

「それに、新しい指輪をしてる」コーラは言った。

ふたりはスゼットの手袋をしていない手を眺めた。本当だった。薬指に、ローズカットのルビーが頭部についた蛇形の新しい金の指輪をはめている。

「確かに婚約したわ。ほんの二、三日前にね」スゼットは笑顔を見せなかった。「ダニエルは、ヴィクトリア女王がこういう婚約指輪をしてたと言うの。宝石はエメラルドだけど」

「ダニエル・シャーマホーン？」

スゼットがうなずいた。コーラにはないものをすべて持っている男性だ──裕福で、影響力があり、上流階級のあらゆる有力者とつながっている。

「愛してるの？」コーラは訊いた。

「ずいぶんぶしつけな質問ね」スゼットがぴしゃりと言ってから、口に手を当てた。「あっ、お母さまに、思ってることをそのまま口に出すんじゃありません、って言われてるんだった。ごめんなさい」

「いいのよ。わたしも思ったことをそのまま口に出す癖があるから」コーラはにっこりした。

スゼットが少し緊張をゆるめた。「まあ、愛はいずれ芽生えるってお母さまは言うの。気の合う友だちと結婚できたらいいのに、って思うけど。アン・ホワイトっていう幼なじみの友だちがいるのよ。いつか会わせてあげる。とにかく、女性は夫より友だちと長い時間を過ごすものでしょう！」急に、自分の言葉に頰を真っ赤に染めて、さっと手を振る。「ダニエルは、そうね、わたしと結婚することをそんなに喜んでないみたい。あなたの存在が、いろんなことをかなり変えたから」

「本当に？」コーラは尋ねた。第二の心臓が、もうひとつの心臓と同時にどきどきと鼓動を打った。

「わたしの相続財産の半分があなたのものになるって、気づいてた？　だから、ダニエルの家族はその知らせにちょっと怒ってるの。相続財産が少なくなると、わたしの重要性が減るらしいわ」スゼットがコーラの腕に手を置いた。「わたしが怒ってるとは思わないでね。あなたがいてくれて、わたしはなんだかうれしいのよ。家族のなかで、若い世代のカッターが自分だけっていうのは……かなりつらいことなの。今じゃみんながあなたの心配をすることに時間を取られてるから、正直ほっとしてるわ」

「みんながわたしの心配をしてる？」コーラは訊いた。「どんなことを言ってるの？」

「そうね、あなたのメイドがどうとか、なんて不埒な行為だとか話してる――みんながあの話を気晴らしとして何回繰り返してるかを知ったら、びっくりするわよ」スゼットが顔をしかめた。「みんな、あなたが社交界デビューして、家族を困った状況に追い込むんじゃないかって心配してる」

「困った状況」コーラはその言葉にあきれて言った。「みんなは、きょうあなたがわたしと会ってることを知ってるの？」

御者のピーターが咳払いをし、上体を乗り出して手綱を操った。スゼットがぐっと身を寄せた。「お母さまには、寒くなる前に手袋と新しいペリース（婦人用マント）を見に行かないと、って言ってある。ピーターが付添ってさえいれば、ちょっとした買い物にひとりで行かせてくれるの」

「あなたの秘密は守るわ」コーラは言った。「秘密といえば……というより、存在しない秘密なんだけど……お願いしてもいい？」

「ええ、いいわ」スゼットが言った。「何？」

「あなたとあなたのお母さまが、ドクター・グリアのことや、わたしの心臓についての嘘を、ダニエルにもほかの人にも言わないでくれると助かるの。このあいだも言ったけど、あれはぜんぶでたらめだし」

「なぜ言ってはいけないの？」スゼットが目を見開いてぽかんとした。

「バーナムのアメリカ博物館へ行ったことはある？」コーラは訊いた。

「ええ、あるわ。すばらしいわよね！　大解剖学博物館も。あの日、あそこであなたを見たんだわ」

「それなら、解剖標本を憶えてるでしょう」

「もちろんよ。でもあれはみんな蠟細工や絵だったでしょう。ダニエルは野蛮だと思ったようだけど、わたしにはとても珍しくて、なんだか劇的に思えたわ」

「あのね、わたしは珍しくもなんともないのよ、スゼット」コーラはよどみなく嘘をついた。「でも、ドクター・グリアが広めたそのうわさを真に受けた誰かが、博物館の棚にわたしの体を展示したいと考えるかもしれない」

スゼットが笑い声をあげてから、眉をひそめた。「ふざけてるんじゃないの？　まさか本気で……ありえない……」

「ありうるのよ、スゼット。ほかの人たちの身に起こったことなの。博物館はとても儲かってる。もっとお金を稼げる新しい展示品を、常に探してるの」

「まあ」スゼットが指先を口に当てた。「まあ！」コーラを見る。まるで虹彩に夜明けが訪れたかのように目が輝いた。「なんて恐ろしい！　まるで小説みたい！」

「あなたがなぜ、家にあったあの手の本が好きなのか、わかる気がする。『ユードルフォの謎』みたい？」

スゼットが顔を赤らめた。「お母さまは、わたしがあの手の本を読んでると、いつもひどく怒るの。でも、本を読んでたおかげで、あなたをうまく助けられると思うわ。ああいうのが怖くないから――骸骨とか、暗いお城とか。秘密もね。あなたの秘密は守るわ。心配しないで」

馬車はブロードウェイ七百十八番地の前で止まった。とても質素で目立たないホープ教会が、帽子屋と食料雑貨店のあいだに小ぢんまりと収まっていた。スゼットとコーラは御者の手を借りて馬車を降り、まじめな顔つきの老人から二ドルの入場券を買って、戸口のなかへ進んだ。コーラは、その値段に目をむかないように努めた。地階に下りると、十人くらいの女性たちが、小さな部屋に置かれた木の椅子に数人ずつ固まって座っていた。

ほどなく横の扉からドクター・ブラックウェルが現れ、講義が始まった。女性たちは、健康にいい食事や運動についてのドクターの考えに熱心に聴き入っていた。講義のあいだじゅう、コーラは密かに考えていた。これならわたしにもできそうだ。しかも、入場券で二ドル取れる。ドクターは、もう二十四ドル稼いだのだ！　コーラが上質な死体盗掘を一回やって稼ぐのと同じ金額だった。そのことをもっとじっくり考えてみる前に、講義が終わった。ドクター・ブラックウェルはスゼットとコーラに目を留めて、手招きした。

「あなたたちふたりに会えるなんて、うれしいこと!」スゼットに顔を向ける。「ドクター・ウォリントンのご友人でない女性は、あなたたちだけよ。先生はとても親切な紳士で、いつもわたしの仕事を手助けしてくださるの」

「男性のお医者さまが、あなたのお仕事に賛成してくださるんですか?」スゼットが言った。

「すばらしいですわ、本当に」

ドクター・ブラックウェルがにっこりした。ピンク色の頰が、暗い色のやや地味なドレスとは対照的に楽しげに見えた。「ええ、そうなの。おかげで、ここにこうしていられるわけ。ミスター・ダンカンには、博物館から追い返されたけれど。あの経験にも、どこかに学ぶべきことがあるわよね、そう思わない、ミス・リー?」

コーラはかすかに口もとをゆるめた。「どこにでも、学ぶべきことはありますわ、ドクター・ブラックウェル。それに耳を傾けるかどうかは、自分の良識しだいです」

「アリストテレスの言葉かしら?」

「いいえ、コーラ・リーの言葉です」コーラは笑みを浮かべた。「講義をありがとうございました、ドクター・ブラックウェル」

外では、ピーターが馬車のそばで待っていた。講義に出席した女性たちが、クエーカー教徒のような黒いドレス姿で教会から出てきた。夕闇が迫るなか、女性たちが首に巻いた質素な白い肩掛け《フィシュー》が、飛んでいる鳥のように見えた。

「ねえ、歩いて帰りましょう。夕方をもう少しだけ楽しみたいわ。あの講義はあっという間に終わってしまったんだもの」スゼットが言った。

「すてきね」コーラは言った。「でも、御者はどうするの？」

「ピーター、遠くから追いかけてきて」スゼットが命じた。「これでお母さまは満足するはずよ」ピーターが帽子に触れて挨拶し、馬車に乗り込んでゆっくりした速度で追いかけてきた。

スゼットがコーラの腕に腕を絡ませ、ふたりは歩道をそぞろ歩いた。女性と、家族と腕を組んで歩くのは、奇妙な気分だった。シャーロットが生きていたときでさえ、コーラには一度もそんな機会がなかった。体が変化し始めるまで、ジェイコブの服を着ていたからだ。若い娘らしい服装でほんの数回出かけたときには、居心地の悪さと、美しい伯母に対する畏怖ばかりを感じていた。伯母は、姪に不作法な視線を送る者がいないか、人々の顔を眺め回すのに忙しかった。

シャーロットはどう思うだろう、とコーラは胸に問いかけた。自分を見捨てたその家族といっしょに、わたしが歩いていることを知ったら？　シャーロットは賢明なことだと思うだろうか、それとも裏切りだと、あるいは単に危険なことだと思うだろうか。きっとこう言うに違いない。用心しなさい、コーラ。いつでも。

どんなときでも。隙あらば、やつらはあなたに向かってくるのだから。

「あら！　あのリボンを見て！　あれ、ずっと前から欲しかったの。完璧なグログラン（縁取り用の絹製厚地うね織り生地）、あの色合いの緑。見て、コーラ！」

　コーラはショーウィンドウのなかを見て笑みを浮かべたが、リボンにはまったく興味がなかった。リアはいつも、コーラのドレスにいくつタックが入っているかや、飾りがほどよく豪華で人目を引きすぎないかについて大騒ぎした。店主は扉に錠を下ろしているところだったが、スゼットに気づいて、もしなかを見たいならもう一度あけましょう、と申し出た。スゼットが振り返って、ピーターと目を合わせてから——いやはや、付添い人の許可がなければ咳もできないらしい——店に足を踏み入れた。

「いらっしゃいよ、コーラ！　すぐに終わるわ。ずっと前から、この色のリボンで帽子を飾りたいと思ってたの」

「わたしはここにいる」コーラは口もとをゆるめて言った。「涼しい風に当たりたいの」

「でも、見て！　とてもきれいよ。ほんの一瞬だけ！」

　コーラは笑って首を振った。「ここであなたを待ってる。好きなだけ時間をかけていいのよ」

　スゼットがいくつか違う種類のリボンを指定する声が聞こえ、ウィンドウを通して、エメラルドのさまざまな色合いを吟味する姿が見えた。

　コーラは振り返って、待っているあいだ通りがかりの人々を眺めた。ふと、道の向こう側からこちらをじっと見ている男に気づいた。中背で、茶色の髪に茶色の服、シルクハットという姿だった。ショーウィンドウの前でときどき立ち止まるほかの通行人とは違って、その男はコーラを、コーラだけを見ていた。コーラはすばやく目をそらし、南に向かって店から何歩か離れ、手袋屋の前に立って、ふたたび目を上げた。

男は歩調を合わせて、ちょうど十歩分移動していた。

まさか、わたしを追いかけているのだろうか。コーラは通りを見回した。ひとりで歩いている女性は、コーラのほかには誰もいなかった。男たちの集団が、シラキュースでの党大会でつい最近ホイッグ党が分裂したことについて騒々しく言い争いながら、すぐ前方をそぞろ歩いていた。コーラは彼らと歩調を合わせ、集団のすぐ後ろに隠れながら一本先の通りまで行った。そこで彼らは角を曲がり、コーラはひとり残された。

それでもやはり、見知らぬ男は道の向こう側にいた。

まさかそんな。また襲われるなんて、耐えられない。すぐ近くにスゼットがいるし、武器も持っていない。馬車のところまで戻って、店のそばでピーターといっしょにいよう。そうすれば、追っ手も引き下がるだろう。コーラはきびすを返して急いで店のほうへ戻ったが、店主がまたもや店を閉じていることに気づいた。

バルーシュ型馬車は行ってしまい、スゼットもいなかった。

「スゼット!」コーラは大声で呼んだ。「スゼット!」アップタウンのほうに目をやると、あの馬車がコーラを乗せないまま遠ざかり、十二番通りの角を曲がるのが見えた。きっとスゼットは、コーラが待ちくたびれて、家が近いのでひとりで帰ったと考えたのだろう。

コーラは通りの反対側を見た。今や男はこちらに向かって道路を突っ切ろうとし、接近する荷馬車や馬車の前を走っていた。数秒のうちに、ブロードウェイを渡りきるだろう。

男はコーラに向かってきた。

23

筋の通った唯一の行動として、コーラはできるだけすばやくアップタウンに向かって歩き始めた。歩道の通行人に紛れていれば安全だろう。ほんの十分で家に着き、錠を下ろした扉の後ろに隠れられる。

近くに、助けを求められるような夜警の姿はなかった。警察官もいない。振り返って、まだ男が追ってきているか確かめようとしたが、見えたのは普通の歩行者だけで、夕食や近々開かれる夜の行事についておしゃべりし……あそこだ。よごれた茶色いシャツがちらりと見え――

「コーラ！」

スゼットだった。屋根つきのバルーシュ型馬車の窓から頭を突き出して、ブロードウェイの反対側をこちらへ向かってくる。ピーターが手綱をぐいと引いて、馬を止めた。

コーラは立ち止まって、もう一度人込みを眺め渡した。

男はいなくなっていた。

「スゼット！」コーラは笑みを浮かべたが、スゼットの笑顔はすぐに心配そうな表情に変わった。

「だいじょうぶ？　真っ青な顔をしてるわ。あなたが帰ってしまったのかと思って、ブロックを一周して捜してたんだけど……いやだ、具合が悪いの?」

コーラは手を振って、心配はいらないというしぐさをした。通りかかった数人が、馬車のほうへ渡れるよう道をあけてくれた。

「ちょっと胃が痛かっただけ」コーラは軽い口調で言った。「もうよくなったわ」

「本当に?　お医者さまを呼びましょうか?」スゼットが息もつけないくらいの早口で言った。奇妙にも、こんなにわくわくするできごとは久しぶりであるかのように、頬を輝かせている。「怖い目に遭ったみたいな顔よ。すぐに家まで送るわね。もうあんなふうに逃げちゃだめよ!」

そう、とコーラは胸につぶやいた。わたしは逃げられない。

逃げることはできない。生きているかぎりは、商売敵か、獲物のどちらかなのだ。スゼットの心配ごとは、ちゃんとした色のリボンが見つかるかどうかや、普通の人生の浮き沈みに気を揉むことくらいで、従妹を見ていると、途方もなく遠い距離を感じた。コーラは生まれてからずっと、普通からかけ離れたところにいた。自分がどれほど疲れ果てているかに気づいていなかった。

この問題と決別しなくてはならない。逃げ続ける人生、普通の生活から自分を隔てている距離と。あいにく、そのためにはもう一度セオと話す必要があった。

24

コーラが青白い顔で両手を震わせながら帰宅すると、リアは取り乱した。

「わたしはだいじょうぶ」大慌てでドレスとかつらを脱がせるメイドに、コーラは言った。

「だいじょうぶじゃありません。あわやというところですよ。これからは、外出していいのはジェイコブのときだけです。コーラは病気だと言っておきますから」

「それは無理。ジェイコブは、商売のために人を殺してると疑われてるの。ダンカンのおぞましいリストのせいで、ファイヴ・ポインツのチンピラやごろつきはみんな、ジェイコブが墓掘りで五百ドル稼ぐつもりだと思い込んでる」

コーラのペチコートとドレスを拾い集めていたリアが、はたと手を止めた。コーラはモスリンの下着だけという姿で、手入れの必要なかつらを撫でつけていた。

「なんですって？」リアが言った。「あなたとジェイコブが人を殺してると思ってるの？」

「ええ。ドクター・ヘンリクソンでさえ、手紙でそう言ってた。わたしを襲った男もね」そのことを思い出すと、今も吐き気がしてくる。わたしは人殺しじゃないし、絶対に人は殺せない。考えただけでむかむかしてきた胃を手で押さえた。

「具合はどうなんです、ミス・コーラ？」リアが疑わしげにこちらを見た。

「平気」コーラは背筋を伸ばして、元気そうに見せた。

「お茶を淹れて、お風呂を用意しますよ」

「いいえ。お風呂はいい。出かけるの、ジェイコブとしてね。セオドア・フリントを見つけないと」

「フリント！　なぜです？」

「なぜかは気にしないで。話す必要があるの」

「でも、さっきジェイコブのことをあんなふうに言ってたのに？　危険です。行っちゃいけません」

「行くしかない。すべての中心に、わたしについてのうわさがある。ドクター・グリアは死んだかもしれないけど、彼の日記がこの世にあるかぎりは、彼の声のほうがわたしの声より大きくて、わたしは口を開けない。もしダンカンがうわさに何か新しい情報を加えたなら、セオが教えてくれるはず」

「あのあくどいダンカンは、本当のことなんて言いませんよ」リアが諭すように言った。

「日記を盗んだとセオには言わないかもしれないけど、細かい情報を漏らしてしまうかも――たとえば、もしドクター・グリアがシャーロットやわたしの母の名前を書き留めてた場合とか。そういう情報から、わたしやジェイコブまでたどれるでしょう」

リアは、まるでコーラが考え直すのを待っているかのように、扉のそばに立っていた。しかし、コーラがよごれたズボンと染みのついたシャツを着始めたのを見て、ため息をついて部屋の扉を閉めた。

そのため息なら、もう何度も耳にしたことがあった。コーラは自分がしたいようにすると、よくわかっているため息。残酷な冬の寒さに抗議の産声をあげ、この子さえいなければと願うすべての者に逆らって元気に息をし始めてからの長い年月、コーラがこんな人生を送るはずではなかったことを、よくわかっているため息だった。

コーラは兄の服装をして、フリントの下宿屋から通りを隔てたところで待ち、彼の部屋の窓から漏れる黄色い明かりを眺めた。薄く透き通るカーテンが掛かっていて、ひとつの影が行ったり来たりするのが見えた。ふたつではないことに少しほっとする。

どうでもいいことだけれど……。ふたりのあいだにあったものはすべて、とっくに消えていた。フリントは連絡を取ろうとしなかったし、コーラも何も伝言を送らなかった。言い争いでマッチに火がつき、残っていた優しい気持ちは燃え尽きてしまった。

フリントの部屋の明かりが消え、コーラは息をついてから建物の角の陰に隠れた。フリントが下宿屋から出てきて、ブロードウェイの左右に目をやってから、ダウンタウンに向かってきびきびと歩き始めた。五十歩ほど後ろから追いかける。鉄製の街灯のそばを通り過ぎるたびに、ガスの炎がコーラに向かってシューッとうなった。目に入る女たちはみんな、賭博場や地下のラム酒バーへ客を誘い込んでいた。

フリントはグランド通りで立ち止まり、〈マダム・メアリー・ベックの店〉に入った。ジェイコブとして夜を過ごしたときに知った店だ。コーラは帽子を少し傾けて目を隠し、戸口に足を踏み入れた。立派な身なりの黒人男性が奏でるピアノ曲が空気を満たし、ぜいたくな調度品が店内を埋め尽くしていた。店のきれいな女たちが飲み物を運び、常連たちのまわりに群がって、二階の個室に誘っていた。なかに入ると、コーラは勧められた飲み物を受け取り、ジェイコブに言い寄ろうとする数人の女を追い払った。女たちの緋色のストッキングが、タッセルや鈴で飾られた編み上げ靴の上から艶かしくのぞいていた。

　フリントは表の部屋にいなかったので、コーラは慎重にとなりの部屋に滑り込み、奥の壁のそばで行われているさいころゲームに興味があるふりをした。目の端で、フリントの姿をとらえた。奥の隅にいて、むき出しの胸の下にきついコルセットを着けている娼婦《マブ》たちにはほとんど注意を払っていなかった。女たちはフリントの肩に指を這わせたり、帽子をつまんだりして、例のごとく、数ドル払って二階の部屋へ行く気があるならぜひと誘っていた。しかし、フリントは誰も相手にしていなかった。椅子に座っている男と熱心に話し込んでいる。男は、砂糖衣に覆われたケーキと酒をしきりに勧める女たちに囲まれていた。

　ダンカンだった。

　ふたりは声をひそめて話していたので、コーラにはひとことも聞き取れなかったが、フリントは動揺していて、ダンカンは落ち着いているようだった。この場所は二階へ続く階段に取り巻かれていて、上階のいくつもの部屋が同じにおいを発していた——不快な汗、性行為のべとつく痕跡、阿片の煙、こぼれた酒、安い香水。フリントとダンカンが同時に頭を振り向けて、階段を下りてくる女を見た。

その女は、コーラと瓜ふたつに見えた。

もちろん、双子というほどではない。しかし、体つきも背の高さもほぼ同じだった。目はコール墨で念入りにぼかされ、コーラの目のように、やや細く切れ長に見えるようにしてあった。コーラの髪とまったく同じ色の明らかなかつらをかぶり、それに合わせて眉を黒くする化粧をていねいに施している。

フリントが口を小さくぽかんとあけ、急に何も考えられなくなったようだった。しかし、ダンカンはにやりとした。

「おお、お出ましか！　こっちへ来い、さあ、こっちへ。おまえのために膝を空けてあるぞ。よければ別のものもな」

コーラのそっくりさんが首を振った。ダンカンが手を伸ばし、女が逃げる前にその手をとらえて引き寄せた。女は笑みを浮かべたあと――へたなつくり笑いで、コーラより歯並びが悪かった――ダンカンのむっとする息が首にかからないように顔をそむけた。二言三言耳打ちされてから解放され、コーラがさいころゲームを見ている場所の近くのバーに歩み寄る。フリントも彼女を見ていたので、コーラは気づかれないよう背中を向けなければならなかった。

「ダンカンがもっとブランデーを持ってこいって」そっくりさんが言うと、女性バーテンダーが後ろに手を伸ばして新しいボトルをあけた。

「今夜は気前がいいじゃない。どんどん飲ませてやろう」バーテンダーが言って、顔をしかめた。「あの豚め。女たちを気前のいい常連から引き離してばかりいるんだから」

「ちょっと話せるかな？　時間分の支払いはするから」コーラは唐突に言って、女のわきに移動した。

そっくりさんは、目を合わせようともしなかった。茶色い瞳を、ブランデーで満たされていく目の前のグラスに据えている。

「話？　おやおや」バーテンダーが言った。「オードリーは忙しいんだよ。ほかを当たってくれ」

「彼女がいいんだ」コーラは低い声を保ちながら言った。「オードリーが」一度も会ったことはないが、自分のドッペルゲンガーに変装を見破られることを恐れて、うつむいたままでいた。ポケットを探って、誘うようにチャリンと硬貨の音を響かせる。

「いやよ」そっくりさんがにこりともせずに言った。コーラを上から下まで鋭い目でにらむ。

「あたしは、ひいきの客をひとりしか取らないの。彼はあたしが何をして、誰とつき合うかにすごくやかましいのよ」肩越しに、ダンカンとフリントが今も熱心に話しているほうを眺める。「その人だけ」

「そう、彼はオードリーに、愛人手当をたんまり払ってくれるんだよ」バーテンダーがウインクした。「ほんとにたんまりとね。彼女みたいに運がいい娘がもっと増えれば、となりのビルが買えちゃうよ」

「どっちにしても、あんたはあたしの兄ちゃんって感じじゃない。あたしによく似てるわ」オードリーが、どことなく冷たさと優しさが入り交じったような口調で言った。「兄ちゃんに、自分の仕事について話したくないの」

コーラは肩越しに振り返った。フリントが立ち上がってダンカンと握手し、その場を離れた。コーラはさっと頭を低くしたが、それはありふれた行動だった。こういう店には、いわゆる闇の後援者たちがあふれている。アップタウンに妻がいて、夜に愛人を訪ね、その行為をうまく隠しておく必要がある男たちだ。

「やあ、オードリー」フリントが、コーラの後頭部にとても近いどこかから言った。

「あら、テディー」オードリーが、やや甘すぎる声で言った。「もう少し遊んでいかない？」

「今夜はやめておく。夜に出歩くときは気をつけるんだよ」

女が親しみを込めてセオの頰を軽くたたく音が聞こえた。「優しいのね」

セオに話しかけてダンカンと日記について詳しく尋ねるなら、今だった。しかし、彼がこの娼家でダンカンとともに楽しんでいる——そのことに気持ちがざわついた。ダンカンと話していながら、コーラに伝えなかったことが何度あったのだろう？　もしかすると、ここ〈マダム・ベックの店〉や、ほかの娼家でも夜を過ごしていたのかもしれない。ずいぶんくつろいでいるように見えた。もしかするとこれまでも、密かにコーラを裏切っていたのかもしれない。

いつの間にか、フリントは去っていた。なじみのある香りがあとに残され、コーラは一瞬、奇妙な恋しさを覚えた。リアから離れ、墓場から離れてセオの部屋に戻り、あばらにのせられた手が、その下で何が鼓動しようとかまわずにいてくれる、あの感触を味わいたかった。しかしそのとき、ダンカンがふたたびブランデーを注文する大声が聞こえ、コーラはフリントに対する思いをすべて振り捨てた。

そっくりさんが、ブランデーのグラスをふたつ持ってダンカンのところへ戻った。ダンカンは酒を飲みながらオードリーを撫で回そうとしたが、彼女は相手の耳に何かささやいて、すぐに二階へ戻っていった。ダンカンはあとを追わなかった。なにしろ、目の前に食べかけの料理がまだたっぷりあるのだ。コーラはラムの最後の数滴を飲み干してから、もう一杯注文し、気持ちを引きしめた。心のなかで論争し、仲介役のフリントは必要ないという声が勝った。ダンカンのテーブルに歩み寄る。

「おれはジェイコブ・リー、コーラの兄です」コーラはやや唐突に、ぶしつけな調子で言った。とはいえ、ジェイコブなのだからかまいはしない。

ダンカンが、ジェイコブとしてのコーラを横目でにらんだ。「ああ、きみのことはよく聞いておるよ。なんという妹さんだ！　なんというあでやかな姿！　きみたちは双子みたいによく似ているな。きみが趣味のいい男であることはわかった。マダム・ベックは最高に美しい女たちをそろえておる。間違いなく、最高にかいがいしい女たちだ」

「適正な料金を払えば、誰だってかいがいしくなるさ」コーラは淡々と言った。そばにいた女が身を寄せ、胸でコーラの肩をさすり始めた。コーラはそっと女を押しやった。隅のほうで、男ふたりが互いに腕を回して心地よさそうに座り、ウイスキーのグラスを手におしゃべりしていた。その和やかさと親密さを見て、コーラの胸が嫉妬にうずいた。目をそらし、ダンカンに向き直る。「よろしければ、ちょっとお話ししたいんです、ミスター・ダンカン。きみは飲み物でも買っておいで」コーラは言って、女に硬貨を二、三枚渡した。女がコーラの頬にキスをして、立ち去った。コーラはさりげなく頬をぬぐった。

「ほう、では、きみはここのもてなしに、それほど飢えてないのだね？」ダンカンが言って、ブランデーをひと舐めした。右手は、右膝に座らせた赤毛の娼婦《マブ》の胸に、当たり前のように置かれている。

「おれは、金を稼ぐことにもっと飢えてるんですよ、ダンカン、あなたと同様にね」コーラは飲み物をひと口飲んだ。「フリントの望みはなんです？」

「きみには関わりのないことだよ」ダンカンが言った。頭の後ろを通りかかった誰かに笑みを向け、手を振る。「あの美女を見たまえ！」

コーラは、気を散らそうとするダンカンの試みを無視した。「新聞で心臓がふたつある女のことを読みました。あれは本当ですか？　その女に狙いをつけてるんですか？」

ダンカンが少し背筋を伸ばして、ため息をついた。「うむ、確かに狙いはつけてるが、標的が動き回るのでね」赤毛の女に話しかける。「牡蠣フライをひと皿。胡椒をたっぷりかけてくれ」女が立ち上がってその場を離れようとすると、ダンカンが女の尻をピシャリと打った。それから、ジェイコブにぐっと身を寄せた。「もしきみが何か知ってるなら、その情報に金を払うぞ。女を運んでくれれば、もっと払う」

コーラは両手の指をぎゅっと組み合わせ、適度によごれた指の背を浮き立たせた。「フリントは自分がやると言ったんですね」

　ダンカンが肩をすくめた。「フリントは、あの獲物に強い関心を持っておる。商売敵を突き止めることに、もっと関心があるようだったがね。標本を募るというのは、これまでで最高の妙案だったな。ものごとがどう起こるのかには関知しないが、それは起こるというわけだ」

　コーラは床を指さした。「あんたは五百ドルを提示して、その女を寿命が来る前に殺すよう依頼してるんだ」

「わたしは、そんなことは頼んでおらん」ダンカンが冷ややかに言った。「うちは博物館だよ、青年。絞首台じゃないんだ。殺しに金は出さん、出したこともない」最後の数語を、部屋の半分に聞こえるほどの大声で言う。「夜警に問われれば、同じ答えを返すつもりだ。市刑務所《トゥームズ》を住みかにしたくはないし、肘掛け椅子をシンシン刑務所の冷たい椅子に取り替えたいとも思わない。わたしは実業家にすぎないのだからね」

　コーラは口もとを引きしめて薄笑いを抑えた。「だったら、女が何者かは知らないんですね？　身内についても？」

「ああ」ダンカンは答え、それを認めてしまったことに少し腹を立てているようだった。

「それで、フリントは？　知ってるふりをしましたか？　あいつから、なんの意味もない自慢をたくさん聞かされましたからね」

「わたしもだよ。フリントは、勝負に加わろうと躍起になってる若造だね。わたしのリストに載ってる標本を探してると言うのさ。何も見つけちゃいないが、わたしは人の顔色が読める。あいつは、抱えた秘密ではち切れんばかりだ。うまくおだててやれば、すべてを打ち明けるだろう。そういう場面は何度も見たことがあるのでね」

コーラはごくりとつばをのみ、無関心なふりをしたが、ダンカンの言うとおりだと思った。フリントはあともう少しで秘密を漏らすか、手札を現金に換えるだろう。「で、その女の何を知ってるんです?」

「ずいぶん質問が多いな。わたしからひとつ質問させてくれ。女を知ってるのか?」ダンカンが訊いた。口ひげを撫で下ろす。

「いや」コーラは冷静な声で答えた。

「では、あの美しい妹さんは?」

「妹も知らない」

「確かかい?　妹さんは、街のあらゆる珍しい事例について、じつにたくさんのことを知ってるようだ。島の一流の医師たちと話して、最高の遺体を探してると聞いたよ」

「それは本当です。死神の書記みたいなもんだ」得意げに自慢していたときもあったが、もうなんの喜びも感じなかった。近いうちに足を洗おう。できるだけ早く。

ダンカンがにやりとした。「妹さんは賢いな、じつに」

「ああ。あんたには賢すぎる」コーラはうなるように言った。「妹に色目を使わないでもらおう。でないと、その目玉を片方くり貫いてやるからな。〝無鉄砲〟メグは、店に目玉の酢漬けを置いてないが、おれが瓶を用意してやってもいい」

赤毛の娼婦《マブ》が、黒胡椒を散らした熱い牡蠣の皿を持って戻り、そのにおいをかいだコーラは吐き気に襲われた。

そして身をこわばらせた。

仲間たち全員と同じくらい、牡蠣が大好きだ。できたての牡蠣料理をこれほど不快に感じたことは、これまでに一度もない。腹に手を当て、じっと考え込む。

まさか。ああ、まさか。

ありえない。

思わず目を閉じた。

「いいにおいだろう、え?」ダンカンも目を閉じ、くんくんと料理のにおいをかぎながら言った。ふた股のフォークを手に取り、ビーズに糸を通すようにふたついっぺんに刺して、口に詰め込む。牡蠣の汁が顎ひげから滴り落ち、コーラは喉の奥に胃液が込み上げてくるのを感じた。いきなり立ち上がる。

「仕事がある」慌ただしく言う。

ダンカンがハンカチで口もとをぬぐってから、立ち上がってコーラの襟をつかみ、ぐっと引き寄せた。

小声で耳打ちする。「よく聞け。わたしに申し出があった。遺体を公開解剖できるくらい新鮮な状態に保てるやりかたで、その女を毒殺するか、あるいは窒息死させられるくらい近づける何者かからだ。わたしは返事をしなかった。そういう人間と結びつけられては困るからな……だが、ありうるかもしれん。わたしでなくても、別の誰かが金を払う。それに、女が死んだなら、手に入れたい」ダンカンの熱く塩気のある牡蠣臭い息を吹きかけられたコーラは、吐き気で喉が詰まりそうになるのを必死でこらえた。しかし、ダンカンの言葉はどことなく、本音を打ち明けたようには聞こえなかった。まるでふさわしい台詞を用意していたかのように、すらすらと出てきた気がした――〝そういう人間と結びつけられては困る。うちは博物館だ、絞首台じゃない〟

「ああ。わかった。で、誰からの申し出だ？」コーラは訊いた。

「わからん。そういう手紙を二通も受け取ったのだから、もうすぐ起こりうるんじゃないかと考えたまでだ」

「もうすぐ起こることを知ってるんだな」コーラはたたみかけた。

「いいや、知らん。しかし、もしそれが本物でないなら――」ダンカンが言い直した。「もし彼女が本物でないなら――あまり見込みはなさそうだし――つくろうと思っておる。きみの伯父さんに精巧な蠟人形をつくってもらうか、フリントに頼んできれいな死体に心臓をふたつ縫いつけてもらうのだ。世間の人をだますのはたやすいに違いない。しかし、女は若く美しくなくてはならん。目を見張るほどの美女が望ましい」

コーラはうなずき、身を引こうとした。ダンカンと牡蠣と半分空いたブランデーのグラスから早く離れたかった。ブランデーのにおいは、上等な酒というより腐った果物のように感じられた。しかし、ダンカンはまだ放すつもりはないようだった。コーラの襟をさらに強くつかんで引き寄せ、最後のひとことを伝える。

「きみが気に入ったよ、ジェイコブ。きみの妹さんもな。わたしには家族のように思える」

汗と吐息と口ひげの蠟のにおいがした。また吐き気を催したが、コーラは眉を吊り上げて不快感を隠した。ダンカンがにやりとし、コーラの襟を放した。コーラはほっとして、フレデリック・ダンカンの悪臭がしない空気を吸い込んだ。女たちがふたたび彼のまわりに集まって、牡蠣の皿を狙っていた。

「すばらしい女のためなら、こういうすべてをあきらめてもいい」ダンカンが片方の腕を振り回しながら言った。

「すばらしい女なら、もう手に入れただろう。あんたは結婚してる」コーラは釘を刺した。

ダンカンは座って、グラスにおかわりを注いだ。「妻はわたしと、わたしのベッドに飽き飽きしてる。子どもたちが生まれてからはな。妻が望むなら、離婚して州北部に立派な隠居先を用意してやってもいい。わたしは人生の新たな伴侶とやっていける。わたしの仕事を理解し、おそらく手助けもしてくれる人とな」ソファーにゆったりもたれる。「考えてみてくれ、ジェイコブ。きみの妹さんの面倒を見てやれるぞ。死んだ人間の値段を交渉しなくて済む人生を与えてやれる。生きた人間と人生を送れるんだ。わたしとともにな」

「考えておく」コーラは言った。この娼家から飛び出せるよう、会話を終わらせる必要があったからだ。ダンカンが手を握り、コーラは軽く会釈をして店を出た。目の片隅に、階段のてっぺんからこちらを眺めるオードリーの姿が見えた。

〈マダム・ベックの店〉を出て角を曲がるとすぐさま、コーラは側溝に駆け寄り、胃の中身を吐き出してから、手の甲で口をぬぐった。

具合が悪くなったのはダンカンのせいではなかった。ダンカンと、コーラのふたつの心臓に対するその貪欲さ、おぞましくふしだらな結婚の申込みは、突如としてどうでもいいことになった。

わたしは妊娠している。間違いない。

25

コーラが帰宅すると、家は暗かった。リアを起こさないよう、静かに扉の錠を下ろし、忍び足でなかへ入った。二階から、リアが寝言をつぶやく声が聞こえた。コーラはジェイコブの帽子を脱いで、シャツのボタンを外し、胸に手を当ててから、ふたつの膨らみを縛っていた布をゆるめた。ガーゼを床に投げ捨て、濃い色の化粧をこすり落とす。

獣脂蠟燭に火をつけると、キッチンへ行き、薬草茶が入っている壺を見つけた。深々とにおいをかいでから、普通の茶が入っている缶のところへ行く。

においをかいでみた。

まったく同じだった。

薬草の容器にはまだ目草薄荷と野良人参のかすかなにおいが残っていたが、両方とも普通の茶だった。リアは事実を突きつけられたあとも、薬をすり替えていたのだ。そしてコーラは、その結果に向き合わされることになった。

静寂と暗闇のなかで、コーラはシャーロットがいてくれたらと願った。もし伯母がここにいれば、助言となぐさめを与えるだけでなく、コーラが犯した間違いを許してくれるだろう。首を振りながら、カッター家の女たちにありがちな軽はずみな行動を笑うだろう。このふたつの心臓《ハート》、欠陥のある心臓《ハート》に従ったせいで、最もふさわしくないときに、ひとりの男に熱を上げてしまった。

コーラは戸棚にもたれて座り込み、両手で膝を抱えた。泣きはしない。解放したくてたまらなかったけれど、涙に暮れている暇はなかった。この小さな炎がお腹のなかにともるのを許してしまったが、背後からつかみかかってくる影を振り切れなければ、何ひとつ始まりもしないうちに火は消えてしまうだろう。

セオ――フリント――は、ダンカンに心臓がふたつある女について尋ねていた。しかしダンカン自身も女が実在するのかどうか知らないようだったのに、そこへ女を殺してやろうという申し出があった。殺害を依頼させ、要求させるための申し出。そんなことをするのは誰だろう？　解剖学陳列室をつくっているドクター・ウッド？　いや、そんなはずはない。彼はダンカンの競争相手だ。女を殺す手助けを求めはしないだろう。

二階では、突然リアの声が大きくなった。ときどきあるように、悪夢を見ているのだろう。しかし、どうも様子が違った。自分と言い争っているかのようだ。

コーラは眉をひそめて扉のところまで行き、もっとよく聞いてみた。違う、リアは誰かと言い争っているのだ。コーラはキッチンのナイフをつかんだ。帰宅したとき表口には錠が下りていたが、裏口が破られていたのかどうかはわからなかった。泥棒は北側の裕福な地区を狙うこともあり、先週近くの一軒が銀器を盗まれていた。

コーラはためらわず、蠟燭も持たずに階段を一段飛ばしで駆け上がり、ドアノブを回しながら肩で扉を押しやった。

なかでは、リアがきちんと服を着て、旅行用の外套をまとい、見たこともない新品のカーペット地の旅行かばんを持っていた。コーラを見て、びっくりして床にかばんを落とす。しかしもっとびっくりしたのは、セオドア・フリントが手に何枚かの紙を握りしめてベッドの足もとに立っていることだった。

「コーラ！」セオが言った。

子どもができたのよ、あなたとわたしに。

それが真っ先に頭に浮かんだことだったが、コーラはぐっとこらえた。

「ここで何をしてるの？」冷ややかに尋ねる。それから、リアに向かって言った。「いったいどうして旅支度をしてるの、リア？　どこへ行くつもり？」

「リアだったんだよ」セオが言って、手にした紙を差し出し、羊毛のベッドカバーにたたきつけた。「リアが犯人だ。ダンカンとぼくの教授ドクター・ウッドに、きみを殺したときの買い手になるよう打診してたんだ。きみを牛のばら肉みたいに売って回ってたんだよ」

コーラは吐き気を催し、暖炉の炎に舞う薄紙のように、頭のなかがぐるぐる回るのを感じた。必死になって、めまいで倒れ込まないように自分を奮い立たせる。

「いったいなんの話？」コーラは訊いた。

「これだよ。ドクター・ウッドが、受け取った手紙をぼくに渡したんだ。リアは自分が出したことを認めた。手紙は、大学にきみの遺体を引き渡してほしいなら、最低五百ドルの値をつけるよう求めてた。もしきみが妊娠したら、七百ドルまで値を競り上げるつもりだった」

リアは身じろぎもせず、両手を固く握り合わせていた。その顔は無表情で、悲しみも、後ろめたさも、悪事を暴かれてほっとしたときの高揚感も見られなかった。

「逃げなきゃなりません」リアが少ししわがれた声で言った。「この男が――」セオを指さす。「この男が、あたしたちをふたりとも殺すと脅してるからです！　急いであなたの荷物をまとめてたら、この男が向かってきて、気が触れたみたいにその手紙を振り回したんです」

「リア。あなたはずっと、薬草茶をすり替えてたわね。わたし気づいたの」今、コーラが言葉にできそうなのはそれだけだった。

「それは、あなたが結婚するのに役立つと思ったからです！」リアが両手で顔を覆い、涙ぐむときによくやるように指で両目を押さえた。「仕事を辞めてもらいたかったんです。この……この男がいい夫になると思って。あたしは決まった仕事に就けば、もっと稼げます。でも、彼はあなたに死んでもらいたがってるんです、ミス・コーラ！　部屋にヒ素を持ってるんだって、そう言ってました。あたしに手伝ってもらいたいんです。ひとりではできないから」

コーラはセオを見た。その顔は青ざめていた。

「嘘をついてるんだよ、コーラ。手紙を出したのはリアだ。彼女の筆跡だって、見てわからないか？」セオがコーラの手に紙を押しつけた。

コーラは手紙を受け取って、一行読んだ。

……死体が届いたなら、五百ドルの支払いをお願いしたく《wuld like》……

コーラは顔をゆがめた。リアは昔から、wouldという単語の綴りを間違えていた。それに、便箋はこの部屋にある移動式書き物机に備わっているものと同じで、言い回しはリアの話し言葉を思わせた。

「ああ、リア」コーラは手紙を床に落とした。「リア。いったいどうして?」

リアは身動きひとつしていなかった。セオを見て、次にコーラを見ると、絶望はその顔からみるみる消えていき、かたくなな表情に場所を譲った。しかし、セオは断固として沈黙を守り、コーラもそうした。リアはどんなときでも、沈黙が降りるとしゃべり出す。まるで静寂がつらすぎて耐えられないかのように。

「どうしてかって?」ついに言葉をほとばしらせる。「お医者さまは、あんたがこんなに長くは生きないはずだって言った。もう何年も前に死んでたはずだって。あたしはこれまでずっと、ただただ辛抱強く待ってた。でもあんたはじゅうぶんなお金、こうやって暮らしてくじゅうぶんなお金さえ稼ぎやしない。あんたに何もかも費やしたんだから、少しでも取り戻さなきゃならなかった。なんと言ったたっけ?　あの相互――なんだっけ?　ウォール街のあの大きな建物にあるやつ。生命保険だ。あたしが貸しにしといた、未払い給料だよ」

「貸し?　貸しですって?」コーラはつかえながら言葉を吐き出すのがやっとだった。「じゅうぶんなお給料をもらってなかったのなら、わたしとシャーロットを置いて出ていけばよかったじゃない!」

「シャーロットのことは、自分の子みたいに愛してた！　でも彼女は、あんたがあたしの面倒を見るし、あの仕事でだいたい決まったお金が入ってくるから、と言った。でも、いつだってじゅうぶんじゃなかった。お金のためでなきゃ、どうしてあたしが毛並みの悪いあんたなんかのために働くっていうのさ？」

「わたしは犬じゃないのよ、ふざけないで！」コーラは怒りを込めて言った。

しかし、リアは聞いていなかった。「あんたの従妹にばれさえしなけりゃ、お金を払い続けてもらえたのに。あれで何もかもだいなしになった」ずっと吐き出すようにしゃべっていたので、袖で口をぬぐう。「あんたのお腹に子どもができてれば、もう二百ドル稼げるんだ。大学の先生がそう言ったんだよ」

コーラはメイドをまじまじと見つめた。まるで別の誰かが発した言葉のように思えた。リアが――わたしのリアが――これまでずっと、わたしを殺す準備をしていた。わたしのリアは、わたしのことなどどうでもよかった。関心があったのは、この体と、胸のなかで鼓動を打つふたつの肉塊だけ。生まれたその日から、わたしはただの仕事だった。コーラは、流感にかかったとき、リアが愛情を込めてオートミール粥をつくって食べさせてくれたことや、きれいな新しいドレスを縫ってくれたことを思い出した。ありとあらゆる瞬間が、偽りだったのだ。

「リア、お願いだから、わたしの名前は明かさなかったと言って」

リアは答えなかった。

その沈黙は、煉瓦のかけらを顔に投げつけられるよりも残酷だった。コーラはていねいに手紙をたたみ、リアのベッドに置いた。

「わたしを彼と結婚させたいのかと思ってた」セオの名前を口に出すことができずに、そう言った。

「ええ、そうすれば妊娠して、いい値がつくだろうからね」

セオもコーラと同じく、驚きで口も利けなくなっていた。コーラは身じろぎもできなかった。「出ていけ」コーラは目を上げず、抑えた声で言った。リアが動かなかったので、顔を上げる。薊《あざみ》の棘が刺さったかのように、目がちくちくした。「出ていけ」大声を出さないように努めながら命じた。

リアが旅行かばんを手にして、顎を上げ、胸を張った。寝室の戸口へ向かう。そして振り返りもせずに言った。「彼はあんたを殺そうと持ちかけたんだよ。あんたのこの、ドクター・フリントはね。できるだけこぎれいな状態で、売り払おうとしてた。娼婦にしてから、生皮をはぐつもりだったんだ。自分で訊いてみな！」

コーラはメイドが階段を下りていく足音を聞いていた。表口の扉が乱暴に閉じられたときの風圧で、寝室の扉がガタガタと揺れた。

リアは行ってしまった。

「嘘だよ」セオが顔を真っ赤にして言った。

コーラは黙っていた。

「リアは前にも嘘をついてただろう？」セオが言って歩み寄ったが、コーラはその近さにひるんだ。

「わたしを殺したいとリアに話したの？」コーラは尋ねた。

セオがため息をついた。「ああ。でもそれは、かまをかけるためだったんだ。リアが何かたくらんでると疑ってたからね。ぼくが事情を理解してなかったころに、ほのめかすようなことを言ってたんだ。きみが気絶したあと、家まで送ってきたあのときだよ。どっちにしろ、きみがぼくの将来の仕事に役立つとかなんとか。結婚のことを言ってるんだと思った。そのあと、もしかして違ったのかもしれないと気づいた。それで、突き止めなくてはいけないと……」

「ほかには、誰にわたしのことを話したの、セオ？」コーラは振り返ってセオを見た。フレデリック・ダンカンと娼家にいたときの、穏やかで冷たく自信に満ちたフリントとは別人のように見えた。自分がどこへ向かっているのかわからないかのようだった。

「ダンカンには話してない」セオが言った。

「そんなことは訊いてない。ほかに誰に話したの？」

セオがため息をつき、今度は扉のそばの椅子に座った。「ウッド教授とドレイパー教授に話した。きみのような人が存在することは本当に可能なのか尋ねたんだ。でも、名前や、どんな人かは言わなかった。ふたりとも、それは不可能だと答えた」

コーラは首を振った。「でも、あなたにはもっと話すことがあったんでしょう？　そうでしょう？　あなたは知ってることを言わずにはいられなかった。わたしの胸にふたつの心臓を感じたことを。わたしが眠ってるときに、調べたんでしょう?」

「意図的にやったわけじゃない。でも——」

「でも、あなたはふたりに話した! ああ、そしてリアはわたしの名前を教えた!」

セオがまたため息をついた。「ああ、話した。でも、ダンカンには言ってない。本当だ。彼はきみが何者か知らない」

「それはどうでもいい。わたしたちにはどうにもできないほど大きくなってる。リアに、あなたに、ドクター・グリア……うわさは、わたしたちに向かってくるわ、セオ」コーラは罠に掛心臓がふたつある女。誰かがわたしを捜してる。みんながわたしを捜してる。一方の親が中国人の、の高い男の人をとらえたようにね。彼らはわたしをとらえるのは時間の問題だわ。尻尾がある女の子や、背かった者のように、部屋を行き来し始めた。「そしてあなたは、わたしが実在すると人に話した。誰にも言わないと約束したのに。しかもリアに、わたしを殺すつもりだと言ったの? ヒ素で?」

コーラは腹部を押さえた——セオには理解しようのない反射的なしぐさだった。もしこの子にも、心臓がふたつあったら? わたしの厄介ごとが、また一から始まってしまう。彼らは、フィラデルフィアでわたしと子どもを見つけるだろう。ヴァージニアで見つけるだろう。わたしの恐怖に終わりはない。

もし……恐れるべきうわさがなくなれば別だけれど。

わたしがいなくなれば別だけれど。

「帰って」コーラは言った。「今すぐ」

「コーラ、ごめんよ！　あんなことを言ったのは、リアに誘いをかけて白状させるためだったんだ。本当のことを言わせるためだよ。そしてぼくは真実を見つけた。リアはもういない！　終わったんだよ」

「終わってない。わたしは追われてるし、ジェイコブは襲われた――わたしのせいでね。わたしが死ぬまで、何ひとつ終わりはしない」コーラは戸口へ行って扉をあけた。「帰って」

セオがじっとその場に立っているあいだ、コーラの頭には、口にできない苦悶に満ちた無数のものごとが渦巻いていた。やっとのことで、セオが階段のほうへ歩き出した。

コーラはぼんやりとあとに続いて階下へ向かい、セオが外に出ると表口の錠を下ろしてから、窓のところへ行って、しっかり閉まっていることを確かめた。建物の裏の勝手口を確認したあと、迷子のようにキッチンを見回し、いくつかのもの――リアの気に入りの料理道具――がなくなっていることにようやく気づいた。

そうだ、あの壺。

コーラはかまどの上の、お金がしまってある壺のところへ行った。ここ最近の死体盗掘のおかげで、硬貨はたっぷり入っていたはずだ――十ドル金貨、五ドル金貨、一ドル金貨、半ドル銀貨。空っぽだった。コーラの今の全財産は、ベストのポケットに入っている――五ドル四十セント。

おそらくリアは、今もコーラを殺す策を練っているだろう。あたりを見回す。ここはもう、自分の家ではなかった。自室の毛布をつかみ、階段の下へ運んでから、錠の下りた表口のドアノブの下に椅子を立てかけ、その前に座った。手持ちのナイフすべて――四本ぜんぶ――を身に着け、いちばん大きなナイフを握りしめて目を閉じた。

それでも眠れなかった。

誰かが扉をたたいていた。

「ジェイコブ！　ミス・コーラ！」

子どもの声だった。近所の男の子、ジョージだ。コーラはまだ手にナイフを握っていた。それを腰の鞘に収め、床から立ち上がる。居間の窓からちらりと外をのぞき、そこにいるのがジョージで、ほかに誰もいないことを確かめた。

ほんの少しだけ扉を開く。

「手紙が二通。ぼくのやること、なんかある？」ジョージが訊いた。

「いや」コーラは答えた。かすれただみ声は、まだ着ていたジェイコブの服と調和していた。

ベストから小銭を数枚取り出し、少年に手渡す。

「それと、今朝、誰かが来たよ。男だ。窓からのぞいてた」

コーラはうめき声をこらえた。たぶんセオが、仲直りを期待して戻ってきたのだろう。

「茶色い髪をしてたか？　このくらいの背丈で？」コーラは自分の頭より五、六センチ上に手をかざした。

「ううん。ギャングのどれかの一員みたいだった。名前は思い出せないや。〝デッド・ラビッツ〟？ 〝スワンプ・エンジェルズ〟？ こんなアップタウンでやつらを見かけるなんて、なんか変だったな。姉ちゃんとぼくが外でラウンダーズをしてたら、その人が、ここには誰が住んでる、って訊いたんだ」

ああ、まずい。お願いだから、答えなかったと言って。コーラは胸のなかで祈った。

「で、なんと答えた？」コーラは尋ねた。

「その人が、きれいな若いご婦人に贈り物があるって言った。中国の血を引くご婦人だって。ぼくは、きれいな若いご婦人だったらこの通りにはミス・コーラしかいない、黒い髪と黒い目をしてるよ、って言った。で、贈り物を預かるよって言ったんだけど、その人はミス・コーラとじかに話したかったんだ。それで、ぶつくさ言って行っちまった」

まずい、まずい、まずい。

彼らはわたしを捜している。ふたつの心臓を持つ、しかるべき血を引く女。五百ドルの獲物なら、扉をたたいて捜し回るだけの値打ちがある。そしてすでに、わたしの住まいに見当をつけた。

「ジョージ、ここに来る知らない人には、おれたちは出ていったと伝えてほしいんだ。近いうちに出ていって、二度と戻らないからな。リアはもう行ってしまった」

「リアは行っちゃったんだ！ どこへ行くの？」

「パリさ」コーラは嘘をついた。「フランスに親戚がいる。あす夜発の次の船に乗って行くから、八十四番通りのホテルに泊まってる」

「そんなに遠く？」

「そうだ」コーラはポケットに手を入れ、二十五セント硬貨を取り出した。男の子にとっては一週間分の賃金だ。「ほら。郵便配達人として本当によくやってくれたな、ありがとう、ジョージ」悲しげに微笑んで扉を閉め、ふたたび錠を下ろしてから、また床に座り込む。

体がこわばり、疲れきっていた。夜は惨めなまま過ぎていったが、やるべきことがいろいろあった――まず、アレグザンダーと話さなくてはならない。ひどく気は進まなかったが、ニューヨークから逃げ出すにはお金を借りるしかないだろう。スゼットには、少なくとも新しい土地に落ち着くまでの数カ月は借金を返せないことを伝えなくてはならない。しかし、こんなふうに考えても、まったく心は休まらなかった。うわさはどこまでも追ってくるだろう。

コーラは、ジョージに渡された封筒をあけた。ふたりの医師、ドクター・ネヴィルとドクター・オーフォードからだった。どちらも、コーラが追いかけていた患者の主治医で、患者のひとりはアフリカへ旅行したあと象皮病にかかった男性、もうひとりは顔に病気による変形が見られる女性だ。最初の手紙を開く。

親愛なるミス・リー、
最近、あなたがかなり深刻とおぼしき心臓血管の病気を患っているといううわさを耳にいたしました。数名の医師とわたくしは、最大の敬意を持ってあなたを内科・外科大学の階段教室にご招待し、検査を受けていただきたく存じます。我々の部門随一の医師であるドクター・ウィラード・パーカーが、徹底的な診察にかかる料金五ドルの請求を差し控えるとのことです。ただ、もう少し早くわたくしに打ち明けてくだされば、その手の仕事に精を出しすぎないよう忠告することもできたかと――

コーラは手紙をもみくちゃにした。暖炉のところへ行き、すぐさま細い蠟燭で手紙に火をつけた。もう一通の手紙をちらりとのぞくと、こちらは変形が見られる女性の最新情報が書いてあるだけだった。仕事など、もうどうでもいいのに。わたしの正体は世の中に知れ渡ってしまった。シャーロットとアレグザンダーがわたしを守るためにしてくれたことは、すべてむだになった。

ここでやるべきことはあまりなかった。コーラはコーヒーの残りを飲み干した（お腹のなかの小さな豆粒はコーヒーが好きだろうか）。次にパン壺から古いパンを出して少し食べたが、それは乾パンより干からびていた。なんとか胃を落ち着かせることができたので、顔を洗い、ジェイコブの別の服を着て、裏口から出た。

南へ向かって歩くあいだ、コーラはもうジェイコブらしい気分にはなれなかった。あまりに見え透いた安っぽい扮装に思え、兄という人格を演じることにもう居心地のよさを感じられない。すれ違う男性すべてと視線が合うような気がした。ジェイコブのきたない帽子と無精ひげのせいで、見栄えがしないことはわかっている。しかし自分の正体が秘密でなくなった今、世界じゅうにきびしい目を向けられているように思えた。

これからはずっと、一歩ごとにひたすら用心しなくてはならない。節約のため、乗合馬車には乗らず、できるだけすばやく歩いた。しかし、速度を上げると吐き気が込み上げてきたので、またゆっくり進むしかなくなった。体のなかの小さな居候が、もうあれこれ命令を発しているみたい、とコーラは哀れっぽく心につぶやき、またお腹をぽんとたたいた。

「独裁者になったのは、おまえのせいじゃないよね」ぽつりと言う。

ようやく博物館に着くと、忍び足で路地を滑るように進み、アレグザンダーのアトリエまで来たが、扉には錠が下りていた。ノックしたが誰も応じないので、地下室の唯一の窓からのぞいてみた。収納室の向こうに明かりはついていなかった。どこへ行ったのだろう？　歩道まで戻り、伯父がよく行く店を見て回ろうかと考えた。しかしちょうどそのとき、アレグザンダーが一ブロック先の店から、腕にいくつか包みを抱えて出てきた。

アレグザンダーはジェイコブを見て、少し驚いてから笑みを浮かべて明るい表情をした。コーラは笑みを返せなかった——伯父に何もかも話すのがあまりにつらかったからだ。もう帰る家がないこと。リアが行ってしまったこと。ああ、何もかも。アレグザンダーのほうへ歩き、酒場の前を通り過ぎた。数人の酔った男女が、立てた樽に腰掛けて冗談に笑っていた。死んだ馬を運ぶ荷馬車が走って行き、子どもたちがそれを追いかけながら、馬の頭に向かって石を投げた。馬の舌が荷馬車の端からだらりと垂れていた。しかし、歩道の人込みをよけながら歩いていると、反対方向に歩いている男にぶつかった。

「ジェイコブ。ジェイコブ・リー。おめえか、え?」

コーラはすばやく後ずさりした。パックだった。数週間前のあの晩、ウィリアム・ティモシーの遺体を盗んで唐突に仲間たちのもとを去った、チーズの塊みたいな耳の死体盗掘人だ。明るい日中に見ると、思っていたよりいっそう醜い男だった。目は小さい干し葡萄のようで、口は大きく、干からびた玉蜀黍《とうもろこし》の穂軸のような黄色い歯をしている。連れの男がいて、そちらは背が低く痩せていたが、まばらな黒い顎ひげを生やし、片方の目がなかった。空の眼窩の上にまぶたが垂れ下がり、まつげの根元が腫れて赤くなっていた。

「おまえに用はない」コーラは荒々しく言った。「おれたち抜きでうまくやってるそうじゃないか」ぐるっとよけて進もうとしたが、パックが横に寄って立ちふさがった。脈拍が速くなり、不意にコーラの頭にこんな考えが浮かんだ。お腹に子どもがいる。殴り合いなんてできない。動転のあまり少しだけ判断が鈍り——路地に駆け込めば逃げられるのではないかと考えた。そこで、路地のほうへ向かった。

間違った方向だった。

「ちょっと顔貸しな」パックが言って、コーラの腕にきつく腕を絡ませ、暗い路地にやすやすと引き込んだ。コーラは腕を振りほどき、きびすを返して通りへ向かったが、パックが分厚い手をすばやく伸ばしてコーラの頰をがっちりつかんだ。頰の内側が臼歯に当たってザクッと裂ける音が聞こえ、口のなかに塩辛い血の味がした。片方の手が喉に回され、もう一方の手も続いた。パックは、コーラがぎりぎり逃げられない程度に首を絞めていた。コーラは相手の股間を強く蹴り、もう一度蹴ったが、パックはただくるりと向きを変えさせて、コーラの喉を肘で絞めつけただけだった。手でコーラのジャケットの内側を探り、ポケットのなかのささやかな金を見つけたが、硬貨をひとつかみ地面に投げ捨てたあと、分厚い手はさらに探索を続けた。

「じゃ、おめえも妹とおんなじか？　ここに売りもんになる余分なポンプがあんのか？　あいう見た目の女が、五百ドルになるって聞いたぞ。若くて、中国人みたいな顔をした女は、おめえの妹のほかには知らねえ。あいつには心臓がふたつあるんだろ？　おめえはえらく不細工だから、せいぜい半額にしかならねえだろうが、それでもなかなかの稼ぎにゃなるよな、え？」

「彼を放せ」アレグザンダーが路地の入口に立ち、長い影がその場をさらに暗くした。伯父の服装を見れば、職人であること、かなり裕福な職人であることがわかった。パックが顎を突き出した。

「失せな。おめえさんはお呼びじゃねえんだ。おれはもう、博物館にゃ雇われてねえ！　今じゃ好きなようにやってるんだ」

「彼を放せ」アレグザンダーが言った。こめかみの静脈をぴくぴくさせながら、包みを下に置く。パックがさらに強く首を絞めつけ、コーラは目が飛び出しそうになった。両肘で何度も何度も相手のあばらを押しやろうとしていたが、そのときふと気づいた。このまぬけ、ナイフを抜きなさい。そこで、手の届く唯一のナイフを取ろうとしたが、それは消えていた。

「これを捜してんのか?」小柄なほうの男が言って、ナイフを持ち上げた。道でぶつかってきたときに、すり取ったのだ。じつにありふれた手口だが、コーラはすっかり上の空で気づかなかった。注意散漫は泥棒の最大の味方であり、コーラの命取りになりかけていた。

「放せと言っただろう」アレグザンダーが言った。「もう警備員を呼んである」

「何? あの役立たずの偏屈じじいか?」小柄な男が、高く耳障りな声で笑った。「いつも半分酔っ払ってるじゃねえか。いいから失せな」

アレグザンダーが歩み寄ると、小柄な男は相手にせずパックを手伝おうとするかのように背を向けた。しかし、いきなりくるりと向き直って、手にしたコーラのナイフを突き出した。アレグザンダーは、コーラが思っていたよりずっとすばやくそれをよけた。驚くほどの敏捷さで、路地の壁に立てかけてあった折れた材木をつかみ、みごとな弧を描いて振り上げ、男の顎をとらえる。次に、材木を振り下ろして、男の脳天を勢いよく打ちつけた。小柄な男が倒れると、アレグザンダーは材木の端で男の腹を強く突いた。こうして、パックの連れは口から血を流して側溝わきにぐったり伸びてしまった。

「彼を放せ」アレグザンダーがもう一度言って、片方の手で額の汗をぬぐった。

「おっさん、やめときな」パックが言った。コーラは目でアレグザンダーに懇願した。

だめ。逃げて。走って。

しかし、アレグザンダーはただ材木を左側にさっと振り下ろして、進み出た。首を絞められすっかり息を切らしていたコーラを、パックはひとまず壁に向かって放り出し、コーラは煉瓦にゴツンと頭をぶつけた。空気を求めて喘ぎ、咳き込んでぜいぜいと喉を鳴らす。苦しい呼吸の合間に、アレグザンダーがパックの肩を殴るのが目に入った——力いっぱい殴ったので、バシッという音が路地の壁に反響した。

パックはにやりとしただけだった。アレグザンダーは後ずさりして、ふたたび材木を振り上げ、パックの腕を打った。またしても、パックはにやりとしただけだった。材木がシャツの下の皮膚を引っかき、血がにじんでいた。三度めに材木が振り上げられ、顔に向かって飛んでくると、パックはそれをつかみ、もぎ取った。アレグザンダーは、ごみだらけの路地のでこぼこした地面をよろめきながら後退し、身を守ろうと片腕を上げたが、パックがその右腕を殴り、次に右膝を殴ったので、地面にくずおれた。パックが前に飛び出し、アレグザンダーの右の前腕をブーツで踏みつけた。

アレグザンダーは悲鳴や叫び声を一度もあげなかったが、最後に頭を一度蹴られると、気を失った。コーラはようやく息ができるようになり、急いで前へ走って小柄な男からナイフを取り戻し、身構えた。パックが向き直り、こちらに突進してきた。コーラはさっとかがみ、効率的な動きで、しっかり握りしめたナイフを振り下ろし、ブーツをはいたパックの足に突き刺した。

パックが痛みにわめき、下に向かってつかみかかってくると同時に、コーラはナイフの柄に全体重をかけて押し、刃をブーツのなかへまっすぐ沈めて、その下で骨が砕ける音を聞き、敷石のあいだの硬い地面に相手の足を釘づけにした。

パックが絶叫した。かがんでコーラの頭を殴ろうとしたが、コーラはすばやくブーツからもう一本ナイフを抜き、振りかざされた両腕を切りつけた。両腕から赤い血が滴り落ちた。路地の端に倒れていた小柄なほうの暴漢が、目を覚ました。コーラと、地面に釘づけになって痛みにわめいているパックを見る。

「探し回んのはもうやめだ、パック。じゅうぶんバラしてムクロにしただろ!」そう言うと、小柄な男は路地から駆け出し、姿を消した。

その言葉で、コーラの目にすべてがくっきりと見えてきた。〝じゅうぶん殺して死体にしただろう〟つまり、死体盗掘ではじゅうぶんではなかったのだ。台帳に載っている人々が寿命を全うせずに死んだ理由が、これでわかった気がした。

「おまえか。おまえが彼らを殺したんだな、そうだろう?」コーラは怒りを込めて言った。

パックが叫ぶばかりだったので、コーラは立ち上がって相手の胸を強く蹴った。パックが片足を地面に固定されたまま、後ろに倒れた。倒れたせいでナイフがいくぶんか足を切り裂き、パックがわめいた。コーラはさらにもう一本のナイフを振り上げ、相手の反対側の太腿を突き刺した。新たな悲鳴が路地に響いた。

「尻尾のあるブロンドの女だ!　おまえが殺したのか?」コーラはどなった。

パックは地面に横たわって、よごれた革のブーツから血をほとばしらせ、新たに流れ出た血でズボンの脚を染めながらわめいていた。

「ああ」パックが喘ぎながら言った。「女のリボンを使って、首をきつく絞めろと言われた」

「誰に言われた？」

「女を殺したら金を払うと、博物館から伝言があった。でも、やつらは死体を〈スチュアーツ〉のそばに置いておけと言った。たわけた考《ガミー》えだよ。おれは、あのダンカンてやつのとこへまっすぐ運んで、追加料金までもらった」

「ほかに誰を殺した？」

「顔に赤い染みがある男だ。あううう――」

ウィリアム・ティモシー。

「だからあの晩、おれたちが仕事にかかる前にいなくなったんだな――すでに盗んだことに気づいたから」コーラはナイフを強く押しつけながら訊いた。

「ああ」パックが泣き声で言った。「足を放してくれ！　悪かったよ、ジェイコブ、ほんとに悪かった――おめえの妹の首にすげえ賞金がかかってるから、おめえを狙ってみるのもいいんじゃねえかと思ったんだよ」

「首に腫れ物がある老婦人に、ストリキニーネを盛ったのか？　あの男、ヒッチコックも殺したのか？」

「誰だって？　なんだそりゃ？　いや、やってねえ！」

本当に困惑しているようだったので、コーラは嘘ではないと思った。なぜ全員ではなく一部が、パックの手で殺されたのだろう？　ほかの人たちは、ただの偶然だったのか？　路地の入口あたりに野次馬が集まっていて、だしぬけに警備員が大声で助けを求めながら現れた。

コーラはナイフから手を離し、パックは罠に掛かった兎のように息を弾ませながら哀れっぽい声をあげた。

「この人を」コーラは言って、うつぶせに倒れたアレグザンダーに駆け寄った。意識のない伯父の頭を支える。左眉の上に大きなみみず腫れがあり、抱きかかえるあいだにも腫れが大きくなっていった。「ひどい怪我をしてます」

「診療所へ運びましょう。すぐそこですから」

「ありがとう」

「警察官に事情聴取されるでしょうな。これはあんたがやったのかね?」警備員が、足を串刺しにされておいおい泣いているパックを指さした。

「はい。あいつが、おれと伯父から金を奪おうとしたんです」

ちょうどそのとき、アレグザンダーが身動きした。ぼんやりとコーラを見上げ、目を丸くする。

「行け、ジェイコブ」アレグザンダーが言った。「そのうち、こっちからおまえを捜し出す。遠くへ行け。今すぐ」

コーラは伯父の頭を支えながら目を潤ませたが、アレグザンダーはふたたびすっと意識を失って、腕のなかでぐったりした。コーラは伯父の脈を取ってみた――速く、力強い。気絶しているだけで、治療を受けて休めばよくなるだろう。

コーラは、きたない路地の硬い地面に伯父をそっと横たえた。警備員がほかのことに気を取られているあいだに、野次馬の群れを抜けていく。

もう隠れる場所はなかった。この容赦ない狩りを納得のいく避けがたい結末へ導く方法は、ひとつしかない。コーラは死ななくてはならなかった。しかし、死は敵ではない。長年のあいだ、コーラを養ってくれたものだ。それは棺のふたの下から秘密をささやき、屍衣に包まれながら物語を伝えてくれた。死ぬ方法はいくつもあった。

そして、コーラは実際に死ぬことになる——ただし、自分の思いどおりに。

26

助けを求めに行ける場所は、あとひとつしかなかった。もしかすると、ふたつ。

一時間近く、ほぼずっと走り続けたあと、コーラは――両手をパックの血で染め、ジェイコブの服を着たまま――十八番通りの大きな真鍮のノッカーを持ち上げた。

扉が開き、上品な黒い仕着せと糊のきいた白いエプロンを身に着けたメイドが応じた。コーラを見て、あんぐりと口をあける。

「何……かご用ですか？」後ずさりしながら訊く。

「すみません、お宅のお嬢さま、ミス・カッターにお話があるんです」

コーラがジェイコブの声ではなく、普通の女性の声で言うと、メイドが眉を吊り上げた。

「どちらさまですか？」

「わたしは……」コーラは咳払いした。もう隠すことなど何もない。「わたしは……ミス・コーラ・リーです。じつは、恐ろしく不運な事故に遭って――」両手の血をぬぐおうとしたが、それはすでに乾いていて、隠すには遅すぎた。「お願いします。お嬢さまと話さなくてはならないんです」

「とんでもない！」メイドが扉を閉めようとした。

扉の奥から、声が呼びかけた。「誰が来たの、ジェーン？」

「浮浪者です」

「スゼット！」コーラは、扉が完全に閉まる前に手で押さえながら叫んだ。「コーラよ！」

「まあ！」

磨かれた大理石の床を上靴がパタパタと打つ音が聞こえたかと思うと、スゼットがメイドを押しのけた。コーラが男の服を着て、よごれた短い髪をしているのを見て、目を丸くする。

「ええっ、なんてこと！」スゼットが叫んだ。かなり長いあいだ、メイドと同じように目を見開き、ぽかんと口をあけたままだった。「どうしてそんな格好をしてるの？」

「事情があるの」コーラは答えた。「話すととても長くなる。ニューヨークを離れなくちゃならないんだけど、あなたの助けが必要なの」

「それは……血？」

「ええ、でもわたしのじゃないわ」コーラは遅ればせながら、その返事では逆効果だと気づいた。

スゼットがメイドに下がるよう合図しながら、「もしお母さまに言いつけたら、瞬く間にこの家から追い出してやるわよ」と小声ですばやく警告したあと、コーラを招き入れた。そして客間に案内し、座らせた。スゼットがお茶と食べ物を持ってこさせたが、コーラはほとんど食べられなかった。

「お母さまが家にいなくて本当によかった。いったいどうして男の服を着てるの？　髪をどうしたの？」スゼットは驚きと興奮が半々という様子で、手を伸ばし、汗で額に貼りついたコーラの短い髪に触れた。

「あなたのお母さまが戻るまで、あとどのくらいある？」

「二、三時間かしら。お母さまは、婦人援助会の会合に参加してるの」

「まさに、それがわたしに必要なものよ。二、三時間。あとは、お風呂と、できたら……ドレス」

「ドレス！」スゼットが椅子に深く座り直した。「ええ、そのくらいなら、わたしがわけなく用意できるわ。何もかも話して」

そこで、コーラは話した。空想の産物のように現実離れしていたが、空想ではない物語を。おそらく、読んでいた小説のおかげで、身の毛のよだつような内容に対するショックは適度に和らげられたようだった。立派なことに、スゼットは立ち去ったりコーラを屋敷から追い出したりせずに、ところどころで鋭い質問をした。

「それじゃ、そもそも本当だったのね。ふたつの心臓のことは」

「ええ」コーラは惨めさにうなだれて言った。右胸の下を指さす。シャツのそのあたりはしわだらけで、染みがついていた。「ここにある。疲れると、どきどき打つのを感じる。走るときも、鼓動が速くなる。そして世の中には、これをわたしの胸のなかではなくて、ガラス瓶に入れて棚に置きたいと思ってる人たちがいるの」両手を膝の上にだらりと下ろす。「あなたには、嘘をつくしかなかったの、スゼット。こういうすべてについて。身を守るにはそうするしかなかった。でも今は、あなたの助けが必要なの」

「よくわからないんだけど」スゼットが言った。

「この人生を捨てる必要がある。この名前、この体、わたしたちが分け合う相続財産さえも捨てる必要があるの。何ひとついらない」

「どうやって？」

「どうにかして、世間の人にわたしが死んだと思わせたいの。死にはせずにね」

「ばかげてるわ。そのまま街を離れなさい！　うわさはいずれ消えていくはずよ」

「そうしたいわ、スゼット。でもわたしを見て。わたしは見た目を変えられない。ひと目でわたしが異質だとわかる人たちが住む街に、紛れ込めるとは思えない。うわさはボストンにも、フィラデルフィアにも広まるでしょう。彼らは追いかけてくる。もし追いかけてこなくても、平穏な日々は決して訪れない。だから、自分の手で平穏な日々をつくるために、この人生を終わらせる」

スゼットが立ち上がった。客間を行ったり来たりし、何度も方向を変えるたびに、絹のスカートがサラサラと音を立てた。「そう。あなたが死ぬつもりなら、とにかく、あなたをお医者さまに診せなくちゃならないわよね？」

この提案を聞いてコーラは恐怖に身をこわばらせたが、スゼットの説明に納得した。なるほど。確かに医者が必要だった。

しかしまず、コーラはメイドの手を借りて、よごれた爪のことをしかられながら、浴槽でしっかり体を洗わなくてはならなかった。そのあと、スゼットが少し古いドレスのなかから一着を貸してくれた。美しいパールグレーの絹製で、袖はふわりと膨らみ、身頃にはピンク色のレースと真珠のボタンがついている。やや長めだったものの、サイズはぴったり合った。髪については、できることはあまりなかった。コーラは頑として家にかつらを取りに帰らず、スゼットは、最近熱病にかかったせいで剃られたことにしようと提案した――医者の命令だ。それから、コーラの短い髪を飾るためのきれいな白いリボンを見つけ、左耳の真上で蝶結びにしてくれた。メイドが「かわいらしい《シャルマン》」と感嘆の声をあげ、スゼットも同意した。問題なさそうだ。

スゼットは出かけるためにバルーシュ型馬車を用意させながら、コーラのほうをちらりと見た。「心配しないで。あなたは、この街で誰も見たことがないほど美しい死体になれるわよ」

コーラは顔をしかめた。「美しさは重要じゃないわ。死体らしいことのほうが重要よ」

「だったら、肌を白くするのに使える上等な白粉《おしろい》が少しあるわ。ほかにもいくつか考えがあるけど、まずは行かないとね。急いで」

馬車が十四番通りまでの短い距離を進むあいだ、コーラはアレグザンダーがどこかの診療所で治療を受けているだろうか、それともベルヴュー病院か、ニューヨーク病院に運ばれたのだろうかと考えた。この街からじゅうぶん遠い場所に逃れたら、手紙を送って、無事だと伝えよう。しかし、伯父を呼び寄せることはしないつもりだった。アレグザンダーには自分の人生がある。おそらくこの別離は、悲劇に覆われた祝福なのだ。

リアがどこにいるかはわからない。きっと駅馬車に乗って、ゴールド・カントリーかどこかへ向かったのだろう。すべてがうまく行けば、二度とリアには会わなくて済む。コーラはふと考えた。もしかすると、本当にパリに行くべきなのかもしれない。リアはフランスのものが何もかも大嫌いだったし、コーラは昔からもっと外国語を学びたいと思っていたからだ。シャーロットが教えてくれた別の言語はじつのところ隠語だけで、それは数には入らなかった。

馬車がだしぬけに止まった。「着いたわ」スゼットが言った。「いらっしゃるといいけど」

コーラはうなずき、従妹とともに馬車を降りた。ドレスには細心の注意を払わなくてはならない――ことがうまく運ばなければ、これが最後に身に着ける服になるかもしれなかった。ドクター・ブラックウェルが言っていたとおり、表に看板はなかったので、ふたりは建物のなかに入り、階段で二階へ上がった。木の床と質素なしっくいの壁は隅々まで清潔で、複数の扉の一枚にだけ看板が掛かっていた。

エリザベス・ブラックウェル、MD

スゼットとコーラは顔を見合わせた。

「ねえ、わかってると思うけど」スゼットは、どうしても口もとがゆるんでしまうのを隠そうとしながら言った。「これまでも、これからも、こんなばかげたことをするなんて二度とないでしょうね。まるで、いつも読んでる小説のなかに入り込んだみたい」

「恐ろしい夢みたいよ」コーラは言ってから、顔を曇らせた。「この先はもう、いっしょにばかげた冒険ができないのは残念だけど」

「できないかもしれないし、できるかもしれないわ」スゼットが言った。扉に向き直り、指の背でコツコツとたたく。扉があき、ドクター・ブラックウェルが現れた。首から手首まできっちり覆い隠すいつもの簡素な黒いドレスを着ている。

「あら！　ミス・カッター！　そしてミス・リー！　わざわざどうしてここへ？　まあ！　髪をどうしたの、ミス・リー？」

「こちらのわたしの従姉は、病気なんです」スゼットが言うと、ふたりはなかへ通された。

「すごく重い病気です」

「わかったわ！　というより、わからないわね。髪のことを除けば——病気には見えない。少し顔色が悪いけれど」

「とても特殊な問題があるんです、ドクター・ブラックウェル」コーラは言って、テーブルを挟んだ医師の向かいに、スゼットと並んで座った。「じつは、不必要な興味を引いてしまう体の不調を抱えてます。口で説明するより、診ていただいたほうが早いでしょう」

ドクター・ブラックウェルが、テーブルの上で両手を組み合わせた。「よろしい」

コーラは別の部屋に案内され、服を脱いで、長く白いシフトドレスを着た。仕切りの反対側へ行き、清潔なリネンで覆われた細長い診察台に腰掛ける。ドクター・ブラックウェルが、ゴム管をつけた小さなトランペットのようなものを取り出した。「〝ゴールディング・バード〟よ。最新の聴診器」

医師がコーラの上方の心臓と左右の肺の音を聴いてから、腹部を触診した。ゴールディング・バードを当てて聴き、もう一度診察する。コーラの目、喉、皮膚を見て、足首と手首と首の脈を確かめた。重労働のせいで手の皮が厚く、首にあざがあることに気づいたようだったが、何も尋ねなかった。

「あなたはじゅうぶん正常で健康に見えるわ」しばらくして、ドクター・ブラックウェルが言った。

「ここです」コーラは言って、指さした。「聴診器をここに当ててください」

ドクター・ブラックウェルが眉をひそめてから、聴診器の釣鐘形の末端を右のあばらに押し当てた。目を見開いて、聴診器を上にずらし、もう一度聴く。

「この音はまるで……」しかし、最後までは言わなかった。手を差し出し、あばらの皮膚のすぐ上にかざす。「いいかしら?」

コーラはうなずいた。ドクター・ブラックウェルが、優しく温かい乾いた指先を、コーラの第二の心臓に当てた。それから、もう一度ふたつの心臓の音を聴き、さらにもう少し耳を傾けた。コーラを寝かせたあと、立ち上がらせ、そのあいだもずっと聴いていた。

「なんと言えばいいのか、よくわからない。それは胸郭のすぐ下にあって、心臓と同じように拍動している。わからないのは、血管系がどうやって維持しているのか……。はっきりした収縮期と拡張期はなかったけれど、弁が変形しているのかも。下大静脈への接続がどうなっているのかは想像もつかない……あるいは、単に心臓の付属的な……」

「害のない付属的な器官じゃないことは確かです」コーラは言った。「昔、重い卒中の発作を起こしたので」

「その若さで？」医師が驚いて言った。

「ええ。子どものころ」コーラは診察台から下り、仕切りの裏へ行って着替えた。スゼットがコルセットを締め、ペチコートのひもを結ぶのを手伝ってくれた。

ドクター・ブラックウェルはふたたびテーブルに着くと、羽根ペンにインクをつけて、紙片に何か書き始めた。

「強心薬を服用して、あとは軽い運動をすればじゅうぶんでしょう。あなたの敵は鬱血《うっけつ》よ、ミス・リー。だからときどき瀉血を受けるように――」

「ああ」コーラは口を挟んだ。「よくなるための薬はいりません。悪くなるための薬が必要なんです」

「失礼？　何か聞き違えたみたい」ドクター・ブラックウェルの笑みが揺らいだ。

「わたしがどんな仕事をしてるかご存じですよね？」コーラは言った。

「ええ。あなたがそういう職業に就かなければならないのは残念だわ」

「じつは、意図的にあの職業に就いたんです。自分がもし解剖学博物館や街の陳列室に標本として求められることになったとき、いち早く知るためです。そして、そのときが来ました」

「なんてこと！」ドクター・ブラックウェルがペンを置いた。「でもまさか、あなた……。いったい誰がそんな……」

「わたしは追われ、誘いをかけられ、襲われました。二度も。じつを言うと、ジェイコブはわたしなんです」コーラは言った。「次に襲われたら、生き延びられるかどうかわかりません。だから先生の助けが必要なんです」

「具体的には、何が必要なの？」

「死ぬ必要があるんです、ドクター・ブラックウェル」


コーラとスゼットが帰る前に、ドクター・ブラックウェルは薬の処方箋を書いてくれた。コーラは、薬が赤ん坊に影響しないことを願った。しかし今のところ、暴力を受けたあとも流産していなかった。小さな強い子だ。妊娠については、ドクター・ブラックウェルにもスゼットにも話さないことにした。どちらかに計画を阻止される危険は冒せない。首に懸賞金をかけられて生まれてくる子どもにはしたくなかった。

ドクター・ブラックウェルが処方箋を手渡して言った。「いつかまた会えることを願っているわ、コーラ。生きて、元気で、恐怖から解放されたあなたと」

「恐怖を乗り越えられるよう願うばかりです」コーラは言った。

「そして、死の影の外で生きられるよう願うわ」

コーラはうなずいた。もしこれを生き延びたら、死体盗掘の仕事はしない。もう二度と。

スゼットとコーラは、通りを二本隔てたいちばん近い薬屋へ急いで歩いていった。棚には、さまざまな大きさと形の暗褐色の瓶が陳列されていた。カウンターの後ろには、薬草と粉薬でいっぱいのガラス瓶がずらりと並んでいる。陶器の瓶には、中身の名称が青いうわ薬の文字で美しく記されていた。ムミア、つまりエジプトのミイラの粉末で、苦く土臭いにおいがする薬。容器のふたに空気穴がある蛭。阿片、アロエ、ホミカ（ストリキニーネを含むマチン科高木の種子で、苦味健胃薬）。土と薬草と病気のにおいが、隅々にまで染みついていた。

コーラは、カウンターの後ろに立つ年配の男に処方箋を渡した。

「ジギタリス」薬剤師が読み上げた。「山査子《さんざし》、立浪草《たつなみそう》。ベラドンナ・チンキ、阿片」批判的な調子で読んでから、目を上げてコーラを見る。「これはおまえさん用かね？」

「とんでもない。父の薬です。浮腫なんです。心臓が弱くて」コーラは言った。

「ぜんぶをいっぺんに与えちゃいかんよ」薬剤師が言って、ひどく心配そうな顔をした。

「わかりました。父は、症状に応じて、ときどきこういう薬を飲んでるんです。グリーンズ薬局は気に入らなくて」コーラは言った。「量をごまかしたんですよ」さりげなく、その薬屋についてよく聞く苦情を口にする。

「ここではそんなことは起こりませんぞ！」薬剤師がせわしく薬を計量し始め、スゼットは落ち着かない様子で待っていた。男がいくつかの紙袋に、ベラドンナ・チンキの小さな瓶と、阿片チンキの瓶を加え、包みをコーラに手渡した。スゼットがカウンターにお金をのせた。そしてふたりは店を出た。

「どこで氷を買うの？」コーラはバルーシュ型馬車に乗り込みながら訊いた。

「ジェーンに買いに行かせるわ。家から数ブロック西に、氷室があるの。夏にシャーベットをつくるときには、配達してくれるのよ」

屋敷に戻ると、メイドたちは、コーラが血まみれの男の服に逆戻りしていないのを見てほっとしたようだった。スゼットが、玄関広間の大きな時計を見て顔をしかめた。

「あまり時間がないわ。うまくいくかどうかわからない。本当に、ほかに方法はないの？」

「ないわ」コーラは答えた。

「ただ遠くへ行くのではだめ？」スゼットが訊いた。

「だめよ。ずっとおびえながら暮らすなんていやだし、自分の力で新しい人生を始めたい。どこかでメイドか、家庭教師になれるかも。もしかすると、教師にも」

「もしかすると、医者にも」スゼットがごくまじめな顔で言った。

コーラはため息をついた。新しい仕事を選べるのは、心穏やかに思案にふける余裕がある人だけだ。「やるしかないの。今すぐ。時間をむだにしてるわ」

スゼットはうなずいたが、むずかしい顔をしていた。客間にメイドを呼び、お茶を頼む。

「お茶の葉は別にしておいてね――自分たちで淹れるから」スゼットが指示した。「それから、氷を注文して。いつもの二倍の量よ」

メイドがお辞儀をして去った。十分もしないうちに、温めた大きなティーポットに入れた熱湯と、カップ、ミルク、砂糖、茶葉を入れた小さな皿を運んできた。メイドが立ち去ると、スゼットが茶葉を少しの湯で湿らせ、コーラはレティキュールから薬を出した。ジギタリスと山査子と立浪草をポットの熱湯に混ぜる。湯が茶色に変わり、紛れもなく薬臭いにおいがした。コーラはポットの上で鼻孔を膨らませた。

「なるほど。いいにおいじゃないわね」

スゼットが褐色の煎じ液をふたつのカップに注いでから、残りを暖炉のわきに捨て、薬草の痕跡をすべてかき集めて火に入れた。湿った塊がシューシューと音を立てて煙を上げた。そして湿らせた茶葉を空のポットに加えた。

「どんな効き目があるんだったかしら？」スゼットが訊いた。

コーラは最初の一杯を、熱さに我慢できるかぎりすばやく口に含み、顔をしかめながら苦い液体を飲み込んだ。二杯めを手に取る前に、ひと息つく。

「ジギタリスと山査子と立浪草は、脈を遅くするはず。うまくいけば、わたしの首を見たり手首に触れたりした人が、誰も脈を感じなくなるくらいまでね」二杯めを飲み始める。「阿片チンキは、鎮静させて呼吸をゆるやかにする。そしてベラドンナ・チンキは、あなたがわたしの目にさしてね。阿片は瞳孔を収縮させるんだけど、その作用を中和して、逆に瞳孔を大きくするの」

「なぜ？」スゼットが戸惑った顔で訊いた。

「死んだばかりの人の瞳孔は、すごく大きくなるからよ」コーラは答えた。

「そんなことまで知ってるなんて、感心するわ。ぞっとする話だけど」スゼットが言った。

「もうすぐいらなくなる知識よ」お茶のせいで吐き気がしてきて、一瞬コーラはお腹を押さえ、子どもが許してくれることを願った。ほかに道はない――これをやり遂げなければ墓場まで追いかけられ、ふたりとも死ぬことになる。阿片チンキの茶色い瓶を取り、空になったカップに必要な量を注ぐ。

カップを持ち上げる前に、胸を押さえた。ふたつの心臓が不規則な鼓動を打っていた。ときどき一瞬止まったり、少し速くなったかと思えば、長い間を置いて続くこともあった。まるで酔っ払いが、途中でうとうとしながら扉をたたいているようだ。

「もう影響が出てきたみたい」コーラは言った。

スゼットが手を伸ばし、コーラの手に触れた。「準備はいい？」

「ええ」コーラは応じた。「まず氷風呂を用意するのを忘れないで。わたしが入りしだい、最後の一通を残してすべての手紙を出してちょうだい。必ずあなたの使用人が、宛名の人にじかに手渡すようにしてね」スゼットは手紙を書き終えていた。宛先は、コーラがよく仕事で協力してもらった医師三人と、ドクター・ブラックウェルだった――彼女は最後の診断をして、ほかの医師には最小限しかコーラの体に触らせないと約束してくれたのだ。弔問を願うフレデリック・ダンカンとセオドア・フリント宛ての手紙と、コーラがアレグザンダーに宛てて書いた唯一の無署名の手紙もあった。あとで連絡すると約束し、自分は無事だと伝えたが、ほかには何も書かなかった。いつか、もっと詳しい説明を書き送るつもりだった。

最後の一通は部下たちに宛てた手紙で、いちばん信頼している〝公爵〟に送る手はずになっていた。彼らがコーラの死を知るのは、かなり先になる。空の棺を守ろうと墓地に行って、命を危険にさらしてほしくないからだ。それに、自分の遺体を彼らが売ろうとするかどうかを知りたくなかった。そんなことをされたら、胸が張り裂けてしまうだろう。最初から考える機会を与えないほうがいい。

葬式は行われない。埋葬の儀式もない。スゼットは、コーラをエヴァーグリーンズ墓地の一族の墓所にひっそりと静かに葬り、棺が荒らされないよう番人を置くことを求める。誰かが棺をあけたとしても、そこにはスゼットが自室を飾る羊歯《しだ》の鉢植えから取っておいたいくらかの土と、古いドレスと裂けた下着類しか入っていない——略奪された棺の中身とそっくり同じだ。誰にせよ、コーラを掘り起こそうとした連中は、別の死体盗掘団に先を越されたと考えるだろう。

しかし、コーラは棺のなかにはいない。回復して、スゼットが隠しておけるかぎりは、従妹の寝室に隠れている。歩けるくらい元気になったら、衣類を入れた小さなかばんとわずかな現金を持って、乗合馬車に飛び乗り、フィラデルフィアかボルティモアに向かう。そこからスゼットに手紙を書き、どうにかしてもう少し現金を送ってもらう。コーラは名前を変え、もうコーラではなくなる。二通めの手紙で無事であることを伝えたら、スゼットには二度と手紙を書かない。

コーラは阿片チンキのカップを下ろした。「なんとお礼を言えばいいのかわからないわ、スゼット。あなたとはまた、なんのつながりもなくなってしまう。自分の人生に家族を取り戻すことがこんなにうれしいなんて思わなかった。あなたに会うまでは」

「というより、会ってだいぶたつまではね」スゼットが言って、穏やかに笑った。「初めて会ったときは、あなたが大嫌いだったもの」

「そうだったわね」コーラは微笑んでから、真顔になった。「あなたが旦那さまと幸せを見つけることを願ってる。あるいはお友だちと！　わたしは一生結婚しないんじゃないかな。勇気がなくて」

「それじゃ、本当にあの若いお医者さまを置いて行ってしまうの？　ミスター・フリントを？」

コーラはうなずいた。自分の遺体を手に入れるための競争について、フリントが〈マダム・ベックの店〉でダンカンと、そして最後のふたりのけんかで話したことを頭に巡らす。フリントがコーラの恋人になりたい、せめて友だちでいたいと思ったとしても、それは無残な失敗に終わった。初めて会ったときのことを思い出した——なんてがむしゃらで、自信たっぷりで、恐ろしいほど無邪気な青年だったのだろう。あのセオが懐かしかった。

セオ、あなたに乾杯。コーラは胸のなかでつぶやいて、ティーカップを持ち上げた。あなたが最高入札者に売るための、傷ついたふたつの心臓《ハート》はないわ、おあいにくさま。

阿片チンキを飲み干す前に、コーラは言った。「氷はわたしの熱を下げるためだとメイドに言うのを忘れないで。冷えきったわたしの体を触らせるのも、見せるのもだめ。氷風呂を用意して、手紙を出して、弔問客が来たら、わたしを寝かせるベッドの下に、追加の氷を敷いてね」

スゼットがうなずいた。

コーラはアルコール臭くて苦いチンキの最後の一滴を飲み干してから、カップをそっとソーサーに置き、ふたつの茶色い瓶をスゼットに渡した。従妹はそれをドレスのひだに隠し、テーブルの端から小さな呼び鈴を取って鳴らした。

すぐにメイドが現れた。

「ジェーン、ミス・リーの具合が悪いみたいなの。熱があるわ。二階に冷たいお風呂を用意して、氷を持ってきて。ぜんぶよ」

「お医者さまをお呼びしましょうか？」ジェーンが尋ね、コーラが手で額を支え、椅子にぐったりもたれているのを見て目を丸くした。

「あとでね。まずは水風呂を試すわ」

ジェーンがお辞儀をして、急いで部屋を出ていった。スゼットが心配そうにコーラを見た。

「ねえ、コーラ。気分はどう？」

すでにまぶたが重くなってきた目を上げて、コーラは従妹を見た。

「最悪」

27

薬がどれほどすばやく効いてくるかに驚いてしかるべきだったが、コーラはあまりにも眠くてどんなことにも驚けなかった。

糖蜜のように絡みつく重さが手脚に広がり、めまいで頭がぐらついた。自分の脈を確かめようとしたが、手首に触れてもなかなか見つからなかった。あまりにも遅く弱くなっていたからだ。むかむかしたが、必死に吐き気をこらえた。胃に薬を収めておかなくてはならない。ぼんやりと、窓の外の光が薄らいできたことを意識した。日が暮れたのだ。それとも、自分の視界が暗くなっているの？　口のなかは、お茶ではなくおがくずを飲んだかのように乾いていた。眠い目をしばたたいてスゼットを見る。従妹の声は、トンネルの奥から聞こえるようだった。

「コーラ？　コーラ？」スゼットが言ったが、唇の動きが言葉と合っていなかった。コーラは、「もっと、もっと」と言われているのだろうと考えた。もっと薬を飲む必要があるのかもしれない。カップを取ろうとしたが、それは空だった。そんなことはわかっている。取ろうとするなんてなんだか変だ。とにかく取ろうとして、おぼつかない指をカップに掛けようとしたが、カップは滑り落ちて、床で粉々になった。

「ジェーン！」スゼットが叫んだ。「彼女を二階に連れて行かなきゃ。お風呂へ。急いで」

阿片は急速に効き目を現していた。しかしそういえば、家で干からびたパンを少し食べた以外、一日じゅう何も食べていなかった。あの家は、もうわたしの家ではない。リアは行ってしまった。わたしを売るために育てていたリア。豚みたいに。妊娠した雌豚なら、もっと価値がある。今のわたしがそうだ。

「雌豚！」コーラはだしぬけに叫び、スゼットが困惑した表情でこちらを見た。なぜスゼットには、この冗談がわからないのだろう？

「さあ、コーラ。二階へ行くわよ」スゼットがみんなに聞こえるように声を大きくして言った。「ひどい熱だわ。さあ、こっちよ」歩み寄って、手を差し出す。コーラは疲れきって手も上げられなかったので、スゼットが腰に腕を回し、椅子から抱え上げた。

「行くわよ、いーくーわーよ」コーラはもつれる舌で言った。

「ええ、そう。二階のお風呂へね。憶えてる？」スゼットが耳打ちした。顔はとても心配そうで、少しおびえているようだったが、声は冷静でしっかりしていた。「氷風呂よ」

スゼットが身ぶりで指示すると、メイドたちが下ろしたてのリネン類を持って、客間の外の大階段をのぼっていった。コーラは、磨かれたマホガニーの手すりと、床に敷かれた豪華なペルシャじゅうたんと、壁を飾る金の円形模様を目にした。メイドたちが、バケツに入った風呂用の水を二階へ運んでいた。もうひとりが、濡れて水が滴っている大きくて四角い何かを布に包んで持っている。氷だ。

二階の浴室――何もかもが白く輝いていて、ぴかぴかに磨かれている――には、水差しと洗面器がのった台のとなりに大きな磁器の浴槽が置かれ、バスソルトと石鹸がたくさん入った黒檀の棚も備わっていた。メイドのひとりが服を脱がせようとコーラに近づいたので、コーラはキリストのように両腕を広げた。

「だめよ」スゼットが言って、メイドを追い払った。「わたしが服を脱がせるわ。タオルを置いていって。すぐに終わるから」

コーラは立っているのもやっとだった。頭がぼんやりしてぐらつき、視界の端が暗くなってきた。胸に手を当ててると、ドレスはすでになく、自分のペチコートと、それとはあまり合わないスゼットの古いコルセットだけという姿だった。ほどなく、ゆるいシュミーズと長いドロワーズだけになって震えながら立っていると、スゼットが風呂へと導いた。

「氷のように冷たくしたわ」スゼットが言った。「あなたが言ったとおりにね」

コーラはうなずき、スゼットのしっかりした腕につかまりながら、浴槽のなかへ入った。水がふくらはぎと太腿を切りつけ、座ったときには叫び声を抑えられなかった。すぐさま体じゅうの皮膚に鳥肌が立ち、激しく身震いする。寒さのせいで阿片による恍惚状態から覚めてしまったようだった。頭を振り、もう外へ出る気になったかのように、両手を浴槽の縁に置く。

「もっと体を沈めなくちゃだめよ」スゼットが言った。「肩まで入らないと」

コーラはすでに歯をガチガチと鳴らし、その音は頭蓋骨にまで響き渡っていた。「できない。スゼット、できない」

「やるしかないのよ」スゼットがなだめるように、やけに説得力のある口調で言った。「それが計略でしょう。あなたの計略よ、憶えてる？」

「でも、もし……」コーラは歯をガチガチ鳴らしながら言った。「もも、もし、しし、死んでしまったら？」

「だいじょうぶ。死なないわ」

しかし、スゼットの言葉は空々しく聞こえた。コーラの頭の奥深くで、くぐもった警告の声が渦巻いていた。アレグザンダーの声だ。〝考えたことはあるか、おまえがカッター家のもうひとりの相続人だってことを？　競争相手だってことを？〟

コーラは恐怖に目を見開いた。従妹を見上げる。わたしの体を水のなかへ押して、押して、さらに押している。すぐに、氷のような冷たさが首まで包み込んだ。

「あなたにはもっと阿片が必要だわ」スゼットが、まるでひとりごとのように言った。「そうよ。意識がはっきりしすぎてる」

「しし、死ぬときは、目をとと、閉じてないと、だだ、だめよね」コーラは歯を鳴らしながら言った。

「ええ、そうね。すぐに戻るわ」

コーラがじっと見ていると、スゼットはすばやく浴室を出て扉を閉めた。ドアノブがごそごそと音を立てるのが聞こえた。メイドに邪魔されないよう、スゼットが鍵を掛けているのだ。

浴槽のなかで待っていると、震えは少しずつ治まり始めた。もしかすると、ちょっと出ていたほうがいいのかもしれない、と頭のなかでつぶやく。しかし、なめらかな磁器の浴槽の縁をつかもうとしても、指がすっかりかじかんで動かなかった。指を口のなかに入れてみると、指先に比べて舌が熱く感じられた。

もっと体温を下げなくちゃ、と考え、目を閉じてさらに深く浴槽に体を沈める。水が口の上に来るまで沈み込むと、浮かんでいるいくつもの氷の塊が、浴槽の端や膝に当たってガラガラと音を立てた。氷の冷たさが、体の中心を痛いほどきつく締めつけたあと、それは奇妙なぼんやりした温かさに変わっていった。心地よいと言ってもいいくらいだった。

スゼットが扉の鍵をあけるまで、コーラは自分が眠っていたことに気づかなかった。ほんの少しだけ目を開くと、スゼットが片手に薬の瓶を持ち、氷の塊が入った大きなほうろうの洗面器を腰で支えて運び込むのが見えた。ひとつずつ、物音や水のはねる音を立てないように、大きな氷の塊を水に入れ、解けてしまった分を注ぎ足す。氷は、カットされていない巨大なダイヤモンドのように水に浮かんでいた。スゼットがこちらを見ると同時に、コーラはふたたび目を閉じた。

「コーラ！」スゼットが呼んだ。

コーラは答えられなかった。

「コーラ！」スゼットの声は先ほどより力強くなったが、おびえているようには聞こえなかった。額に熱い手が当てられ、同じ手が水面下へ滑って肩を揺さぶるのを感じた。

コーラの手は、胸に軽く当てられていた。左の心臓のすぐ上だ。それは頑固に、手のひらの下で鼓動を打っていた。かすかだが、感じ取れる。

トクン。

トクン、トクン。

トクン。

トクン。

トクン。

鼓動は不規則で、一回ごとにとても長い間があった。薬草がしっかり効いているようだ。なんとか目をあけると、スゼットが薬のスポイトを用意しているのが見えた。コーラは、自分がしばらく意識を失っていたことに気づいた。

「手紙を出したわ」スゼットが言った。「あなたはもう、一時間くらい氷水に浸かってるわ。唇が真っ青になってる。ベラドンナを使う時間よ」続けて言う。「かなりしみると思うけど。ごめんなさいね、従姉のコーラ」裕福な上流階級の淑女にしては、薬や氷や計略に、驚くほどなじみがあるようだった。

スゼットが上体をかがめて、コーラの右まぶたを引き上げた。茶色いガラスのスポイトが、頭蓋骨まで貫こうとする錐《きり》のように、ぐんぐん迫ってくるのが見えた。何か焼けるように熱く痛いものが目に当たった。コーラは顔をしかめ、叫び出したくなったが、口がまだ水面下にあった。スゼットがもう一方のまぶたを引き上げると、もう一方の目も焼けつくような痛みに襲われた。

「この目薬の効き目がどのくらい続くのかはわからない。お医者さまたちが来る前に、もう一度ささなくちゃならないかもね。でも、コーラ」スゼットが言って、薬を棚に戻した。「わたしにも、ドクター・ブラックウェルにも、ほかのお医者さまたちにも、反応しちゃだめよ。あの人たちがあなたを診に来たときにはね。動いちゃだめ。息を吸うのも、いびきをかくのもだめよ。つねられても、反応しないこと。わかったわね？」

「もっと……」コーラはかすれた声で言った。喉がからからだった。「もっと……阿片を」

「わかった」しばらくすると、下唇が引っぱられるのを感じた。ひどく苦い味が舌に広がった。「それじゃ、あなたをお風呂から出して、寝室へ連れて行くわね。あなたの体は冷えきってるから、かなりうまくやったはずよ。追加の氷の厚板を二枚持っていって、ベッドに敷いて、火は消したわ。小さなランプをひとつだけともしておいたから、かなり暗いしね」

スゼットは懸命にコーラを風呂から出そうとしたが、結局メイドたちを呼ぶしかなかった。今やコーラは本当に具合が悪かったので、どれほど無力になってしまったかを見せるのに、嘘をつく必要はなかった。〝弔問客〟が来るまでは、公式に死んだと見なされなくてもかまわないのだから。

スゼットが、メイドたちの手を借りてコーラに長いネグリジェを着せ、髪をふいて乾かし、自分のベッドに寝かせた。コーラはすさまじい吐き気に襲われていた。吐きたくてたまらなかったが、またしても、喉までせり上がってきた胃液をどうにか飲み下し、胃がおとなしくしてくれるよう願った。

ひとりのメイドが小声で言った。「亡くなったんですか？」

「そのようね。ほんの二時間前はお元気でしたのに！」別のメイドが言った。

「よくわからない。急に倒れたんだけど、たぶん発作だったのね。前にも発作を起こしたらしいけど、こんなにひどいのは初めてみたい。瘧《おこり》（マラリアなどの熱病）みたいな病気のせいだと思うわ」スゼットが応じた。まるでドクター・ブラックウェル本人から直接うまい台詞を教わり、訊かれるかもしれない質問に備えていたかのようだった。

メイドのひとりが、くすんと鼻を鳴らした。「いったいどんな人生を送ってきたのかしら、想像もつきませんわ！　このかたが着てたあの服といったら！」

「ええ、それに、もともと健康ではなかったの」スゼットが言った。「熱病はときどき、あっという間に命を奪っていくのね。彼女の家族を呼ばなくてはならないわ」涙はこぼれていないのに、ハンカチで目をぬぐう。

うっすらとあけたコーラの目に映った部屋には、金の厚いダマスク織りと絹の房飾りで覆われた天蓋つきのベッドがあった。今では何もかもが二重になって、なぜか黄疸《おうだん》のような黄色い膜が張っているように見えた。コーラは、布を敷いた硬い氷の厚板の上に寝かされていた。しかし、すでに体が冷えきっていたので、どれほど不快でも気にならなかった。

「今の流行なのよ」メイドのひとりがベッドカバーを整えながら小声で言った。「遺体をまるで生きてるみたいに仕上げられる男がいるの。埋葬まで、遺体を氷の上で保存しておくんですって」

「でも、まだ亡くなってないわ！」別のメイドがささやき声で言った。

「たとえまだでも、もう長くないでしょうよ」最初のメイドが応じた。

スゼットがまたメイドたちを追い払ってから、大きな鏡がついた化粧台のところへ行った。白粉の箱を取り出し、コーラの顔に塗る。ていねいに顔全体、両手、胸の上部にも白塗りの化粧を施してから、余分な白粉を払い落とし、仕上がりがより自然に見えるようにした。

「本当に、死人そのものに見えるわよ、コーラ」スゼットが静かな声できっぱりと言った。

「あとは待つしかないわね」

28

意識を失う前に、コーラは自分の体が痺れるほど冷たく、解けた氷で背中が濡れていることに気づいた。スゼットが何度かやってきて、氷でシーツ類が濡れて人目を引くほど床にしずくが垂れるのを防ぐため、ベッドのまわりに何枚もタオルを置いた。しかし、コーラのこわばった手や顔に触れたときには、満足げにうなずいた。きっと誰が触れてみても何時間も前に死んだと思い込むほど冷たいに違いない。

頭のなかがぐるぐると渦を巻いて、混乱したイメージが押し寄せ、時間と距離が現在と絡み合う幻影をつくり出し、さまざまに入れ替わった。スゼットが頬に触れたり、そばに置かれたタオルを換えたりするのに気づいたかと思うと、次の瞬間には十二年前に住んでいたゴーワヌス湾の古びた家にいた。コーラは小さな男の子用の服を着て、家の土壁の隙間に止まった蜻蛉《とんぼ》を追いかけている。リアは小さなジェイコブが外で遊んでばかりいるとしかり、シャーロットはまた手紙を書いて、もっとお金を送ってほしいと頼む。背景のどこかにアレグザンダーがいて、絞めたばかりの貴重な鶏を二羽抱え、この家の乏しい食料をなんとか補おうとしてくれている。

ぼんやりと、シャーロットが立ち上がって誰かに挨拶したことに気づいた。数週間前に会ったばかりのドクター・ティルトンだった。しかし、その姿は見えない。ただ、そばで話している声からあの医師だとわかっただけだ。

「信じられません。心臓をふたつ持つ女性は彼女だったのですか？　そして今までずっと、あらゆる人に隠していた。まったく信じがたい」

「誰に話したらいいのかわからなくて」スゼットが言った。「ミス・リーはあなたのお名前を口にしてました——それで、家族のご友人かと思ったんです」

沈黙が降り、コーラは医師の温かい指が自分の冷たい手に触れるのを感じたが、それはすぐさま離れた。扉がきしむ音がして、別の人たちが抑えた声でぼそぼそと何か言った。ベッドの下の柔らかいじゅうたんを踏む足音が聞こえた。

「ミスター・フリント」スゼットが言った。短い間があった。「ドクター・ブラックウェル。そしてミスター・ダンカン。驚かせてしまって申し訳ありません。きょうの昼間は元気だったのに、急に熱が出たんです。ひどく無理をしてたみたいで——体が弱っていたに違いありませんわ」

「発作を起こしたとおっしゃいましたか？」セオが訊いた。その声はかすれていた。

さらに沈黙。スゼットがうなずいたのだろう。洟をすする音と、ハンカチがこすれるカサカサという音がした。

「どこに埋葬されるんですか？」セオが訊いた。コーラのふたつの心臓がドクンと音を立てたような気がしたが、そのあとすぐに静まり返った。まるで枝の栗の実が風に吹き払われて、下へ下へと落ちていくように。

落ち着いて、とコーラは自分に言い聞かせた。落ち着くのよ。

「エヴァーグリーンズ墓地です」スゼットが答えた。

「母と話したんです。わたしたちが買った新しい一族の墓所に葬ります。それが正しいことでしょう」

「ほかにこのことを知ってるのは？」セオがまた訊いた。「奇妙なほど感情が欠けた声だった。

「あなたと、彼女が仕事でおつき合いのあったお医者さまがた。

「彼女が伯父と呼んでた紳士は、まだ入院してるんですよね？」スゼットが言った。

「アレグザンダーが入院してる？　なぜ？」

「マリー通りで襲われたんです。伝言を送ったんですけど、まだ返事がありません」

コーラの目がちくちくした。アレグザンダーが意識朦朧としていた様子を思い出した。もし、傷が思ったより深かったら？　もし、死んでしまったら？

さらに、ぼそぼそとつぶやく声がした。メイドたちが出たり入ったりしたあと、ミセス・カッターが手短に挨拶しに来て、弔問客たちに別れを告げた。屋敷の女主人が現れたことで、ささやき声は瞬く間に静まった。

コーラは、凍りついた不快なまどろみのなかへ何度も何度も落ちていき、薬と氷に体の力をすっかり奪われて、まるで地球の中心に船のロープでつながれているような気がした。

そしてほんのかすかな目覚めが訪れるたびに、あまりにもばらばらな思考が飛びかって、果たして生き延びられるのかどうかすら気にかけていられなかった。自分のまわりで、いくつかの言葉が口にされたのを思い起こす。

驚いた
本当なのか
心臓
ふたつの心臓
心臓
ふたつの心臓
どうして

コーラは言葉をビーズのように絹のひもに通してつなぎ、ロザリオのように指で触れたいと思った。そのひとつひとつに、自分の過去の罪すべてを、あらゆる過ちを消し去る力があるかのように。

ある時点で、かなり長いあいだ目が覚めていたらしく、扉のすぐ外で話すふたりの声が聞こえた。

「世話は使用人たちに任せろよ、スゼット。まったく、ことが起こってから、きみはほぼずっとその部屋で過ごしてるじゃないか。もうできることはすべてやっただろう」

「彼女を放っておけない」スゼットが言っていた。

「もうやることは何もないよ。数時間後には埋葬される。きみのお母さまは、必要以上に長くこの家に彼女を置いておきたくないんだ。主要な彼女の知り合いは、すでに弔問に来たしね」

「彼女を放っておけない」スゼットが頑とした口調で繰り返した。

「これをお飲み」

「なんなの？」スゼットが少し間を置いた。何かのにおいをかいでいるようだった。

「ワインさ。気を落ち着けたまえ。ショックなのはよくわかる。だが、忘れるな——これは天の恵みだよ。彼女は、ぼくたちの人生から消え去ったほうがいいんだ。彼女の母親と伯母——きみの伯母——は家名に泥を塗った。これですべてを葬ることができる」

スゼットがつばを飛ばして咳き込んだ。「これはただのワインじゃないわ。何を入れたの？」

「きみを落ち着かせるものだよ」

「どんなもの？」スゼットが声を高くして言った。「睡眠薬？」

「阿片チンキさ。かなりの量のね。きみに休んでもらいたいんだ。そんなに興奮しては体に障る」低いつぶやきが聞こえ、スゼットの声がうわずってきた。泣いているようだ。

「彼女といっしょに部屋にいなきゃならないの」頑固に言い張る。

「だめだ。きみの従姉の埋葬については、すでに計画が動き出している。きみがこまごまと世話する必要はない」男性が言葉を切り、抑えた声で続けた。「きみの執着は病的だし、見苦しいよ、スゼット。ああいうおぞましい小説を読みすぎているせいだろう。もうやめなくてはいけないな。きみが従姉と仲よくなったのはわかるが、もうじゅうぶんだ。あとは神さまにきみの祈りを聞いていただくしかないんだよ」

扉が勢いよく閉まり、カチリと錠が下りた。

コーラは目をあけようとしたが、どういうわけか顔が言うことを聞かなかった。必死の努力で両腕を上げてみたが、動くのは片方の腕だけだった。右腕。指はかすかに引きつるだけ。左側は完全に麻痺していて動かない。それに、まだ凍えていた。凍えきっていた。体の背面は解けた氷でびしょ濡れになり、めまいで頭がくらくらした。部屋に誰もいないので、話そうとしてみる。

喉からはなんの音も出てこなかった。

もう一度目をあけようとしたが、あけられなかった。めまいの波がまたやってきて、今ではおなじみの糖蜜のような触手にからめとられ、無意識へと引きずり込まれる。阿片を追加するようスゼットに頼むべきではなかったのだ。死ぬかもしれない。おそらく死にかけているのだろう。薬のせいでこれほど朦朧としていなければ、皮肉な状況を笑っていたはずだ。しばらくのあいだ眠っていたが、ふと体が動いていることに気づいた。しかし、自分の意思で動いているのではない。温かい手、優しい手が体に触れていた。

ネグリジェを脱がされているのだ。

「ミス・カッターがお貸しした、あのドレスを着せましょう」メイドのジェーンが言っていた。「奥さまがそうおっしゃってるから」

「で、お嬢さまはそれについてなんとおっしゃったの？　あのご様子だと、ご自分以外誰もここに入れたくないようだったけど」

「それについては、おっしゃることはたいしてなかったでしょうよ」ジェーンが言った。少しだけ得意げな声音だった。「ミスター・シャーマホーンが阿片チンキを飲ませたから、上階の客用寝室でぐっすりお休みになってるわ！　あれは、将来の妻を黙らせるひとつの方法かもしれないわね」

コーラは別のメイドの両手に腰と肩をつかまれ、体の向きを変えられているところだった。重力の法則に従って、両腕が人形のようにどさりと投げ出された。空気が濡れた背中を撫で、タオルで体をふかれるのを感じた。

「まあ、氷で体じゅうびしょ濡れだわ。しばらくのあいだ遺体を保存しておきたかったんでしょうね。銀板写真を撮るよう頼んだのかしら？」

「いいえ、それはないと思う」コーラは左右に転がされたあと、片腕を引っぱられた。「コルセットはいらないわ、ミニー。シュミーズとドロワーズだけ着けてあげて。たっぷり香水を振りかけてね。髪は、とかして新しいリボンをつけるだけでいいでしょう」ジェーンが少し間を置いた。「かわいそうに。聞いたところじゃ、死体盗掘人たちのために、墓地へ行って死人を探してたそうよ」

「まさか！　この人が？　カッター家の女性が？」ミニーがヒューと口笛を吹いた。「奥さまが早く埋葬して家から追い出したがるのも無理ないわ！　あの婚約者は、ミス・カッターの相続財産が減るかもしれなくて、ひどく不機嫌だったそうね。もしかすると、ミス・カッターが毒を盛ったのかも！　いつだって、幽霊やら殺人やらのおぞましい小説を読んでらっしゃるんだもの」

「上流階級の人たちの半分が、遺産を手に入れるためになんらかの粉を使ってたとしても、わたしは驚きませんよ。でも、この人は、どっちにしろ病気だったからね」ジェーンが言って、コーラの胸をつついた。

「なんと、まあ。冷たいったらありゃしない。氷が熱を追い払うのに大いに役立ったというわけね」

さらにシーツや衣服が立てるサラサラという音がして、メイドたちができるだけ慎重に、コーラの体をあっちへこっちへと動かした。心のなかで、コーラは何かを言おうとしていた。服を着せなくていいわ。あとで自分でやるから。

ねえ、本当は死んでないのよ。

すごく眠い。ものすごく眠いの。

「今の、見た？」ジェーンが言った。

「何？」ミニーがコーラから手を離した。「なんなの？」

「息を吸うのを見たわ、本当よ」

「まさか、ありえない。三人のお医者さまが、死んでるとおっしゃったのよ。脈がないって。きのう買った魚とおんなじくらい完全に死んでるわ」

「見ててごらん」

永遠とも思えるほど長いあいだ、コーラは息を止めていた。それほどむずかしくなかった――だいぶ前から、とてもゆっくり呼吸していたからだ。

「その鏡を取って、ミニー」ジェーンが言った。コーラは、上唇に冷たい金属片が当てられるのを感じた。鼻孔から出る息で鏡が曇るかどうかを見ているのだ。コーラは息を止めていたが、不快な塊が胸を締めつけ始めた。

「何も見えない。死んでるわ」鏡が片づけられると、コーラはぞんざいにうつぶせにされ、ドレスの背中のボタンを留められた。下向きになったので、顔はベッドのシーツに押しつけられていたものの、気づかれずに少し息を吸うことができた。さらにきちんと身繕いされ、そのあいだにコーラはまた眠りに落ちた。

目を覚ましたとき、――二、三分後かもしれないし、数時間後かもしれない――コーラはもう濡れた冷たいシーツの上に寝てはいなかった。羽毛マットレスはなんだか硬くなったようで、あたりには香水のにおいがぷんぷんしていた。そうか。メイドたちが服を着せるときに振りかけていた鈴蘭《すずらん》の香水に違いない。

声が聞こえたが、くぐもった、奇妙に響く男たちの声だった。不思議なことに、音が遠くからのようにも近くからのようにも感じられる。コーラは指を動かそうとしたが、冷たく生気のない手と組み合わされていることに気づいて、少しぎくりとした。

死んだ手から指を外そうとしたが、どういうわけか体の左側がまったく命令に反応しなかった。左側を浮かせて両手と両足のつま先を動かそうとしてみた。

反応したのは体の右側だけだった。

目をあけようとしたが、まるで糊で貼り合わされたかのようで、恐ろしくむずかしかった。

しかしゆっくりと、両目が開いた。左のまぶたは右に比べてひどく重く感じられた。どこもかしこも真っ暗だった。右手だけでベッドを押して、できるかぎり体の位置を変えてみた。手首が、近くにあった木製のもの、おそらく椅子に当たった。硬い表面を打つ音が、不意にまわりじゅうに、静かな柔らかい音を響かせた。まるで壁が近づいてきたかのように。

コーラは話そうとした。たぶん今はスゼットがそばにいるはずだ。

「ヒュウウウー」喉から出てきた音はそれだけだった。舌が口の片側にむなしく押しつけられ、言葉を形づくることができない。飲んだ薬草茶や阿片チンキだけのせいではないはずだ。何かがおかしい。

まさか、そんな。

また卒中の発作を起こしたのだ。

あまりにも滑稽ではないか——スゼットとふたりで発作や高熱を偽装しておきながら、こうして本物の発作を起こしているのだから。話そうとしたが、またしても声帯が反応しなかった。喉からやや大きめのかすれた音がしただけだった。

コーラはまた右手を動かし、今度は遠くへ伸ばそうとして、木製の硬い板に触れた。腕を上げると、指の背が、ほんの三十センチほど上の硬い面に当たった。

まさか。

まさか、ありえない。

まさか。

コーラはできるかぎり大きく目をあけたが、あたりは真っ暗で、月のない夜よりも深い闇に包まれていた。片手で木の板を激しくたたいたり殴ったりし始め、ますます荒い息をつき始めたところで、落ち着かなければいけないと気づいた。なにしろ、死んだことになっているのだから。

しかし、棺に収められ、ふたをしっかり釘づけされるはずではなかった。

まだ早い。

今はまだ。

29

棺の外で、奇妙な声が叫んだ。

「さあ、行け。エヴァーグリーンズだ。急げ。家族は誰も待っちゃいねえ」

体ががくんと揺れ、コーラは動きを感じた。回転する車輪の下で、砂利がザクザクと音を立てた。ひづめが敷石を打つ音と、馬のいななきが聞こえた。もうカッター家の屋敷のなかにいるのではなく、荷馬車に乗せられているのだ。

わたしを埋葬するつもりだ。

悲鳴をあげたくても、あげられなかった。それに、暗闇に慣れてしまうのが怖くて目をあけていられなかった。もしほんの二、三十センチほど上に棺のふたがあるという現実を目にしたら、気が変になってしまう。

なんとかして、まだ生きていることを誰にも知られずに外へ出なくてはならない。どこかにいるスゼットには、わかっているはずだ。いや、どうだろう？　混乱する頭に、婚約者がスゼットに阿片チンキを飲ませて眠らせた場面がよみがえってきた――それともあれは夢だったの？　スゼットは部屋にわたしを隠して、裂けた服といくらかの土だけを棺に入れることになっていたのに。

見えない道路を荷馬車がガタガタと揺れながら走るあいだ、コーラは動くほうの手で木製の壁を探った。体の下には、柔らかい布の詰め物が敷かれていた。木の板は、かなりなめらかな感触だった。爪で引っかいてみると、その音からして板が厚く、貧しい人が買えるような、節だらけでろくにやすりもかかっていない、安っぽく薄い松材の棺とは違うことがわかった。

ふたのいくつかの隅に、ごくわずかに明るく見える部分があった。つまり、呼吸できるだけの空気が入ってきていると思いたい。しかし地中に埋められてしまえば、それも関係なくなる。窒息して死ぬだろう。

横たわっていても、まだめまいを感じた。体の左側を使えないのが問題だった。たいへんな問題だ。発作の影響が一生残るとしたら？　この棺をあけられたとしても、障害を抱えていては逃げられない。誰かに助けてもらわなければ。スゼットに助けてもらわなければ。

少しよだれが垂れていた。うんざりした気分で、ひどく腹が立った。きちんと口を閉じられず、よだれが頬や首に勝手に滴り落ちていた。

右手を下腹に持っていく。ここにいる小さな子はまだ生きているだろうか、あるいはこの子まで卒中の犠牲になってしまったのだろうか。流産はしていないようだった。出血していないことくらいはわかる。生き延びることさえできれば、わたしたちのどちらにもチャンスはある、と胸に言い聞かせる。

しかし、もうすぐ死ぬのかもしれない。アレグザンダーの顔を思い浮かべ、街のどこかの病院でチフスをうつされたりしなければいいのだけど、と考えた。それから、セオの顔を思い浮かべた。彼にとっては好機だ。今のところわたしの死を知っている唯一の死体盗掘人なのだから。わたしを掘り起こして、ダンカンの賞金を勝ち取れる。わたしの中身が世に公開され、自分自身の子どもの死をみずから招いてしまったことを知ったら、どう感じるだろう？

そのことを考えると、嗚咽が込み上げてきた。コーラは決して泣かないのだが、涙が両頰を伝って次々と流れ落ちた。少なくとも、両側がきちんと働く体の部位がひとつはあった。

ささやかな恵みだ。

ドスンという音で目が覚めた。

背中が棺の底に当たって跳ね、コーラは驚きに息をのんで、暗闇のなかで目を開いた。また眠り込んでいたのだ。荷馬車の車輪は回転を止め、馬のひづめはもう道路を打ち鳴らしてはいなかった。フェリーに乗ったはずだが、そのあいだずっと眠っていたのだろう。

左手がぴくぴく動き、指も伸びたが、左腕を完全に上げることはできなかった。ぞくぞくと奇妙な感覚がして、まるで千匹の蟻に腕を噛まれているようだった。

少し左腕が動いている！　でも、ここはどこ？

降り注ぐ土と小石が棺に当たる音がして、答えがわかった。さらにシャベル一杯の土が降ってくると、新たな恐怖に襲われた。

誰も来てくれない。

誰も助けてくれない。

計略は失敗し、静かにしていなければ、隠れていなければ、偽りの死の陰に隠れていなければという激しい本能は、自分を埋葬している男たちが今では唯一の救い手なのだという認識にまるごとのみ込まれてしまった。

「おおおーい」コーラはしわがれ声を出した。いいほうの手で棺の側面をピシャリと打ってから、拳でふたをたたこうとしたが、狭くて腕を引けず、強くたたけなかった。「やめ……やめえ」舌をもつれさせる。「やめて!」

答えたのは、シャベル一杯のさらなる土と石だけだった。ほどなく、音がさらにくぐもってきた。すでに二、三センチの土が覆っているに違いない。

「や、やめて!」コーラは叫び、棺の側面を何度も何度もたたいた。「助けて。助けて。お願い、助けて」しかし、その声は自分の耳にさえ小さく聞こえた。

「助けて!」コーラは叫んだ。

しかし、誰も答えなかった。

鳥の歌声はない。

蟋蟀《こおろぎ》の呼び声もない。

コーラの吐息と悲鳴、地中深くで忘れられていく静寂のほかは、何もなかった。

薬草のせいであまりにも具合が悪かったので、コーラは意識と無意識のはざまを行き来するうちにどのくらい時間がたったのか見当もつかなかった。埋葬されたのが夜明けなのか、夜遅くなのかもわからなかった。わかっているのは、ほどなく、心臓をふたつ持つ女、ありえない女が死んだという知らせが広まり、誰であれ最初にコーラを見つけた死体盗掘人による略奪の時が来るということだった。

しかし、彼らは墓所の正確な位置を突き止め、暗くなるまで待たなくてはならない。掘り起こされるまでには何時間もかかるかもしれない。

あと五分でも耐えられなかった。

心底から恐怖に駆られ、足をばたつかせたり叫んだり、膝でふたを蹴ったりしていると、萎えていた体の左側がゆっくり目覚めてきたが、狭い空間に閉じ込められていてはたいして動かせなかった。しかしすぐに、棺のなかに残っているいくらかの新鮮な空気を使い果たしてしまうと気づき、冷静になろうとした。悲鳴をあげても、蚯蚓《みみず》たちはおかまいなしだろう。

お腹が空いていることに気づいた。丸一日以上食べ物を口にしていないのだから、当然だ。口臭がして、舌は乾いていたが粘ついてもいた。膀胱は、薬の副作用で働かなくなっていたが、今ではいっぱいになっていた。発作的に叫んでいるあいだ、排泄への圧倒的な衝動を抑えられず、体とドレスの隙間に漏らしてしまった。ドレスが液体を吸い取り、両脚と背中が濡れて、アンモニアのにおいがした。

「わたしはここで死ぬ」コーラは言い、また言葉をはっきり発音できるようになってうれしかったが、絶望が沈黙で答えただけだった。

誰にもおまえの声は聞こえない。

誰にも。

自分の仲間たちは、あしたスゼットからの手紙を受け取るまで、コーラが死んだことを知りもしない。この墓がすでに暴かれたずっとあとだろう。だんだん眠くなってきた。窒息死はあまり楽ではないだろうな、と考える。疲れ果てて、頭がありえないことをでっち上げ始めた――蟋蟀《こおろぎ》たちがアイルランド訛りで話しかけてきて、パンをひとつ買いたいかと尋ねた。一匹の蛭がコーラの死体をもっと効率的に乾燥させるため、血を抜いてやろうと持ちかけた。薬の効果は切れていたが、それにかわって恐ろしい何かが起こっていた。自我と心の崩壊だ。それでも、頭が朦朧とするばかりで、気にしていられなかった。

何かを引っかく音と、ごくかすかな声が聞こえ、こんな考えが頭をかすめた。蟋蟀と蚯蚓《みみず》と地中の生き物たちが、わたしを迎えに来たんだ。そして、野蛮な人間どもではなく、地中の野生生物に食い尽くされることに少しだけほっとした。

引っかく音が大きくなり、一瞬、肉が骨から引きはがされているのだろうかといぶかった。だとしたら、もっと痛いはずなのに、と考える。

突然、バリッと何かが割れる音がするとともに、新しい乾燥していない木材から釘を引き抜くキーキーという音が響いた。コーラの顔と乾いた唇に、土が静かに落ちてきた。

これまでに見たなかで、いちばん奇妙な夢だった。悪夢だが、とても心地よかった。身を切るような寒さのなかでひと晩働いたあと、温かい風呂に入っているかのように。

男の声が何か話していた。彼らの言葉が実体を持って周囲を飛びかい、手で触れられそうな気がした。

「おい、彼女がいたよ」

「信じられない。かわいそうなお嬢さん！　おれたちに、あんなによくしてくれたのに」

誰かが洟をかみ、吐き出した痰が棺の側面に当たった。

「おれたちが先に見つけてよかったよ。少し弔う時間を取ろう。それから、彼女を荷馬車に乗せて、森のなかに埋葬し直すんだ。しっかり二メートルの深さに埋めて、誰にも見つからないようにする」

しばらくのあいだ、沈黙が続いた。誰かが洟をすすり、押し殺した、とても男らしいむせび泣きが聞こえたあと、ポン、ポン、ポン、と誰かが誰かの背中をたたくような音がした。

コーラの唇にかかった土が舌にもつき、溶けて喉の奥に入ってちくちくさせた。ごほん、と咳をする。まぶたを開き、もう一度咳き込んで、大鎌の形の月にぼんやり照らされた夜空に目を凝らした。

「仕事の時間？」コーラはかすれた声で言った。

「こりゃ、おったまげた、生きてるぞ！」誰かが叫んだ。

目玉が飛び出しそうなほど目を見開き、〝托鉢〟トム、〝どら猫〟オットー、〝公爵〟の三人が、こちらを見つめて立ちすくんでいた。

「いったいなんでそのなかに入ったんです、ミス・コーラ？」〝公爵〟が尋ね、身をかがめてコーラの手に触れた。

「ジェイコブはどこ？」コーラはつぶやいた。「あなた誰？」

トムがシャベルをわきに放り、横を向いて〝公爵〟を見た。〝公爵〟はオットーを見た。

「頭が混乱してんだよ」オットーが言った。「それに、便所みたいなにおいがしてる。さあ、彼女をそっから出してやろう」

オットーが墓穴のなかに下り、コーラを両腕に抱き上げようとした。〝公爵〟も下りてきて、ドレスをコーラの脚に巻きつけ、運び上げやすくした。

「羽根みてえに軽いな」オットーが言って、コーラの胴部を担ぎ、トムが両脚を引き上げた。

「ジェイコブはどこ?」コーラは繰り返した。

「自分がジェイコブだってことを思い出せないんだ」〝公爵〟が言った。

「ずっと彼女がジェイコブだったなんて、信じらんねえなあ」オットーが言って、コーラを草地に寝かせ、そのあいだに〝公爵〟も墓穴から体を引き上げた。オットーが続けた。「しかも、一時間前にあんたに言われるまで、思ってもみなかったなんてな。おりゃあ、正真正銘のばかだよ」

「おれだってだまされた」トムが言って、丸々した腹のまわりにはみ出したシャツの裾をたくし込んだ。「あんたは初めから知ってたってのかい?」〝公爵〟に訊く。

「ああ、一目瞭然だった。とはいえ、おれは昔から男と女の見分けがつくし、おまえらふたりみたいにジンボトルと結婚しちゃいないからな」

「知ってたの?」コーラはか細い声で言った。目の焦点を合わせようとすると、ほどなく〝公爵〟の白髪交じりの髪が見えてきた。その顔は晴れやかで、目は安堵で和らいでいた。

「そうだよ、ミス・コーラ。ずっと知ってた」〝公爵〟が言った。「でも、おれが言うことじゃないと思ったんだ。そのままでうまくいってたから」

コーラは弱々しく微笑み、地面にぐったり寝そべった。一回、二回と吐き気を催したが、何も出てこなかった。

「具合が悪そうだよ、〝公爵〟」

「そうだな。誰かに毒を盛られたみたいに見える。もしかすると、ふたつの心臓が弱ってるのかもしれない。うちのかみさんが、よくなるまで看病を手伝ってくれるだろう。そのあとは、どこへでも本人が好きなところへ消えればいい。こんなふうに生きてることを隠すのはいい考えじゃないが、彼女の首には何百ドルもの賞金がかかってるんだから、逃げるより楽かもしれない」

〝公爵〟は、コーラの体が冷えないように優しく布で包んでから、いくらか水を飲ませてくれた。半分は気管に入ってしまい、コーラは激しく咳き込んで、目を閉じた。

「おい、ありゃ、だれだ？」掘削道具を厚い布にくるんでいたトムが、突然立ち上がった。

コーラは身をこわばらせた。たとえ動けたとしても、頭を起こして見はしなかっただろう。ほかの人たちには、死んだと思わせなくてはならない。だから目を閉じて呼吸をゆっくりにした。ブーツが草地を静かに踏む音が近づいてきた。

「そいつはおれらのだ」誰かの声が言った。

「彼女は誰のものでもない。墓のなかに戻すんだ。彼女が確実に長く安らかな眠りにつけるよう、家族がおれたちを雇った。だから奪い合うものは何もないよ」〝公爵〟が冷静に言った。

しかしコーラは、その声に狼狽の色を感じ取った。まばたきをして、部下たちを見上げる。自分のぐったりした体を彼らの脚が取り囲み、頑丈な柱に守られているかのようだった。

「おめえにゃ言われたくねえな。おめえはご主人さまのもとから逃げてきたんじゃねえのか?」

「おれは自由の身だ」〝公爵〟が言ったが、その声は先ほどよりさらにうわずっていた。

「縄をすり抜けた犬とおんなじくらい自由なんだろ」

カチャリという音がしたあと、暗闇に平手打ちのような銃声が響いた。トムが叫び、コーラの体を飛び越えた。拳が皮膚を打つ音が聞こえた。取っ組み合いだ。誰かが地面に倒れ、肺から空気がヒューと漏れた。誰かがコーラの体につまずいて、ブーツで顔を蹴ったかと思うと、倒れ込んで胴のあたりで両脚を絡ませ、くねらせた。頭を強打されたせいで、ぼんやりしていた意識がいくらか戻った。ふたりの男が、半分はコーラの体の上で、半分は地面の上で戦っていた。叫び声があがり、誰かが近くで倒れたのがわかった――墓のなかへ。骨ばった体に何かが強く当たる音がした――スコップで頭蓋骨を殴ったかのような。

〝公爵〟のうめき声がしたが、トムとオットーの声は何も聞こえなかった。コーラは目をあけて戦いたかったが、卒中を起こしたあと棺のなかであまりにも長いあいだじっとしていたので、まだ左側をほとんど動かせなかった。

「ちょろいもんだぜ」誰かの声が言った。最初に割って入ったのと同じ男だった。コーラは心のなかで叫び出したかった――三人はどうなったの? 誰が撃たれたの? 死んでしまったの？

「ムクロはどうする？　墓のなかに放り込むか？」別の声が言った。

死体？　嘘！　ふたつの心臓が悲鳴をあげた。死ぬなんてありえない。わたしの部下たち。ありえない。

「売りゃあいい。大学がひとり五ドルで買ってくれるぜ」

「だめだ。今夜はやめとく。ホトケ《スティファン》はここで腐らせとけ」

彼らが近づいてくるのがわかり、誰かがじっとのぞき込んでいるようだった。

泣いてはだめ。コーラは自分に言い聞かせ、目が命令に従ってくれることを祈った。泣いてはだめ。息をしてはだめ。

死んだふりをしなくてはならない。そうしなければ、おそらく殺されてしまい、希望はまったくなくなる。息を止め、できるかぎりぐったりしたままでいた。誰かの手が顔に触れ、下唇を引っぱった。

「金はねえな」男の声が言い、手が首と胸、次にウエストをたどり、ドレスのひもを引き始めた。うんざりしたようなうめき声がした。「豚小屋みたいにくせえな」さらにドレスを引っぱる。

「やめろ！」別の声が言った。リーダーの男、おそらく〝公爵〟を撃った男。「死体の服を脱がすなと言われてる。そのままにしとけ」

「でもおもしろくねえぜ？」

「黙って言われたとおりにしやがれ。その布でくるんで、荷馬車に積むんだ」

無言の同意があり、コーラは一メートルほど引きずられた。粗く硬い布を腋の下にたくし込まれ、両腕を体にぴったり固定されたあと、ペストリーのように転がされ、最後には顔まで布に覆われて窒息しそうになった。しかし、呼吸をするだけの隙間はじゅうぶんにあった。地面から持ち上げられ、硬い表面に寝かされた。おそらく荷馬車だろう。

「あの男、まだ息をしてるぜ」男たちのひとりが言った。

「朝までには死ぬさ。今夜はもう弾をむだにできねえ」手綱を振る音と、馬のひづめが地面を打つ音が聞こえた。「配達があるんだよ、紳士諸君。行くぞ」

30

何もかもがぼんやりと遠ざかった。コーラはただ、自分を包む不潔な硬い生地越しに、必死で息を吸うしかなかった。よごれたドレスがきつく体に巻きつき、あらゆる関節がこわばってきしんだ。体の左側はもう麻痺していなかったが、動かさないせいで痙攣《けいれん》し始めていた。そしてそのあいだずっと、コーラは押しつぶされそうなほどの胸の痛みにさいなまれていた。わたしの部下たちは死んでしまったの？　誰が彼らを埋葬し、見張ってくれるの？

できるなら、自分がやりたかった。彼らの遺体が無慈悲に略奪されるなんて、あんまりだ。想像のなかで、誰かがトムのはげ頭とまわりのしょぼしょぼした髪を笑い、オットーの猫の尻尾が無情にも泥のなかへ投げ捨てられ、〝公爵〟の生気を失った体が荷車に放り込まれた。コーラは自分をしかった。なぜ、それで生計を立てていた者が、同じ運命をたどってはいけない？　ずっと、死者に肉体は必要ないのだから、何か役に立つことに利用されるべきだと考えていたではないか。

しかし、〝公爵〟やトムやオットーが掘り起こされると思うと――そんなのはひどすぎる。あんまりだ。

ああ、そんな。長年のあいだ、わたしはなんという嘘を自分に言い聞かせてきたのだろう。

硬いブーツが肩の上に置かれた。死体盗掘人のひとりが脚をのせたのだ。コーラの頭に浮かんだのは、もしわたしが生きていると気づいたら、連中は何をするだろう、ということだけだった。

荷馬車はしばらく走り続け、ふたたびフェリーで川を渡ってマンハッタンへ戻った。あたりは比較的静かなので、おそらく真夜中だろう。ほかに馬や馬車の音はせず、乗合馬車の御者のどなり声も聞こえなかった。

死体盗掘人たちは職業柄か、口数が少なかった。コーラは顎を少し上げ、鼻と口を布から遠ざけた。荷馬車が止まり、男たちが次々と飛び降りるあいだ左右に大きく揺れた。脚を包む布が強く引っぱられ、コーラは荷馬車から降ろされて短い距離を運ばれた。

ぼそぼそつぶやく声と、扉が開く音がした。扉が閉まる。また開き、さらにつぶやく声。コーラは下方のどこかへ運ばれていった。あまりにおいはかぎ取れなかったが、かすかに甘い独特な香りがした――花のような香りだ。かなり柔らかいものの上に寝かされる。

大学にいるのだろうか？　セオは生きた体を買ったことにびっくりするだろうか？　あるいはもしかすると、大解剖学博物館の地下室のどこかかもしれない。コーラの解剖が始まる前に、ダンカンが裸を見せろと言い張っても驚きはしない。それに、こんなに体が弱っていては、本当のことを知られたらあっさり絞め殺されてしまうだろう。

また扉が閉まり、静寂が訪れた。足音がしたあと、とても優しくゆっくりと、体に巻かれた布がはがされていった。ついに、最後のドサリという音とともに、コーラの体は空気にさらされ、覆いから解放された。

手が顔に触れてから、首へと移り、左の頸動脈の上に当てられた。もう生きていることを隠せるはずはなかったが、目をあけるのが怖かったので、閉じたままでいた。手が腕をたどって、手首の内側に押し当てられ、脈を取っているのがわかった。

「コーラ？」静かな声が言った。

その声には聞き覚えがあった。

コーラは目をあけた。アレグザンダーが、薄いわらのベッドの端に座っていた。左眉の上に、大きなあざがあった。パックに襲われたときに負った傷だ。目を大きく見開き、震えている。

「アレグザンダー！」コーラは叫んで、手を差し伸べようとした。右腕がさっと前へ動き、左腕はまだ力が入らず、弱々しく揺れた。

「なんてことだ！　生きていたのか！」アレグザンダーが言って、コーラを抱きしめた。「生きていたなんて、信じられない」

コーラはかなり長い時間をかけて、アレグザンダーが知らなかったことを説明した。手紙には、あとで連絡するということ以外、ほとんど何も書かなかったからだ。コーラは、死を偽装することにした経緯を話した。計略がうまくいきすぎたこと――そしてスゼットがそばにいられなくなって、埋葬される羽目に陥ったこと。それから、オットーとトムと〝公爵〟のことを話し、新たな涙を流した。

「わたしを助けようとして、死んでしまった。でなければ、死にかけてるのかも」コーラは息を詰まらせながら言った。

「おまえの世話が済んだらすぐに行って、助けが必要かどうか確かめるよ」

「今すぐ行かないと！」コーラは伯父の腕をつかんで言った。

「先におまえの世話をしなくてはならないよ、コーラ」アレグザンダーが目を閉じた。「てっきり死んだのかと思っていた。おまえの家に行ったら、あの小さな男の子、ジョージに会って、おまえが脳炎にかかったといううわさが広まっていると聞かされた。そのあとエヴァーグリーンズに埋葬されたことを突き止めたから、遺体を取り戻すために、死体盗掘人を雇ったんだ。絶対にほかの誰にも触れさせないようにと命じておいた。おまえの仲間たちがそこにいるとは思いもしなかった。本当にすまない。ぼくはただ……」怪我がないほうの手で、白髪交じりの黒髪をかき上げる。「おまえが生きていたなんて、信じられないよ」

「わたしもよ」コーラは言って、顔をしかめた。もう一度左腕を上げてみたが、それだけで頭がくらくらした。ゆっくり拳を握ってみる。「ひどい気分。また卒中の発作を起こしたんだけど、今のところ後遺症はないみたい」ようやく、あたりを見回した。大解剖学博物館の裏にあるアレグザンダーの部屋にいるのかと思っていたが、違う部屋だった――もっと狭く暗い。数枚の毛布に覆われた低いわらのベッド、そばに置かれた小さなテーブル。灯油ランプが粗いしっくいの壁を照らしている。「ここはどこ？」

「ぼくの古いアトリエだ」アレグザンダーが立ち上がった。「ダンカンは、博物館か自分の飾り棚に収めるもの以外何ひとつつくらせてくれないから、ほかの作品はぜんぶここにあるんだ」

「ああ、そうね、思い出したわ」ほとんど気づいていなかったが、部屋はひどく殺風景だった。ほかにもふた部屋あることは知っていた――倉庫になっている部屋と、彫刻を制作する部屋。とはいえ、昔からここが好きではなかった。このアトリエは、ファイヴ・ポインツにほど近い、ヘンリー通り沿いの建物の地下にあった。家賃は安いが、ファイヴ・ポインツの大半はかつて池だった地域なので、地下はいつも湿っていて、木材はあっという間に腐り、しっくいは寿命が来る前に崩れた。窓はなかった。

アレグザンダーが、背後の台に置かれた水差しと洗面器、積み重ねた清潔な布を指さした。「体を洗えるものを用意しておいた。何年も前に肖像画の制作を依頼されたときに使ったドレスがあるんだが、一着しかないし、少し変かもしれない。もっと服が手に入るまでは、それで我慢してくれ。休んでいるあいだは、ぼくの古いナイトシャツを貸してやろう」

コーラはよろよろと身を起こした。「スゼットに手紙を書いて、わたしが無事だって教えてあげないと」

「そのうちな。今は、みんながおまえは死んだと考えているし、そのほうが安全だ」アレグザンダーが部屋を出ようと向きを変え、少し顔をゆがめた。

「あなたはだいじょうぶなのかって、尋ねもしなかった！　入院してたって聞いたわ」

「ああ。頭が――ひどい脳震盪《のうしんとう》を起こしたそうだ。でもだいじょうぶだよ」アレグザンダーが言った。「重要なのは、おまえが無事だってことだ。さあ、体を洗って、食べて、休むんだ」

コーラは目を潤ませた。自分にはそのすべてが必要で、それを差し出されたことに心から安堵して、ふうっと息を吐く——もう何日も息を止めていたような気がした。これでもう、ニューヨークを離れられるし、影に追われることを心配しなくていい。安全になったのだ。ようやく。

アレグザンダーが用意してくれた木綿のナイトシャツはあまりにも大きすぎたが、体を洗い終えるとコーラはそれを着て、また横になった。出血はなかったので、たぶんお腹の赤ん坊は、薬と体の酷使という猛攻撃を生き延びたのだろう。まさに奇跡だ。けれど、アレグザンダーが滋養のあるスープとビスケットとお茶を運んできてくれたとき、そのことは話さなかった。しばらくは誰にも言えそうにない。自分のなかの何かが、今すぐ軽率に明かせるような秘密ではないと感じていた。

いくらか飲んだり食べたりすると、頭が首から外れているような感覚は消えた。コーラはパックに襲われたあと離れ離れになってから起こったことを、アレグザンダーに詳しく話した。

「だったら、医者はみんな、おまえが死んだと思っているんだな。重要なのはそれだけだよ」

アレグザンダーが使い終わった皿を集め、コーラは毛布を敷いたわらのベッドに横たわった。アレグザンダーがランプを吹き消した。あまりにも真っ暗で、ほとんど棺のなかと同じくらい暗かった。コーラは体の下の粗い毛布をぎゅっとつかんだ。眠るのが怖かったが、口に出しては言わなかった。アレグザンダーが戸口に立って、片手に持った皿を軽くカチャカチャいわせた。

「おまえは安全だよ、コーラ。ようやく、安全になったんだ」

「アレグザンダー、お願いだから、〝公爵〟たちが無事かどうか確かめてほしいの。お願い」

「もちろん、そうするよ。約束だ。少し眠りなさい」

そう言うと、アレグザンダーは扉を閉め、コーラは目を閉じた。今、新たな人生が始まろうとしている。しかし、もうスゼットも、リアも、セオドアもいない。オットーも、トムも、もしかすると〝公爵〟もいない。

これだけの犠牲を払う価値はあったのだろうか。コーラは胸に問いかけた。

目を覚ますと、体にはまだ痛みとこわばりが残っていたが、両手の下の清潔な毛布と、身を包む清潔な木綿のシャツが感じられた。わたしは安全だ。体が温かい。右手、そして左手の指先を曲げてみて、ほとんど同じように動かせることにほっとした。左の足首を回して、つま先を伸ばす。恐ろしいほど弱っていた部分に、すばらしい感覚が広がった。

部屋は暗かったが、影や形はいくらか見えた。そばの三脚のスツールに、消したランプが置かれていた。ほんの少し体が左に傾いていたものの、ゆっくりとなら立ち上がれた。慎重に足を引きずりながら戸口まで行ったが、錠が下りていることがわかった。

そっと扉をたたく。

「アレグザンダー」呼んでみたが、すべてが静まり返っていた。「アレグザンダー!」声を大きくして呼び、厚いオークの扉を指の背で強くたたいた。

物音ひとつしない。

きっと、用心のために錠を下ろしたのだろう。もしかすると、表口がなんらかの理由で安全ではないのかもしれない。なにしろ、コーラの存在は秘密なのだから。ドアノブに触れ、指でその下の小さな鍵穴の位置を探る。壁を探りながらゆっくり進み、水差しと洗面器が置かれたテーブルを見つけた。その下は棚になっていて、本が二冊置かれていた。暗くて何が書かれているのかわからなかったが、数ページちぎり取って、心のなかでアレグザンダーに、あとできちんとページを縫い合わせるか、いい糊を使って直すから、と約束する。

扉の下に紙を一枚滑り込ませてから、さらに二枚足し、扉のすぐ外の床に敷いた。さらに小さな紙片をちぎり取って、細くきつく縒《よ》ってから、鍵穴のなかを慎重につついた。反対側に差し込まれた鍵が押しやられたあと、床にカチャンと落ちるのがわかった。床に敷いた紙を一枚ずつ、部屋に引き入れる。うまくいけば、どれか一枚に鍵がのっているだろう。うまくいった。

扉の錠をあけた。小さな寝室を出ると、建物の地下はやはり暗かった。向かい側に小さなキッチンがあり、廊下の片側が収納室で、布に覆われた骨組みや、蠟の山、絵の具の小さな壺が置かれていた。赤、黄土色、鮮やかな緑色。

「アレグザンダー？」コーラは呼んだ。

廊下を歩いていき、大きめの空間に流れる空気を感じた。アトリエだ。蜜蠟の温かな香りと、暖炉の灰のいぶしたようなにおい、壁から染み出す湿気が出迎えた。アレグザンダーの彫刻用具が置かれている作業台のところまで行った。薄い粘土へらが並んでいて、いくつかは外科用メスと同じくらい薄い。大きな粘土の厚板や蠟の塊を切るための細い針金が、二本の短い棒に巻きつけてあった。手探りしながら暖炉へ向かい、マッチ箱を見つけた。炉棚の上に燭台が置かれ、短い蠟燭の使い残りが差してあった。マッチを擦ると、すぐに蠟燭が明るく燃え始めた。

暗い影が、わきを駆け抜けていった。鼠だ。コーラは身震いし、蠟燭を高く掲げた。アトリエにはいくつか蠟製の小立像があったが、その多くはばらばらの状態で、制作の途中なのか、壊されたのかはよくわからなかった。長い木板の上に寝かされている作品に歩み寄った。布を引きはがし、蠟燭を高く掲げる。

女性の像で、横たわって両胸のあいだで手を組み合わせていた。間違いなく蠟製だが、それは奇妙なことだった。アレグザンダーは、ここではもっぱら粘土と大理石の彫刻を制作していると言っていたからだ。蠟人形は全裸で、ヴォクソール・ガーデンズの展示で目にするような彫像、たとえば花の冠をかぶった木の精ドリュアスに似ていなくもなかった。しかし、ギリシャの彫像ではない。第一に、髪は黒く、とても短かった——少年の髪のように短い。そう、コーラの髪のように短かった。ふたつの心臓が、不規則な鼓動を打った。警告しているのか、それとも薬の後遺症がまだ体のなかに残っているせいだろうか。上体を乗り出して、蠟人形の顔を見る。

黒い両目は半開きで、まるでこれから目を覚ますか、眠りに落ちるか、あるいは愉悦に浸っているかのようだった。短い髪は美しく彩色されて、漆黒に濃い茶色の筋が交じり、陽の光にきらめいているかのように見えた。目は少し切れ長で、黒いまつげがリアルなまぶたに丹念に植え込まれている。蠟人形の髪に触れてみた。違う――彩色されたのではない。本物の人間の髪で、ひと房ずつ念入りに植え込まれ、コーラの髪とそっくりになるように切られていた。

あまりにそっくりで、吐き気がするほどだった。

「ダンカンが注文したのね」コーラはつぶやき、自分があの男の名前を口にしたことにぞっとした。ただ、アレグザンダーがなぜ博物館のアトリエではなくここで制作しているのかは見当もつかなかった。ほぼ全裸の蠟人形はコーラと同じ大きさで、小さな人形のような立像と違ってあまりにもリアルに見えた。巧みに縫った本物の麻布が太腿の上部を覆い、胸のあいだで美しくねじれて、肩に垂れかかっている。アレグザンダーはこれを、ほかの像と同じように壊さないのだろうか。

そばにもうひとつ布に覆われた像があり、コーラはその生地をそっと引っぱった。下にはさらにもう一体、コーラにそっくりな蠟人形があった。同じ短い黒褐色の髪、同じ背丈、しかしこちらは、ヨーロッパの蠟人形作家風の、夢見るような恍惚とした表情の詩的な彫像とはまったく違っていた。

こちらはイギリスの蠟人形作家風だ――ぎょっとするほど本物らしく、真実が持つ不気味な魅力がすべて再現されていた。蠟人形は仰向けに寝そべり、脚を大きく広げていた。首には、青い花のカラーレット（毛皮やレースでつくった女性用の小襟）のようなあざの線があり、目は半開きで、上方の虚空を見つめている。両胸は小さな起伏を描き、胸郭にも紫色のあざがいくつもあった。この蠟人形には、詩的な部分はまったくない。

もう一体と同じく、こちらの髪も本物の人間の髪に見えた。手を伸ばして触れてみると、べたつく感触があった。さっと手を引き、指先で燭台をぎゅっとつかむ。

指は、赤みを帯びた何かでよごれていた。

「絵の具ね」コーラはひとりごとをつぶやき、ナイトシャツで指をぬぐった。赤錆色の染みがついた。蠟人形の頬に触れ、アレグザンダーはどうやって、肌をこれほど本物そっくりにつくれたのだろうかと考える。意外なほど弾力があって、押すと跳ね返ってくるほどだった。

なぜなら、硬い蠟の彫像ではないからだ。

それは死体だった。

オードリー・マーチ

その男は、やたらと好みにうるさかった。

マダム・ベックのところで働くのは、つらくきつい仕事だった。毎晩、上等なスーツを着て、詰まったどぶみたいな口をした、いろんなしゃれ者がやってくる。毎晩、何もかもが少しだけましになるように、どんどんラム酒をあおる。でも、あたしには住む家と温かいベッドがあったし、上等なパンも買えた。マダムは、あたしたちにきちんと食べさせてくれた――店に、身なりのだらしない女や、痩せこけた女、見栄えの悪い女はいらないのだ。あたしは外で客を誘ったり、街を歩き回って仕事を探したりしなくていい。

「男は、犬の骨を抱きたいわけじゃないんだよ」マダムは言ったものだ。

そしてある日、マダム・ベックが応接間にあたしを呼んだ。マダムは、金色とエメラルド色のビロードで縁取りされた肘掛け椅子に、女王のように座ってた。

「あんたに新しい客だよ、オードリー」マダムが言った。「あたしたちのどっちにとっても、上客になりそうだ」

「だったら、連れてきてよ」あたしは言ったが、マダムはだめだと言った。

「これからは、その男があんたのたったひとりの旦那になるのさ。たったひとりのね。そうしろと言われたら、いっしょに旦那の家に行くんだよ。とにかく、旦那はあんたしか欲しがってない。そのことにすごくやかましいのさ。あんたには、絶対にほかの男とつき合わせないと言ってた」

「いくら?」あたしは訊いた。こういうたぐいの仕事、つまり愛人になる――女がひとりの男だけに身を売る――としたら、それなりの手当をもらわなくちゃならない。

「食べてくにはじゅうぶんすぎるくらいだし、あんたは旦那が望むがままに悦ばせてりゃいいんだよ」マダムが口にパイプをくわえてマッチを擦り、深く吸ってから、顔の前に煙の幕を張った。「もうひとつある。旦那はあんたにこれを着せたがってる。半分の時間はね」ひとまとめにした服をつかんで、こっちに放る。あたしは服を別々に分けて、ひとつずつ持ち上げた。

男物のブーツ。古いよごれたズボン。茶色いシャツと帽子。そして細長い布。

「それはね」マダム・ベックが言った。「その服を着るとき、胸に巻くんだよ」

「えっ！　男色が趣味なの！　だったらプリティー・ジョンに頼めばいいでしょ」

「いいや。男色者なんかじゃない。あの客は、ジョンを欲しがってなかった。あんたを欲しがってた。女だってことは重々知ってる。そしてあんたは、いつ会うときにも、絶対に旦那に話しかけちゃいけない。絶対にだよ。どこへでも旦那のあとをついていき、そのキーキー声をいっさい聞かせず、家に帰る。わかったね？」

わからなかったけど、お金はお金だ。マダム・ベックはあたしに、ビスケット色の髪を切って、入浴のあとはいつも、つぶした黒胡桃の殻の毛染めで黒く染めておくようにと言った。それから、眉を黒くしてまつげを長く見せるために、蠟みたいな黒いクレヨンをくれた。

そんなわけで、もう二年以上、あたしは彼と会ってた。ときには、ヘンリー通りにある彼の暗い地下牢みたいなところへ行った。そこでは、青い絹のドレスを着せられて、冷えきった暖炉のそばの平らなベッドで、スカートの裾を持ち上げ、ことを済ませた。あたしはいつも、その大きな部屋にある布をかぶせられたものには目もくれなかった。一度、布の下をちらっとのぞこうとしたら、旦那に思いっきりぶたれて、舌を嚙んでしまった。だから、もう二度と見ない。

ときには、アップタウンの大解剖学博物館に呼ばれることもあった。彼はそこで死人の手脚とか、そういうありとあらゆる蠟人形をつくってたけど、あたしがそれを見ても気にしなかった。ただあたしを壁に押しつけて、少年の服を引っぱり下ろし、あたしのなかに押し入ってきた。

めったに話しかけなかった。ときどき、ひとこと言うだけ。

〝帰れ〟

〝遅い〟

〝黙れ〟

〝しーっ〟

手当はたっぷりともらえた。いつだってたっぷりと。一回だけ殴ったあのときを除けば、彼はいい人に見えた。ほんとに、そう思った。たいていはきちんとマダムに支払いをしてたし、マダムはその手当に満足してたから、あたしは毎週、砂糖衣をかけたケーキを食べられた。

いい人だったのだ、そうじゃなくなるまでは。

彼から呼び出しがあった。ただ今回は、マダム・ベックにじゃなく、あたしに直接手紙が来た。時間、日にち、ヘンリー通りの彼のアトリエ。二十ドルがあたしを待っていた。だから、あたしは行った。

マダム・ベックには何も言わなかった。どうして言わなくちゃならない？　店に上前をはねられることもないから、あたしは喜んで応じた。それでアトリエに行くと、服を脱げと言われたので、あたしはそうした。これまでに一度も、裸になるように頼まれたことはなかったんだけど。それから、彼が訊いた。「おまえの名前は?」

一度も訊かれたことはなかった。ずっと知ってるのかと思ってたけど、そうじゃなかったみたい。

「オードリー」あたしは答えた。「あんたは?」

彼は答えなかった。あたしの名前を聞いて、がっかりしたみたいだった。それとも、声に? よくわからない。手を伸ばして彼のシャツのボタンを外そうとすると、彼があたしのこめかみを思いっきり殴った。すごく痛かったのであたしは体をふたつ折りにしたけど、二発めを防ごうと腕を差し出す暇もないうちに、彼が両手であたしの首をつかんだ。

言葉はなかった。

悦びや不満のうめき声さえも。

数秒で、目がちかちかしてきた。もがいたけど、彼はあたしを後ろに押し倒し、腹の上に馬乗りになって、あたしの息の根を止めにかかった。そして、あたしは息絶えた。もう二日近く、この冷たい木板の上にいる。あたしの体はまだ膨張してなかったけど、硬直はもう終わってて、前よりも小さくなった。太陽の光は徐々に薄れ、暗闇はますます暗くなっていく。そのとき、誰かがシーツをはがし、そこには女の子がいて、あたしをじっくり、じっくり、ひたすらじっくり見ている。なんだか、この子はあたしにそっくりだ。そして、彼女の手があたしの頬に触れたとき、あたしは気づいた――そうか。

そうか。

やっとわかった。

たぶん彼女にも、あの男がどんな人間なのかがわかったのだろう。息を吹き返して、こう言ってやる必要はない。ほら、急いで。逃げるのよ。

言われなくても彼女はそうしたから。

31

コーラは悲鳴をあげそうになった。

息がどんどん浅く激しくなって、めまいがしてきた。燭台を持つ手が震えて、熱い蠟が端からこぼれ、肌に降りかかったが、痛みにはほとんど気づかなかった。

死体だ。本物の死体。紛れもなく人間の女で、紛れもなくコーラにそっくりだった。コーラは空いているほうの手を口に押し当てた。静かにしていなくてはならない。わたしはもう存在しないはずでしょう？　この女の死をわたしのせいにされたらどうするの？

この人は誰？　アレグザンダーがここへ連れてきたのだろうか？　彼が殺したの？

どれも、答えを知るのが恐ろしすぎる疑問だった。しかし、知らなくてはならない。身を乗り出した。それから、手のひらを女の首のまわりに当ててみた。自分の手では小さすぎて、その首についたあざを覆いきれなかった――もっと大きい手、男の手が絞め殺したのだ。

コーラは頭を傾けて、もう一度女を見た。間違いなく見覚えがあったが、顔のあざと腫れのせいでなかなか思い出せなかった。かがんで台の下をのぞくと、何枚かの服が束ねて置かれていた。

引き裂かれたズボン。ぼろぼろのよごれたシャツ。ズボン吊り。巻かれた細長く薄いガーゼ。あまりにも平凡で、見慣れたもの。自分がジェイコブとして着てもおかしくない服だった。そのとき、はっと気づいて目を丸くした。このシャツとこのズボンを憶えている。アレグザンダーの密会相手の若い男が着ていた、あの服だ。

そして、まるで油をさした錠の歯車が唐突にぴたりと嚙み合ったかのように、コーラは理解した。

アレグザンダーが関係を持っていた、あるいは愛人だと認めた人物は、男ではなかった。あの人は女で、コーラが〈マダム・ベックの店〉で話したオードリーだ。

〝あたしは、ひいきの客をひとりしか取らないの。彼はあたしが何をして、誰とつき合うかにすごくやかましいのよ〟

ダンカンではない。アレグザンダーだったのだ。

それに、アレグザンダーは男と密会していたのではなかった。偽者のジェイコブと密会していたのだ。もしこの女がドレスを着てかつらをかぶっていたとしたら、おそらく偽者のコーラとも。

アレグザンダーはずっと、すぐ手の届くところにあるものに強い欲望を覚えていたのだ。

「出ていかなくちゃ」コーラは言って、死体から後ずさった。でも、どこへ？　アーヴィング・プレイスの家は、もう安らぎの場所ではない。スゼットのところへ行くこともできない――家族はみんなコーラが死んだと思っているのだし、身を隠すためのあらゆる努力がむだになってしまう。姿を消すために死にかけたのだ――自分の力で手に入れたものを、なげうつつもりはなかった。

「出ていかなくちゃ」まるで自分の声のほうがすべきことをよく知っているかのように、繰り返す。暗い廊下を抜けて、表口まで行った。扉は厚く、真鍮の鋲が打たれている。そして、錠が下りていた。

忍び足ですばやく廊下を歩き、先ほどまで眠っていた小さな部屋へ戻った。自分が着ていたドレスを捜したが、どこにもなかった。オードリーの服を着ることはできない——ずたずたで、着られたものではなかったからだ。カーテンの裏の掛け釘に、別のドレスが掛かっていた。半袖の美しいドレスだったが、奇妙なほど流行遅れだった。淡青色の絹製で、ウエストが胸の下の高い位置にあり、ネックラインと裾は黄色いレースと本物の真珠のボタンで飾られている。かつてのフランス皇后、ジョゼフィーヌが着ていたようなドレスだ。コーラはそれを着たが、リアが後ろにいてくれなければ、すべてのボタンを留めることはできなかった。

どこへ行けばいいのかさえわからない。わかっているのは、この場所から出ていかなくてはならないことだけだった。アレグザンダーに何か言い分があるなら、昼の光のなかで説明すればいい。スゼットから借りた上靴は見つからなかったが、オードリーの死体が横たえられた台の下に男物のブーツがあった。すばやくひもを締める。ドレスの裾が、ブーツを人目から隠してくれるだろう。

コーラは、表口の厚い扉のところへ行った。寝室の扉と同じように、錠には鍵穴があったが、今回は鍵穴をのぞいても、向こう側に鍵は見えなかった。きっとアレグザンダーが持っているのだろうが、合鍵があるかもしれない。寝室に戻り、薄いマットレスの下を調べたり、小さなテーブルに置かれたいくつかのものを探ったりした。くるりと振り向いたとき、スカートがテーブルをひっくり返し、その下に隠されていた何冊かの台帳が見えた。いちばん上の薄い台帳には見覚えがあった。拾い上げ、ぱらぱらとページをめくる。自分の筆跡と、病人のリストが見えた。しかし、いくつかの名前は線で消されていた。そしてそのそばに、自分では書いていないメモが走り書きされていた。

~~ランドルフ・ヒッチコック三世／ドクター・スマイス／腹部大動脈瘤~~

~~ウェーヴァリー・プレイス四十番地~~

~~職場・ブロード通り二十一番地~~

~~ドクター・スマイスによる前回の診察、七月三十日。八月十日に手紙を送付、八月十五日に返事あり、新たな症状なし（いつも赤いベストを着用、オペラが嫌い、芝居のほうが好き）~~

夕食午後六－八時、トレンツ・オイスター・カフェ／マーズデンズ食堂／マーサー・ダイニング・バー／ウィルソン・オイスター・バーで

火曜、木曜、土曜には夕食後に〈マダム・エムロードの店〉によく行く（ベルが気に入り、しばしばメアリーまたはヴィクトリア）

コーラはページをめくった。

~~ルビー・ベニングフィールド／ドクター・グッセンズ／尻尾の名残~~

~~グレニッチ・レーン二十八番地~~

~~三月十八日に手紙送付、新たな症状なし。進行はしそうにない（アイスクリームが好き、好きな色はピンク、ピーチ、オレンジ）~~。

ほぼ毎日自宅にいる。ときどき〈スチュアーツ〉で買い物、バッテリー公園を散歩。常に付添い人あり。外食なし。訪問客なし。

「ルビー」コーラは言って、彼女の名前の上に引かれた線に触れた。ページをめくり、まるで祈るかのように、声に出して名前を読み上げた。「ウィリアム・ティモシー、アイダ・ディフォード、コナル・カリガン」ジョナサン・フラーは——台帳の数ページ前にいたが、書き込みはなかった。しかし、ほかはみんな取り消し線を引かれ、アレグザンダーの筆跡で、彼らが食事や娯楽のためによく出かける場所や、常に付添い人がいるかどうかについてのメモが加えられていた。

アレグザンダーだったのだ。

台帳の下に別の日記帳があり、コーラはそれも引き出した。内側の綴じはゆるんでいて、中身が床に落ちた。

最初のページに、こう書いてあった。

トマス・グリア医師の日記　～第三巻、一八三〇－一八四〇年。

日記を盗んだのはアレグザンダーだったのだ。記録簿に偽名で署名したのは彼だった。デイヴィー・スウェル、〝証人の紳士〟を意味する隠語。確かにそうだ。犯された罪をすべて見ていた立派な紳士。ただし、罪を犯したのは自分自身だけれど。日記を盗んだのは、コーラと同じ動機からだろうか――コーラの素性を隠すため？　でも、だったらなぜそう言わなかったのだろう？　とはいえそのことは、盗まれた台帳と消された名前ほどは気にならなかった。自然死したのはフラーだけで、死因のパターンが彼だけ一致しなかった。コーラは燭台をつかみ、アトリエに行って、最初に部屋を出たときとは違う日で調べ直した。

作業台のひとつに置かれた箱に、何本かのリボンが入っていた。アレグザンダーがときどき作品の制作中、より本物らしく見せるために彫像の首に本物のリボンを巻いていたことを思い出した。しかし、リボンが凶器として使われるとは考えもしなかった。ルビーはこれで殺されたのだろうか？　粘土用の針金もある。コナル・カリガンの首が、薄く細い何かでほとんど切断されていたことを思い起こした。アレグザンダーが、パックに針金を渡したのだろうか？　部屋の反対側へ行き、絵の具を調べた。緑色の絵の具にはふたがかぶせてあり、側面にこう書かれていた。

花緑青《パリスグリーン》

ヒッチコックの舌を染めていたのと同じ色だった。瓶の反対側には、どくろのマークが記されていた。毒だ。ランドルフ・ヒッチコックが食べた料理に、どのくらい混ぜたのだろう？　彼の舌と胃が鮮やかなエメラルドグリーンに染まるくらいの量だ。そしてあっという間に死なせるくらいの。さらに三十分かけてあちこち探ったあと、コーラはキッチンで二本の小さな瓶を見つけた。一本は空で、もう一本は半分残っていた。

バトルの殺鼠剤
毒物です！
最上のストリキニーネ製剤
すばやく簡単

鼠。アトリエにはいつも鼠がいて、蠟を食べている。アレグザンダーはそう言っていた。誰かを絞殺したり毒殺したりするのに必要なものはすべて、このアトリエにあった。コーラの台帳……これはおぞましい欲しいものリストみたいなものではないか？　けれど、標的はそう簡単には死んでくれないし、アレグザンダーはコーラが金を必要としていることを知っていた。しかも、コーラは頑としてアレグザンダーから金を受け取ろうとはしなかった。筋は通っている。しばらく前から、リストにある人たちが、持病とは直接関係ない原因で死んでいることに気づいていた。そして、かつてないほどお金が必要になったちょうどそのときに、死体が現れ始めた。都合よく、殺されて。

背後で、表口のドアノブがカチャリと音を立てた。空気が動くのを感じ、扉が開いて、閉じた。コーラは部屋に駆け戻り、静かに扉を閉めて、急いで台帳と日記をテーブルの下に押し込み、狭いベッドに座った。ドレスの裾の下に、ブーツをはいた足を隠す——アレグザンダーに見られたら、オードリーの遺体を発見したことが知られてしまう。

すぐに足音が近づいてきて、アレグザンダーの長身でほっそりとした姿が戸口をふさいだ。ともしたランプを低い位置で持ち、その明かりがまぶたと鼻にゆがんだ影を投じている。白くなりかけた髪は絹と針金が交じり合っているかのようで、服装は以前より少しだけ立派になっていた。あつらえのブロード生地のズボンをはき、黒いジャケットの下に上等なモスリンのシャツを着ている。こちらに向かってにっこりと微笑みかけた。アレグザンダーがこれほど屈託なく微笑むのはどこか奇妙だった。

「おや！　起きているのか。しかもドレスを見つけたようだな」

コーラは笑みを浮かべた。遺体のことや台帳と日記のことは、何も言わないと決めていた。アレグザンダーがどういう行動をとるか——そして気づかれずに抜け出せるか、しばらく様子を見よう。体が弱っている今は、力では勝てそうにないからだ。ジェイコブの体力は、一度の病気でかなり衰えてしまった。

「ええ。たった今、起きてこれを着たところ」コーラは優しい笑みを浮かべた。「お礼の言いようもないわ、アレグザンダー。あなたがいなければ死んでたんだもの」

「そうだな」

「〝公爵〟のこと、何かわかった？」

「えっ？」アレグザンダーは一瞬混乱したようだったが、すぐに続けて言った。「見つからなかった。なんの音沙汰もない。ごめんよ、彼も死んでしまったんだろう」ジャケットの内側から包みを出し、コーラに手渡す。パン屋で買ったいくつかの丸パンだった。「食べるものを持ってきたよ」

コーラはうなずいたが、ひどい吐き気が押し寄せてきた。すばらしい演技を見せているところなのに、お腹のなかの小さな子どもはそんなことには頓着していなかった。空っぽの胃と、ここ二日のあらゆる身体的試練が、大きく響いていた。皮の柔らかい丸パンにかじりつく。アレグザンダーがきらりと目を光らせ、こちらを見つめていた。

「スゼットに手紙を書かないと」コーラは適度に明るい声を出そうと努めて言った。長いあいだジェイコブとして育ったので、食べながら話す悪い癖があった。

「もう書いたよ」アレグザンダーが言った。コーラのとなりに、少しためらいがちに座る。

「おまえは死んでいたと伝えた。棺から救い出すのが遅すぎた、と」

コーラはパンを飲み込んでから、落ち着いた声を保とうとした。「わたしは無事だと伝えたかったのに。なぜそう書いたの？」

「もちろん、計略をこのまま続けるためさ。今のところは、誰もがおまえは死んだと思っているのがいちばんだ。もう少しして、何もかもが安全になったら、またスゼットに手紙を書けばいい。でも、今のぼくたちには無理だ。何年かは」

コーラは、〝ぼくたち〟という言葉に思わずひるんでしまった。しかしすぐさま、顔から嫌悪のしるしを消し去った。

アレグザンダーが目をしばたたき、一瞬まるでコーラを見失ったかのようだったが、すぐに気を取り直したらしかった。「とにかく、ぼくはもう行かないと。仕事があるからね」

「新しいドレスが必要になるわ」コーラは言った。「あなたが出かけてるあいだに、仕立て屋に行こうかな。ボンネットをかぶれば、髪を隠せるでしょう」

「だめだ！」アレグザンダーがどなった。その声は暗がりのなかにあまりにも大きく、あまりにも荒々しく響き渡ったので、ベッドに座っているコーラまでがびりびりと震えるほどだった。

「だいじょうぶよ」コーラは言った。袖に手を置くと、アレグザンダーが落ち着きを取り戻した。これまで、アレグザンダーをなだめたことなど一度もなかった――まるで見知らぬ土地に足を踏み入れたかのようだ。「どこかの時点で、このアトリエを出なくてはならないし、そのときには変装する必要があるの」

「確かにそうだ。でも、それはぼくに任せてくれ。おまえは、今ここを出るような危険を冒してはいけない」

コーラは笑みを浮かべた。「そうね。わかったわ」アレグザンダーが立ち上がった。部屋を出ようとして、ドアノブに触れ、はっとする。

いけない。鍵だ。まだ扉の内側に差してあった。アレグザンダーが慎重に鍵を引き抜き、手のなかでひっくり返して、こちらを見た。

「ああ、それね。外に出てみたの」コーラは軽く笑いながら言った。「しびんを探してたのよ」

アレグザンダーが眉をひそめて部屋の隅をちらりと見た。かなり目につく場所に、しびんが置かれていた。

「その……探してたのは……あの……」

アレグザンダーは、コーラのふたつめの嘘を最後まで聞こうともしなかった。ブーツをはいた足ですばやく明確な目的を持って廊下を歩き、アトリエに入る。そこにはあの娼婦《マブ》、オードリーの遺体がむき出しの状態で横たわっていた。覆いは、コーラが元に戻すのを忘れ、床の上で小さな山になっていた。アレグザンダーがランプを高く掲げ、遺体に注いでいた視線をアトリエの戸口に立つコーラに移した。

沈黙がふたりのあいだできつく張り詰めた糸となり、コーラはそれがプツンと切れて肌を裂くのではないかと思った。何か言わなくてはならない。この場所を出ていけるとすれば、力ずくでは無理だ。まだ手脚は弱々しく萎えている。アレグザンダーの灰色の目が、こちらを見つめていた。両手はわきに下ろしているが、握った拳がゆっくり開くのが見えた。今にも何かをつかむ構えだ。急ぐ様子もなく、ランプを作業台の上の鉄鉤に吊るす。

「すばらしいわ」コーラはとっさに言った。そして、一拍置いてから、きっぱりとした態度で進み出た。「あなたがしてくれたことよ、アレグザンダー。すばらしいわ。どうお礼を言えばいいのかわからない」

アレグザンダーの表情が和らぎ、わきに下ろした両手がゆるんだ。コーラの顔をじっくりと眺める。「本気で言っているのか？」

「台帳を見つけたの。あなたがしてくれたことを見たわ」コーラは穏やかな口調で言った。「ぜんぶ、わたしのためにやってくれたんでしょう？」

アレグザンダーが片手を差し伸べて埃っぽい壁にもたれたので、コーラはさらに歩み寄った。そうしてほしがっていることがわかったからだ。アレグザンダーは、不意にひどく疲れて見えた。「そうだ。おまえの仕事を維持するための――」言葉を切って少し考える。「解決策、と言うべきかな。おまえはぼくの直接の援助を受けようとしなかったから、できることをやったんだ」

「パック？」コーラは訊いた。「わたしのために、彼を使ってリストの人たちを殺させたんでしょう？」

「そうとも言える。数回だけだ。手助けが必要だったが、パックはへまばかりの大ばかだった。ぼくは、彼らを片づけて解剖をさらに興味深いものにする巧妙な方法をいくつか教えた。あいつには、死体を放置しておくよう指示した。おまえが掘り起こしていつもどおり売れるようにな。ところが、あいつは一体を直接ダンカンに売り、もう一体を警察に持っていかれた」

ルビーとウィリアム・ティモシーのことだ。コーラが手に入れられなかった二体。

アレグザンダーが人差し指で、コーラの左の鎖骨から右の鎖骨までゆっくりなぞった。コーラはぞくりと身震いしたが、それはアレグザンダーが望むような理由からではなかった。「あいつはがさつだった」と続ける。「しかも強欲だ。だからぼくは、おまえが確実にパックより先に死体を見つけられるよう、手紙を送り始めた」

なるほど。それで、なぜ途中で破れた手紙がコナル・カリガンの死を知らせてきたのかがわかった。そして、アレグザンダーの言ったことは本当だった――その後、コーラの仲間が墓を掘り起こすまで、遺体が盗まれることは一度もなかった。

「あなたが頭のいい人だってことは知ってた。思慮深い人だってことは。でも、これは想像を超えてたわ」コーラはまた笑みを浮かべた。「ぜんぶ、わたしを守るため、わたしを養うためだったのね」

「そうだ」アレグザンダーが人差し指をコーラの顎先に当て、持ち上げた。「そうだ。おまえが子どものころから、ぼくがしてきたことはすべておまえのためだった」

「あなたはシャーロットを愛してるのかと思ってた」コーラは小声で言った。

「ぼくもそう思っていた。しかし、おまえが彼女の影をすっかり薄くしてしまった。子どものころから、おまえはぼくの太陽だった」アレグザンダーが身をかがめ、顔を近づけた。

コーラは尋ねずにはいられなかった。「だけど、あの娼婦《マブ》のことは？　あなたは男の人に関心があるのかと思ってた」

「ぼくは、おまえにしか関心がなかった。でも、おまえにはまだ、そういうことを受け入れる準備ができていないとわかっていた」アレグザンダーが顔を曇らせた。「ぼくはこらえきれなくなり、そのことで自分を蔑んだ。本当は牛乳を飲みたいのに、しっくいと水を飲んでいた。しかし、ここまで待った甲斐はあったんだな」

アレグザンダーがかがみ込み、まぶたを閉じてキスしようとした。しかしコーラは彼の体臭にひるみ、反射的に身を遠ざけた。

アレグザンダーが、むっとした顔で後ずさった。「ずっと、心のすべてでおまえを想ってきたんだよ、コーラ。いずれ、おまえはぼくを受け入れる。そして、ぼくたちの前途には永遠がある」懲りずにコーラの手を握り、自分の顔に持っていく。コーラはまるで腐った死骸に触れたかのように縮み上がった。

アレグザンダーがもう一度じっと視線を注ぎ、コーラの反応に眉をひそめた。しかしそのとき、何かを思い出したようだった。「ああ、もうひとつ仕事がある。これを見てくれ」

廊下に出ると、そこには数枚重ねの布にくるまれた包みが置いてあった。少ししずくが垂れていて、下に赤茶色の小さな水たまりができていた。アレグザンダーが包みを解き、コーラに差し出した。

「おまえへの贈り物だ。いや、ぼくたちへの。おまえの物語を終わらせ、新しい物語を始めるための。おまえの履歴を消せると思って、ドクター・グリアの日記を盗んだんだが、こっちのほうがもっといい。これはすべてを締めくくって元どおりにし、おまえに新しい人生を与えてくれるんだ」

コーラは歩み寄って布を引き下ろし、なかにあるものをのぞいた。

それは心臓だった。本物の心臓。ピンク色に光る部分と、艶のない鈍い色の部分があり、平たい脂肪の塊がところどころを覆い、筋肉には血の染みがこびりついている。どちらかといえば小さめだ――じゅうぶんに成長した食用の雄牛の心臓とは大きさが違う。

「肉屋で買った。豚の心臓だ。いくつか見て、どれがおまえくらいの歳と体重の女に最も合う大きさなのか検討したんだ。見てくれ」アレグザンダーが言って、空いているほうの手でコーラの手を握った。死んだ女の虚ろなまなざしにも動じない様子で、オードリーの遺体のほうへ引っぱっていく。オードリーの詩的でない遺体は、木製の作業台にだらりと横たわっていた。「ほら、ぼくたちが彼女の胸を切開して、心臓のとなりにこれを埋め込んでやるんだよ。そして、接続している血管をずたずたにしてやろう。たとえば、刺し殺されたとか、そういうことにして、損傷をつくり上げるのさ。あの死体盗掘人たちに、きょうダンカンのところへ届けさせよう」

「五百ドル」コーラは言った。「ダンカンはもう知ってるの？　わたしがその女だってことを」

アレグザンダーがうなずいた。「そして、オードリーがおまえの身がわりになる。彼女はおまえとよく似てるから、事実がばれることはない。ぼくがスゼット・カッターに金を返せば、あの借金は片がつく。もう誰もおまえを追いかけてはこない。コーラ・リーの貴重なふたつの心臓は、今後永久に展示されるんだからな」

「すばらしいわ」コーラは虚ろな声で言った。染みのついた白い布を拾って、ていねいにオードリーの体を覆う。目がちくちくし、喉に熱い塊が込み上げてきた。このいい年をした鬼畜にずっと囲われていた、かわいそうな女の子。こんな目に遭っていいはずがない。そしてこれから手術台にのせられ、解剖を見たくてうずうずしている何百人もの観衆のために準備されようとしている。そのあと、彼女のふたつの心臓はガラス瓶に保存され、何年も何年も観察され続ける。

ふたつの心臓を持つ女、謎は明かされた。

アレグザンダーが、

ここから出ていかなくては。豚の心臓を覆いの上にのせた。

ここから逃げなくては、とコーラは考えた。両手が震えていたが、落ち着かなくてはならない。アレグザンダーがこれまでにやったことすべてに、完全に満足しているふりをしなくては。

大きなノックの音が響いた。

アレグザンダーが、ぐるりと首を回してアトリエの入口を見た。コーラは口をあけた。叫んだり悲鳴をあげたりするためではなく、驚いたからだ。しかしコーラの下唇が下がったのを見て、アレグザンダーが飛びかかり、片手ですばやく口をふさいだ。棺のなかで何時間も過ごして死にかけたあげく、呼吸を奪われるのは耐えられなかった。

扉を隔てた遠くから、誰かのくぐもった声が叫んだ。「アレグザンダー！　アレグザンダー・トライス！　セオドア・フリントです。扉をあけてください」

セオ。以前に一度、アレグザンダーのアトリエはヘンリー通りにあるとセオに話したことがあった。コーラは、アレグザンダーの手や手首をたたいたりつかんだりし、ブーツで脚を蹴りつけた。

「だめだ、だめだ、今すぐやめろ、コーラ。やめるんだ、愛する人。何も言ってはいけない。黙っていられるか？」

コーラは死にものぐるいでうなずいた。顔から手を離してもらえるなら、なんでもいい。

セオがさらに三回扉をたたいた。

「なかにいることはわかってる。入っていくのを見たし、ほかに出口はどこにもない。扉をあけてください。オードリー・マーチ、〈マダム・ベックの店〉の女の子を捜してます。行方不明になってて、マダム・ベックは、彼女が昨夜あなたといっしょだったと言ってます。彼女と話がしたい」

「消えろ、消えろ、消えろ」アレグザンダーが低い声で言った。ほとんど呪いをかけようとする狂人のつぶやきのようだった。「消えろ」

「ここにいることはわかってる。夜警を呼んで、扉をあけさせますよ。出てきてください、アレグザンダー。オードリーと話す必要があります」

アレグザンダーがもう片方の手をコーラの腰に回し、抱え上げて寝室まで運んでいった。コーラの口に手を当てたまま、耳にささやく。

「何も言うな。あいつを追い払ってくる。おまえが何か言ったら、あいつを殺す」

コーラは身をこわばらせた。目を見開いて、アレグザンダーをまじまじと見つめる。しかし、もはや見知らぬ人間としか思えなかった。灰色の目は、息を詰まらせる濃霧のようだった。呆然とするコーラを見て、アレグザンダーがうなずいた。

「ああ。今でもあいつが好きなのか。いいだろう。あいつはすぐに、おまえのことなど忘れる。ただし、生きていればだがな。だから、動かないで静かにしていろ」

コーラはうなずき、アレグザンダーは湿った手を放した。部屋を出て、オードリーの遺体を抱えて戻り、コーラの足もとに横たえる。

「おまえたちは双子だ。幸いなことに、彼女も静かにしていてくれそうだ」

そう言うと、アレグザンダーは寝室を出て、扉に鍵を掛けた。

32

コーラは急いで扉に走り寄り、木の節目に耳を押し当てた。

「ああ。ミスター・フリント」アレグザンダーの声は遠かったが、じゅうぶんに聞こえた。いつもの威圧するような調子で、穏やかにゆっくり話す。「どうしてここに？　すまないな、アトリエにいたので聞こえなかった」

「コーラを捜しに来た」

コーラは、はっと息をのんだ。

「なんだって？　オードリーを捜しているのかと思ったが。コーラについての悲しい知らせを聞かなかったのか？」

「コーラが死んで埋葬されたっていう知らせ？　ええ、聞きました。ぼくは彼女が死んだあと、カッター家の屋敷に行ってこの目で見たんです。ただし、彼女は死んでなかった」

これには思わず声をあげそうになり、コーラは自分の手でぎゅっと口をふさいだ。いったいどうして、わたしが死んだふりをしていたことを知っているの？　セオは知っていた。つまり、生きたまま埋葬されることも知っていながら、何もしなかったということだ。

「コーラはここに隠れてるんじゃないかと思ったんです。彼女の仲間たちに墓から掘り起こすように頼んだけど、彼らは戻ってこなかった。だから、自分で墓に行ってみたけど、かわりに何を見つけたと思います？」沈黙が答えた。「空っぽの棺と、死んだ男がふたり」

ふたり。つまり、恐れたとおりだったということだ――オットーとトムは死んでしまった。

しかし、〝公爵〟は生きているということでもある。コーラは待ったが、セオは〝公爵〟については何も言わなかった。

「だから」セオが言った。「コーラに会えますか？」

「きみはオードリーを捜しているのかと思ったよ」アレグザンダーが言った。

「捜してます。オードリーを捜しています。オードリーは昨夜から行方不明なんです。マダム・ベックは警察を呼びました。オードリーもここにいるんですか？」

「まさか。どっちもいないよ。それに、コーラは死んだんだ。別の誰かが遺体を盗んだに違いない。どこにあるのかは見当もつかない」

足音が近づいた。「なかを見て回っていいですか？」

「だめだ」ふた組の足音が同時に近づいてきた。アレグザンダーがセオを追っているのだ。

「帰ってくれ。姪を亡くしたばかりなんだ。いかにも本当らしい嘘を並べるやつと話す気はない。今は喪に服す時だ」

ドアノブがガチャガチャと音を立てた。「ここには何が？」

「なかを見たいか？　いいだろう。鍵を取ってこよう」アレグザンダーが、まるで退屈しているかのような口調で言った。

コーラは身をこわばらせた。おそらく鍵はすでにポケットに入っているはずだ。足音が遠ざかり、コーラは自分の姿を鏡で見るようにはっきりと、アレグザンダーがセオを殺そうとしているのだと悟った。わたしの死を望んでいるかのように思えたセオ。ジェイコブのふりをしていたわたしを愛し、その秘密を漏らさなかったセオ。けんかしたとき、わたしは早合点してしまったのだろうか？　間違っていたのだろうか？　今その疑問について考えるには、とても時間が足りなかった。

長く深く息を吸って、できるかぎり大きな声で叫んだ。

「セオ！　セオ！　わたしはここよ！」

息をのむ音と足音、そして金属が柔らかめの何かに当たるガツンという大きな音がした。叫び声が続き、壁が揺れた。取っ組み合いをしているのは間違いない。しかし、ここはアレグザンダーの家だ。近くに凶器があるかもしれないし、アレグザンダーのほうが明らかに有利だろう。体は弱っていたが、コーラは意識を集中して、仕事を始めたばかりのころ〝公爵〟に教わったことを思い出した。

〝ブーツを使え。狙いすました蹴りで相手の膝をぶちかます、あるいはぼろい扉をぶち壊す――どっちも同じことだ〟

ぼろい扉。やってみる価値はある。コーラは立ち上がってドレスのスカートをつかみ、力があるほうの右足で思いきり扉を蹴った。ブーツは頑丈で、まともに当たったはずだが、扉はびくともしなかった。もう一度、そしてもう一度、扉を蹴った。はあはあと息が切れて胸が痛み、耳の後ろのほうからめまいが襲ってきた。壁に取りつけられた蝶番はしっかりしていたが、壁自体は、コレクト池を埋め立てて住宅地にしたこの界隈の絶えざる湿気によって柔らかくなっていた。壁が徐々に脆くなっていたこともあって、コーラが十回めに蹴ると、蝶番がゆがんで壁の内側に静かにめり込んだ。

男たちが取っ組み合いを続けるあいだ、叫び声と、さらに何かを打つ音が聞こえた。がんばりすぎて両脚の太腿がじんじんと痛んだが、蝶番の近くを狙ってさらに二度蹴った。三度めに蹴ると、扉が壁からほんの五センチだけずれたが、それでじゅうぶんだった。扉を内側に引っぱると、蝶番が柔らかすぎる木に食い込んだ。コーラは隙間に体を押し込み、ドレスにかぎ裂きをつくりながら外へ抜け出した。

廊下を走っていくと、消えた暖炉の横で、アレグザンダーがセオのぐったりした体の前に立ちはだかっていた。鉄の火かき棒を持ち、今にもセオの胸に突き立てようとしている。

「やめて、アレグザンダー！　お願い！」

アレグザンダーが片手で顔の汗をぬぐい、乱れて顔に掛かった白髪交じりの黒髪を払いのけた。

「だめだ。うわさを消さなくてはならない。そのためにこいつもいっしょに死ななくてはならないのなら、そうするまでだ。もう死にかけているよ、コーラ。ぼくたちは、確実にこいつの息の根を止めなくてはならない」

「〝ぼくたち〟なんていない。これからも絶対にありえない。そんなことをしてもむだよ」

「むだなものか。それに、おまえがどうしたいかなど、もうとっくに関係なくなっている」

アレグザンダーがセオの体をまたぎ、火かき棒を手に歩を進めながら、自分の脚を軽くたたいた。火かき棒を強く握ると、前腕の筋肉がぴくぴく動いた。「おまえが、生きていっしょにいてくれたほうがうれしいよ、コーラ。これまで長年のあいだ、おまえが生きるのを手助けしてきた。おまえが気づいてさえいないいくつもの方法で、おまえを養ってきた。でもたまに、決して反抗などしない美しくおとなしい者たちに囲まれていること——そう、それもなかなかすばらしいものだと知るようになったのさ」

コーラは後ずさりし、体を小さく見せるために縮こまった。大げさにおびえたふりをする——優位に立つために必要なことは、なんでも利用しなくてはならない。ドレスで戦うしかないなら、そうする。できるはずだ。

「こんなことしないで、アレグザンダー」目を見開き、か細い声で言う。「おとなしくいっしょに行くわ。セオを帰してあげて」

「おまえは、おとなしくしていられないことを実証した。それに、嘘をついていればわかるんだよ、コーラ。おまえのことは、赤ん坊のころから知っているんだ。正直に言えば、死体盗掘人たちがおまえの死体を運んでくる可能性に、ぼくは満足しきっていた。死体を保存する方法はいくつもある。ほかならぬおまえなら知っているだろう——アルコールに永遠に漬けておくか、乾燥させてミイラにするか、あるいはいくらか現代的な方法なら、血管に防腐剤を注入するか。おまえのふたつの心臓を、薬剤が駆け巡るだろうな。目は美しいガラス玉に替えてやろう——青い目はどうだ——そして、ぼくが似合うと思う服をなんでも着せてやろう。そうなれば、おまえはもう何ひとつうるさく頼んだりしない」

コーラは泣き声を漏らした。おびえたふりをしても、アレグザンダーは満足の笑みを浮かべはせず、ただ鉄の火かき棒を手に大股で進み出た。ドレスのたっぷりしたスカートが脚を隠していたので、コーラはそれを利用し、しゃがんでしっかり身構えた。指先を床につけていたのは、弱っているからではなくバランスを取るためだった。

アレグザンダーが腕二本分ほどの距離に近づいたとたん、コーラはきつく巻いたばねがついに弾けたかのように跳ね上がった。鉄の棒を握る手の下に飛びかかり、棒に手を伸ばしながら肩で相手を斜めに押しやる。アレグザンダーが驚いてうめき、左へ倒れながら、体勢を立て直そうと手を外側に伸ばした。コーラは棒を横へひねって、力ずくでもぎ取った。さっと右へよけて足場を保ってから、両手で鉄の棒を握りしめ、アレグザンダーの体に思いきり振り下ろす。

棒は腕を強打してシャツの生地を裂き、その下の皮膚も裂いて血のにじむ蚯蚓腫れを残したが、アレグザンダーは声をあげなかった。パックとの格闘で、腕と膝を怪我しているはずだ。効き目があったのは間違いない。アレグザンダーが四つんばいになって後ずさりし、コーラはその背中と太腿を打った。息を切らしながら足を踏み出し、鉄の棒を振り上げる。あと一回頭を打てば――すでに打撲傷を負っている頭蓋骨と脳を打てば――アレグザンダーは死ぬだろう。

人を殺したことはなかった。殺したいと思ったことはない。死人を別の場所へ運ぶのが自分の仕事だった。しかし今、一瞬先、両腕を振り下ろした先に、死そのものがある——その過程、その瞬間、燃え立ち消えゆく命。

コーラはためらった。

それが間違いだった。

アレグザンダーがすばやく腕を伸ばして両手で青い絹のスカートをつかみ、後ろへのけぞった。コーラは転んで背中を床にぶつけ、うっと声をあげて肺から空気を吐き出した。棒が手から落ち、慌てて拾おうとしたとたん、アレグザンダーが胴の上にまたがった。その手に収まった火かき棒を近くでよく見ると、とがった先端に、暖炉の薪を引っぱるための鋭い鉤がついていた。

「おまえが捜していたのはこれか?」

コーラは身をくねらせ拳を振り回したが、相手のほうが三十キロも体重が重かった。蹴ることも、逃げることもできない。アレグザンダーが棒を持ち上げ、コーラの胴部を見た。

「余分なほうの心臓から始めるか」

そう言って腕を振り上げたので、コーラには考える時間がほとんどなかった。火かき棒が振り下ろされると同時に、拳で殴りかかる。棒は、第二の心臓がある右のあばらではなく、右腕を突き刺し、釘づけにした。コーラは悲鳴をあげた。その痛みは火薬の爆発のようだった。温かい液体が袖から染み出した。

「なかなか気持ちのいい音がするじゃないか。もう一度試そう」

今回、コーラは右腕を動かせなかったので、左腕を突き出すしかなかった。狙いが定まらず、完全に外してしまった。アレグザンダーが、芸術家の目で正確に見定め、血で光っている鋭い鉄棒を右のあばらに突き立てた。

想像もつかないほどの痛みが走り抜けた。先端は絹を貫き、あばら骨のあいだにもぐり込み、不吉なグシャッという音とともにひねりが加えられた。コーラは息もつけなくなり、みるみる血が身頃を濡らしていくのを感じた。下を見る。鉄の先端は、まだ胸に埋め込まれていた。アレグザンダーが体を離して立ち上がろうとし、無造作に棒を引き抜いた。コーラはそれが体から出ていくときの痛みに、また悲鳴をあげた。シロップよりもさらさらした深紅の液体が、先端から滴り落ちた。

コーラは出血を止めるために、左の拳を傷口に押し当てた。呼吸がうまくできず、ぜいぜいと短く速い息をつく。肺に穴があいたに違いない。拳はすでに、粘つく温かい血にまみれていた。

アレグザンダーがこちらを見下ろしながら、ゆっくり周囲を歩き回り、火かき棒を突きつけた。「心臓があとひとつ」

「数え間違いだな。あとふたつだ」彼の背後から声がした。

アレグザンダーが上体をひねると同時に、セオの握った棒がアレグザンダーのこめかみをまともに打ちつけた。衝撃に呆然とし、火かき棒を取り落とす。セオが身を翻してもう一度打つあいだに、コーラは火かき棒をつかみ、もがきながら後退した。今回、セオは相手の背骨を殴り、アレグザンダーは、いまだに黙ったまま膝をついた。叫びもせず、衝撃に悲鳴もあげないその様子には、ひどく非人間的な何かがあった。

コーラは使えるほうの手で、火かき棒を持ち上げた。人を殺すには千とおりもの方法がある。見たことがあるのはほんの一部だけだ。これは想像力を駆使すべき復讐の時ではなく、静かな結末だ。コーラが手を下さなくてはならない——アレグザンダーに死を与える者として。

火かき棒をまっすぐに振り下ろし、とがった鉄の先端をアレグザンダーの首に突き刺して、ひねり、引っぱった。鮮血が、外へ向かって勢いよくほとばしった。最初、濃く赤い血は激しい勢いで流れ出ていた。しかし彼の心臓が打つたびに、噴出の勢いと範囲は小さくなり、やがて首を流れ落ちるのは透明な泡だけになった。今やシャツはクリーム色ではなく赤茶色になり、濡れて光っていた。アレグザンダーはひとことも発しないまま——昔から無口なほうで、死に臨んでもそれは変わらなかった——床にくずおれ、目を閉じた。

セオが棒をわきにガチャンと落とし、床に倒れ込んだ。コーラは、半分青く、半分深紅になった身頃に両手を当てた。そして気を失う前、最後に息も絶え絶えにこう言った。「今度は本当に死ぬみたい。ふたつの心臓もすべて」

アレグザンダー・トライス

幼い子どもだったあの日、ぼくはボストン郵便道路から一キロも離れていないキングズブリッジの自宅近くにある池のほとりを歩いていた。雑貨店で新しい針を買ってくるようにと使いに出されたのだ。気温は氷点下を優に下回っていて、氷屋たちが一週間ずっと働いて氷を採取していた。池の中央は完全に切り出され、歯のようにぎざぎざしたへりが残っているだけだった。彼らはてきぱきと仕事を済ませ、三十センチにもなる最も厚い部分を運んでいった。

そして池の縁に、透明な氷の塊のなかで凍りついた一匹の狐がいた。氷屋たちが発見し、少しのあいだ珍しい眺めを楽しんだあと、凍りついた獣をわきに置いて、仕事を終えたのだった。狐はきっと、氷がまだ不規則に薄く、見た目は固そうだが、上に落ちた木の葉より重いものは支えられないほど脆いところに落ちたのだろう。まるで、氷にとらわれ侵食されながら走っていたかのように見え、固体になった水に包まれているにもかかわらず、毛皮はふんわりと乾いているようだった。目は輝いていると同時に淀んでもいて、口は開き、虚空に向かって鋭い歯をむいていた。

コーラ、おまえが生まれた日以来、ぼくはよくあの狐のことを考えた。あの獣がどれほど完全にすべてを奪われたかに思いを馳せた。ぼくが初めておまえを目にしたとき、そうなったのと同じように。柔らかいピンク色の肌、第二の心臓の穏やかな鼓動。おまえのすべては、創造主でさえ思いも寄らないものだったに違いない。その血には異国の人間の特質が加味され、重複した臓器には熱情や憎しみを打ち破る力がある。ぼくはおまえを守ろうとした。おまえの世界の境界線を定め、そのすべてを自分のものにするつもりだった。

シャーロットは、ぼくがおまえに角砂糖を与えたり、日曜ごとに鶏を持っていったり、算数や幾何学を教えたりという形で、熱心に少しずつ愛情を注ぐ姿をじっと見ていた。一度、こう言われたことがある。「あなたは、わたしよりもあの子を愛してるのね」

「あの子はぼくのものみたいに思えるんだ」ぼくは言った。本当のことだった。「ぼくたちが亡くした子どもみたいに」これは嘘だった。しかし、人生で最も輝かしいものを守るためなら、嘘をつくのはたやすかった。シャーロットは、あきらめのため息をついた。おまえが生まれてからはベッドをともにしていなかったが、ぼくはその後も彼女の家に出入りすることを許された。誰もが言っていたとおり、ぼくは伯父らしくおまえを愛していたからだ。

おまえが成長し、初めて男の子の変装をするようになると、ぼくの愛情は深まった。予想外だったのは、おまえが女へと変化していくあいだに、ぼくの体が欲求を訴え始めたことだった。ぼくは、膨らんでいく胸の角度や、新しいドレスの下にある腰椎の曲線をつぶさに眺めた。ぼくの体が淫らな想像を生み出すようになり、ひどく心をかき乱された。おまえはまだ、欲望に煙る目をしたぼくを見る準備ができていなかった。まだ無垢で、家族ではなく男としてのぼくを受け入れるのは無理だった。いずれはそうなるとしても。しかしひとまず、解放が必要だった。そしてぼくは、〈マダム・ベックの店〉で、おまえにそっくりな娼婦《マブ》という形の解放を見つけた。このちょっとした肉体、この複製の人形をめちゃくちゃにすれば、最愛の姪に対してはいつもの冷静な気性を保っていられた。

ぼくはおまえにすべてを与えた。始末をつけるために引かせたあらゆる針金、息の根を止めるために渡したあらゆるリボン、みずから盛ったあらゆる毒物。すべてはおまえのためだった。コーラ。ぼくのコーラ。年月を経た黒檀のような髪、川の流れに磨かれた石のような目。おまえの顎や頬骨、手首の角度、眉毛の弧をぼくは知っている。それらの角度は、やがて大地がぼくの皮膚を食い尽くし、骨をすりつぶして粉にしようと、ぼくの心に突き刺さったままだろう。

あの凍りついた狐には、学ぶべき何かがあった。狐は歯をむき出し、子どもらしいぼくの自我に向かって、あるメッセージを叫んでいた。〝たぶんおれは、頑丈に見えるものも、きちんと確かめれば割れたり砕けたりすることに用心すべきだったのだ。たぶんおれは、不吉な水域を渡る別の方法を考えるべきだった。命の源も少しずつ、あるいは一瞬のすばやい落下で尽きてしまうことを考えるべきだったのだ……〟

しかし、ぼくは耳を傾けなかった。

ぼくは砕け散るほうを選び、消え果てた。

コーラ・リー

わたしが意識を失うと、彼らはわたしを――警察は絹と血に覆われたわたしを――セオと訪れたことがある、あの建物の手術室に運んでいった。ただし今回、わたしはずっと恐れていた場所――手術台の上にいて、裸体を空気にさらし、これから外科医に胸を開かれ、すべての秘密を暴かれようとしていた。

この瞬間を避けるためにやったことすべてが、水泡に帰した。

アレグザンダー、わたしに残された唯一の信頼できる家族だった人は、わたしの信頼を奪い、破壊し、悪臭を放つごみに変えてしまった。リアは、家の貯金を持って逃げた。そしてスゼットは――せめてもう一度、従妹の幸福を願う機会があればいいのだけど。

それから、セオがいる。

でも、わたしはチャンスを失ってしまったんでしょう?

手術は、予想していたような劇的なものとは程遠かった。見学者たちの視線はなく、ドクター・ドレイパーの助手がひとりいるだけだった。この年配の紳士は血まみれの仕事に慣れすぎていたので、退屈を持て余して何度もため息をついていた。そしてドレイパーは、針で縫ったり鼻歌を歌ったりしつつ、わたしの余分な小さい心臓の厄介な血管を縛るため、縫合糸を一本取ってくれと頼んだ。そしてもう一本頼んだ。縫合糸がいくつかの場所に留められ、適切な長さに切られたあと、わたしの皮膚が縫い合わされ、大きく開いたぎざぎざの傷は閉じられた。

「ふむ」手術を終えると、ドクター・ドレイパーが言った。「なんとまあ、凡庸な。第二の心臓だと、まったく。真実というより神話みたいなものだとわかっていたのだよ。なんとも期待外れだったな。しかしともかく、彼女は生きられるだろう」

えっ。

ええっ！　それなら、わたしはどこへ行くの？　どこへ――

エピローグ

ニュースはおもしろいものになるはずだった。

ふたつの心臓を持つ女が生きていた！
ファイヴ・ポインツ近くで殺人事件！
彫刻家、死体に囲まれ、女性を誘惑！
死んだはずの女死体盗掘人、発見さる！

しかしどういうわけか、《ヘラルド》や大衆紙はその話題について沈黙していた。もしかするとそれは、引退した死体盗掘人で最近までふたつの心臓を持っていたコーラが、ふたつの心臓をもう持っていないからかもしれない。
本当のことだった。コーラはあとになって、ことの顛末を聞かされた。アレグザンダーに刺されたあと、コーラは出血多量で失神した。セオはコーラを抱えて戸口へ走り、助けを求めて叫んだ。ベルヴュー病院か診療所へ運ぼうという申し出は断り、ニューヨーク市立大学の手術教室に直接運ぶよう求めた。ただし、見学者は入れずに。

ドクター・ドレイパーが呼ばれ、麻酔薬のエーテルが投与され、コーラの傷が調べられた。「ひとつには、かなり乱雑な状態だったということだな」のちにドレイパーは説明した。「心臓がふたつあると考える者がいたのも、理解できる。動脈と静脈がもつれ合って、心臓のように脈打っていたからね。血管性過誤腫《かごしゅ》だよ。かなり巨大なやつだ。多少手こずったが、主要な血管を縛っておいた。うまく回復するだろう」

セオはお礼を言ったが、ドレイパーはその晩遅く、彼をわきへ呼んだ。そのころコーラは、看護師の家へ連れて行かれ、世話を受けていた。セオは医師に、夜警と警察がアレグザンダー・トライスのアトリエと、オードリーの遺体、最近起こった殺人が列挙されている台帳を調べに来たとき話したとおりに、一部始終を語った。

「いいかね」ドクター・ドレイパーが言った。「我々は、解剖学研究を大いに助けてくれるであろう法律が制定されるかどうかの瀬戸際にいるのだよ。想像してみたまえ、必要なありとあらゆる解剖用の死体が、救貧院の寄る辺ない貧民から調達できるのだ！　しかしあの女性――よりによって、死体盗掘をしていた女性――に関わるこの不幸な事件、そのすべてが、事態を混乱させ、人騒がせな連中の不必要な注目を集めてしまう。事件については、黙っていてくれたまえ。警察もそうしてくれるかどうか確かめてみよう。これで決着ということにして、《ヘラルド》とは無縁でいられるなら、誰にとってもそのほうがいいからな」

セオは疲れ果てて反論する気にもなれなかった。頭に包帯を巻かれ、片目が腫れてほとんどあかず、かなり惨めな姿だった。まるで全世界が三次元ではなく、平らな銀板写真に変わってしまったかのように感じられた。回復中、半開きの扉にぶつかって、危うくもう片方の目まで負傷するところだった。

しかし、セオは回復した。コーラもだった。

コーラが面会を許されるようになるとすぐに、スゼットとドクター・ブラックウェルがやってきた。ダニエル・シャーマホーンは来なかった。事件は新聞には載らなかったが、上流階級の人々のあいだでうわさになっていたからだ。

「結婚式の招待状は期待してないから」コーラは、スゼットが枕元に座っているときに言った。セオの下宿屋の空室に移り、廊下の奥にある部屋をあてがわれていた。大家は頑として女性の下宿人を置こうとしなかったが、看護師が頻繁に世話しに来ると知って態度を和らげた。また、スゼットが部屋と食事に二倍の料金を払ってくれた。ドクター・ブラックウェルはその後、往診もしてくれた。

「結婚式はなくなったわ」スゼットが終始落ち着き払った様子で説明した。「わたしの相続財産が減ることに、ダニエルは我慢できなかったの。あなたが生きていたと知って、わたしがこれまでと変わらずあなたを大好きでいることも許せなかったみたい」

「あなたのお母さまも、今でもわたしを嫌ってるでしょうね」コーラは淡々と言った。

「ええ、あなたを忌み嫌ってるわ！　でもわたしたちには、生きてるあいだに仲直りする時間がたっぷりある。そうでしょ？」

「そうね。ダニエルのことはとても残念だけれど」コーラは目を上げた。「本当にだいじょうぶ？」

「ええ。わたしはあなたといっしょで若いし、この島には夫にふさわしい男性があふれ返ってるんだから。たぶん、シャーマホーン家やカッター家ほど有力じゃないだろうけど」スゼットが顔をしかめた。「お母さまは、ほとんどわたしと口を利こうとしないの。でもわたしはひとり娘だし、一シーズンか二シーズンかかるかもしれないけど、きっと許してくれるわ。あなたのこともね」明るい笑みを浮かべる。「ドクター・ブラックウェルが勤め口を見つけたら、診療所を維持するお手伝いをしたいの。わたしの立場を使って何かできるのはいいことだものね。とりあえずわたしには本があるし、あなたもいる」

「ニューヨークでは、そうはいかないかも。わたしは治ったら、ここを離れるつもり」

スゼットが寂しそうな顔をした。「なぜ離れなくちゃならないの？　ここにはもう、あなたをおびやかす人は誰もいないわ。わたしの母以外はね」にんまりしてみせる。「あなたが行ってしまったら、全ニューヨークの支配をもくろむドクター・ブラックウェルをめぐるうわさについて、どうやってあなたに最新情報を伝えればいいの？」

「もくろんでなんかいませんよ！」ドクター・ブラックウェルが、ぷりぷりして言った。部屋の隅にいて、薬局で手に入れたチンキ剤を用意しているところだった。「それに、あなた！これからどうするの？　もう死体盗掘の仕事はしないと決めてくれて、とてもうれしいわ」

「どうするかはわかりません」コーラは答え、姿勢を変えようとして痛みに顔をしかめた。

「ああ、お腹が空いた。チーズと林檎のお皿をもうひとつ、取ってもらえる？　いくら食べても満腹にならないみたい」バリバリと食べ物をかじりながら続ける。「この街にはまだ、女の医者をもうひとり受け入れる気はなさそうですし。あなたのことさえ、どうしたらいいのかわかってないんですから」鼻でドクター・ブラックウェルを指し示した。

「ちょっと、口いっぱいにほおばりながらしゃべらないでよ。それにあなた、わたしが来てからずっと休みなく食べてるのね。あとで食料雑貨店にもっと食べ物を届けさせるわ」スゼットが言った。ドクター・ブラックウェルが、ふたりをちらりと見てから、薬の用意に戻った。

「お母さまは、ちょっとした収入を渡してもいいって言ってたわ。あなたが……なんと言ってたんだっけ？　〝カッター家の女らしくふるまっているかぎりは〟いったいどういう意味なのかはわからないけど。だって、わたしたちのふるまいはひどいものね！」

「お母さまのお申し出には感謝するけど、わたしは職業を持つことに慣れてるから」コーラは言った。解剖学には詳しいとしても、教えたり、図を描いたりといった仕事には興味がなかった。「助産術を学ぶのはどうかな、って考えてたんです」死者と時を過ごすかわりに、小さな命をこの世に送り出すのは楽しいかもしれない。

「この街では、医者と助産婦がずっと戦っているのよ」ドクター・ブラックウェルが警告した。「まさに戦争ね。男と女、赤ん坊と権力」

「挑戦することには慣れてますから」コーラは言った。「でも、もう少し考えてから決めます。じつは、ほかの道も考えてるんです」

「どんな道？」ドクター・ブラックウェルが訊いた。

「薬剤師になることです」コーラは答えた。「その仕事に就いてる女性は多くないけど、何人かはいます。もう少しで死にかけたときの薬の作用が、おもしろいと思ったんです」

スゼットがうめいた。「あれがおもしろいっていうの？　あなたって変わってるわね、コーラ」

「おもしろいし、とても役に立つのよ！　毎年、新たな発見があるの。わたしはもう病気を持ってないかもしれないけど」コーラは言って、腹部の包帯に触れた。「病気を持って生きるのがどんな気分かは忘れない。たぶん、病気から逃れられない人の手助けができるんじゃないかな」

ドクター・ブラックウェルが心得顔でうなずいた。スゼットに歩み寄り、膝の上にのっている小説を手に取る。持ち上げて、タイトルをコーラに見せた。

『『フランケンシュタイン、あるいは現代のプロメテウス』』ドクター・ブラックウェルが読み上げた。「このばかげた本は何？　あなたたちはふたりとも変わってる、そういうことよ」

「好奇心を持ったって道徳に反するわけじゃないわ！」スゼットが言って本を取り戻し、胸に抱きしめた。「ここには、光り輝く何かがあるの。心を惹きつけられるのよ」

「それじゃあ、わたしも読まないとね」コーラは口もとをゆるめて言った。「薬だって心を惹きつけるんだから」それからこう続けた。「〝あらゆるものは毒であり、毒でないものなど存在しない《アレ・ディンゲ・ジント・ギフト・ウント・ニヒツ・イスト・オーネ・ギフト》。あるものが無毒かどうかはその用量のみによって決まる《アライン・ディー・ドーゼス・マハッ・ダス・アイン・ディン・カイン・ギフト・ザイ》〟わたしが知ってるただひとつのドイツ語」

「ああ」ドクター・ブラックウェルが言って、スゼットにもわかるように英語で同じ言葉を繰り返した。

「誰の言葉?」スゼットが訊いた。

「フィリップス・アウレオールス・テオフラストゥス・ボンバストゥス・フォン・ホーエンハイム」コーラは答えてから、厚く切ったチーズをもうひと切れ食べた。

「恐ろしく物騒な言葉に聞こえるんだけど」

「でしょ?」コーラはもぐもぐと嚙みながら言った。「まあ、もし薬剤師になるなら、弟子にしてくれる人を見つけて、たぶん学校へ行かなくちゃならないけど、まずは――」

「まずは、回復しなくちゃね」スゼットが横から言った。

「そのあとは、お産の床につかないとね」ドクター・ブラックウェルが当然のように言った。

「なんですって?」スゼットが青ざめた。

「さあ、いいから。いつかは彼女に話さなくてはならないのよ」ドクター・ブラックウェルが言って、くるりと振り向いた。琥珀色の液体がなみなみと注がれた小さなカップを持ってきて、コーラの前に置く。「これは子宮を強くするための薬。あんなにたいへんな目に遭ったあとなんだから、必要なはずよ。処方したあの薬であなたが子どもを失わなかったのは奇跡だわ」

「お腹に子どもがいるの?」スゼットが立ち上がって、両手で顔をあおいだ。「まあ、コーラったら、あなた、本当にカッター家の女なのね。ミスター・フリントの子なの?」

コーラは黙っていた。

「そうなのね！　彼は知ってるの？」スゼットが訊いた。

コーラは黙っていた。

「知らないのね！　どうして言わないの？　あなたは結婚すべきだわ――すぐにでも。どうしてわたしに――」

「彼女に息をつく時間をあげなさい、スゼット！」ドクター・ブラックウェルが言った。

「あなたは秘密を扱う人でしょう。お医者さまは、そういうことを他人に話さないのかと思ってたわ」スゼットが、少し首を傾けて言った。

「スゼット・カッター、あなたは他人なんかじゃないでしょう。それに、彼女はあなたに話すのが怖かったのよ。だから、わたしがあなたたちふたりの手間をすっかり省いてあげたというわけ。従姉を愛していることに変わりはない？」

スゼットが顔をピンク色に染めた。「ええ、もちろんよ」

「それなら一件落着ね。コーラ、そんなにまごついた顔をしないで。死体を掘り起こすことはできても、自分の家族に真実を話すことはできないの？　あきれたわ。さっさと言うべきことを言ってしまいなさい」

コーラはふたりがやりとりするあいだ何も言わず、ただひどく顔を赤らめて、さらにチーズを食べ、それ以上の会話を避けようとした。しかし、意を決して口を開いた。赤ん坊の父親がセオであること、妊娠してどのくらいになるか、そしてセオが事実を知らないことも、スゼットに話した。

「なのに、フィラデルフィアへ引っ越そうとしてるの？　家族もなし、つてもなしで、子どもを抱えて？　頭がいかれてるんじゃない？」

「確かにいかれているわね」ドクター・ブラックウェルが言った。「徹底的な瀉血でもめったに改善しない、通常のタイプのいかれかたとは違う。これは、救いようのある、いらいらか らくるタイプよ。さあ、スゼット。患者さんたちに薬を届けなくてはならないし、あなたに はあと一時間の暇と、二本の丈夫な脚と、わたしを手助けできる両腕があるでしょう。それにあなたは、付添い人のわたしといっしょに行くしかないのよ。コーラを休ませてあげましょうね」

ふたりは出ていった。数時間おきに看護師が来て世話をしてくれたが、セオは一度も訪ねてこなかった。そしてコーラは、一度もセオがどうしているのか訊かなかった。耳を澄まして、彼が廊下の少し先の自室に帰ってくるのを確かめようとしたが、どうやら下宿屋の建物自体を避けているらしかった。まるで、できることをすべてやり、コーラを大学に預けて治療してもらったあとは、さよならも言わずに立ち去ることにしたかのように。

一週間が過ぎ、自分に毒を盛ってからは十日たった。

コーラの傷は驚くほど順調によくなっていた。あざは薄くなって醜い黄色に変わり、傷の縫い目はまだ赤紫色の痕を残していたが、日ごとに快方に向かっていた。すでに体と頰がふっくらし始め、髪はぼさぼさにもつれてきたので、櫛で後ろに撫でつけて細いリボンで結んでいた。その日は服を着られるほど具合がよく、そこへ大家が扉をノックした。

コーラはゆっくり歩いて応じた。

「男の人が待ってますよ。お名前はミスター・公爵《デューク》ですって」

コーラは厚手のショールを肩にはおって、慎重に階段を下りた。外に出ると、小さな貸し馬車が通りに停まっていて、〝公爵〟がそのそばに立ち、女性と腕を組んでいた。女性は、すっと伸びた背筋と、レースの帽子にたくし込まれた黒い髪、明るい茶色の肌ときれいな黒い目が印象的で、おそらくコーラより十歳は年上だった。〝公爵〟は杖に身を任せるようにもたれ、頬骨にはかなり腫れが残っていて、まだあの晩墓地で負った痛手から回復する途中であることがわかった。シルクハットを取る。

「ああ！　よくなったのね！　会えてすごくうれしい！」コーラは言って、両手を打ち合わせた。

〝公爵〟が口もとをゆるめた。「ミス・リー。おれのかみさん、アニー・プレストンだ」

コーラはぎこちなく会釈して、微笑んだ。「やっとお会いできて光栄です」

「こちらこそ、お会いできて光栄よ」アニーが言って、会釈を返した。その声は低く豊かだった。「ルイスがときどきあなたの話をしてたけど、あなたは人づき合いをほとんどしない人だって聞いたわ」

「ルイス？」コーラは眉を吊り上げて〝公爵〟を見た。「それがあなたの本名？」

「そうさ」〝公爵〟がにやりとした。「どうやら、おれたちはふたりとも商売用の名前を持ってたようだな。もうその仕事も、手放す時が来たらしい」

「ええ。手放してしまったのは仕事だけじゃないけど」コーラは言った。目がちくちくしてきた。オットーとトムの死をめぐってはもう泣けるだけ泣いたと思ったが、深い悲しみは瞬く間に心に入り込んでくる。傷の縫い目が今にも裂けてしまいそうだったので、コーラは唇を固く結んで泣くのをこらえた。

「その、きみが元気そうでよかったよ。心はそうでもないだろうが、体はね。おれたちはみんな、まだ喪失の悲しみを癒やしてる最中なんだ」ルイスが言った。

ミセス・プレストンが優しく微笑んだ。「このあとアップタウンに行くから、ごいっしょしてくれないかしら、ミス・リー」

「アップタウン？」コーラは訊き返した。ルイスが目をぬぐうためのハンカチを渡してくれた。

「ああ」ルイスが言った。「着いたら教える。心配しなくていい、安全だよ。きみもおれも、このくらいの遠出ならしてもだいじょうぶだろう」

コーラが御者に手助けされて乗り込むと、馬車はすぐにアップタウンへ向かって出発した。五十番通りまで行き、孤児院を通り過ぎてから、ふたたび北へと走る。遠くに、ライトボディーズ・インク工場と、イースト・リヴァーを見晴らすフェルプス家、ライカー家、シャーマホーン家の私有地（もちろん、そこにスゼットはいない）が見えた。樹木の茂る荒野が、道路の両側を覆っている。ようやく、小さいが美しいあずまやを取り囲む整然とした木立の前で馬車が止まった。

「ここは私有の植物園じゃない？」ルイスの手を借りて馬車を降りながら、コーラは尋ねた。疲れたが、木々と十月の澄んだ青い空を見て、気分が上向いていた。

「そのとおりだ。おれの弟が所有者のところで働いてて、特別に立ち寄る許可をくれたんださあ」

三人は並んでゆっくり歩き、植物園の奥へ進んだ。木々はありとあらゆる色に変わりつつあった――茶や金や赤の楓《かえで》、そのあいだの刈り込まれた芝地も、手入れが行き届いていた。かなりアップタウンにあり、肌寒い日曜日の遅い時間だったので、来訪者はなかった。植物園の中央まで長い道のりを歩き、三人は立ち止まった。高さ三メートルほどの若いオークの木のまわりに、最近不揃いな形に土を掘り起こした場所があった。

ルイスが帽子を取って、胸に抱えた。

「〝どら猫〟オットー。正確には、オットー・ドネリー」ルイスが言って、一カ所を指さした。手を数十センチほど右へ動かす。「〝托鉢〟トム、かつてはモーゼズ・トマス・バーンシェドと呼ばれていた男。そしてもちろん、オードリー・マーチを憶えてるね。所有者が、個人的に、極秘で彼らをここに埋葬することを許してくれた。だから、彼らの眠りが邪魔されることはないよ」

コーラの目に涙が込み上げてきた。友人たちが逝ってしまったこと、自分のせいで逝ってしまったことを考えるたびに、コーラは泣いた。耐えられなかった。ルイスとアニーが、順番にコーラの肩に温かい手を置いてから、その場を離れ、背後の木々の陰まで歩いていった。

コーラは一時間以上、そこに立っていた。三人のそれぞれに初めて会ったときのことを思い起こす。〈マダム・ベックの店〉でオードリーが、いっしょに過ごそうというジェイコブの誘いを静かに断ったときのこと。トムが、食べたいパイをすらすらと数え上げたときのこと。オットーの尻尾がほころびてしまい、コーラがリアのところへ持っていって繕ってもらったときのこと。頭のなかに思い出が駆け巡り、笑いと苦痛と後悔が奇妙に混じり合った。アイダ、ルビー、ランドルフ、コナル、ウィリアムを思い浮かべると、後悔の念で胸が焼けつくように痛んだ。何度も謝り、涙で顔を濡らした。

空気が冷たくなってきて、木々の向こうに太陽が沈み始め、まだらの木漏れ日がスカートの上でちらちらと揺れた。プレストン夫妻はそろそろ帰りたいだろう。背後からふたりの足音が聞こえ、肩に手が置かれるのを感じた。〝公爵〟が――本名で呼ぶことに慣れるのはむずかしそうだが、ルイスが――となりに立った。

「どうやってこれを手配したの？　あなただって死にかけてたのに」コーラは目をぬぐいながら訊いた。

「おれはやってない。きみと同じく、ここに来たのはきょうが初めてだ。彼が、どこへ行けばいいか教えてくれた」

「彼？　彼って誰？」コーラはわけがわからず、ルイスのほうを向いた。

「自分で訊いてみるといい。彼はきみに会うのに、丸々一週間待ってたんだ」

ルイスが身ぶりで示した左のほうに目をやると、二本のとねりこの木のあいだにセオドア・フリントが立っていた。痩せたように見え、両目の下に黒ずんだくまができ、日光浴と、少なくとも十食分のたっぷりした食事が必要な青白い顔色をしている。

無言のまま、ルイスがそばを離れ、セオと入れ替わった。コーラはしばらく何も言わず、ただそこに立っていた。無意識に、お腹に手を当てる。

「元気?」セオが穏やかな声で訊いた。

「ええ。だいぶよくなった。部屋を見つけてくれてありがとう」

「お礼は、ミス・カッターとドクター・ブラックウェルに言ってよ。ふたりが看護師や金銭面の手はずを整えてくれたんだ。ぼくのお金はぜんぶ消えてしまった」

「消えてしまった！　何に使ったの?」

セオは答えず、ただ掘り返された土を見下ろした。「墓石か、記念碑を建てようかとも考えた。そのために借金しようとしたんだけど、ふと思ったんだ――そういうものはみんな、時がたてば崩れてしまう。きみとぼくがいつか、できればじゅうぶん年を取ってから死んだあと、彼らがここに眠ってることを知る人は誰もいなくなるかもしれない。でも木なら、生きた遺産としてあとに残せるだろう、そう思わないか?」

コーラは黙ったままでいた。ということは、セオがこれを手配してくれたのだ。彼らが眠れる安全な場所。しかし、コーラと仲間たちはみずから、裕福だが病気を持つたくさんのニューヨーカーが、あまり安らかに眠れないようにしてきた。長いあいだコーラは、自分たちを含め、死後の体は誰のものでもないとするのが正しくふさわしいことではないかと考えていた。自分の体も、島のおおぜいの人たちの体と同じく商品なのだと。安全と自由を求めてこの土地へ逃げてきた奴隷制の被害者たち。少ない賃金で懸命に働く港湾労働者たち。通りを走り回って、たくさんのぼろ切れを集めたり、樽から砂糖をくすねたりすることで少しずつ値打ちを与えられるアイルランド人の悪童《キンチン》。至るところで、体とその値打ちが判断されている。

しかし、コーラは後悔していた。すべてを後悔していた。彼らがもがき苦しみながら懸命に生きたあとのささやかな安らぎを奪い去ったことを後悔していた（裕福な人にだって、苦しみはあるのだ）。

「近いうちにフィラデルフィアへ発つって聞いたけど」セオが言って、コーラの物思いをさえぎった。

コーラはうなずいて、ルイスのハンカチで目をぬぐった。「ええ」

「なぜここで暮らさないんだ？」

コーラはとてもゆっくり首を振った。「ここでは暮らせない」

「あの街に知り合いはひとりもいないんだろう。ぼくは転学してもいいよ。フィラデルフィア医科大学に」

「あなたはニューヨークを拠点にキャリアを築くのかと思ったけど」

「いろいろじっくり考えた結果、あらためるべき点があるようなんだ」

しばらくのあいだ、何も言葉が見つからなかった。コーラのなかのすべてが、逃げろと告げていた。隠せ、守れ、はぐらかせ——便利で安心できる行動の三原則。とうとう、これ以上耐えられなくなり、背を向けて植物園の端へ向かって歩き出した。

「帰るわ。もう遅いし、プレストン夫妻をずいぶん待たせてるから」

「ふたりはもう行ってしまったよ、コーラ。ぼくだけだ」

「そう。だったら歩くわ」

「待って」セオが走ってきて横に並び、歩調を合わせた。「馬車を待たせてある。ぼくといっしょに乗りたくないなら、ひとりで乗っていい。ぼくが歩いて帰るよ。たっぷり三時間はかかるだろうけど、喜んでそうする。その体で歩いたらいけないよ」

コーラは足を止めた。今の言葉は、わたしが思っているような意味で言ったのだろうか？セオの顔を見上げると、むしろコーラよりもおびえているかのようだった。

「そうだよ、コーラ。ぼくは知ってる。スゼットに聞いた」

コーラは目を伏せて芝生を見つめた。「あの子にそんな権利はないのに」

「じつは、直接聞いたわけじゃない——スゼットの手紙に、大事にすべき状態にしては、きみが元気でやっていると書いてあった。ぼくは憶測を立て、きみは認めた」

「なるほどね」コーラは言って、自分の肩を抱いた。

「それにぼくは、ぼくたちの将来をどうするかについて、頑固になりすぎてたよ。きちんとしたディナーにさえ誘ってないうちにね」セオがため息をついて、すばやくまばたきした。「もう一度、初めからやり直したいんだ。ぼくは本当に、たくさんの間違いをしたね、コーラ」

「考える時間が必要なの、セオ」コーラは言った。今では体が震えていた。セオが腕を差し出して、植物園の外へ続く一本の路地へ導いた。そこに、小さな馬車が待っていた。セオの手を借りて乗り込む。座席に置かれたかごには、クロトン川の水が入ったコルク栓つきの瓶と、いくつかの林檎、小さなケーキの包み、ミートパイが入っていた。コーラはひどく空腹だった。お腹のなかの小さな子は、貪欲な獣だ。しかし、まるでどうでもいいようなふりをした。セオが、御者から厚手の羊毛の膝掛け毛布を借りてきた。コーラの膝の上に広げ、わきにたくし込む。

「いくらでも時間をかけていいよ」セオが言った。「もし話したくなったら、下宿屋の大家さんに伝言を頼んでおいてくれ」

セオが馬の尻を平手でたたくと、馬車がぐらりと揺れて動き出した。

馬車が先へ先へと進むあいだ、コーラはまっすぐ前を向いて座っていた。今は寒さではなく、恐怖で歯がガチガチと鳴った。後戻りのできない決断まで、あと一歩のところにいる。息を吸い込み、口を開こうとする。

ジェイコブが恋しかった。また彼の服を着て、群衆に紛れ込み、しばらくのあいだ自分から逃れられたらいいのに。ジェイコブがわたしのかわりに決断し、困難に立ち向かい、酒を飲み、共通の未来へと導いてくれる。でも、もうジェイコブは必要なくなり、わたしは恋しくてたまらない。彼ならなんと言うだろう？　彼ならどうするだろう？　ジェイコブの思考の明晰さはとてもリアルなのに、自分の思考は吐き気と眠気に曇らされ、あまりにも長く逃避し続けたせいで、決して着地することがなく、本当の意味で生きるために息をつくこともない。

ジェイコブ、わたしはどうすればいいの？　コーラは問いかけた。

しかし、心のなかのジェイコブは黙ったままだった。スゼットの家の客間で薬を飲んだあの瞬間、自分の正体とすべての秘密を明かしたあの日、彼は去った。

馬車はガタガタと音を立てて進み続けた。セオの姿がずっと後ろへ遠ざかってしまったことが感じられた。そしてどういうわけか、シャーロットと母のエリザベスが、吹き寄せる風のどこかからコーラをたしなめる声が聞こえるような気がした。

〝逃げるのはやめなさい、愛しい子。すべてのものには結末があるけれど、なかにはとてもすてきな結末だってあるのよ〟

〝足を止めて〟

止めて。

「止めて！」コーラは御者に向かって叫んだ。御者が手綱を引いた。コーラは毛布を押しのけて、無蓋馬車の上で振り返った。遠くにセオが立ってこちらを見ていた。夕暮れの薄明かりのなかでは表情がよくわからなかったが、その姿勢は、崖の縁に立って何かを待ち受ける男のようだった。コーラは馬車のなかで立ち上がり、ありったけの大声で叫んだ。ただひとつの心臓の鼓動より大きく、高まる風の音より大きく、心のなかで急速に縮んでいく恐怖よりも大きな声で。

「セオドア・フリント！」コーラは、男にひけをとらないほど堂々と声を張り上げて叫んだ。

「わたし、あなたを愛してるみたい！」

著者あとがき

医師は医学教育の一環として、ある特別な通過儀礼、永遠に記憶に刻みつけられる通過儀礼を経験する——肉眼解剖学だ。わたしは、初めて解剖用の死体と対面したときのことを憶えている。それはていねいにポリ袋に包まれ、あたりにはホルムアルデヒドのにおいが充満していた。わたしの頭には、よくわからない思いがいくつも乱れ飛んでいた——畏怖、畏縮、不安、嫌悪、感銘、そして感謝。肉眼解剖学の初年度の授業が終わると、わたしたちは通夜をして、体を提供してくれた人たちが、わたしたちに学びを与えて他の人々を救う手助けをしてくれたことに深い感謝を捧げた。

しかし、解剖学研究には、少しばかり暗くよからぬ歴史がある。何年も前にわたしが興味をいだくようになった、死体泥棒と死体盗掘人の歴史だ。わたしはほどなく、死体盗掘人が死体を盗むためにときどき女性を雇い、墓地で行われている葬式を偵察させて新しい遺体を探していたことを知った。

コーラ・リーというキャラクターの構想が生まれたのは、このときだった。しかし、本書の細部の多くは、決してつくり話ではない。一七八八年のニューヨーク市での〝医者暴動〟——本書の物語が始まる六十年前——は、たいてい過度に黒人が多かった貧困層の墓から死体を盗み、非人道的な扱いをしたことが原因で起こった。その後、盗掘を取り締まる規則や法律ができたものの、墓泥棒は二十世紀の初めまで続いていた。今日では、医学校で使われる解剖用の死体の大多数は本人の意思で提供されたもので、全般的に白人の提供者が多い（※1）。

盗まれるのを防ぐため、遺体を腐敗させるのに使う遺体安置所は本当にあった。イギリスでは、墓の上に囲いが設置された。棺には錠がつけられ、遺体が引き出されるのを防ぐため、首に巻く金属の首輪も備えられた。そして、あの凶悪な男たち、ウィリアム・バークとウィリアム・ヘアを忘れてはいけない。一八二八年、スコットランドのエディンバラで、ふたりは解剖学者ロバート・ノックスに死体を売るために人々を殺した。ふたりが悪名を馳せた結果、死体を売るために人を殺すという意味の新しい動詞、〝burke《バーク》〟が生まれた。

物語の時代設定を決めるのには、少し苦労した。墓泥棒は十九世紀から二十世紀初頭まで行われていたが、一八五四年に画期的な〝ボーン法〟（正式な名称は、〝医学を促進し埋葬地を守るための法律〟）が通過したことで、墓泥棒の状況は大きく変わった。現在のニューヨーク大学医学部の共同創立者で当時の学長だったジョン・ウィリアム・ドレイパー（本書にも登場する）の支持もあって、街の救貧院で出た引き取り手のない遺体が、解剖学研究に利用できるようになったのだ。この法律は、墓泥棒の頻発を大幅に減らすことを目的としていたが、貧しい人々を貧しいという理由で不当に扱うことにもなった。ボーン法の発効期間を考え、わたしは物語の時代を、法案が通過する前にしたいと考えた。死体盗掘人という職業の歴史についての詳細なら、マイケル・サッポルの『死体の取引 *A Traffic of Dead Bodies*』（未訳）とルース・リチャードソンの

『死と解剖と貧困者たち *Death, Dissection, and the Destitute*』（未訳）がずば抜けている。

　コーラのふたつの心臓については？　確かに彼女は、第二の心臓など持っていないという点で、ありえない女の子だった。その第二の心臓は、動静脈奇形（ＡＶＭ）だったという設定だ。一八〇〇年代半ばには、血管性過誤腫と呼ばれていた。血管がもつれた状態になっていて、通常なら動脈から細動脈、毛細血管、細静脈、静脈とつながっていくところ、動脈がじかに静脈とつながってしまう病気だ。症状としては、雑音が聞こえたり、〝血管振動《スリル》〟（手で触れると感じられる拍動性の振動）を感じたり、血管性過誤腫が大きい場合には、コーラもこれまでに二回経験した軽い脳卒中、つまり一過性脳虚血発作を起こしたりする。コーラのものほど大きい過誤腫は珍しいが、確かに存在し、遺伝病とは違って運しだいの病気だ。今日では、そういう健康問題は以前より発見しやすくなり、経験豊かな医師に治療してもらえる。

　小説中の殺人について、少し解説しておこう。最初の犠牲者ランドルフ・ヒッチコックを殺すための毒として使われた花緑青《パリスグリーン》は、十九世紀を通じて、美しいエメラルドグリーンの塗料として利用されていた。シェーレグリーンともエメラルドグリーンとも呼ばれるが、パリで鼠を殺すのに役立ったので、パリスグリーンという名前がついた。猛毒なのは、ヒ素を含んでいるからだ。パリスグリーンは、壁紙の塗料としても使われ、そういう美しくも有毒な環境で暮らしていたかなりおおぜいの人々を病気にしたに違いない。虫や鼠を殺すのに使われた場合を除けば、パリスグリーンが実際に凶器として使われた事例を読んだことはなかった。もしかすると、本書が初かもしれない！　ヒ素をめぐる魅惑の歴史の詳細については、ジョン・パラスカンドラの『毒の王――ヒ素の歴史*King of Poisons: A History of Arsenic*』(未訳)を参照してほしい。

凶器としてのストリキニーネに注目するようになったのは、ネイト・ピーダーセンと『世にも危険な医療の世界史』(文藝春秋)を共著したあとだった。ストリキニーネ中毒が破傷風とよく似た症状を示すことを知り、次のミステリー小説のために取っておこうと思ったのだ。ありがとう、ネイト!

それから、本書の最も重要な特徴のひとつ、舞台背景について解説しておこう。一八〇〇年代半ばのニューヨークは、色彩豊かで騒々しく、悪臭ふんぷんたる場所だった。その時代の暮らしをさらに深く知りたいなら、ハーバート・アズベリーの『ギャング・オブ・ニューヨーク』(早川書房、現在は絶版)、エドウィン・バローズとマイク・ウォレスの『ゴッサム――一八九八年までのニューヨーク市の歴史*Gotham: A History of New York City to 1898*』(未訳)、ジョージ・フォスターの『ガス灯に照らされたニューヨーク、都会のスケッチ集*New York by Gaslight and Other Urban Sketches*』(未訳)を読むことを強くお勧めする。街は著名な人々であふれ返り、その輝きは彼らが生きていた世界の背景そのものを凌駕するほどだった――アフォン・モイ、エドガー・アラン・ポー、ウォルト・ホイットマン、フィニアス・テイラー(P・T)・バーナム、エリザベス・ブラックウェル、ジェニー・リンドなどなど、とても挙げきれない。何人か物語に登場させるべきだと考え、わたしはドクター・ブラックウェルに聴診器を当ててみた。医学の道へ進む女性たちの草分けとなった勇敢で聡明な人だ。

そして最後に、悪名高いファイヴ・ポインツの言葉――隠語《フラッシュ》――を操るのは、なかなか特殊な学びの機会となった。友だちをまごつかせ感心させてみたいなら、ジョージ・マッセルの『ならず者の辞書 *The Rogue's Lexicon*』（未訳）が必要になる。そうすれば、符牒《リンゴー》をモノにして、半時《グラス》も与太話《ゲイプシード》かまして、とんだ豆蔵《チャフィン》とたまげられるぜ、猪口才《ピックル》め！（※2）

（※1）Halperin, Clin Anat. 2007 Jul;20(5):489–95

（※2）訳：隠語を身につけて、一時間もおもしろい話ができて、おしゃべり好きな人だと思われるよ、秀才くん！

ふたつの心臓《しんぞう》を持《も》つ少女《しょうじょ》

2023年３月９日　初版第一刷発行

著者……………………リディア・ケイン
訳者……………………桐谷知未
イラスト……………竹中
デザイン……………坂野公一（welle design）

発行人………………後藤明信
発行所………………株式会社竹書房
〒102-0075
東京都千代田区三番町8-1
三番町東急ビル６F
email : info@takeshobo.co.jp
http://www.takeshobo.co.jp
印刷・製本…………中央精版印刷株式会社